विवेक की सीमा

विवेक की सीमा

एन.के. सिंह

प्रभात प्रकाशन, दिल्ली™
ISO 9001 : 2008 प्रकाशक

प्रकाशक • **प्रभात प्रकाशन**™
4/19 आसफ अली रोड,
नई दिल्ली-110002

संस्करण • प्रथम, 2011
मूल्य • चार सौ रुपए
अनुवादक • प्रणय कुमार 'सुमन'
मुद्रक • भानु प्रिंटर्स, दिल्ली

VIVEK KI SEEMA *(Hindi translation of NOT BY REASON ALONE)*
by N.K. Singh Rs. 400.00 ISBN 978-81-7315-899-5
Published by Prabhat Prakashan, 4/19 Asaf Ali Road, New Delhi-2
by arrangement with Penguin Books India & Indian Express

मेरे स्वर्गीय माता-पिता श्री त्रिभुवन एवं श्रीमती माधुरी

तथा

प्रेम कुमारी, मीनाक्षी, अभिजीत

एवं माधवी को समर्पित,

इस विश्वास के साथ कि राजनीति में बदलाव आना ही चाहिए, ताकि एक समृद्ध भारत का उदय हो।

विषय-वस्तु

प्राक्कथन 11

प्रस्तावना 15

विषय-प्रवेश 17

खंडों की व्याख्या 21

खंड-1 : भारत का वैश्वीकरण

1. भारत और जापान : बड़ी आशाएँ 33
2. संसदीय निगरानी को फिर से परिभाषित करना 36
3. मुद्रास्फीति की संभावनाओं का प्रबंधन 39
4. खाद्य पदार्थों की वैश्विक कमी विचारणीय मसला है 42
5. स्वचालित अर्थव्यवस्था ? बिलकुल नहीं 45
6. दिवाली के बाद चुनौती 48
7. सब-प्राइम अमेरिका द्वारा स्पर्श 51
8. मुँह चुराने का वक्त नहीं है 54
9. प्रोत्साहन II के परे देखना 57
10. एक महासागर की रिहाई 61
11. वर्ष 2008 में वैश्विक खतरे से कौन निपटेगा ? 64
12. जमी हुई ऊँचाइयाँ 67
13. जी-20 शिखर बैठक के परे देखना 70

खंड-2 : अखंड विकास

14. दावोस में परस्पर निर्भरता के संदेश 75
15. नदी में मोड़ 79

16. क्या भारत और चीन भविष्य की गरमाहट देख सकते हैं ? 82
17. एक नेता की खोज का मिशन 85
18. हम चलना शुरू करें 88
19. भारत के लिए एक लघु ऊर्जा योजना 91
20. परिवर्तन के लिए नैनो के सबक 94
21. और एक बूँद भी पीने के लिए नहीं है 97
22. भविष्य के जल-युद्ध का प्रबंधन करना 100
23. साफ पानी का अधिकार 103

खंड-3 : समावेश

24. हम अपने काम में जुट जाएँ 109
25. 80 करोड़ लोग 112
26. शताब्दी विकास लक्ष्य के लिए जागृति 115
27. हम, विस्थापित 118
28. बस, जो डॉक्टर ने आदेश दिया 121

खंड-4 : शामिल करनेवाली वित्तीय नीति

29. आगामी साठ वर्षों पर नजर 127
30. बिहार के लिए अच्छा, देश के लिए अच्छा 130
31. अच्छे आर्थिक समाचारों के बूते वर्ष 2008 का निर्माण 133
32. बजट के नरम विकल्पों को जरूर दरकिनार करना चाहिए 136
33. बजट 2008—सीधे दिल से 140
34. दो आयोग, एक कहानी 143
35. सुसंगति : अकल्पनाशील का आश्रय 146
36. हम किसान से बात नहीं करते 149
37. टैक्स सुधार का लंबा रास्ता 152
38. अच्छी तरह और बुद्धिमत्तापूर्वक खर्च करना 155
39. विकास को बरकरार रखना : स्टैनफोर्ड निष्कर्ष 158

40. पटना में सर्वसम्मति को समझना 162
41. गरीबी को काबू में रखने के लिए रोजाना 1 डॉलर 165
42. वादे निभाने की याद दिलाना 169

खंड-5 : इन्फ्रास्ट्रक्चर (आधारभूत ढाँचा)

43. दालियान होते हुए दावोस 177
44. बिजली के साथ राजनीति न करें 180
45. एक जटिल सवाल है भूमि अधिग्रहण 184

खंड-6 : शिक्षा

46. भारत को शिक्षित करने की समस्या 189
47. भारत के खोए मध्य लिंक को बहाल करना 192
48. शिक्षा का सूक्ष्म प्रबंधन न करें 195
49. नकली के लिए शिक्षा 198
50. खुले समाज को पुनर्जीवित करना 200
51. नालंदा : एशियाई पुनर्जागरण का प्रतीक 203
52. इससे ग्रेड नहीं बनता 206

खंड-7 : संस्थान

53. केंद्र को राज्यों से क्यों अवश्य बात करनी चाहिए ? 211
54. क्या प्रशासन बदल सकता है ? 214
55. वेतन-वृद्धि और गंभीर परिवर्तन 217
56. बजट एक आश्चर्य नहीं होना चाहिए 220
57. संसद् के साथ समस्या 223

खंड-8 : राजनीतिक गतिशीलता

58. शहरी मतदाता इतना क्रुद्ध क्यों है ? 229
59. वाकई एक बेहद सुस्त सदन 232
60. कांग्रेस और भाजपा के बीच साझा न्यूनतम कार्यक्रम 235
61. वामपंथियों को दोष दें ? 238

खंड-9 : चुनाव 2009

62. विकास और रोजगार नई सरकार के मंत्र 245

63. वर्ष 2009 के परे की चुनावी चुनौतियाँ 249

64. नीतिगत समानताएँ ढूँढ़ना 252

65. चुनाव 2009 के सबक 256

66. 2009 के चुनाव के बाद बजट संबंधी बाध्यताएँ 260

67. बहुत से वादे पूरे करने हैं—I 264

68. बहुत से वादे पूरे करने हैं—II 269

प्राक्कथन

एन.के. सिंह की दूसरी पुस्तक का प्राक्कथन लिखने में मुझे दो कारणों से खासतौर पर खुशी हो रही है। पहला, क्योंकि यह एन.के. की पुस्तक है (तीन पीढ़ियों में असंख्य मित्रों के बीच अद्‌भुत संपर्कवाले एन.के. सिंह, एन.के. या नंदू के नाम से जाने जाते हैं।) और दूसरा, एन.के. इससे सहमत होंगे, क्योंकि यह एक ऐसी पुस्तक है, जो बड़ी गहराई से सार्वजनिक नीति, अहम, जटिल और कभी-कभी रहस्यमयी बातों पर विचार करती है। इन मुद्‌दों पर एन.के. की दूसरी पुस्तक के छपने से उनकी लेखकीय प्रतिभा की पुष्टि तो हो ही गई, इससे यह भी साफ हो गया कि गंभीर मसलों के श्रोता और पाठक हैं। हममें से जो लोग गंभीर पत्रकारिता और गंभीर, सुविचारित, तार्किक, प्रांजल व्याख्या में विश्वास करते हैं, उनके लिए एन.के. की दूसरी पुस्तक विशेषकर स्वागत योग्य है।

पहली और दूसरी पुस्तक के बीच एन.के. की सार्वजनिक रूपरेखा बदल गई है या विकसित हो गई है और ज्यादा मोहक हो गई है। अटल बिहारी वाजपेयी ने उनके और अपने बारे में भी कहा था, 'न कभी थकनेवाला और न कभी रिटायर होनेवाला।'

संसद् के उच्च सदन राज्यसभा के लिए नीतीश कुमार के जनता दल (यू) की ओर से चुने जाने के पूर्व वे बिहार राज्य योजना बोर्ड के उपाध्यक्ष थे। इस पुस्तक में एन.के. की सार्वजनिक जीवन में व्यापक भागीदारी की छाप तो है ही, घरेलू और वैश्विक राजनीतिक अर्थव्यवस्था में जो प्रतिमान बदले हैं, उनमें से भी कुछेक की झलक इसमें है। इस लिहाज से एन.के. की दूसरी पुस्तक उनकी पहली पुस्तक से भी ज्यादा महत्त्वपूर्ण है।

एक उदाहरण लें, इस पुस्तक में वैश्विक वित्तीय संकट पर एन.के. का नजरिया दिया गया है। वित्तीय संकट का एन.के. द्वारा विश्लेषण अहम है, क्योंकि वे उस टीम के सदस्य थे, जिसने भारत के 1991 के आर्थिक संकट को बड़े अव्वल तरीके से सँभाला था। इन ऐतिहासिक और उभरती घटनाओं को लेकर एन.के. का विश्लेषण

एक नीति-निर्माता की खास पैनी नजर से लैस है।

मौजूदा दौर में कुछ राजनीतिक-आर्थिक बहस जो आकार ले रही है, उस संदर्भ में इस पुस्तक के कई लेख खासतौर पर प्रासंगिक हैं। इसके दो अच्छे उदाहरण हैं। भारत की शिक्षा-प्रणाली के सुधार पर एन.के. के विचार और भूमि अधिग्रहण प्रक्रिया के बारे में उनके तर्क।

दु:ख की बात है कि जलवायु परिवर्तन पर वार्त्ताओं और उनका नीति एवं वैश्विक राजनीति पर पड़नेवाले प्रभावों पर हमारे ज्यादातर राजनीतिज्ञों का उतना ध्यान नहीं गया है जितना जाना चाहिए था। एन.के. उन सांसदों में से एक हैं, जो इस बारे में कोशिश करने और बदलाव लाने के लिए भरोसा करने के योग्य हैं। वे जलवायु परिवर्तन और वैश्विक तापमान में वृद्धि पर संसदीय फोरम के सदस्य हैं। पर्यावरण के सवाल पर इस पुस्तक में उनके लेख दरशाते हैं कि वे इस वाकई कठिन विषय पर आगे की ओर स्पष्ट सोच रखते हैं।

एन.के. अपनी बौद्धिक अंतर्दृष्टि के लिए अपने संसदीय अनुभव को खँगालते हैं और जो लोग जानते हैं, उनके लिए यह आश्चर्य की बात नहीं है। वे राजनीति पर बड़ी बारीकी से अपने व्यावहारिक विचार रखते हैं। सुधार की राजनीति कैसे खेली जाती है और कैसे खेली जानी चाहिए? जैसा कि इस पुस्तक में स्पष्ट है, इस जटिल और अहम सवाल को बहुत कम लोग एन.के. से ज्यादा अधिकृत ढंग से उजागर कर सकते हैं।

एन.के. की पहली पुस्तक के प्राक्कथन में मैंने कुछ कहा था, जिसे दोहराया जा सकता है; क्योंकि बिहार के पुनरुद्धार की कोशिश में उनकी केंद्रीय भूमिका रही और वे फिर से सार्वजनिक नीति के साथ पूरी सक्रियता से जुड़ गए। अगर कोई जटिल समस्या हो, जैसे ऐसी समस्या, जिसमें राजनीति, नौकरशाही और कॉरपोरेट्स शामिल हों और परस्पर विरोधी लक्ष्यों के लिए काम कर रहे हों तो एन.के. को आस-पास रखना हमेशा मददगार साबित होता है।

एन.के. बिहार के संकटमोचक बने और अब वे सांसद हैं। वे पहले से ही अपने आश्चर्यजनक पेशेवर जीवन में और भी रंग भरेंगे। इसलिए पहली पुस्तक के प्राक्कथन में मैंने एक और बात कही थी, और जो अब ज्यादा मौजूँ है। एन.के. के संस्मरण के लिए हमारी प्रतीक्षा को आगे खिसकाना पड़ेगा। वैसे, एन.के. की कहानी को उनके अपने शब्दों में पढ़ना एक बड़ा ही आनंददायक अनुभव होगा, लेकिन यह ज्यादा

महत्त्वपूर्ण है कि एन.के. राजनीति और संसद् में सक्रिय रहें, सही सवाल उठाते रहें और उनके सर्वाधिक दिलचस्प जवाब भी पेश करते रहें। फिलहाल, आत्मकथा लिखने के लिए उनके पास न तो वक्त है और न ही रुझान।

—शेखर गुप्ता

प्रस्तावना

मैं उन कुछ जटिल आर्थिक और सामाजिक चुनौतियों, जिनसे नीति-निर्माताओं का सामना होता रहता है, पर लिखता रहा हूँ। ये लेख विभिन्न पत्रिकाओं और अखबारों में छप चुके हैं, लिहाजा इनमें कुछ ऐसे विवरण हो सकते हैं, जो पुराने और बासी लग सकते हैं। बहरहाल, इनमें ऐसे विचार भी गुँथे हुए हैं, जिनका दीर्घकालिक महत्त्व है।

मेरी हाल की भारत यात्राओं से मेरी इस धारणा को बल मिला है कि आर्थिक सुधारों के टिकाऊ होने के लिए उसे अंग्रेजी माध्यम के दायरे से बाहर अवश्य निकलना चाहिए। जब तक बदलाव के दायरे को विस्तृत कर उसमें ग्रामीण भारत को शामिल नहीं किया जाता, तब तक परिवर्तन ऊपर से थोपा हुआ ही दिखेगा। इसलिए मैंने ज्यादा प्रचलित अंग्रेजी अखबारों के अलावा भाषाई हिंदी अखबार 'हिंदुस्तान' में भी लिखा। इससे मुझे दो अलग किंतु आपस में जुड़े बदलाव के क्षेत्रों तक अपनी बात पहुँचाने का अच्छा मौका मिला। 'इकोनॉमिक टाइम्स', 'हिंदुस्तान टाइम्स' और 'टाइम्स ऑफ इंडिया' में लेख छपने से मुझे विस्तृत पाठकों-श्रोताओं तक पहुँचने में मदद मिली।

शीर्षक 'विवेक की सीमा' तब मेरे दिमाग में आया, जब मैं कई संसदीय बहसों में भाग ले रहा था। इन बहसों के दौरान मैंने बदलाव के कई मसलों पर भावनात्मक और संवेदनशील प्रतिध्वनियों पर गौर किया। लिहाजा, इन मसलों पर बेहतर समझदारी और विस्तृत सहमति की जरूरत है। यह एक प्रक्रिया है, जिसमें धैर्य, लेन-देन और लचीलेपन की आवश्यकता है और जिसे सिर्फ आर्थिक तर्क के सहारे आगे नहीं बढ़ाया जा सकता। इस पुस्तक के कई लेखों में कुछ अलग मायने में एक अंतरंग शख्स के नजरिए की खुशबू मिलेगी, जैसे कि एक सांसद नीतियों और विधि-निर्माण से संबंधित बहसों व चर्चाओं में ज्यादा प्रत्यक्ष रूप से भाग ले रहा हो।

मुझे प्रो. जेसिका एस. वलाक के प्रति अपनी प्रशंसा अवश्य व्यक्त करनी चाहिए। वे इस समय चेन्नई स्थित वित्त एवं प्रबंधन शोध संस्थान के विकास वित्त केंद्र की निदेशिका हैं। उन्होंने न केवल कुछ लेख मेरे साथ लिखे बल्कि उन लेखों के कई मुद्दों पर अपने महत्त्वपूर्ण सुझाव भी दिए।

मैं अपने शोध सहायक शिव प्रसाद त्रिपाठी के प्रति भी अपना धन्यवाद ज्ञापित करना चाहता हूँ, जिन्होंने सांख्यिकीय और विश्लेषणात्मक कार्यों के जरिए अहम योगदान दिया। एस.आर. राजा और एस. गोपालकृष्णन मेरे लेखों के लिए शानदार साचिविक सहयोग करते रहे हैं।

मैं ऑब्जर्वर रिसर्च फाउंडेशन के अहम समर्थन–सहयोग के लिए उनके प्रति भी आभार व्यक्त करता हूँ।

इन लेखों को लिखते समय मुझे आनंद भी आया और शिक्षा भी मिली। ये लेख विभिन्न अवस्थितियों के जटिल विषयों के उदार मिश्रण हैं। मुझे उम्मीद है कि इन लेखों को पढ़ते हुए पाठकों को उतना ही आनंद होगा, जितना मुझे इन्हें लिखते हुए हुआ है। मेरे प्रयासों का आकलन करने में पाठक ही समर्थ हैं।

–एन.के. सिंह

विषय-प्रवेश

'विवेक की सीमा' परिवर्तन की राजनीति के अतीत और वर्तमान पर एक टिप्पणी है। मतलब यह कि समूहों, राष्ट्रों या वैश्विक अर्थव्यवस्था और राजनीतिक व्यवस्था को सिर्फ तर्क ही संचालित नहीं करता है। लेकिन सवाल उठता है कि यदि तर्क नहीं तो फिर क्या? नीति-निर्माण और नीति-कार्यान्वयन के काम में लगे लोग अर्थशास्त्र, व्यापार, प्रशासन, कानून, सार्वजनिक नीति, इंजीनियरिंग और अन्य मुख्य अध्ययन-क्षेत्रों से आते हैं। ये सभी तर्क के अनुयायी होते हैं। उनका मानना होता है कि अगर किसी के पास सारी सूचनाएँ हैं, अगर प्रोत्साहनों को सही ढंग से पंक्तिबद्ध रखा जाए, तो सही फैसले लिये जा सकते हैं।

बहरहाल, दो बड़े 'अगर' लगे हुए हैं। एक ऐसी दुनिया जिसमें हमारे पास तमाम सूचनाएँ नहीं होती हैं, जहाँ प्रोत्साहन का माहौल जटिल व बहुरूपी है और जो सरकारी मशीनरी के सामाजिक व संस्थागत पहलुओं पर निर्भर है, वहाँ हममें हालात से निपटने के लिए तर्क के अलावा कुछ हद तक कुछ और की भी जरूरत पड़ती है। ऐसी कोई मशीन नहीं है, जो प्रोत्साहनों को सही तरीके से पंक्तिबद्ध कर दे। हमें कभी-कभी तर्कसंगत नहीं होने की जरूरत है। हमें दयालु, भावुक, सृजनात्मक, आशावादी और अन्य तरह से अतार्किक होना चाहिए, ताकि परिवर्तन की राजनीति हितों के शुष्क व सुस्त समन्वय से कहीं ज्यादा हो, कम-से-कम कभी-कभी।

हमें इस तरह की अनिरंतरता की अब पहले से ज्यादा जरूरत है। भारत एक चौराहे पर खड़ा है, जैसा कि पहले कभी नहीं था। बड़ा उदारीकरण हुए एक दशक से ज्यादा बीत चुका है और उसके बाद महत्त्वपूर्ण प्रगति हुई है; लेकिन अब उसकी गति धीमी पड़ गई है। 'सुधार के दिन' अतीत में खिसकते जा रहे हैं। भारत अभी भी चमकता है, भारत अभी भी अविश्वसनीय है; लेकिन कवच में जितनी दरार अब नजर आ रही है उतनी पहले कभी नहीं नजर आई थी। वैश्विक वित्तीय संकट का

असर भारतीय अर्थव्यवस्था पर पड़ने लगा है और जब तक यह पुस्तक छपकर स्टॉलों में सजेगी, तब तक नतीजे और स्पष्ट हो जाएँगे। वैश्विक क्रय-शक्ति का ढह जाना, वैश्विक वित्तीय बाजारों में ऋण की अनुपलब्धता और तनाव, आर्थिक राष्ट्रवाद का उदय—ये ऐसी बातें हैं, जो भारत के अपने आर्थिक विस्तार के लिए सुरंग क्षेत्र बनाती हैं। वैसे, इस संकट का एक बढ़िया पक्ष भी है और वह यह कि निर्यात और सेवा क्षेत्र में मंदी के कारण हमारे कुछ उत्साही उद्यमी अर्थव्यवस्था के अपेक्षाकृत कम सक्रिय क्षेत्रों में भी अपने हाथ आजमाएँगे, बशर्ते हम उन्हें ऐसा करने दें।

कई और मौलिक संकट भी निकट भविष्य में मँडरा सकते हैं। वैश्विक सांस्कृतिक पटल पर भारत के जो ताजा निर्यात हैं—'स्लमडॉग मिलिनेयर' और 'व्हाइट टाइगर'। ये दोनों कई तरह से भारत के सामाजिक और आर्थिक विभाजनों के व्यंग्य चित्र हैं; लेकिन एक अतिरंजित तसवीर के पीछे हमेशा एक असली रूप भी होता है, जिसने इसे प्रेरित किया। इसलिए हमें सम्मिलित विकास सुनिश्चित करने की जरूरत है और उससे भी ज्यादा आवश्यक है दीर्घकाल के लिए सम्मिलित अवसरों को पैदा करना। हमारा विकास हमेशा ही टुकड़ों में होगा। कुछ क्षेत्र, कुछ सेक्टर, कुछ समूह अन्यों की तुलना में तेज विकास करेंगे; लेकिन हमें यह सुनिश्चित करना चाहिए कि हमेशा वही क्षेत्र या समूह दूसरों की तुलना में तेज न भागता रहे। पैबंद लगी रजाई होना ठीक है, लेकिन रद्दी का ढेर नहीं।

हमारी शिक्षा-प्रणाली का शुरू से लेकर आखिर तक सुधार करना संभवत: सामाजिक रूप से सम्मिलित करने की मुख्य चुनौती है। 'सम्मिलित विकास' के निम्न तत्त्व जरूरी हैं—प्रभावी राजकोषीय नीति, बेहतर इन्फ्रास्ट्रक्चर (आधारभूत ढाँचा), खतरों से निपटने के लिए बेहतर सामाजिक सुरक्षा जाल, सम्मिलित विकास को और गति देने के लिए संस्थागत परिवर्तन, उच्च गुणवत्ता की सेवाएँ (सर्विसेज) और कई अन्य उच्च-स्तरीय नीतियाँ, लेकिन हमें हरेक के लिए सूक्ष्म स्तर पर अवसर भी पैदा करने चाहिए और यह तब तक नहीं हो सकता जब तक हमारे शैक्षणिक इन्फ्रास्ट्रक्चर में बड़ा बदलाव न किया जाए।

अंतत: हमें जलवायु परिवर्तन की उभरती पर्यावरणीय चुनौतियों, पर्यावरण का क्षय और पानी व संसाधन की सीमितताओं से भी निपटना होगा। पर्यावरण का प्रभावी प्रबंधन और जलवायु परिवर्तन के प्रभाव को नियंत्रित करना एक विकासात्मक चुनौती है, क्योंकि विकास और पर्यावरण का पुराना अंतर्विरोध गलत साबित हुआ

है। उदाहरण के लिए, सुरक्षात्मक उपायों को नजरअंदाज कर हम जो भी आर्थिक उपलब्धि हासिल करते हैं, इसे लंबे समय बाद वायु-प्रदूषण और जल-प्रदूषण लील जाते हैं और अकसर उन लोगों की जिंदगी को प्रभावित करते हैं, जिन्होंने आर्थिक तरक्की कभी देखी-भोगी ही नहीं है।

इसलिए हमें आनेवाले वर्षों में कई चीजों से निपटना पड़ेगा। सरकार की इसमें भूमिका है—एक बहस अकसर छेड़ी जाती है कि इसे सिकुड़ना चाहिए या इसका विस्तार होना चाहिए; लेकिन यह एक गलत बहस है। सरकार का विकास होते रहना चाहिए और यह विकास संस्थागत एवं राजनीतिक संस्कृति के बदलाव का संयोग होना चाहिए। इसमें निजी क्षेत्र, बाजार और नागरिक समाज की भी भूमिका है। उसे नीति-जगत् के साथ मिलकर उभरती चुनौतियों से निपटने में अहम भूमिका निभानी है।

यह मुझे शीर्षक के तीसरे आशय तक लाता है—आशावाद सिर्फ तर्क से नहीं आता। तर्क तो अकेले कुछ निराशावाद को ही जन्म देता है। भारत में राजनीति काफी विभाजनकारी होती जा रही है। भारत के आकार और बहुआयामी इतिहास को देखते हुए इसमें कोई आश्चर्य नहीं कि नीति-निर्माण के क्षेत्रों में पार्टियों और विचारधाराओं की विविधता देखने को मिलती है; लेकिन इससे प्रतिनिधित्व के संस्थागत रास्तों और निर्णय लेने में दबाव पड़ता है। एक ठंडी राजनीतिक अर्थव्यवस्था के नजरिए से संस्थानों की हालत यह है कि वे समस्याग्रस्त नीति-निर्माण जारी रखेंगे, जिसकी वजह से भारत की यह दुर्दशा हुई है। इसका न तो कोई स्पष्ट समाधान है और न ही परिवर्तन के लिए गतिशीलता।

भविष्य की ओर देखते हुए 'विवेक की सीमा' एक आशावादी बयान है। इसमें उम्मीद है कि अगले कुछ दशकों में सिर्फ तर्क नहीं, बल्कि इससे कुछ ज्यादा उसे संचालित करेंगे।

खंडों की व्याख्या

इस पुस्तक में खंड प्रमुख नीतिगत क्षेत्रों के हिसाब से विभाजित किए गए हैं। भारत को कहाँ अपना ध्यान केंद्रित करना चाहिए? हम सभी चीजों से एकबारगी नहीं निपट सकते हैं, फिर भी हमें सिर्फ तात्कालिक आपात-स्थितियों पर ही फोकस नहीं करना चाहिए। हमें क्षितिज के पार भी देखना चाहिए और मध्यकालिक संकटों को टालना चाहिए और जब ये संकट आ ही जाएँ तो हमें एकदम सुरक्षात्मक मोरचा नहीं लेना चाहिए।

पहले दो खंड नीतिगत परिवर्तन के लिए पृष्ठभूमि को उजागर करते हैं—एक ओर वैश्वीकरण और दूसरी ओर संस्थागत व राजनीतिक गतिकी। स्पष्ट कहें—संस्थान खेल के नियम हैं, ढाँचा प्रोत्साहनों को तय करता है और नीतिगत गतिकी वे आचरण हैं, जो इन संस्थानों में घटित होते हैं। संस्थान इन्हें आकार देते हैं, लेकिन लोग और नीति-निर्माता कोई पिंग पौंग की गेंदें नहीं हैं, इसलिए नैतिक झुकाव और सामूहिक बेहतर आचरण के लिए भी थोड़ी जगह रहती है।

भारत का वैश्वीकरण—वक्त बदल रहा है, भारत को भी अनुकूलन करना चाहिए। मगर वैश्विक अर्थव्यवस्था को भी विकसित करना है। परिवर्तन का यह संदेश वॉल्यूम-1 के विपरीत है। वॉल्यूम-1 में जोर इस बात पर था कि वक्त और अंतरराष्ट्रीय परिदृश्य भारत के लिए कितना सुधरा है। एक लेख 'भारत और जापान : बड़ी अपेक्षाएँ' इस विषय—'भारत-जापान संबंध विकसित हुए हैं' पर केंद्रित है—लेकिन बाकी लेख वैश्वीकरण की प्रक्रिया में साफतौर पर उभरती कुछ चुनौतियों पर केंद्रित हैं। वैश्विक अर्थव्यवस्था को खुद अनुकूलित होना चाहिए, जैसा कि इस खंड के दो लेख (खासकर 'फ्रोजन हाइट्स' (जमी हुई ऊँचाइयाँ) पर जोर देते हैं।

वैश्विक एकीकरण और घरेलू राजनीति एक-दूसरे के लिए संस्थागत स्तर पर चुनौतियाँ पैदा करती हैं। 'संसदीय निगरानी को पुन:परिभाषित करना' लेख ज्यादा

विवादास्पद राजनीति के युग में राष्ट्रीय संधि संकल्प करने की प्रक्रिया पर पुनर्विचार करने के लिए तर्क पेश करता है। वैश्विक और घरेलू नीति की प्राथमिकताएँ भी अलग होने के योग्य नहीं हैं—खासकर कठिन वक्त में। विश्व खाद्य और वस्तुओं के मूल्यों में बढ़ोतरी पर दो लेख और अंतरराष्ट्रीय आर्थिक संकट पर एक श्रृंखला और भारत के लिए उनके परिणाम इसे खूब जाहिर करते हैं।

इस खंड में कई लेख आर्थिक संकट के घरेलू और अंतरराष्ट्रीय घटनाक्रमों पर नजर डालते हैं। दोनों के बीच का फर्क समस्या का हिस्सा है। 'स्वचालित अर्थव्यवस्था' (सितंबर 2007) में उमड़ते खतरों के बादलों का जिक्र किया गया है। फिर भी, घरेलू मोरचे पर अधिक सामान्य सुधारों पर जोर दिया गया, क्योंकि अनिश्चित मंदी या प्रतिकूल परिस्थितियों के पैदा होने की आशंका थी। 'दिवाली के बाद की चुनौती' लेख, जो कि नवंबर 2007 में लिखा गया, वैश्विक मंदी की आहटों और अंतरराष्ट्रीय पूँजी बाजार में व्याप्त भय का जिक्र करता है; लेकिन वैसे इसमें घरेलू प्राथमिकताओं की सूची पर ध्यान दिया गया है। उस लेख में मूड का बदलाव, बस महीने भर बाद डब्ल्यू.ई.एफ. भारत शिखर सम्मेलन में बढ़ती चिंता ('सब-प्राइम अमेरिका का असर' में इसकी चर्चा की गई, जिसमें दिखाया गया है कि अमेरिकी संकट की छाया भारत में दिसंबर 2007 में कैसी पड़ी) और महज साल भर बाद तुरंत कार्रवाई के आह्वान—ये सब दिखाते हैं कि कितनी तेजी से चीजें बदलती हैं।

आगे की ओर देखते हुए हमें अकेले होने की प्रवृत्ति से बचना चाहिए—घरेलू/अंतरराष्ट्रीय संपर्क प्रभावी अंतरराष्ट्रीय संस्थानों के लिए तात्कालिक कार्रवाई की माँग करते हैं। इन बहसों और वास्तविकता के आधार पर संस्थानों के नए सेट को आकार देने में भारत का हित है और दुनिया को मिल-बैठकर इस पर पुनर्विचार करना है।

वैश्विक पर्यावरणीय प्रबंधन से ज्यादा किसी और क्षेत्र में यह हित दबावकारी नहीं है। अगला खंड विकास की निरंतरता पर है, जो वॉल्यूम-1 के ऊर्जा पर खंड को विस्थापित करता है। ऐसा इसलिए कि ऊर्जा नीतियों को वैश्विक तापमान में वृद्धि के संदर्भ से बाहर निकलकर देखा ही नहीं जा सकता है। ऊर्जा नीति ऐसी हो जो वैश्विक तापमान में बढ़ोतरी को कम करे और इससे तालमेल बनाने की चुनौती से निपटे।

इस सेट के लेखों में एक निरंतर थीम है कि इन चुनौतियों से निपटने के लिए एक नए प्रकार के समन्वित नीति-निर्माण तथा नए संस्थानों की जरूरत पड़ेगी।

निरंतर विकास की चुनौती के मद्देनजर हमें व्यक्तिगत प्रोत्साहनों की भूमिका को स्वीकार करना चाहिए और उन्हें आकार भी देना चाहिए। यह काम आदेश के जरिए नहीं हो सकता। नीति–निर्माण के स्तर पर ढेरों खिलाड़ी शामिल हैं ('एक नेता की खोज का मिशन') और कार्यान्वयन के स्तर पर भी कई तत्त्व हैं। 'हम शुरुआत करें' में नीति–निर्माण के बेहतर समन्वय के लिए एक क्षमतावान् केंद्रीय तत्त्व की चर्चा की गई है। वैश्विक तापमान में बढ़ोतरी और जलवायु परिवर्तन पर बने संसदीय फोरम, जिसका मैं एक सदस्य हूँ, में यह क्षमता है कि वह वैज्ञानिकों और नागरिक समाज के लिए नीति–निर्माताओं और नीति लागू करनेवालों के लिए—उन सबके लिए जो विकास की निरंतरता की दिशा में आगे बढ़ना चाहते हैं, एक मिलन स्थल बन सके। इसमें शामिल विभिन्न हितों के बीच हमें कई पुल बनाने हैं और जलवायु परिवर्तन के विज्ञान और सामाजिक परिणामों के बारे में काफी कुछ समझना है; लेकिन यह एक ऐसी जगह हो सकती है, जहाँ हम साथ सीखने की प्रक्रिया को तेज कर सकते हैं।

उसी वक्त, मैं इस पर जोर नहीं दे सकता हूँ कि विकास की निरंतरता के लिए हमें वाकई 'सरकारी–निजी भागीदारी' की कितनी आवश्यकता है। महज कुछ परियोजनाओं के लिए कुछ सरल ठेकों या एक ढाँचे से बात नहीं बनेगी, बल्कि एक वास्तविक संयुक्त प्रयास चाहिए, ताकि जीवन स्तर के स्थायी सुधार के मार्ग पर व्यक्तिगत और सामूहिक पसंदों को ढाला जा सके। खासकर व्यक्तिगत पसंद हमारी बनाई गई नीतियों के अलावा बाजार और सामाजिक ताकतों पर निर्भर करती है। 'भारत के लिए एक सूक्ष्म ऊर्जा योजना' और 'परिवर्तन के लिए नैनो सबक' लेख विशेषकर दरशाते हैं कि विकास की निरंतरता सुनिश्चित करने के लिए नीति और बाजार तथा व्यक्ति और संस्थान एक–दूसरे से किस तरह जुड़े हुए हैं।

इस खंड के आखिर में लेखों की एक शृंखला है, जो भारत के विकास में जल संकट के प्रति आगाह करती है।

खंड तीन में सबको सम्मिलित करने की चर्चा है। एक कठिन और उथल–पुथलवाले दौर में सम्मिलित करना ही खेल का नाम है। सामाजिक सहमति कड़े विकल्पों और साझा कार्रवाई के पक्ष में है। ऐसे कई पहलू हैं, जिनकी ओर भारत विखंडित हो सकता था और कई लोगों को डर है कि भारत आर्थिक, धार्मिक, सांस्कृतिक, भाषाई, प्रांतीय आदि आधारों पर टूट रहा है; लेकिन अंतरराष्ट्रीय संदर्भ में भारत का नाम इसके लिए शुमार किया जाता है कि उसके पास एक प्रभावी

लोकतंत्र है और बहुसांस्कृतिक, बहुआयामी समाज एवं राजनीतिक व्यवस्था है।

हम इसे इसी तरह कैसे रखें? कई तरह से सम्मिलित करने के विषय बाकी पुस्तक को भर सकते हैं—शिक्षा, इन्फ्रास्ट्रक्चर, संस्थानों और राजनीतिक गतिकी जैसे प्रमुख प्राथमिकताओंवाले लेखों में यही अंतर्भूत धारा है कि सबको शामिल करने की जरूरत है। प्रभावी रूप से शामिल करने के लिए इन्फ्रास्ट्रक्चर और शिक्षा में निवेश, उत्तरदायित्व और सुविचारित उत्तरदायित्व (लोक-लुभावन से बचने के लिए), चुस्त राजकोषीय नीति और सक्षम प्रशासन की आवश्यकता है।

इस खंड में सबको सम्मिलित करने के प्रमुख पहलुओं पर ध्यान दिया गया है। एक ऐसी अर्थव्यवस्था और राजनीतिक व्यवस्था बनाने की चुनौती है, जो अपने तमाम नागरिकों को अवसर प्रदान करे। खंड का समापन 'बस जो डॉक्टर ने आदेश दिया' लेख से किया गया है। यह लेख सी.एस.आर. (कॉरपोरेट एवं सोशल रिलेशन) और परोपकार पर है, जो एक तरह से पुनर्वितरण और सबको शामिल करने का सबसे सीधा तरीका या रूप है। अगले तीन खंड इन चुनौतियों के प्रति हमारी प्रमुख प्रतिक्रियाओं को अलग-अलग प्रस्तुत करते हैं—राजकोषीय नीति, इन्फ्रास्ट्रक्चर और शिक्षा। ये विशेष प्राथमिकताओं पर ध्यान देने और कार्रवाई करने पर काफी जोर देते हैं।

खंड चार में सबको शामिल करनेवाली राजकोषीय नीति की चर्चा है। इसका आशय यह है कि सबको विकास में शामिल करने के लिए राजस्व जुटाया जाए और रकम खर्च की जाए। प्रमुख सवाल है—खर्च की क्या जरूरतें हैं? इसकी प्रणालियाँ क्या हैं? और कोष जुटाने का सबसे कम विकृत तरीका क्या है? यह एक लंबा और जटिल खंड है। इसमें प्राथमिकता तय करने के लिए प्रमुख बयानों/अवसरों को शामिल किया गया है। इन्हें हासिल करने के लिए प्रणालियों का गहराई से अध्ययन किया गया है, कृषि और गरीबी कम करने के लक्ष्यों के लिए विशेष साधनों (राजकोषीय और उससे परे) की चर्चा की गई है और आखिर में कार्यान्वयन का उल्लेख है।

इस खंड के शुरू में दो लेख व्यापक खर्च प्राथमिकताओं पर हैं। अगले तीन लेख बजट पर हैं, जिनमें बजट के पहले और बाद की स्थिति पर नजर डाली गई है। यह मानते हुए कि बजट संभवतः प्रभावी प्राथमिकताओं का सबसे प्रमुख नीतिगत बयान है, एक प्रभावी बजट बनाने के लिए फिर क्या किए जाने की जरूरत है? एक लेख वित्त आयोग और योजना आयोग की प्राथमिकताओं पर है। यह व्यापक

प्राथमिकताओं पर पैनी नजर डालता है। इसके बाद खर्च की प्राथमिकताओं और प्रशासन के ज्यादा विशेष पहलुओं पर कई लेख हैं।

दो लेख 'सुसंगति : अकल्पनाशील का आश्रय' और 'हम किसानों से बात नहीं करते' वित्तीय और अन्य नीतियों तथा एक प्रमुख नीति-क्षेत्र कृषि के बीच अंत:संबंध को उजागर करते हैं। बादवाला लेख कृषि के लिए वित्तीय नीतियों पर सीधे चर्चा नहीं करता, लेकिन पहले लेख का इस रूप में अनुपूरक है कि वह वित्तीय नीति के परे कृषि क्षेत्र के लिए कुछ सृजनात्मक तरीकों की रूपरेखा पेश करता है। ठहराव को तोड़ने के लिए कुछ सबसे अच्छे विचार खुद किसानों और व्यवसायियों के बीच से आने की संभावना है।

इस खंड के अगले कुछ लेखों में टैक्स और खर्च नीतियों की, फिर गरीबी कम करने की और अंतत: कार्यान्वयन की चर्चा की गई है। कार्यान्वयन ही बादे पूरे करने की कुंजी है। बाद में संस्थानवाले खंड में प्रशासकीय सुधारों पर ध्यान केंद्रित किया गया है; लेकिन मैं यहाँ जोर देना चाहता हूँ कि बात जब नीतियों के परिणाम देने की आती है तो कार्यान्वयन की उतनी ही अहमियत होती है जितनी मंशा की।

सम्मिलित विकास को मुख्य समर्थन इन्फ्रास्ट्रक्चर से ही मिलता है—यानी सम्मिलित विकास की रीढ़ है इन्फ्रास्ट्रक्चर। सूक्ष्म भौगोलिक आधार पर इन्फ्रास्ट्रक्चर और सम्मिलित विकास के लिए शहर केंद्रीय स्थान के रूप में उभर रहे हैं। ग्रामीण क्षेत्र इन्फ्रास्ट्रक्चर पर भरोसा करते हैं, ताकि वे और पीछे न छूट जाएँ। नीति और प्रशासकीय क्षमता के लिए यह साल-दर-साल की परीक्षा है। वॉल्यूम-1 में इन्फ्रास्ट्रक्चर को एक सेक्टर के रूप में देखा गया था, यहाँ मैंने एक अलग तरीका अपनाते हुए इन्फ्रास्ट्रक्चर की एक जैसी बातों पर फोकस किया है।

'दालियान होते हुए दावोस' लेख में इन्फ्रास्ट्रक्चर और आर्थिक अवसरों व विश्व पटल पर उभरने के बीच के संबंध को दरशाया गया है। 'बिजली के साथ राजनीति न करें' लेख में लोक-लुभावनवाद और सेवा प्रावधान विषय पर चर्चा की गई है, जबकि 'भूमि अधिग्रहण एक जटिल सवाल है' लेख में बताया गया है कि इन्फ्रास्ट्रक्चर के विकास में क्या-क्या सामान्य बाधाएँ आती हैं।

शिक्षा से संबंधित खंड में दिखाया गया है कि कैसे प्राथमिक शिक्षा से लेकर विश्वविद्यालयीय शिक्षा तक व्यवस्थागत विफलताएँ हैं। यह एक क्षेत्र है, लेकिन इसके असंख्य मसलों इन्फ्रास्ट्रक्चर से लेकर शिक्षक प्रशिक्षण और प्रबुद्ध नियमन तक—को हल करने के लिए सैकड़ों सृजनात्मक सुधारों की आवश्यकता है। यह

एक ऐसा क्षेत्र है, जिसके लिए सभी स्तर की सरकारों द्वारा रचनात्मक नीतियाँ अपनाने की जरूरत है। साथ ही, उनके बीच आपसी तालमेल भी होना चाहिए।

उच्च पैमाना रखने, समता सुनिश्चित करने, ज्यादा शिक्षक प्रशिक्षण के जरिए कम खर्च पर उच्च गुणवत्तावाले सबक देने और दूरस्थ शिक्षा के लिए बेहतर सामग्री विकसित करने (इन्हें लागू करने के लिए वास्तविक इन्फ्रास्ट्रक्चर खड़ा करने का जिक्र करने की जरूरत नहीं है) में राष्ट्रीय हित निहित है। फिर भी, स्थानीय संदर्भ को ध्यान में रखने की आवश्यकता है—अच्छी गुणवत्तावाली शिक्षा प्रदान करने में अलग-अलग तरह से बीच की कड़ी गुम होती है। उपस्थिति और अध्ययन को प्रभावित करनेवाली रीतियों में फर्क होता है। विद्यार्थियों की पाठ्यक्रम संबंधी विशेष जरूरतें होती हैं। शैक्षणिक परिणामों की बेहतरी के लिए स्थानीय स्तर पर प्रयोग करना भी एक महत्त्वपूर्ण स्रोत हो सकता है।

इस खंड के आखिरी कुछ लेखों में इस बात पर विशेष ध्यान दिया गया है कि भारत की विश्वविद्यालयीय शिक्षा-प्रणाली को पुनरुज्जीवित करने के लिए हमारे संघीय ढाँचे में क्या संसाधन और व्यवस्था है। इस खंड में आखिरी लेख नालंदा विश्वविद्यालय पर है। इसमें उन उपायों को सामने लाया गया है, जिनके जरिए एक ऐसे विश्वविद्यालय को फिर से स्थापित किया जा सकता है, जो देश के अद्‍भुत शैक्षणिक इतिहास और क्षमता का प्रतीक है। एक विश्वविद्यालय और विद्या केंद्र की स्थापना के लिए किस-किस तरह के संसाधनों और व्यवस्था की जरूरत है, उस पर भी ध्यान केंद्रित किया गया है। ये बातें याद दिलाती हैं कि शिक्षा-नीति, इन्फ्रास्ट्रक्चर आदि कैसे परस्पर अनुपूरक हैं।

नालंदा केस सिर्फ एक उदाहरण है कि कोई श्रेष्ठतम केंद्र विकसित करने में किन चुनौतियों का सामना करना पड़ता है। जो उद्यमी इन प्रयासों के पीछे लगते हैं, उन्हें अवश्य ही स्वायत्तता मिलती चाहिए और अभिनव शोध गृह बनाने के लिए समुचित समर्थन मिलनी चाहिए। हम अभी भी 1940 के दशक की विकास-विचारधारा से जुड़े हैं, जिसमें सबकुछ केंद्रीकृत निर्णय-प्रक्रिया के जरिए किया जाता है। प्रभावी फैसले लेने के लिए केंद्र कैसे स्थितियाँ पैदा करे, हम इस पर ध्यान नहीं देते, बल्कि हम बस सीधे इन फैसलों की ज़गह केंद्रीय आदेश देने पर उतारू हो जाते हैं। 'यह ग्रेड नहीं बनाता' लेख इस नजरिए के एक और उदाहरण को उजागर करता है—केंद्रीय विश्वविद्यालय विधेयक 2008। यह विधेयक मनमाने तरीके से घोषणा करता है कि कई राज्य स्तरीय विश्वविद्यालयों को अब केंद्रीय

विश्वविद्यालयों का दर्जा दिया जाएगा। इसमें केंद्र का संसाधन तो लगेगा, लेकिन विश्वविद्यालय के प्रशासन पर केंद्रीकृत नियंत्रण की कीमत भी चुकानी पड़ेगी। यह भी कीमत चुकानी पड़ेगी कि शोध एवं रचनात्मकता के लिए स्थानीय अभिनव प्रयास हतोत्साहित होंगे।

उपांतिम खंड 'संस्थान' संस्थागत और प्रशासकीय सुधारों का एक सेट प्रस्तुत करता है। इसमें 'काम करने की सूची' की तह में जाते हुए गहरी गाँठों, अंतर्निहित मुख्य समस्याओं पर ध्यान केंद्रित किया गया है। अगर इन समस्याओं को हल कर लिया जाए तो 'काम करने की सूची' के आइटमों की जरूरत ही नहीं रह जाएगी। इनमें शामिल हैं—ऐसा डाटा और ऐसी निर्णय-निर्माण प्रणाली का गठन किया जाए जो वाकई सूचनापरक नीति-निर्माण में मदद करे, जो कार्मिक नीति को दुरुस्त रखे, बाजार और राजनीतिक प्रोत्साहनों की ज्यादा व्यावहारिक दृष्टि रखते हुए आर्थिक योजना बनानेवाले संस्थानों पर जनवरी 2008 में पुनर्विचार करे और निष्क्रिय संघीय संस्थागत इन्फ्रास्ट्रक्चर का समाधान निकाले।

संघीय गतिकी की समस्या को हल किए जाने पर मेरा वर्षों से जोर रहा है। 'केंद्र को राज्यों से बात क्यों करनी चाहिए' लेख में मैंने राष्ट्रीय विकास परिषद् पर अपनी उन्हीं टिप्पणियों को और साफगोई से प्रस्तुत किया है, जो मैंने वॉल्यूम-1 में प्रकाशित 2005 के लेख 'केंद्र और राज्य, एक नया समझौता' में दी थी। वित्तीय घर की वास्तविक नींव संघीय व्यवस्थाओं में निहित होती है कि कैसे यह केंद्र और राज्य के बजट निर्माण को प्रोत्साहित करता है। 'वित्तीय घर' दरअसल भारत में एक 'वित्तीय परिसर' की तरह है, जिसमें सरकारी बजटों का एक संग्रह होता है, एक-दूसरे की कार्रवाइयों से प्रभावित खर्च योजनाओं और राजस्व प्रयासों का ब्यौरा रहता है। यह वॉल्यूम-1 में दिए गए सुझावों को दुहराता है। इस मामले में सबसे अहम बात यह है कि हमें फंडों के आवंटन के लिए एक ज्यादा स्पष्ट और एकीकृत प्रणाली विकसित करनी चाहिए। योजना आयोग और वित्त आयोग स्वतंत्र रूप से काम करते हैं और कभी-कभी दोनों की कार्यविधि में कोई तालमेल नहीं होता। वित्तीय योजना में सुसंबद्धता और समन्वय को खोए बगैर वे फंडों का हस्तांतरण अलग-अलग करने की सोच नहीं सकते हैं।

कई अर्थों में, भारत की विकास नीतियों के अग्रिम मोरचे पर राज्य प्रशासन ही आते हैं। केंद्र द्वारा बनाई गई कई योजनाएँ राज्य स्तर पर ही कार्यान्वित की जाती हैं। जिन समस्याओं के लिए कोई योजना नहीं होती, वे भी इसी स्तर के नीति-

निर्माताओं के पल्ले पड़ती हैं और आखिरकार नागरिक व मतदाता राज्य स्तरीय अपने प्रतिनिधियों से उतनी ही (यदि ज्यादा नहीं तो) अपेक्षा रखते हैं। हमें इसे बारीकी से देखना पड़ेगा कि इन्हें ज्यादा प्रभावी और कारगर कैसे बनाया जा सकता है।

'संसद् के साथ समस्या' लेख इस खंड और राजनीतिक गत्यात्मकता पर अंतिम लेखों के बीच एक पुल की तरह है। मेरी सह-लेखिका जेसिका वलाक और मेरा तर्क है कि संसद् के संस्थान में सुधार की जरूरत है, ताकि मौजूदा राजनीतिक गत्यात्मकता को बेहतर किया जा सके। संसद् में सीमित बहस होती है और अकसर बाधाएँ खड़ी की जाती हैं। यह स्थिति व्यक्तियों और संस्थानों दोनों की उपज है। इसका नीति-निर्माण और नीतियों के कार्यान्वयन की निगरानी पर गंभीर असर पड़ता है। उस लेख को लिखने के बाद से एक सांसद के रूप में मेरा अनुभव भी प्रभावी राजनीतिक गत्यात्मकता को सुनिश्चित करने के लिए अन्य अहम संस्थागत प्राथमिकताओं को उजागर करता है। उदाहरण के लिए, स्थायी समिति की भूमिका है कि वह विधेयकों पर टिप्पणी करे और विश्लेषण करे तथा समुचित संशोधन सुझाए। मगर प्रतिनिधित्व के इन कामों को संबंधित मंत्रालय रोक देते हैं। वे बगैर कोई कारण बताए इन संशोधनों को खारिज कर देते हैं। निर्वाचित प्रतिनिधियों के प्रति कार्यकारिणी की जिम्मेदारी के आधारभूत सिद्धांत का यह एक गंभीर उल्लंघन है—यह नीति लागू करनेवाले को ही वीटो करने की स्थिति में ला देते हैं; लेकिन यह और विचलित करनेवाली बात है कि ऐसा ही कुछ हाल में शिक्षा के अधिकार विधेयक के साथ हुआ। स्थायी समिति ने कुछ संशोधन सुझाए थे, जिनका जोर परिणामों और इन परिणामों का पता करने संबंधी प्रावधानों पर था; लेकिन शिक्षा मंत्रालय ने संसद् पटल पर जो विधेयक पेश किया, उसमें वे प्रावधान खत्म कर दिए। हमें इस तरह के संस्थान नहीं चाहिए, जिसमें इस तरह की राजनीतिक गत्यात्मकता हो।

राजनीतिक गतिकी पुस्तक के हरेक लेख का हिस्सा है, लेकिन ये लेख सीधे मसलों को उठाते हैं। संदेश अभी भी वही है जो वॉल्यूम-1 में था—सर्वसम्मति चाहिए। बहुत लोग कहेंगे कि हम एक न झुकनेवाले बिंदु पर आ गए हैं। हमने इतनी गति हासिल कर ली है कि उसे रोका नहीं जा सकता, यहाँ तक कि बचे हुए सरकारी तंत्र द्वारा भी नहीं। कि भारत भविष्य की एक आर्थिक महाशक्ति है कि अगले दशक में गरीबी आधी रह जाएगी। आगे बढ़ने के लिए सर्वसम्मति के बगैर

राजनीतिक रणनीति बनाने में जितना वक्त लगेगा, वह परिणामों को सुधारने के लिए नीतिगत रणनीति में लगे समय की उपयोगिता को काफी पीछे छोड़ देगा। हमारी चुनौती के दो भाग हैं—राजनीतिक दलों के बीच ज्यादा व्यक्तिगत व सामाजिक संबंध और मधुरता स्थापित करना तथा इसे सहयोग-समर्थन देने के लिए प्रतिनिधित्व और बहस के नियम बनाना।

खंड—I

भारत का वैश्वीकरण

इस खंड में दिए गए लेख अंतरराष्ट्रीय वित्तीय संकट के ताजा घटनाक्रमों के परिदृश्य में भारत के एक वैश्विक आर्थिक शक्ति के रूप में उभरने की गाथा को दरशाते हैं। अंतरराष्ट्रीय अर्थव्यवस्था की घटनाओं और हमारी घरेलू नीतियों के तालमेल पर इसमें खासतौर पर ध्यान दिया गया है। साफ संदेश है कि वैश्विक अर्थव्यवस्था और उसके संस्थागत ढाँचे के पुनर्गठन में हमारी कूटनीतिक भूमिका भी है और हमारे लिए आर्थिक अवसर भी हैं, जिन्हें हम हाथ से जाने नहीं दे सकते हैं।

1

भारत और जापान : बड़ी आशाएँ

जापान के प्रधानमंत्री शिंजो एबे का हाल में संपन्न दौरा कई मायनों में अहम है हाल के वर्षों में इस तरह के हुए कई उच्च स्तरीय दौरों को इस दौर ने और परवान तो चढ़ाया ही, यह दौरा एक ऐसे समय पर हुआ कि इसने एशिया के लिए जापान की नई दृष्टि का संकेत दे दिया।

उन्होंने भारतीय संसद् में तो भाषण दिया, उसका शीर्षक था—'दो सागरों का संगम'। इसने अतीत की यादें, भावनाएँ जगा दीं। उन्होंने कहा भी कि जापान 'भारत की खोज' में लगा है। दरअसल, जापान अब भारत को शिद्दत से एक सहयोगी और 'दोस्त बनाना चाहता है, ताकि स्वतंत्रता और समृद्धि के सागरों का और विस्तार हो तथा जो सबके लिए खुला व पारदर्शी हो।'

सर्वप्रथम, जापान ने इस बात को माना कि भारत के मौजूदा विकास में जो उछाल दिख रहा है और पिछले एक दशक से भी ज्यादा समय से उदारीकरण का जो महत्त्वपूर्ण दौर चला आ रहा है, उसने ऐसे अवसर पैदा किए हैं कि जापान उन्हें नजरअंदाज नहीं कर सकता। प्रधानमंत्री के भोज में मैं टोयोटा मोटर कॉरपोरेशन के चेयरमैन फुजियो चो की बगल में बैठा था। उन्होंने मुझे बताया कि वे पाँच बार भारत के दौरे पर आए, लेकिन ये सारे दौरे पिछले दो साल के दौरान हुए। वे भारत में टोयोटा के पैर जमाना चाहते थे और उन्हें 'निशान' की चुनौती का भी अहसास था। निशान की 'रेनॉल्ट' और महिंद्रा के साथ संयुक्त भागीदारी है।

मुझे याद आया कि मैं जापान में वर्ष 1981-86 तक यानी पाँच वर्षों तक भारतीय दूतावास में एक मंत्री की हैसियत से था। तब मैंने सुजुकी-मारुति उपक्रम की स्थापना में उत्प्रेरक की भूमिका निभाई थी; लेकिन जापान की दो विशाल ऑटो कंपनियों—निशान और टोयोटा को इस बात के लिए राजी नहीं कर सका था कि वे मारुति के साथ संयुक्त भागीदारी करें, क्योंकि एम.आई.टी.आई. और विदेश विभाग को लगा कि चूँकि पाकिस्तान में सुजुकी है, इसलिए वह भारत में भी सही भागीदार होगी।

तब भारत और पाकिस्तान को नई तरह से समान धरातल पर रखने की प्रवृत्ति

थी। चीन को एक भिन्न श्रेणी मिली हुई थी। लेकिन हाल में बड़े जापानी निवेशक न सिर्फ भारतीय बाजार में अवसरों को दुहना चाहते हैं, बल्कि अब वे भारत और चीन में अपनी गतिविधियों को संतुलित करना चाहते हैं।

द्वितीय, तोक्यो में रहने के दौरान मैंने बहुत पहले भाँप लिया था कि असली ताकत जापानी मैन्यूफैक्चरिंग कंपनियों के संघ 'निपॉन कीदान्रेन' के पास है। मैं चाहता था कि भारत की भागीदारी कीदान्रेन के साथ हो; लेकिन मेरे प्रयास को बार-बार रोक दिया जाता था और मुझे जापान चैंबर ऑफ कॉमर्स एंड इंडस्ट्री से संबंध जारी रखने के लिए प्रोत्साहित किया जाता था। यह दरअसल व्यापारियों का संगठन है। भारत को जापानी सामान और उत्पादों के लिए मंडी के रूप में देखा जाता था, न कि मैन्यूफैक्चरिंग आधार के रूप में।

लेकिन इस बार संसद् में दिए अपने भाषण में जापानी प्रधानमंत्री ने कहा कि 'आर्थिक रिश्तों के गहराने की महान् आशाएँ हैं।' और इसका सबसे बढ़िया सबूत यह है कि इस दौरे पर उनके साथ निपॉन कीदान्रेन के चेयरमैन फुजियो मितौरी समेत जापान के तकरीबन 200 बिजनेस एग्जीक्यूटिव आए थे।

तृतीय, जापान पहले अकसर शिकायत करता रहता था कि भारत सरकार की जटिलताएँ और भारतीय समाज की विविधता ऐसी है कि उन्हें झेल पाना उसके बूते की बात नहीं है। उदारीकरण के शुरुआती वर्षों में जापान की दिक्कतों को दूर करने के लिए लगातार प्रयास किए गए।

इनमें से कई दिक्कतें ऐसी थीं, जो जेनेरिक (अंगीभूत) प्रकृति की थीं और उनका जापान के लिए कोई हल नहीं पेश किया जा सकता था। यह सब अब नाटकीय रूप से बदल गया है। श्रम कानून, वास्तविक एकल-खिड़की प्रणाली का अभाव और केंद्र-राज्य समन्वय जैसे व्यापक मुद्दे अभी भी उठते हैं; लेकिन जापानी कंपनियाँ अब प्रतिद्वंद्वी भावना के साथ निवेश संभावनाओं को तलाश रही हैं।

विभिन्न राज्य भी जापानी निवेश को आकर्षित करने के लिए वित्तीय और अन्य लाभों के जरिए आपस में होड़ कर रहे हैं। जापानी मैन्यूफैक्चरिंग कंपनियाँ भी विदेश विकास सहायता (ओवरसीज डेवलपमेंट एसिस्टेंस) के समर्थन से ठेके हथियाने में आक्रामकता दिखा रही हैं, बल्कि वे निवेश के मौके भी तलाश रही हैं। अतीत से यह एक अलग धारा है। अमेरिका के साथ भारत की जो रणनीतिक साझेदारी बनी है, उससे भी भारत के प्रति जापान का नजरिया बदला है। जापानी बैंकों और वित्तीय

संस्थानों पर भी यह बात बराबर लागू होती है।

हालाँकि जापानी निवेश की जोरदार बौछार अभी तक नहीं हुई है, लेकिन मूड और नजरिया साफ तौर पर बदला हुआ है। हम नरम कूटनीति तेज कर इस प्रक्रिया को आगे बढ़ा सकते हैं—हमें ज्यादा विद्यार्थियों को जापानी भाषा सीखने के लिए प्रोत्साहित करना चाहिए, जापानी फूड के रिटेल आउटलेट बड़ी संख्या में खोलने की इजाजत देनी चाहिए आदि। हमें यह भी पता होना चाहिए कि जापान में बाजार का अर्थशास्त्र एक बिंदु तक ही चलता है। उनके समाज में ज्यादा अहम बात है विश्वास, भरोसा, दोस्ती और बदनामी के प्रति अत्यधिक संवेदनशीलता।

जापान एक सामंती समाज का अनूठा उदाहरण है, जिसने उत्पादकता को बाजार-आधारित अर्थव्यवस्था से जोड़ रखा है। लंबी भारतीय प्रतीक्षा खत्म हुई। साझा बयान में भारत और जापान के बीच रणनीतिक और वैश्विक भागीदारी की बात कही गई। इस नई दिशा में विविध अवसरों को हमें तलाशना और दोहना चाहिए। भारत-जापान रिश्तों की बनावट निर्णायक रूप से बदल गई है।

(26 अगस्त, 2007)

□

2

संसदीय निगरानी को फिर से परिभाषित करना

संसद् के विश्वास मत ने असैन्य परमाणु ऊर्जा करार को तेज कक्षा में डाल दिया है। इस बात को महीना भर से ज्यादा हो गया है। इसके बाद आतंकवाद और आर्थिक आँकड़ों की गिरावट ने हमें जकड़ लिया है। अमरनाथ तीर्थ यात्रा के गलत ढंग से निपटने से जो जख्म लगे हैं, उन्हें भरने में लंबा वक्त लगेगा। जैसे ही जख्म भरने को होते हैं कि कुछ और घटनाएँ फिर से ज्यादा घाव पैदा कर जाती हैं। इस सबसे निवेशकों का विश्वास डगमगाता है। इस कारण ज्यादा अहम प्राथमिकताओं से भी हमारा ध्यान हट जाता है।

संसदीय बहस के दौरान इस मुद्दे पर नाम मात्र की ही चर्चा हुई कि हमारे संविधान और संसदीय परंपराओं के तहत क्या अंतरराष्ट्रीय संधियों को संसदीय मंजूरी की आवश्यकता है? पूर्ववर्ती अवधारणा यह थी कि जिस सरकार को सदन में बहुमत प्राप्त है, सिर्फ उसे ही सत्ता में बने रहने का अधिकार है और जब तक यह बहुमत प्राप्त है तब तक संधियों को अलग से संसदीय मंजूरी की जरूरत नहीं है। मगर खंडित गठबंधन की राजनीति ने इस अवधारणा में तबदीली की है। प्रधानमंत्री ने अपने भाषण में उल्लेख किया कि यह बहस अनावश्यक है और 'इससे हमारी चिंताओं के प्राथमिकतावाले क्षेत्रों में अनिवार्य कार्यक्रमों से ध्यान भटकता है।'

विपक्ष के नेता ने इसके पहले टिप्पणी की थी कि विशेष सत्र बुलाने और विश्वास मत हासिल करने के लिए प्रधानमंत्री खुद जिम्मेदार हैं। इसलिए मूल मुद्दे का जवाब मिला ही नहीं। वे किस तरह की अंतरराष्ट्रीय संधियाँ और समझौते हैं, जिन्हें कार्यपालिका बगैर संसदीय मंजूरी के करने के लिए स्वतंत्र है? क्या इन पर करार हो जाने के बाद चर्चा होनी चाहिए या करार हो जाने के पहले ही सरकार को संसद् में पूरी चर्चा करनी चाहिए और सांसदों की राय जाननी चाहिए? विश्व व्यापार संगठन (डब्ल्यू.टी.ओ.) की मौजूदा परिचर्चा करोड़ों भारतीय किसानों के जीवन

को प्रभावित करेगी और असैन्य परमाणु ऊर्जा करार की तुलना में तत्काल असर डालेगी। संसद् में हाल के समय में डब्ल्यू.टी.ओ. के मुद्दों पर चर्चा नहीं हुई है। ये वार्त्ताएँ कृषि, उद्योग एवं सेवा क्षेत्रों (सर्विसेज) को प्रभावित करती हैं। वे किसानों की आजीविका पर असर डालती हैं, क्योंकि डब्ल्यू.टी.ओ. समझौतों से प्रतियोगिता बढ़ती है; जबकि कृषि, इन्फ्रास्ट्रक्चर (आधारभूत ढाँचा) और लिंकेज के लिए हमारी उत्पादकता और ऊर्जा की उपलब्धता वांछनीय स्तर से कम है।

मौजूदा डब्ल्यू.टी.ओ. वार्त्ता शुरुआती दौर में ही टूट गई, क्योंकि विफलता के लिए ठीकरा फोड़ने का खेल शुरू हो गया है। यह सही है कि यह पूरी कवायद इस अवधारणा पर आधारित है कि बहुपक्षीय व्यापारिक समझौतों से कई गुना लाभ प्राप्त होते हैं और ये द्विपक्षीय या प्राथमिकता आधारित करारों की तुलना में साफतौर पर बेहतर होते हैं। प्राथमिकतावाले समझौतों से संकुचित व्यापार की विकृतिपूर्ण व्यवस्थाएँ पैदा होती हैं। इसलिए जो भी देश या समूह वांछित बहुपक्षीय व्यवस्था के बनने में बाधक बन रहा है, उसे खुद को और अंतरराष्ट्रीय समुदाय को व्यापार से होनेवाले फायदों से वंचित रखने का परिणाम अवश्य भुगतना चाहिए।

वाणिज्य मंत्री को उम्मीद है कि कुछ महीने में ही वार्त्ता फिर शुरू होगी। दरअसल, डब्ल्यू.टी.ओ. के डायरेक्टर जनरल पास्कल लैमी ने समझौतों की रूपरेखा को सुधारने के लिए भारत की यात्रा की। उन्होंने वार्त्ता प्रक्रिया को फिर से शुरू करने की आशा की थी। यह उत्साहजनक है कि हमने कृषि और उद्योग के अपने हितों के साथ कोई समझौता नहीं किया, लेकिन हमें इस बारे में ज्यादा जानकारी की जरूरत है। वाणिज्य मंत्री के पास किस तरह के वार्त्ता-विकल्प हैं? सेवा क्षेत्र (सर्विसेज) में द्विपक्षीय वार्त्ता को आगे जारी रखना वांछनीय होगा। सेवा क्षेत्र में हमारे बड़े हित हैं। इसलिए विकसित देशों से औद्योगिक उत्पादों के मामले में हम झुकते भी हैं, तो इसकी भरपाई हमें सेवा क्षेत्र में हासिल करनी चाहिए। प्राकृतिक इनसानों तक मुक्त पहुँच—संख्या और अनुचित सामाजिक सुरक्षा शुल्क जैसी बाधाओं—दोनों ही मामलों में रियायत हासिल करनी चाहिए। देखने में आया है कि यूरोपीय संघ के देश यहाँ तक कि लघु और मध्यम अवधि के वर्क परमिट पर भी सोशल सिक्यूरिटी चार्ज लगा देते हैं।

हममें से कितनों को मालूम है कि अमेरिकियों ने दरअसल हमारे एप्लायड रेट्स में कमी करने की माँग की, जो कि बँधे हुए और एप्लायड रेट्स के फर्क को दबाने से सर्वथा भिन्न है। क्या हमने इस बात का आकलन किया है कि दूसरे पक्षों से आनुपातिक लाभ सुनिश्चित किए बगैर हमने कितनी एकतरफा रियायतें दे दीं—

निस्संदेह अपनी प्रतियोगी क्षमता बढ़ाने की खातिर? डब्ल्यू.टी.ओ. वार्त्ताओं के दौरान अपनाई जानेवाली चालों और दावों का सार्वजनिक रूप से खुलासा नहीं किया जा सकता, क्योंकि इसमें पारस्परिक लेन-देन चलता है। फिर भी, मोटी रूपरेखा जाहिर करने में ज्यादा पारदर्शिता होनी चाहिए। यह कवायद अनावश्यक गोपनीयता के साँचे में नहीं की जा सकती। संसद् और राजनीतिक दलों को इस प्रक्रिया से बाहर रखना न तो उचित है और न ही स्वीकार्य।

इसलिए, तीन मुद्दों पर कदम उठाने की जरूरत है—पहला, जिन संधियों और समझौतों का विदेश नीति या आर्थिक क्षेत्र में व्यापक असर पड़ने वाला है, उन पर संसद् में पहले ही बहस कर ली जाए। अनुल्लंघनीय वादे करने से पूर्व ही देश को भरोसे में लेने के मामले में सरकार को ज्यादा पारदर्शिता बरतनी चाहिए।

दूसरा, किए गए समझौतों को अपने आप स्वीकृति नहीं मिल जाती। समझौता करनेवाले पक्षों को यह बात समझनी होगी कि अभी इस पर संसद् की मुहर लगनी है।

तीसरा, यद्यपि विदेश नीति, रक्षा, रणनीतिक रिश्ते और व्यापार केंद्र के क्षेत्र में आते हैं, लेकिन तकनीकी प्रगति और पारस्परिक निर्भरता ने कई सीमा-रेखाओं को क्रमिक रूप से धुँधला कर दिया है। जहाँ भी ये राज्यों को प्रभावित करती हों, हमारे संघीय ढाँचे के मद्देनजर राज्यों के साथ चर्चा को बढ़ावा दिया जाना चाहिए। केंद्र-राज्य संबंधों का ताना-बाना भी काफी हद तक बदल गया है। अब केंद्र और राज्यों में एक ही पार्टी की सरकारें नहीं हैं। कई राज्यों में क्षेत्रीय पार्टियाँ सत्ता में हैं और कई मसलों पर वे केंद्र सरकार से अलग राय रखती हैं। यद्यपि संविधान के ढाँचे, जिसमें केंद्र के दायित्वों का स्पष्ट उल्लेख है, को कमतर करने की आवश्यकता नहीं है, लेकिन बदली हुई परिस्थितियों की माँग है कि हम राज्यों के साथ काफी अच्छी चर्चा की परिपाटी शुरू करें।

वैश्विक पारस्परिकता और वैश्वीकरण जहाँ अवसर पैदा करते हैं, वहीं उनके परिणाम भी भुगतने पड़ते हैं। अवसर होते हैं कि अपना जीवन-स्तर सुधारने के लिए अपनी उत्पादकता बढ़ाएँ और बेहतर तकनीक हासिल करें। लेकिन इसका अनिवार्य परिणाम है कि हम जनता और संसद् के प्रति ज्यादा जिम्मेदारी दिखाएँ। संसदीय निगरानी को फिर से परिभाषित किए जाने की जरूरत है। परमाणु बहस ने तयशुदा अवधारणाओं को कई तरह से फिर से खोल दिया है।

(22 अगस्त, 2008)

□

3

मुद्रास्फीति की संभावनाओं का प्रबंधन

मुद्रास्फीति अब एक एशियाई चिंता बन गई है। एशियाई विकास बैंक की वार्षिक रिपोर्ट 'एशियन डिवेलपमेंट आउटलुक 2008' में कहा गया है कि इस साल एशिया में विकास मध्यम स्तर का रहेगा और मुद्रास्फीति का प्रबंधन सबसे बड़ी चुनौती होगा। मध्य एशिया में मुद्रास्फीति दोहरे अंकों में होगी और चीन को भी मुद्रास्फीति की चिंता सताएगी। भले ही उसने कड़ी मौद्रिक नीति अपनाई है, बैंकों में ज्यादा रिजर्व रखने और विकास को निर्यात एवं निवेश के दायरे से परे ले जाने की नीति लागू की है। रिपोर्ट में सावधान किया गया है कि 'एशिया में मुद्रास्फीति के फंदे में फँसने का खतरा है और इस पर कड़ी नजर रखने की जरूरत है। दरअसल, सब्सिडी, सरकारी मूल्य नियंत्रण और एक्साइज ड्यूटी में कटौती के कारण वास्तविक मुद्रास्फीति दर अर्थव्यवस्था के अंदर चल रहे मुद्रास्फीति दबावों को छुपा लेती है।' कहीं और की तुलना में भारत के लिए यह बात ज्यादा सही है।

कम आयवाली अर्थव्यवस्था में मुद्रास्फीति समाज के हर वर्ग को पीड़ित करती है, लेकिन गरीब वर्गों पर इसका सबसे बुरा असर पड़ता है। इस श्रेणी में खाद्य पदार्थों में मुद्रास्फीति सबसे पीड़ादायक होती है। जो लोग बेहतर आयवाले हैं, वे तो अपने खर्चों में तालमेल बिठाकर खाद्य उपभोग को बरकरार रखने में सफल होते हैं, लेकिन गरीबों को यह लचीलापन उपलब्ध नहीं है, क्योंकि उनकी अधिकांश कमाई तो भोजन पर ही खर्च हो जाती है। दूसरे शब्दों में, गरीबों को खाना कम करना पड़ता है और उन्हें कुपोषण व अन्य कमियों से जूझना पड़ता है।

भारत में, 29 मार्च को समाप्त हुए सप्ताह के लिए उपभोक्ता मूल्य सूचकांक की दर 7.41 फीसदी थी। यह महँगाई के वास्तविक असर को प्रदर्शित नहीं करती, क्योंकि थोक मूल्य सूचकांक (डब्ल्यू.पी.आई.) में प्राथमिक चीजों का अंश 22 फीसदी ही है, जबकि मैन्यूफैक्चर की गई चीजों का अंश 63.7 फीसदी है।

फलों, सब्जियों, खाद्य तेल, दालों और अनाजों के दाम काफी बढ़े हैं। इसलिए डब्ल्यू.पी.आई. में जितना दिखता है, खाद्य वस्तुओं में महँगाई की मार उससे काफी ज्यादा है। यह गंभीर चिंता की बात है।

हमारे मौजूदा खाद्य परिदृश्य में कम-से-कम आठ तत्त्व शामिल हैं—पहला, बाजार की खुफिया जानकारी की संस्थागत विफलता। पिछले काफी अरसे से यह साफ हो चला था कि अंतरराष्ट्रीय खाद्य स्थिति में गिरावट आ रही है।

ऑस्ट्रेलिया में अभूतपूर्व सूखा पड़ा। इससे चावल और गेहूँ का अंतरराष्ट्रीय कोष संकट में फँस गया था। फिर, खेती की काफी जमीन बायो-डीजल और एथनॉल के उत्पादन के वास्ते दे दी गई। इससे चावल और गेहूँ के भाव में तेज बढ़ोतरी हुई। इस ट्रेंड को समय रहते ही भाँप लेना चाहिए था और मौजूदा मूल्य ट्रेंड से काफी कम रेट पर इन चीजों का आयात कर लेना चाहिए था। इस समय, जबकि अंतरराष्ट्रीय कीमतें रिकॉर्ड छू रही हैं, इन चीजों की उपलब्धता भी कम हुई है।

यह स्थिति तब है जबकि भारत और चीन जैसे उदीयमान बाजारों में माँग का दबाव बढ़ रहा है, लेकिन लघु अवधिवाली आपूर्ति नहीं हो पा रही है। कम कीमत पर आयात न करने के पीछे तर्क दिया जाता है कि तब सरकारी खरीद की प्रक्रिया शुरू हुई थी और अगर उस समय खाद्य पदार्थों का आयात किया जाता तो इससे किसानों के मनोबल को धक्का लगता; लेकिन यह तर्क विश्वसनीय नहीं है। भारतीय खाद्य निगम और राज्य एजेंसियों के अनाज भंडार में काफी कमी आई है। फिर भी, हम अंतरराष्ट्रीय ट्रेंड को तोड़ने में नाकाम रहे और गेहूँ-चावल का निर्यात करते रहे। खाद्य पदार्थों के प्रबंधन की रणनीति के लिए खाद्य वस्तुओं की खुफिया जानकारी बेहद जरूरी है। दूसरा, कई उत्पादों पर आयात शुल्क में वृद्धि करने और निर्यात पर प्रतिबंध लगाने जैसी तदर्थ प्रतिक्रियाओं से केवल अस्थायी लाभ ही मिल सकता है। ये खाद्य उत्पादन बढ़ाने की दूरगामी कार्रवाई के विकल्प नहीं हैं।

अनाजों और फलों, सब्जियों, डेयरी और मांस उत्पादों जैसी पसंदीदा चीजों के उत्पादन और उत्पादकता में सुधार करने के प्रयास करने ही होंगे। हमारे सकल घरेलू उत्पाद (जी.डी.पी.) में तेज वृद्धि के मद्देनजर प्रति व्यक्ति आय में भी खासी बढ़ोतरी हुई है। कम आयवाले स्तर पर उपभोग वृद्धि ने अनाजों की माँग पर दबाव पैदा किया है, जबकि मध्यम आय वर्गवालों के उपभोग ट्रेंड में बदलाव आया है और वे मांसाहार व शाकाहारवाले प्रोटीन, दालों, मटर की ज्यादा माँग करने लगे हैं। भारत में खाद्य सामग्री की अधिकता थी, लेकिन अब कमी हो गई है।

तीसरा, जन वितरण प्रणाली को मजबूत करना अनिवार्य है। साथ ही, गरीबी रेखा के नीचे के परिवारों का वास्तविक घरेलू आँकड़ा, खासकर गरीब और ज्यादा आबादीवाले राज्यों में एकत्र किया जाना चाहिए और उनके लिए राशन का आवंटन भी बढ़ाया जाना चाहिए। राज्य सरकारों को आवश्यक वस्तु अधिनियम के प्रावधानों को निस्संदेह लागू करना चाहिए। वैसे, इस पूरी कवायद से कमी की मानसिकता को बढ़ावा नहीं मिलना चाहिए, अन्यथा सीमित आपूर्ति पर और ज्यादा दबाव पैदा हो जाता है।

चौथा, मौद्रिक और वित्तीय नीतियों का संयोग आवश्यक है। मुद्रास्फीति ट्रेंड को नियंत्रित करने के लिए यह जरूरी है, लेकिन परिणाम यह भी होगा कि निवेश और विकास को झटका लगेगा।

पाँचवाँ, मौजूदा तकनीक के सहारे भी अनाजों और अन्य कृषि उत्पादों की उत्पादकता दोगुनी की जा सकती है। बिहार जैसे कुछ क्षेत्रों में तो उत्पादकता तीन गुना भी बढ़ाई जा सकती है, क्योंकि मौजूदा उत्पादकता काफी निम्न स्तर की है।

छठा, खाद्य पदार्थों की बरबादी रोकने और फलों-सब्जियों को लंबे समय तक संरक्षित रखने का तुरंत फायदा मिल सकता है। ग्रामीण आधारभूत ढाँचा, बाजार संपर्क, सूचना-प्रसार आदि में सुधार करके खेती से आय को काफी बढ़ाया जा सकता है। इससे खाद्य पदार्थों की त्वरित आपूर्ति हो सकेगी।

सातवाँ, अमेरिका में मंदी चल रही है। दूसरे देशों में भी विकास दर धीमी है। इससे संभावना है कि साल के उत्तरार्ध में अखाद्य पदार्थों की माँग में कमी आए।

आठवाँ, वैश्विक पारस्परिक निर्भरता बढ़ने और दूसरे देशों में भी इसी तरह की कार्रवाई किए जाने से अभाव की मानसिकता पैदा होती है। मूल्य वृद्धि के नतीजे खाद्य सुरक्षा के परे भी दिखते हैं। वे अन्य उत्पादों की कीमतों में वृद्धि कर देते हैं। इससे सरकारी और निजी उपक्रमों की लागत और उपयोगिता भी प्रभावित होती है।

मुद्रास्फीति झेलने की भारत की क्षमता कम मानी जाती है। हम वक्त पर खतरे को भाँपने और त्वरित कार्रवाई करने में विफल रहे हैं। यह हमें महँगा पड़ सकता है। मुद्रास्फीति का प्रबंधन और महँगाई की संभावनाओं को पलटना कभी भी आसान नहीं होता है।

(13 अप्रैल, 2008)

□

4

खाद्य पदार्थों की वैश्विक कमी विचारणीय मसला है

खाद्य सुरक्षा पर वैश्विक चिंता और गहराई है। कई देशों में भोजन के लिए दंगों की खबर आई है। खाद्य सुरक्षा पर दीर्घकालीन चिंताओं की यह शुरुआत भर है। ज्यादातर उभरते बाजारों ने तदर्थ, अल्पकालिक कदम उठाए हैं। बाजार में नकदी की मात्रा कम करने से माँग पर फर्क पड़ सकता है, लेकिन निचले स्तर पर इससे गरीबों का नुकसान होगा। बेहतर नियमन और ज्यादा सक्षम सार्वजनिक वितरण प्रणाली से अल्पकाल में आपूर्ति व्यवस्था सुधर सकती है।

वैसे, दीर्घकालीन स्तर पर कृषि उत्पादों में कमी के अंतर्भूत कारणों को और बढ़ती माँग को पूरा न कर पाने के कारणों को दूर किए जाने की जरूरत है।

केंद्रीय वित्त मंत्री पी. चिदंबरम ने अंतरराष्ट्रीय मुद्रा कोष और विश्व बैंक की हाल की स्प्रिंग मीटिंग को संबोधित करते हुए खाद्य पदार्थों के अभाव के लिए जमीन का इस्तेमाल बायो-ईंधन पैदा करने की प्रवृत्ति को दोषी ठहराया। इस तरह की भावना कई राजधानियों में व्यक्त की जा सकती है; लेकिन यह तो समस्या का सिर्फ एक हिस्सा है। आकलनों में फर्क देखने में आया है कि ज्यादा आधारभूत कारणों की तुलना में इस प्रक्रिया में इनसानों के लिए भोजन में कितनी कमी आई। आधारभूत कारणों का आशय ऑस्ट्रेलिया में लगातार तीसरे वर्ष अभूतपूर्व सूखा और वैश्विक तापमान में वृद्धि के कारण कुल कृषि उत्पादकता में गिरावट से है। घनी आबादी वाले गरीब देशों में लोगों की आय में वृद्धि होने से अनाजों की माँग में इजाफा हुआ है तो दूसरी ओर उपभोग-प्रवृत्ति में भी बदलाव आया है। लोग अब ज्यादा पौष्टिक आहार लेने लगे हैं। मांसाहार के जरिए प्रोटीन हासिल करने की लोगों की आदत के कारण पशुओं के लिए ठीक गुणवत्तावाले भोजन की माँग बढ़ी है। खाद्य चक्र के अंदर इस तरह के बदलाव काफी देखने को मिल रहे हैं। इस प्रक्रिया के स्वतंत्र

आकलन की आवश्यकता है।

इस संदर्भ में खाद्य सुरक्षा की बढ़ती चिंताओं के प्रति समन्वित अंतरराष्ट्रीय प्रयास काफी कम हुए हैं। अंतरराष्ट्रीय मुद्रा कोष के बोर्ड ऑफ गवर्नर्स की अंतरराष्ट्रीय मौद्रिक एवं वित्तीय कमेटी की हाल की विज्ञप्ति में खाद्य सुरक्षा का बस चलते-चलाते जिक्र किया गया है और वह भी सामान्य वित्तीय स्थिरता और मुद्रास्फीति प्रबंधन के संदर्भ में। विज्ञप्ति में कहा गया है कि बहुत से विकासशील देशों, खासकर कम आयवाले देशों में लोग खाद्य पदार्थों और ऊर्जा की बढ़ती कीमतों से जूझ रहे हैं और इसका विशेषकर आबादी के सबसे गरीब तबके पर काफी बुरा असर पड़ रहा है। कमेटी ने अंतरराष्ट्रीय मुद्रा कोष आई.एम.एफ. से अपील की है कि वह इस बारे में विश्व बैंक और अन्य सहयोगियों के साथ मिलकर काम करें और ऐसे मुल्कों को समुचित नीतिगत सलाह व वित्तीय समर्थन दे।

कठिन परिस्थितियों में फँसे देशों की मदद करने की व्यवस्था में वस्तुओं की मूल्य वृद्धि का जिक्र किया गया है। फंड बैंक की समापन बैठक की प्रेस वार्त्ता में कहा गया है कि 'ईंधन और खाद्य पदार्थों की कीमतों में तेज उछाल की खबरें बार-बार आती रहती हैं। तेल की कीमत अभी भी 100 डॉलर प्रति बैरल चल रही है, तो खाद्य चीजों की कीमतों में वर्ष 2006 से अब तक 48 फीसदी का इजाफा हो चुका है।' खाद्य पदार्थों का उत्पादन करनेवाले देशों ने भले ही जमकर चाँदी काटी हो, लेकिन अफ्रीका, एशिया, लैटिन अमेरिका और कैरीबिया के गरीब देशों ने इसकी बुरी मार झेली है। विश्व बैंक के अध्यक्ष ने भूखे लोगों को तुरंत मदद देने के लिहाज से संयुक्त राष्ट्र विश्व खाद्य कार्यक्रम के लिए 50 करोड़ डॉलर की आपात सहायता का ऐलान किया है। साथ ही, उन्होंने भूख और कुपोषण से लड़ने के लिए वैश्विक खाद्य कीमतों पर नई डील का आह्वान किया है। यह माना गया है कि अगर कार्रवाई नहीं की गई और ज्यादा समृद्ध देशों को मदद के लिए प्रेरित नहीं किया गया तो 10 करोड़ से भी ज्यादा लोग गरीबी के दलदल में फँस जाएँगे। अमीर देशों को समझना पड़ेगा कि 'हम और इंतजार नहीं कर सकते हैं। हमें बेसहारों की तुरंत मदद करनी होगी। भूखे लोगों को भोजन मुहैया कराना होगा। स्थिति बेहद नाजुक है।'

बहरहाल, समन्वित और सुसंगत बहुपक्षीय कदम उठाने का मसला अधर में लटका हुआ है। इसके लिए कम-से-कम निम्न कदम उठाने होंगे—

- पहला, संयुक्त राष्ट्र परिवार के अंतर्गत विभिन्न एजेंसियों के बीच आपसी तालमेल बनाने की आवश्यकता है। यह स्पष्ट किए जाने की जरूरत है कि

कौन उत्तरदायी है और कौन क्या करेगा? संयुक्त राष्ट्र में एजेंसियों की भरमार है और उनके काम एक-दूसरे के दायरे में दखल देते हैं। इसलिए इन एजेंसियों में खास मकसद के लिए समुचित समन्वय स्थापित करने को प्राथमिकता दी जानी चाहिए।

- दूसरा, संयुक्त राष्ट्र परिवार के सदस्य देशों को खासकर अभाव-चक्र के दौरान एक समान और समन्वित कदम उठाने की जरूरत है। एक देश की अलग-अलग कार्रवाई से कमी की मानसिकता को बढ़ावा मिल सकता है और हम न सँभाले जानेवाले दुष्चक्र में फँस सकते हैं। इसके अंतर्गत घरेलू नीतिगत मुद्दे, सीमा शुल्क दर, निर्यात व्यवस्था, सीमा शुल्क से इतर बाधाएँ जैसी बातें भी आती हैं। वह बहुपक्षीय एजेंसी कौन होगी, जो उपभोक्ता और उत्पादक दोनों श्रेणियों के देशों से जिम्मेदारी से बात करे और ऐसी व्यवस्था बनाए कि दोनों पक्षों को लाभ हो?
- तीसरा, अल्पकालिक और मध्यकालिक स्तर पर खाद्य आपूर्ति को सुधारने के क्रम में कई मुद्दे उठते हैं। इसमें भंडारण व्यवस्था सुधारना, खाद्य पदार्थों को ज्यादा समय तक संरक्षित रखना, बरबादी रोकना, फसल उत्पादन में विविधता लाना और कृषि से जुड़ी अन्य गतिविधियों—डेयरी, मछलीपालन, पशुपालन को प्रोत्साहन देना आदि शामिल हैं।
- चौथा, धरती के हित और मानव के हित में संतुलन स्थापित करनेवाली नीति अख्तियार करना। खाद्यान्न उगानेवाली जमीन का इस्तेमाल जैव ईंधन के उत्पादन के लिए करना एक विवाद का मुद्दा बन गया है। इसके विशेषज्ञ द्वारा विश्लेषण की जरूरत है।

खाद्य सुरक्षा एक अस्थायी चिंता से ज्यादा बड़ी बात है। इसके लिए बहुपक्षीय ढाँचे की अनिवार्यता है और संयुक्त राष्ट्र परिवार के तहत समन्वित कदम उठाए जाने की जरूरत है। केवल सहानुभूति जताना समस्या के हल में एकदम अपर्याप्त होगा।

(27 अप्रैल, 2008)

□

5

स्वचालित अर्थव्यवस्था? बिलकुल नहीं

इस सप्ताह की शुरुआत में सूचकांक ने नई ऊँचाई छू ली। निवेश-जनित विकास को लेकर आशावादी रुख बना हुआ है। प्रधानमंत्री की आर्थिक सलाहकार परिषद् और योजना आयोग के उपाध्यक्ष ने कम आकलन करते हुए भी विकास दर 8.7 फीसदी रहने की बात कही है।

यह इस बात का संकेत है कि भारतीय अर्थव्यवस्था ने पिछले पंद्रह साल से ज्यादा वक्त में उदारीकरण का क्या स्तर हासिल किया है और वह कितनी परिपक्व हुई है। इसका कारण यह है कि परमाणु करार के मसले से उत्पन्न राजनीतिक अनिश्चितताओं से विकास के ट्रेंड और लक्ष्य-प्राप्ति की संभावना को अलग कर दिया गया है। दिल्ली में राजनीतिक उथल-पुथल का वाणिज्यिक राजधानी मुंबई या आई.टी. केंद्र बंगलुरु पर नगण्य असर पड़ता है।

यह बात खासतौर से प्रभावशाली है, क्योंकि इस सरकार का जो भी वक्त बचा हुआ है, उसमें कोई नहीं उम्मीद करता कि वह पेंशन, बीमा, वित्त या श्रम के क्षेत्र में सुधार का कोई कदम उठाएगी। साफ है, जो गति हासिल कर ली गई है, वह सकल घरेलू उत्पाद (जी.डी.पी.) के विकास लक्ष्य को पाने के लिए पर्याप्त होगी। बहरहाल, नीतिगत प्राथमिकता को लेकर गंभीर चिंताएँ हैं।

पहला, हमें अवश्य मान लेना चाहिए कि भारत वैश्विक अर्थव्यवस्था से उत्तरोत्तर एकीकृत हो चुका है। वर्ष 1991 में जी.डी.पी. में व्यापार का हिस्सा महज 14.6 फीसदी था, जो 2007 में बढ़कर 35.9 फीसदी हो गया है। इसी तरह, निर्यात, सर्विसेज को शामिल कर, 5.8 फीसदी से बढ़कर 15 फीसदी हो गया है।

वित्तीय बाजार में मौजूदा उथल-पुथल, अमेरिका में सब-प्राइम मार्केट के अधूरे खुलासे और हाउसिंग सेक्टर पर इसके संभावित असर को देखते हुए पूरी संभावना है कि अमेरिकी अर्थव्यवस्था धीमी पड़ेगी। यह बहस का मुद्दा है कि अमेरिका के फेडरल बैंक ने प्राइम रेट में 50 बेसिस पॉइंट की जो कमी की है, उससे

क्या बाजार स्थिर हो सकते हैं ? फिर से भरोसा पैदा हो सकता है और क्या हाल के अनुभव के मद्‌दे नजर खतरा उठाने की क्षमता पैदा हो सकती है ? इन सबके बारे में कोई भी भविष्यवाणी करना बहुत जल्दबाजी होगी। अमेरिकी अर्थव्यवस्था में भारी मंदी हुई तो इस सबसे समृद्ध बाजार में शर्तिया भारतीय नुकसान को झटका लगेगा। साथ ही, रुपए समेत तमाम प्रमुख मुद्राओं के बनिस्पत डॉलर के लगातार कमजोर पड़ने से हमारे निर्यात की प्रतिस्पर्धी क्षमता पर दबाव बढ़ेगा।

फिर, अमेरिका में ब्याज दर कम होने से उभरते हुए बाजारों, खासतौर से चीन और भारत में, पूँजी का प्रवाह बढ़ेगा। भारतीय अर्थव्यवस्था कई अन्य देशों की तुलना में बेहतर प्रदर्शन करती आ रही है। ऐसे में पूँजी का प्रवाह बढ़ता है तो इसका असर निश्चित रूप से विनिमय दर पर पड़ेगा और रुपए के मूल्य में बढ़ोतरी होगी। चढ़ते रुपए की भरपाई निर्यात के जरिए किस हद तक उत्पादकता और कार्यक्षमता बढ़ाने में हो सकती है, यह बहस का विषय है।

कड़े श्रम कानून इधर-उधर हाथ-पाँव मारने के विकल्प को सीमित कर देते हैं। रिजर्व बैंक के पास मौद्रिक नीति का फिर से आकलन करने और आक्रामक काट-छाँट के सिवा और कोई विकल्प नहीं होगा। निर्यात में घोषित कमी आई तो इससे जी.डी.पी. के विकास, निर्यात आय और निर्यात-आधारित रोजगार पर बुरा असर पड़ेगा; क्योंकि रोजगार का बड़ा हिस्सा श्रम-साध्य गतिविधियों तथा लघु व मँझोले सेक्टर से पैदा होता है। साथ ही, रिजर्व बैंक तेल और खाद्य पदार्थों की कीमतों में वृद्धि और शुरुआती वित्तीय चिंताओं के मद्‌देनजर मुद्रास्फीति के खतरे पर भी विचार करेगा, ताकि वह मुद्रास्फीति और विकास के बीच सही संतुलन बना सके। एलन ग्रीनस्पैन ने अपनी पुस्तक 'दि एज ऑफ टर्बुलेंस' में गैर-मुद्रास्फीति युग के खत्म होने का जो वर्णन किया है, भारत उस लिहाज से बड़ा खिलाड़ी नहीं था; क्योंकि हमारी श्रम नीति में लचीलापन नहीं था।

दूसरा, राजस्व में मौजूदा उछाल के मद्‌देनजर वर्तमान वित्त वर्ष के वित्तीय और राजस्व लक्ष्य काफी हद तक हासिल हो सकते हैं, लेकिन यह कई कमियों पर परदा डालता है। सबसे अहम कमियाँ हैं—पेट्रोलियम सेक्टर में काफी कम राजस्व वसूली (ऊर्जा कीमत तय करने की राजनीति के कारण), खाद्य सब्सिडी के लिए कम भुगतान और विश्व-उत्पादन में गिरावट के कारण खाद्यान्नों की कीमतों में वृद्धि से खाद्य सब्सिडी का काफी ऊँचा बिल। इनमें छठे वेतन आयोग की अंतरिम सिफारिश और अन्य लोकप्रियतावादी खर्चों के दबाव का असर भी जोड़ दिया जाए तो वित्तीय

तसवीर कम गुलाबी नजर आने लगती है।

तीसरा, सुधार-प्रक्रिया को फिर से पटरी पर लाने का कोई संकेत नहीं दिखता। यह बात उन क्षेत्रों के लिए भी सही है, जहाँ सिर्फ प्रशासकीय कार्रवाई की जरूरत है। इस तरह प्रगति कुंद नजर आती है।

हाल के वर्ल्ड इकोनॉमिक फोरम द्वारा प्रायोजित दालियान सम्मेलन में 'ग्रोथ हॉट स्पॉट' विषय पर बार-बार चर्चा की गई। भारत, जापान और चीन पर अलग से चर्चा हुई। इसमें भारत को लेकर सहमति थी कि हॉट स्पॉट के संजीदा और सक्रिय राज्य बनेंगे, जिनमें बेहतर प्रशासन होगा और जहाँ लोकप्रियतावादी होड़ की बजाय निवेश के लिए प्रतियोगी संघीय ढाँचा होगा। जापान के संदर्भ में, कोइचुमी सरकार में मंत्री रह चुके हीजो तेकेनेका, जो हाल के कई सुधारों के जनक रहे, ने कई एशियाई देशों के लिए एक नया नाम सुझाया और वह है—'क्रिक (CRIC) अर्थव्यवस्था'। इसका अर्थ है—संकट, सुधार, प्रगति, आत्मसंतोष। भारत के मामले में कुछेक बाह्य परिस्थितियों में गिरावट आई है, जैसे—वैश्विक मंदी चल रही है, पेट्रोलियम और खाद्य पदार्थों के दामों में बेलगाम बढ़ोतरी हो रही है और कई कमजोरियों को लेकर हमारी प्रतिक्रिया सुस्त है। इनके मद्देनजर कहा जा सकता है कि भारत संभवत: 'आत्मसंतोष' वाले दौर में प्रवेश कर चुका है।

मुंबई ने भले ही दिल्ली की घटनाओं से खुद को अलग कर लिया हो, लेकिन उभरते ट्रेंड की अनदेखी की गई तो यह महँगा पड़ेगा।

(23 सितंबर, 2007)

□

6

दिवाली के बाद चुनौती

यह वाकई कहा जा सकता है कि यह दिवाली बंपर ढंग से गुजरी। आर्थिक सुधारों को भले ही झटका लगा हो, अगर 'कलई' न चढ़ी हो, लेकिन भारतीय अर्थव्यवस्था निर्बाध गति से आगे बढ़ती जा रही है। अगले वित्त वर्ष के लिए सावधानीपूर्वक किए गए आकलन में भी जी.डी.पी. विकास-दर करीब 8.7 फीसदी रहने की बात कही जा रही है। साथ ही, अर्थव्यवस्था की बड़ी मौलिक बातें स्वस्थ अवस्था में हैं, मुद्रास्फीति दबी-दबी है और विदेशी निवेशकों की हममें अभूतपूर्व रुचि है। इस अर्थ में, नीतिगत दबाव का कोई पचड़ा नहीं है। यह सही है कि विदेशी मुद्रा की लगातार आमद से रुपए का भाव इस कदर बढ़ता जा रहा है कि हमारे निर्यातकों पर यह भारी पड़ने लगा है। इसी तरह, यदि उपभोक्ता मूल्य सूचकांक खाद्यान्नों, दालों और खाद्य तेलों के लिए काफी ज्यादा मुद्रास्फीति दरशा रहे हैं तो भी राजस्व में लगातार उछाल से हम इस स्थिति में हैं कि वित्तीय लक्ष्यों को बिना नुकसान पहुँचाए सार्वजनिक वितरण प्रणाली के लिए खुली सब्सिडी का आवंटन कर सकें और आधारभूत ढाँचे, खासकर भारत-निर्माण को सुधारने के प्रयास का लाभ मिलना भी शुरू हो सकता है।

आई.एम.एफ. के नवनियुक्त अध्यक्ष डॉमिनिक स्ट्रॉस कैन ने चेतावनी दी है कि पूँजी प्रवाह को रोकने का कोई प्रयास किया गया तो इससे देश की चमकदार अर्थव्यवस्था में लोगों का भरोसा कम हो सकता है और इसके दुष्परिणाम भारत के बाहर भी देखने को मिलेंगे—और यह कि इससे पूँजी प्रवाह पर प्रभाव तो पड़ेगा, लेकिन हमेशा यह अच्छा प्रभाव नहीं होगा। यह एक निराधार और बिन माँगी सलाह है। नए प्रबंध निदेशक के पद सँभालने के महज कुछ दिनों के अंदर यह सलाह दी गई है और इसमें हमारी निर्णय-प्रक्रिया की जटिलताओं की समझ परिलक्षित नहीं होती है। भारतीय निर्यातकों ने सजग, सचेत और संतुलित रवैया अपनाया है। उन्होंने रोकथाम के परंपरागत तरीकों को तो अपनाया है, लेकिन एक ओर पूँजी के बहिर्गमन को बढ़ावा दिया है तो दूसरी ओर ज्यादा पारदर्शिता की माँग करते हुए पूँजी की

आमद पर सीमित अंकुश भी लगाया है और यह ऐसे वक्त किया गया है, जबकि व्यापार और ब्याज दरों के फर्क से बड़े मध्यस्थों को बढ़ावा मिल रहा है। अधिकारियों ने स्पष्ट कर दिया है कि औपचारिक रूप से पूँजी नियंत्रण का कोई प्रस्ताव नहीं है और आई.एम.एफ. बेवजह चिंतित है।

डॉमिनिक स्ट्रॉस कैन के पास माथापच्ची करने के लिए ज्यादा गंभीर समस्याएँ हैं। उन्हें अंतरराष्ट्रीय मुद्रा कोष की प्रासंगिकता भी फिर से खोजनी होगी। वोट देने के अधिकारों में छोटी-मोटी काट-छाँट करने से बात नहीं बनने वाली है। यह समझना होगा कि कुछ उभरते बाजारों, खासकर एशिया के पक्ष में आर्थिक शक्ति का संतुलन झुक चुका है। कोष को अपनी पहचान के संकट से जूझने दीजिए। इसलिए, हमारी फौरी चिंता क्या है?

पहला, ऐसे समय में जबकि मौद्रिक नीति पर बहुत बोझ डाल दिया गया है पूँजी के विशाल बहिर्गमन, विनिमय दर और ब्याज दरों का प्रबंध करना आवश्यक है। प्रधानमंत्री ने ठीक ही कहा है कि हमारे निर्यात में बड़ी गिरावट आती है तो इससे हमारे जी.डी.पी. विकास और श्रमसाध्य रोजगार पर बुरा असर पड़ेगा, खासकर यह देखते हुए कि जी.डी.पी. में निर्यात का अब अहम योगदान है। वैसे, यदि अमेरिका की अर्थव्यवस्था मंदी की गिरफ्त में आ जाती है और इसका अन्य चीजों पर भी व्यापक असर पड़ता है तो हमें और गहरा घाव लगेगा। बाजार तक हमारी पहुँच सिकुड़ जाएगी और गैर-प्रतिस्पर्धी विनिमय दर का हमें सामना करना पड़ेगा।

दूसरा, संभावित वैश्विक मंदी के अलावा और भी बाह्य खतरे हैं जैसे कच्चे तेल का ऊँचा भाव बने रहना और अनिश्चित आशंकाएँ। पश्चिम एशिया की विस्फोटक स्थिति और हमारे पड़ोस के अनसुलझे हालात चिंताजनक हैं। मगर ऊर्जा की वास्तविक लागत उपभोक्ताओं के सिर पर डाल दी जाए तो इससे मुद्रास्फीति के नतीजे तो भुगतने ही पड़ेंगे, इससे आर्थिक गतिविधियों की पद्धतियों पर भी पुनर्विचार शुरू हो जाएगा। तब सबूत और पक्का हो जाएगा कि ऊर्जा के मूल्यों में तेजी कोई चक्रीय नहीं, बल्कि ढाँचागत है।

तीसरा, कोई नहीं उम्मीद करता कि जो सरकार बस अपनी अवधि तक टिके रहने की मुद्रा में है, वह कोई नई पहल करेगी। मगर ऊर्जा नीतियों के तेज कार्यान्वयन से गुणात्मक अंतर पड़ सकता है। स्पेक्ट्रम मसले को अनसुलझा छोड़ देने से दूरसंचार के विकास पर बुरा असर पड़ सकता है। इसी तरह, स्वर्ण चतुर्भुज योजना और राष्ट्रीय राजमार्ग की अन्य परियोजनाओं की शिथिल प्रगति से इन्फ्रास्ट्रक्चर का

विकास तयशुदा समय से नहीं हो सकेगा। इसी तरह, कोयला सुधार नीति और एकीकृत ऊर्जा नीति के समन्वित कार्यान्वयन से काफी फर्क पड़ सकता है।

उम्मीद की जानी चाहिए कि शिक्षा के क्षेत्र में नए प्रयासों को मंत्रालयों के लफड़ों और नौकरशाही की बाधाओं से दो–चार नहीं होना पड़ेगा। शिक्षा में सुधार के लिए सोच के परिवर्तन की जरूरत है—केंद्र और राज्य दोनों के स्तर पर। शिक्षा संस्थानों को खोलने में अभी जिस तरह ढेरों इजाजतों की आवश्यकता पड़ती है, वह कई लोगों की नजर में लाइसेंस–परमिट राज का सबसे खराब और नाकाम नमूना प्रदर्शित करता है।

चौथा, जैसे–जैसे हम चुनाव के करीब आते जाएँगे, लोक–लुभावन कदमों की भरमार होती जाएगी। इससे बजट–निर्माण प्रक्रिया में व्यय चिंताओं की जटिलता और बढ़ेगी। चिंताएँ और भी हैं, जैसे तेल क्षेत्र में बड़ी रकम की वसूली न होने से बिना भुगतान की विशाल देनदारी बन गई है; खाद सब्सिडी बिल का भी भुगतान नहीं हुआ है; न्यूनतम समर्थन मूल्य में बड़ी बढ़ोतरी से खाद्य सब्सिडी भी बढ़ने की आशंका है। इसके अलावा छठे वेतन आयोग की सिफारिशों की अदृश्य देनदारी भी सिर पर पड़ेगी। राजस्व की मौजूदा गति को मानते हुए उछाल की आशा विवेकपूर्ण नहीं लग सकती है, जबकि सुधरे हुए कर प्रशासन के फायदे अभी खत्म नहीं हुए हैं, लेकिन बढ़ता लिफाफा भी इतना पर्याप्त नहीं हो सकता है कि बड़े संभावित खर्च–प्रस्तावों को समाहित कर सके।

वर्ष 2007 की दिवाली ने हमारी समृद्धि में ऊँचा मुकाम छू लिया है। आने वाले वर्षों में भी मौजूदा उत्साह बना रहे, इसके लिए जरूरी है कि बढ़ती राजनीतिक अनिश्चितताओं के बावजूद उभरती चुनौतियों से पूरे कौशल के साथ निपटा जाए।

(11 नवंबर, 2007)

□

7

सब-प्राइम अमेरिका द्वारा स्पर्श

विश्व आर्थिक मंच (वर्ल्ड इकोनॉमिक फोरम) ने जो भारतीय आर्थिक शिखर बैठक 2007 का आयोजन किया था, वह इस सप्ताह के शुरू में संपन्न हो गई। सम्मेलन का विषय था 'श्रेष्ठता के केंद्र बनाना'। पहले की तरह इस शिखर सम्मेलन में नीति-निर्माताओं, कॉरपोरेटर और शिक्षा-शास्त्रियों ने खुलकर अपने विचार रखने के लिए बड़ी संख्या में भाग लिया।

विश्व आर्थिक मंच के संस्थापक क्लॉउस श्वाब ने मुझसे कहा कि मंच के आयोजन में ऊँच-नीच चलता रहता है; लेकिन पिछले कुछ वर्षों में उच्च स्तर की विदेशी भागीदारी बिना किसी प्रयास के ही संभव हुई है। यह आश्चर्यजनक नहीं है, क्योंकि दुनिया भर के आकर्षण का केंद्र भारत बना हुआ है और दूसरी बाकी जगह अनिश्चितता के बादल मँडरा रहे हैं। सम्मेलन में कई रोचक सत्र हुए। वित्त मंत्री पी. चिदंबरम ने ईमानदारी से स्वीकार किया कि गठबंधन की राजनीति ने कई प्रमुख क्षेत्रों में आर्थिक सुधार के रास्ते में रोड़े अटका रखे हैं, खासकर वित्तीय क्षेत्र में। उन्होंने आशा जताई कि बीमा, पेंशन और विनिवेश जैसे क्षेत्रों में सरकार अपनी बची हुई अठारह महीने की अवधि में कुछ अहम सुधार करने में सफल होगी। उनके इस प्रयास को हमारा पूरा समर्थन है। हम उनकी सफलता की कामना करते हैं।

'सत्ता समीकरण : भारत के लिए परिणाम' विषय पर एक बड़ा ही महत्त्वपूर्ण सत्र हुआ। इसमें उद्योगपति मुकेश डी. अंबानी, सीनेटर रॉबर्ट एफ. बेनेट, स्टीफन एस. रोच, आनंद जी. महिंद्रा और हेक्टर डी.जे. रूज ने अपने विचार व्यक्त किए। आश्चर्य नहीं, सीनेटर बेनेट ने इस बात पर गहरी चिंता जताई कि एक ऐसे वक्त में, जब अमेरिकी अर्थव्यवस्था बड़ी अनिश्चितताओं के दौर से गुजर रही है, वास्तविकता से कहीं ज्यादा अहमियत रखती है प्रतीति। कुछ टी.वी. कमेंटेटरों ने बार-बार इसकी चर्चा की कि अमेरिका में भारत और चीन नौकरियाँ चुरा रहे हैं। इससे संरक्षणवादी लॉबी के हाथ मजबूत हुए। आज के संदर्भ में, अमेरिकी मतदाताओं के दिमाग में

इराक से भी ज्यादा बड़ी चिंता आर्थिक मसले को लेकर थी।

अंबानी (श्वाब उन्हें एक तरह की 'महाशक्ति' कहते हैं) ने आशावादी नजरिया पेश किया। उनका मानना है कि आज के बदलते घटनाक्रम में भू-राजनीति के स्थान पर भू-आर्थिक व्यवस्था ज्यादा महत्त्व रखने लगी है। दुनिया भर में भारत के विकास मॉडल को सराहा जा रहा है, क्योंकि इसमें लोकतांत्रिक ताने-बाने के दायरे में गरीबी उन्मूलन कार्यक्रम को पिरोया गया है। यह और बात है कि अगले पाँच वर्षों में 10 करोड़ लोगों को रोजगार दे पाना एक टेढ़ी खीर है। इसे अंजाम देने के लिए नई खोज और टेक्नोलॉजी की जरूरत पड़ेगी। सीनेटर बेनेट के विपरीत, महिंद्रा ने कहा कि भारतीयों को ज्यादा आक्रामक नहीं माना जाता, बल्कि वे तो आमतौर पर ज्यादा स्वीकार्य हैं।

रोच ने निश्चित रूप से बेनेट की निराशावादिता का पक्ष लिया और कहा कि अमेरिकी अर्थव्यवस्था फिलहाल मंदी की गिरफ्त में नहीं है, लेकिन उसी दिशा में बढ़ रही है। यह दरअसल सब-प्राइम अर्थव्यवस्था बन गई है, क्योंकि प्रॉपर्टी की कीमत 1993 के स्तर पर आ गई है। यह सबसे नाखुशी वाला वर्ष रहा है।

अन्य विश्लेषकों के विपरीत, रोच का मानना है कि एशिया और अमेरिका के बीच उतना भी अलगाव नहीं है जितना कि आमतौर पर सोचा जाता है। संख्या की बहुलता के मद्देनजर अमेरिकी मंदी का गहरा और व्यापक असर पड़ेगा। मेरे एक सवाल के जवाब में उन्होंने कहा कि हालाँकि भारत विश्व-अर्थव्यवस्था पर परस्पर निर्भर हो गया है, क्योंकि जी.डी.पी. में निर्यात का हिस्सा 20 फीसदी तक पहुँच चुका है, भारत पर अन्य देशों की तुलना में अमेरिकी मंदी का कम असर पड़ेगा। सबसे ज्यादा संकट जापान के लिए है, क्योंकि वह उच्च निर्यात पर पूरी तरह निर्भर है। चीन की विकास-दर 11 फीसदी से गिरकर 9 फीसदी तक आ सकती है और इसकी भरपाई वह घरेलू उपभोग बढ़ाकर कर सकता है। यूरोप पर भी मंदी की मार पड़ेगी और यह स्पष्ट नहीं है कि इसका असर कितने लंबे समय तक और कितने गहरे तक बना रहेगा।

मुकेश अंबानी की राय थी कि ऊर्जा की उच्च कीमतों के बावजूद आबादी और युवाओं की आकांक्षाओं का जोर विकास के पहिए को खींचता जाएगा। उन्होंने कहा कि अमेरिका में प्रति व्यक्ति औसत ऊर्जा खपत 20 बैरल है और दुनिया की प्रति व्यक्ति औसत ऊर्जा खपत 5 बैरल है; जबकि भारत में यह सिर्फ 1 बैरल है। सिर्फ बराबरी करने को ही आधार बनाएँ तो भी भारत के लिए अभी लंबा रास्ता तय करना शेष है।

रोच ने कहा कि यह अजीबोगरीब बात है कि जो अमेरिका खुद 'सब-प्राइम अर्थव्यवस्था' बन गया है, वह अभी भी विश्व की विकास-दर को ढोने में सुपर पॉवर की भूमिका अदा कर रहा है। यह बहस की बात है कि वैश्विक ट्रेंड से भारत कितना जुदा है। रुपए की बढ़ती कीमत से पार पाने में निर्यातकों का सारा कौशल अब चूक गया है। एक ऐसी अर्थव्यवस्था में, जहाँ रोजगार के मौके बढ़ाना सामाजिक और राजनीतिक दोनों जरूरतें हैं, नीति-निर्माताओं के लिए रत्न और आभूषण, कपड़ा और चमड़ा उद्योग में रोजगार बहाल करना प्राथमिकता वाला काम होगा। नकारात्मक बाजार-संकेतों को रोकने के लिए रुपए की कीमत में बढ़ोतरी को रोकने की आवश्यकता है। इसके लिए बड़े अभिनव तरीके से सरकार को दखल देना पड़ेगा।

आखिरकार, तथाकथित सब-प्राइम अर्थव्यवस्था के लिए भी दूरगामी वैश्विक परिणाम मायने रखते हैं।

(9 दिसंबर, 2007)

□

8

मुँह चुराने का वक्त नहीं है

यह समस्या से कन्नी काटने का समय नहीं है। यहाँ तक कि यह सरकार के प्रमुख नीतिकारों की प्रतिभा के साथ भी एक धोखा होगा। इससे भी अहम बात, बाजार और नए घटनाक्रम तेजी से सरकार के उत्तरोत्तर वृद्धि प्रस्तावों और घोषणाओं को नजरअंदाज कर रहे हैं। डॉक्टर को चाहिए कि वह दवा की तगड़ी खुराक दे और वह उसके होम्योपैथिक वर्जन को भूल जाए। हमें यह समझने की जरूरत है कि संकट के जल्दी खत्म होने की संभावना नहीं है।

सरकार की प्रमुख नीति रही थी कि मुद्रास्फीति और विकास में संतुलन बनाकर चला जाए। दुर्भाग्यवश, मुद्रास्फीति अभी भी दहाई अंकों के ऊपर चल रही है। रुपए के मूल्य में तेज गिरावट के कारण कच्चे तेल, धातु एवं कच्चे माल की अंतरराष्ट्रीय कीमतों में कमी के लाभ को परिलक्षित नहीं भी कर सकते हैं। बहरहाल, अंतरराष्ट्रीय ट्रेंड और माँग में कमी के कारण अगले साल की पहली तिमाही तक मुद्रास्फीति की रफ्तार धीमी होगी।

इस बीच, नकदी संकट को दूर करने के लिए जो प्रयास किए जा रहे हैं, उससे एक बार फिर मुद्रास्फीति का दबाव पैदा होने का खतरा है। इसके अलावा मंदी के हालात पर काबू पाने के लिए यदि गैर-चक्रीय कदम उठाए जाते हैं या वित्तीय उत्प्रेरक उपाय किए जाते हैं तो ये भी मुद्रास्फीति को हवा देने का काम करेंगे। मगर इसके लिए कुछ नहीं किया जा सकता। विकास की कहानी को अनवरत जारी रखने के लिए सरकार को चाहिए कि वह सरकारी परियोजनाओं, खासकर आधारभूत ढाँचे से जुड़ी परियोजनाओं को तेज गति से पूरा करे।

यह महज वक्त की बात है कि निर्यात के मोरचे पर हमें झटके लगने लगें। रुपए की कीमत में कमी आने से हमारी प्रतिस्पर्धी क्षमता में जो वृद्धि हुई है, वह भी सिकुड़ते विश्व बाजार में हमारी कोई मदद नहीं कर सकता है। नए निवेश और

कामकाजी पूँजी की जरूरतों को पूरा करना मुश्किल हो सकता है, खासकर छोटे और मँझोले उद्यमों के लिए। रोजगार के क्षेत्र पर इसका गंभीर असर पड़ेगा।

कई बड़े कॉरपोरेट को भी जरूरत से ज्यादा सुविधाएँ और रियायतें हासिल हैं। यह भी परेशानी का सबब है। मुद्रा बाजार तेजी से पक्षाघात के शिकार हो रहे हैं, ठीक उसी तरह जैसे यूरोप में हुआ है। वहाँ बैंकों के बीच लेन-देन नहीं हो पा रहा है। इस लेन-देन की कीमत इतनी है कि कोई इसके लिए पहल ही नहीं कर पाता है। हमारी चिंताओं का बोझ इस बात से भी बढ़ रहा है कि बाहरी तत्त्वों का खतरा खत्म नहीं हुआ है। सभी विदेशी निवेशकों ने बाजार से अपनी पूरी रकम अभी तक नहीं निकाली है। वे अभी भी ऐसा कर रहे हैं और इससे शेयर बाजार की अनिश्चितता को और बढ़ावा मिल रहा है। अमेरिकी जायदाद, यहाँ तक कि घरों की कीमत में और गिरावट आ सकती है। इससे भी चिंताजनक बात यह है कि किसी दूसरे क्षेत्र में क्रेडिट विफलताओं का कई गुना विपरीत असर विविध तरह की परिसंपत्तियों पर पड़ सकता है। बैंकिंग संस्थाओं ने काफी रियायतें देकर इफरात से जो कर्ज दिए हैं, उनका कई मामलों में उन्होंने बीमा करा रखा है। मगर उन्होंने उन बीमा-दावों को वसूलना शुरू कर दिया तो बीमा सेक्टर अत्यधिक दबाव में आ जाएगा। ये विशाल राशियाँ हैं और इनकी मात्रा के बारे में हमें अभी तक नहीं पता है।

हम अपने आधारभूत तथ्यों और विकास संभावनाओं के बारे में जो बार-बार दावे करते हैं, वे दरअसल आत्मविश्वास बढ़ाने के लिए हैं। उच्च विकास इस पर निर्भर करता है कि बचत-दर कितनी बढ़ रही है और इन्फ्रास्ट्रक्चर या सामाजिक क्षेत्र में निवेश कितना हो रहा है। यह इस पर भी टिका है कि वित्तीय बाजार कितनी निर्बाध गति से चल रहा है। यह भी देखनेवाली बात है कि क्रेडिट प्रवाह की उपलब्धता और संभावनाएँ कैसी हैं। इसलिए हमें और क्या करना चाहिए?

पहला, क्रमागत बढ़ोतरी का नुकसान यह है कि यह बाजार की उम्मीदों से कम रहती है। समय पूर्व कार्रवाई से अफरा-तफरी नहीं फैलेगी। दरअसल, इससे व्याप्त चिंता और उद्विग्नता से राहत मिलेगी। हमें यह मान लेना चाहिए कि यह एक लंबा रास्ता है और इससे जल्द छुटकारा मिलने वाला नहीं है। घटनाएँ हमारे वश में नहीं हैं और भागते लक्ष्य का पीछा करना अभी भी आसान नहीं होता है।

दूसरा, सरकार ने सी.आर.आर. में पहले थोड़ी और बाद में काफी कटौती करने का जो कदम उठाया, वह पूरी तरह सही है। मगर यह अपने आप में अपर्याप्त है।

तीसरा, बाजार में अत्यधिक पूँजी प्रवाह को थामने के लिए जो बॉण्ड जारी किए

गए थे, उनकी धारा अब पलटी जा सकती है, ताकि बाजार में पूँजी आए। बैंक और वित्तीय संस्थान इसका लाभ उठा सकें, इसके लिए विधिक पूँजी अनुपात (एस.एल.आर.) को करीब 300 बेसिस पॉइंट तक कम करने की जरूरत है।

चौथा, यूरोप और अमेरिका में सभी केंद्रीय बैंकों द्वारा की गई कार्रवाई की तर्ज पर रेपो रेट को 100 बेसिस पॉइंट तक कम किए जाने की जरूरत है। इसके लिए बिजी सीजन क्रेडिट पॉलिसी की समीक्षा के लिए इंतजार करने की आवश्यकता नहीं है।

पाँचवाँ, विदेशी मुद्रा की विशाल रिजर्व राशि का विवेकपूर्ण ढंग से इस्तेमाल किया जाना चाहिए। अगर मान लीजिए, 50 अरब डॉलर का एक कोष बना दिया जाए और इसे भारतीय वित्तीय संस्थानों के लिए खोल दिया जाए तो इससे वर्तमान की तुलना में ज्यादा कमाई होगी। आई.सी.आई.सी.आई. या स्टेट बैंक ऑफ इंडिया (एस.बी.आई.) अभी अपने कर्ज पर जितना ब्याज देते हैं, उससे ज्यादा भुगतान वे ऐसे कोष को कर सकते हैं।

छठा, म्यूचुअल फंडों पर से दबाव कम किए जाने की जरूरत है, लेकिन साथ में नियामक निगरानी बढ़ाई जानी चाहिए। हमें खुलासे के उच्च स्तर को अपनाने पर जोर देना चाहिए। इन फंडों के निवेश के तरीके और पद्धति को पूरी तरह पारदर्शी बनाया जाना चाहिए, ताकि निवेशकों को पता चले कि उनका पैसा सही जगह लगाया जा रहा है।

अंततः हमें निजी निवेशकों और कॉरपोरेट्स को फिर से आश्वस्त करने की आवश्यकता है कि उनका पैसा सुरक्षित है। दरअसल, नीति-निर्माताओं को बैंकिंग और म्यूचुअल फंड प्रणाली में पूँजी प्रवाह का पूरा बोझ अपने कंधों पर नहीं उठाना चाहिए। भारतीय नागरिकों और कई भारतीय कॉरपोरेट ने देश में उच्च बचत दर बनाए रखने में योगदान किया है। जरूरत इस बात की है कि आत्मविश्वास और भरोसा बहाल किया जाए। जर्मनी, डेनमार्क, ऑस्ट्रिया, यूनान और कई अन्य देशों में नीति-निर्माताओं ने प्रभावकारी ढंग से गारंटी दी है कि उनकी बैंकिंग प्रणाली में तमाम जमा-पूँजी सुरक्षित है। अगर भारतीय बैंकों में सारी जमा राशि की पूरी गारंटी दे दी जाए और म्यूचुअल फंडों के लिए एक नकदी खिड़की खोल दी जाए तो देश के नागरिक, व्यक्तिगत और कॉरपोरेट दोनों, खुद ही नकदी (पूँजी) की समस्या से निपट लेंगे। सबसे छोटा उत्तर कार्रवाई में निहित है।

(13 अक्तूबर, 2008)

□

9

प्रोत्साहन II के परे देखना

प्रोत्साहन पैकेज II पहलेवाले पैकेज से कोई अलग नहीं है। साफ है, पहले के प्रयासों से विकास की गति को बहाल करने में खास सफलता नहीं मिली है। पहले तो हम मानने को ही तैयार नहीं थे, कहते रहे कि अंतरराष्ट्रीय घटनाओं का भारतीय अर्थव्यवस्था पर असर नाम मात्र को होगा। मगर घटनाओं की हर करवट ने हमारे नीति-निर्माताओं को अहसास करा दिया कि भारत भी बुरी तरह प्रभावित हुआ है।

प्रोत्साहन पैकेज II का दायरा काफी व्यापक है। कैश रिजर्व रेश्यो (सी.आर.आर.) में 50 बेसिस पॉइंट की और कटौती से सिस्टम में 20,000 करोड़ रुपए और आ जाएँगे। रेपो रेट में 100 बेसिस पॉइंट की कटौती से कर्ज दर में नीचे की ओर जाने का दबाव बनेगा। रिवर्स रेपो में और ज्यादा कटौती की गई तो बैंक अपना नकदी भंडार बढ़ाने में हतोत्साहित होंगे और वे कर्ज देने को प्रवृत्त होंगे। ये सारे उपाय इसलिए किए गए हैं, ताकि सिस्टम में नकदी का प्रवाह बेहतर हो और बरदाश्त करने लायक कीमत पर ज्यादा फंड उपलब्ध हो। बाह्य व्यावसायिक कर्जों तक पहुँच बढ़ाने के लिए भी कई पहलें की गई हैं। गैर-बैंकिंग वित्तीय सेवाओं की क्षमता बढ़ाने के लिए यदि विशेष मकसदवाले उपायों के जरिए फंडों तक पहुँच बढ़ती है तो इससे मॉर्गेज, खासकर ऑटो सेक्टर में, वाहनों की कीमत कम हो सकती है।

आशा है, दिशा-निर्देशों को माननेवाले राज्य निम्न और मध्यम आय वर्गवालों की आवास जरूरतों को पूरा करने के लिए आसानी से जमीन उपलब्ध कराएँगे, नई आर्थिक गतिविधियाँ सृजित करेंगे और भवन-निर्माण सेक्टर की हालत सुधारेंगे। ड्यूटी एनटाइटलमेंट पास बुक स्कीम को आगे बढ़ाने और ड्यूटी ड्रॉबैक रेट्स को बढ़ाने से निर्यात में प्रतिस्पर्धी क्षमता सुधर सकती है।

ये सभी कदम सही दिशा में हैं। उतार-चढ़ाव को ध्यान में रखते हुए ये उपाय सिस्टम में नकदी की उपलब्धता को मिला-जुलाकर बेहतर करेंगे, वित्त की लागत

को कम करेंगे और कुछ बुरी तरह प्रभावित क्षेत्रों को फिर से खड़ा होने में मददगार साबित होंगे।

हम कितने आशावादी हैं कि ये उपाय कारगर होंगे? क्या और उपायों की जरूरत है? यह सही है कि ये तमाम कदम सकारात्मक हैं, फिर भी इनकी प्रभावकारिता को लेकर मुझे संशय है। पहला, बाहरी घटनाएँ हमारे विकास को जिस हद तक बाधित करती हैं, उसे ध्यान में रखें तो हम पाते हैं कि अमेरिका, जापान और यूरोप के कई देशों में मंदी का दौर अभी खत्म नहीं हुआ है। इन देशों में संकट ने अपने पंख अभी पूरी तरह फैलाए भी नहीं हैं। घरों और जायदाद की कीमतें अभी भी अस्थिर हैं और प्राइवेट पूँजी के जल्दी लौटने के संकेत भी नहीं हैं। विश्लेषकों का मानना है कि आर्थिक हालात सुधरने की शुरुआत हो, इसके पहले ही ये बुरी तरह लड़खड़ा सकते हैं।

हम जिस कदर परस्पर निर्भर हो गए हैं, जब तक विश्व स्तर पर आर्थिक हालात पटरी पर नहीं आते, हमारी स्थिति में भी कोई बड़ा सुधार नहीं होने वाला है। इसमें संदेह नहीं कि हमारी घरेलू माँग, निम्न उपभोग-स्तर और युवा आबादी भारत को एक विशाल बढ़ते बाजार के रूप में स्थापित करते हैं। बहरहाल, कृषि के क्षेत्र में जब तक बड़ा सुधार नहीं किया जाता, खेती से आय में अहम बढ़ोतरी नहीं हो सकती और अन्य जगह धीमे विकास से हमारी प्रति व्यक्ति आय तथा घरेलू माँग पर बड़ा प्रतिकूल असर पड़ेगा। इसके अलावा, कई अन्य क्षेत्रों में बेहतरी के लिए जरूरी है कि रुके पड़े सुधार कार्यक्रमों को लागू किया जाए और शासन-स्तर सुधारा जाए।

दूसरा, यह मान्यता कि रकम की कम लागत और निम्न कर दर से उपभोक्ता माँग में तेजी आती है, माँग का मूल्य लचीलेपन पर आधारित है। बहरहाल, जब तक अनिवार्य चीज न हो, खास परिस्थिति न हो, तब तक खरीदारी के फैसले आत्मविश्वास और भविष्य के प्रति नजरिए से प्रभावित होते हैं। अनिश्चितताओं के कारण माँग संबंधी फैसले स्थगित कर दिए जाते हैं। नतीजा इस पर निर्भर करता है कि कितनी जल्दी आत्मविश्वास बहाल किया जाता है।

तीसरा, इन्फ्रास्ट्रक्चर के लिए रीयल स्टेट कंपनियों और गैर-बैंकिंग वित्तीय कंपनियों को बाहरी व्यावसायिक कर्ज बेहतर ढंग से मिले, इसके लिए जरूरी है कि बाहरी कर्ज उपलब्ध हो और सहने योग्य कीमतों पर उसका करार किया जा सके।

मगर बाह्य कर्ज की उपलब्धता बुरी तरह पंगु है। इसलिए जब एक बार वैश्विक वित्तीय बाजारों में व्यापक रूप से सामान्य स्थिति बहाल हो जाएगी, तब मौजूदा

लचीलापन कारगर होने लगेगा। लघु अवधि में इसका प्रभाव दबा-दबा ही रहेगा।

चौथा, सड़क, बिजली, बंदरगाह जैसे इन्फ्रास्ट्रक्चर प्रोजेक्ट या यहाँ तक कि सामाजिक क्षेत्रों में सरकारी खर्च बढ़ाने के पीछे यह विश्वास होता है कि जब निजी भावना दबी-दबी है, तो ऐसे में सरकारी खर्च के जोर से विभिन्न सामग्रियों की माँग परिवहन, रोजगार और आय में वृद्धि के अवसर पैदा होंगे; लेकिन भारतीय संदर्भ में, सरकारी परियोजनाओं के लिए आवंटित रकम का प्रभावी और तीव्र उपयोग एक गंभीर समस्या रहा है। अधिकतर सरकारी प्रोजेक्ट समय पर पूरे नहीं हो पाते हैं और उनकी लागत काफी बढ़ जाती है। भुगतान-प्रक्रिया अभी भी जटिल है। जब तक सरकारी खर्च की गति और गुणवत्ता में सुधार के लिए सुनियोजित कदम नहीं उठाए जाते तब तक अतिरिक्त रकम आवंटन के सीमित लाभ ही मिलेंगे।

पाँचवाँ, केंद्र द्वारा अपनाई जा रही फिजूलखर्ची की नीति के वृहद् आर्थिक प्रबंधन में मध्यम अवधि में मुश्किल आती है। यह राही है कि असामान्य समय में वित्तीय औचित्य सिद्ध करने का वक्त नहीं होता। मगर यह बात चीन जैसी ज्यादा वित्तीय जगहवाली अर्थव्यवस्था के लिए ज्यादा सटीक बैठती है। इसलिए, सरकारी खर्च में बढ़ोतरी की माँग करते वक्त हमें अपनी सीमाओं और दबावों का भी पता होना चाहिए। फिर, यह बात एकदम अनुचित है कि वित्तीय जिम्मेदारी और बजट प्रबंधन अधिनियम के अनुपालन में केंद्र को रियायत देने की बात की जाती है, लेकिन राज्यों के मामलों में यह लचीलापन नहीं मिलता।

वस्तुतः और कदम उठाए जाने की आवश्यकता है। इसमें ब्याज में काफी कटौती शामिल है। विधिक नकदी अनुपात (एस.एल.आर.) में कटौती की जानी चाहिए और राज्यों की पहुँच एस.एल.आर. फंड तक बनाई जानी चाहिए।

यह निगरानी रखना आवश्यक है कि बैंक अपना नकदी भंडार बढ़ाने में न लगे रहें, बल्कि वे खतरे के माहौल में भी रकम को कम लागत पर कर्ज माँगनेवालों को उपलब्ध कराते रहें। निर्यात के क्षेत्र में जान फूँकने के लिए जरूरी है कि हम बाजार में और अंदर घुसें और अपने उत्पादों की विविधता बढ़ाएँ। बाहर से पूँजी का प्रवाह बढ़ाने, जैसे विदेशी संस्थागत निवेशक, विदेशी प्रत्यक्ष निवेश और एन.आर.आई. निवेश के लिए आवश्यक है कि हम पूर्वानुमान लगाकर ज्यादा सक्रिय हों और अपनी नीति के साँचे में उनके लिए जगह रखें। पूँजी-आधिक्य वाले देशों को अपने यहाँ निवेश करने के लिए मनाने और बहुपक्षीय वित्तीय संस्थानों के साथ ज्यादा तालमेल बनाने के लिए जरूरी है कि हम अपनी आर्थिक कूटनीति के क्षेत्र में नई

पहल करें। सबसे ऊपर, हमें यह जरूर महसूस करना चाहिए कि सभी रुके हुए सुधार-कार्यक्रम ज्यादा नियमन-मुक्ति से जुड़े हुए नहीं हैं।

ग्यारहवीं योजना शिक्षा और स्वास्थ्य क्षेत्रों के नए प्रोजेक्ट से भरी पड़ी है। इनमें से कई प्रोजेक्ट अत्यधिक राजनीति और नौकरशाही के पचड़े में फँसे पड़े हैं। सामाजिक क्षेत्र के प्रमुख क्षेत्रों में सरकारी-निजी भागीदारी को प्रोत्साहित करने के लिए भरोसेमंद कार्रवाई का सर्वथा अभाव है। ग्यारहवीं योजना के संख्यात्मक लक्ष्यों और नीतिगत साँचे—दोनों पर व्यावहारिकतावादी नजर डालने से बचा नहीं जा सकता। वित्त मंत्रालय की मध्यकालिक नीति समीक्षा, समय-समय पर व्यय परिणाम रिपोर्ट या कार्यक्षमता मूल्यांकन का विकल्प नहीं है। विनियमन संस्कृति में सुधार, कृषि, शहरी क्षेत्र, इन्फ्रास्ट्रक्चर मैनेजमेंट, मंजूरी प्रक्रियाओं की संख्या में कटौती और व्यापार करने की आम लागत को कम करना—ये कुछ ऐसे क्षेत्र हैं, जिन पर पूरा ध्यान देने की जरूरत है।

समय-समय पर जो तदर्थ घोषणाएँ की जाती हैं, वे विकास की गति को पुनरुज्जीवित करने, रोजगार के नए अवसर पैदा करने और भविष्य के प्रति भरोसा जगाने में नाकाफी होंगी। आशा की ज्योति फिर से जलाने के लिए कई चुनौतियों से निपटना होगा और ये प्रोत्साहन पैकेज II से परे हैं।

(18 जनवरी, 2009)

□

10

एक महासागर की रिहाई

यह कोई आश्चर्य की बात नहीं कि चीन के तियानजिन में वर्ल्ड इकोनॉमिक फोरम द्वारा हाल ही में आयोजित बैठक में मौजूदा वित्तीय उथल-पुथल का मसला छाया रहा। इस बैठक में मध्यम आकारवाले सफल कॉरपोरेट्स शरीक हुए। चीन का बड़ा दाँव लगा हुआ है। इसका कारण सिर्फ यह नहीं कि उसकी विशाल परिसंपत्तियाँ डॉलर-प्रभुत्ववाली हैं, बल्कि इसलिए भी इस संकट के उसके लिए काफी बुरे परिणाम की आशंका है। जिस हद तक उसका निर्यात बाधित होगा, वह घरेलू उपभोग को हवा देने की कोशिश करेगा। यह और बात है कि वह प्रदूषण, खाद्य सुरक्षा बढ़ाने और आय व क्षेत्रीय विभाजनों से उत्पन्न नई चिंताओं को दूर करने में भी लगा रहेगा। उसके सार्वभौम धन कोष (सॉवरन फंड) की रकम भी इन संकटग्रस्त बैंकों और वित्तीय संस्थानों में फँस गई है।

बहरहाल, संकट से निपटने के लिए अमेरिका में जो मौजूदा प्रयास किए जा रहे हैं, वे मूलतः तात्कालिक प्रकृति के हैं। वे दीर्घकालिक अंतर्निहित मसलों को सुलझाने की कोशिश नहीं करते हैं—

पहला, वहाँ बड़ी और गंभीर आर्थिक चिंताएँ थीं, जिन्हें दूर करने के लिए पर्याप्त कदम काफी समय से नहीं उठाए गए। अमेरिका में कम बचत और ज्यादा उपभोग का ट्रेंड चल रहा है। वे दूसरों की बचत-राशि, खासकर चीन और जापान की बचत, पर भरोसा कर चलते हैं। इससे वहाँ की अर्थव्यवस्था में ढाँचागत असंतुलन चला आ रहा है। अमेरिका जैसी प्रभुत्ववाली अर्थव्यवस्था के लिए भी उच्च वित्तीय घाटे के साथ उच्च करेंट एकाउंट घाटे का संयोग नहीं चल सकता। मौजूदा संकट पर जो बहस चल रही है, वह इन अंतर्निहित ढाँचागत असंतुलनों को नजरअंदाज करती है। इस बाबत जरूरी है कि अमेरिका में उपभोग के स्तर को बचत की प्रवृत्ति से बेहतर ढंग से जोड़ा जाए।

दूसरा, मौजूदा राहत पैकेज अमेरिका के वित्तीय घाटे को सिर्फ और खराब कर

सकता है। आखिरकार, ये दागी जायदाद जिस कीमत पर बेची जाएँगी, हो सकता है कि वह कब्जा लेने के खर्च से भी कम हो। रक्षा–व्यय में बड़ी कटौती के लिए चुनाव बाद व्यापक सहमति की जरूरत पड़ेगी। बढ़ते वित्तीय घाटे से टैक्स ब्रेक और नए खर्च कार्यक्रमों पर भी बंदिश लगती है। इसलिए चुनावी बहस के दौरान जो लफ्फाजी की गई वह व्यावहारिक रूप में ढल नहीं सकती।

तीसरा, यह अजीबोगरीब है कि आई.एम.एफ. अचानक जाग खड़ा हुआ है। हाल के एक इंटरव्यू में उसके मैनेजिंग डायरेक्टर डोमिनिक स्ट्रॉस कैन ने जोर देकर कहा कि मौजूदा उथल–पुथल से निपटने के लिए व्यापक अंतरराष्ट्रीय सहमति की आवश्यकता है। यह ब्रेटन वुड्स संस्थानों की फितरत है कि वे घटना होने के काफी देर बाद प्रतिक्रिया देते हैं, लेकिन संरचनात्मक भूमिका अदा करने की ख्वाहिश रखते हैं। वे वादे करते हैं कि वे भविष्य में ज्यादा सतर्क रहेंगे, ज्यादा सुधार करेंगे और खुद का पुनरवलोकन करेंगे, लेकिन एक बार संकट खत्म हुआ नहीं कि वे अपने पुराने रवैए पर लौट जाते हैं। आई.एम.एफ. चार्टर के तहत, उससे यह आशा की जाती है कि वह न सिर्फ सरकारी नीतियों की समीक्षा करे, बल्कि नियामक माहौल पर भी नजर रखे, खासकर जहाँ तक वे स्थिरता और विकास को प्रभावित करते हैं। साथ ही, उससे समुचित विश्लेषणात्मक उपाय सुझाने की भी अपेक्षा रहती है। स्पष्ट है कि यह संकट रातोरात तो खड़ा हुआ नहीं और आई.एम.एफ. की निगरानी प्रणाली कोई चेतावनी जारी करने की बात तो दूर, इसे ताड़ने में भी विफल रही। इसमें कोई शक नहीं कि इस उथल–पुथल का गंभीर असर दूसरी जगहों पर भी पड़ेगा। स्ट्रॉस कैन सही कह रहे हैं कि आई.एम.एफ. को बड़ी भूमिका निभानी चाहिए; लेकिन इसे कौन सुन रहा है ? क्या संस्थान ने खुद में ऐसा बदलाव किया है कि वह संकट को भाँप सके, उसे रोक सके, दूर कर सके और वे नए नियम लागू कर सके जो निस्संदेह आवश्यक हों ?

चौथा, नैतिक संकट के सवाल नियामक विफलता से परे जाते हैं। यह जिम्मेदारी डालने, रेटिंग एजेंसियों के खराब फैसले और सी.ई.ओ. व सीनियर मैनेजमेंट का मुआवजा तय करने जैसे मसलों से भी बड़ा सवाल है। रेटिंग एजेंसियों ने अपने बिजनेस की खातिर अपनी तथ्यपरक नीति के साथ समझौता किया। ये टैक्स देने वालों, सामान्य शेयरधारकों और इन कंपनियों को चलानेवालों पर बोझ में ज्यादा भागीदारी का सवाल भी उठाते हैं। ऐसी कोई भी प्रतिक्रिया, जो यह कहे कि लाभ तो निजी है, लेकिन उनके कर्ज सार्वजनिक हैं, विश्वसनीय नहीं होगी। आखिर रेटिंग

एजेंसियों, नियामकों और इन संस्थानों के वरिष्ठ प्रबंधकों के गलत फैसलों के लिए टैक्स भरनेवाले किस हद तक भुगतान करें ?

अंततः क्या बाजार अर्थशास्त्र को कुछ समय के लिए जमींदोज कर दिया गया है ? उच्च वित्त के पंडितों को, जो काफी चीजों की व्याख्या करने हैं, अतिशयोक्तिपूर्ण निष्कर्ष निकालना बुद्धिमानी की बात नहीं होगी। व्यापक सिद्धांत यह है कि बाजार कोई ईश्वर की भूमिका नहीं निभा सकता; लेकिन वह संसाधनों की सबसे सक्षम धुरी है, वह अनुसंधान को उत्प्रेरित करता है और उत्पादकता बढ़ाने के लिए प्रतिस्पर्धा को जन्म देता है। इस सिद्धांत की किसी हड़बड़ी में तिलांजलि नहीं दी जा सकती। इसमें कोई संदेह नहीं कि बाजार अर्थव्यवस्था की राह में नीतिगत चुनौतियाँ हैं, जैसे बाजार की कमियों को न्यूनतम करना, नियामक की निगरानी प्रणाली को दुरुस्त करना, खतरों का तथ्यात्मक आकलन करना और पारिश्रमिक को इस तरह संतुलित करना कि उद्यमशीलता को समुचित और न्यायपूर्ण ढंग से पुरस्कार मिले। इन गंभीर नैतिक चिंताओं को सही ढंग से दूर किए जाने की आवश्यकता है। बहरहाल, भारत जैसे उभरते बाजार में यदि प्रतिस्पर्धी बाजार अर्थशास्त्र के जरिए वित्तीय मध्यस्थता की कीमत और गुणवत्ता सुधारने के विस्तृत नजरिए को पूरी तरह पलट दिया जाएगा तो इससे विकास बाधित होगा। इसमें कोई शक नहीं कि देश विशेष की जरूरतों के हिसाब से नीतियों और उनकी गति को समन्वित किया जाना चाहिए। अल्पकाल में, नकदी के दबावों को कम करना, विदेश से देश में पूँजी प्रवाह को प्रोत्साहित करना और आत्मविश्वास को बढ़ाना निहायत जरूरी है। बहरहाल, ठोस फैसलों की जगह तदर्थ भय नहीं ले सकता। समझदारी इसमें है कि सही निष्कर्ष निकाले जाएँ।

(13 जनवरी, 2008)

□

11

वर्ष 2008 में वैश्विक खतरे से कौन निपटेगा?

विश्व अर्थव्यवस्था से जुड़े होने बनाम अलग होने पर अंतहीन बहस चल रही है। वैश्विक अर्थव्यवस्था से अलग होने के पीछे तर्क यह दिया जाता है कि भले ही अमेरिकी अर्थव्यवस्था में मंदी या धीमापन (जिसकी वजह से उपभोग-स्तर में कमी आई है) हो, इसकी भरपाई भारत, चीन, मलेशिया, इंडोनेशिया जैसे एशियाई देशों के उच्च विकास और उनके बढ़ते उपभोग-स्तर से की जा सकती है।

बहरहाल, अमेरिका 9.6 खरब डॉलर से भी ज्यादा का उपभोग करता है। यह विश्व के सकल घरेलू उत्पाद का 19 फीसदी है। इसकी तुलना में इन तमाम एशियाई देशों का उपभोग महज 2.5 खरब डॉलर है। इसलिए अमेरिकी मंदी की भरपाई एशिया किस हद तक कर सकता है, इसकी एक सीमा है। इसमें शक नहीं कि मध्यकालिक स्तर पर, अपेक्षाकृत काफी युवा आबादीवाले इन देशों में उच्च विकास के सकारात्मक परिणाम होंगे। मगर काफी वक्त गुजरने के बाद ही वह स्थिति आएगी कि वैश्विक समृद्धि को अमेरिकी अर्थव्यवस्था के हालात से अलग किया जा सकेगा।

जहाँ तक भारत की बात है, कोई शक नहीं कि हम काफी परस्पर निर्भर हो गए हैं। हमारे सकल घरेलू उत्पाद में व्यापार का हिस्सा 35.9 फीसदी हो गया है, जबकि निर्यात का हिस्सा करीब 15 फीसदी हो गया है। इसकी जद में अमेरिका के निर्यात का हिस्सा सकल घरेलू उत्पाद का महज 2.12 फीसदी है। यह कहा जाता है कि भले ही अमेरिका में मंदी हो, लेकिन भारत में उपभोग और निवेश का स्तर बढ़ते रहने पर आर्थिक उछाल को बरकरार रखा जा सकता है और हमारी आवश्यकताओं के संतृप्त अवस्था तक पहुँचने के लिए लंबा रास्ता तय करना है।

मगर, अमेरिकी मंदी का असर यूरोप और एशिया के अन्य देशों पर भी पड़ेगा। हमें न सिर्फ अमेरिकी मंदी के बल्कि दूसरे स्थानों में छाई मंदी के नतीजे भी झेलने होंगे। यह और बात है कि अन्य देशों की तरह हम पर उतनी मार नहीं पड़ेगी।

व्यापक संदर्भ में, दावोस बैठक में वैश्विक विकास के लिए मध्यकालिक खतरा विषय पर जोरदार बहस हुई। यह सवाल कि सबसे बड़ा खतरा क्या है, इस पर कई प्रतिक्रियाएँ सामने आईं—

- अमेरिका में मंदी
- आर्थिक असमानता
- ऊर्जा और वस्तुओं की कीमतों में वृद्धि
- वैश्विक ऋण संकट
- मौजूदा संकट का कुप्रबंधन
- आत्मविश्वास खत्म होना
- संरक्षणवाद को बढ़ावा
- मंदी के खतरे पर अति-प्रतिक्रिया
- समन्वित प्रतिक्रिया और नेतृत्व का अभाव।

उपर्युक्त प्रतिक्रियाओं पर वोटिंग कराई गई तो पता चला कि किसे सबसे बड़ा खतरा माना जा रहा है। खतरों की सूची में सबसे ऊपर रहा 'समन्वित प्रतिक्रिया और नेतृत्व का अभाव'। इसे 18.5 फीसदी वोट मिले, जबकि कुप्रबंधन को 18 फीसदी से थोड़े ही ज्यादा वोट मिले। इसी तरह, खतरों की सूची में तीसरा स्थान आत्मविश्वास खत्म होने को मिला। इसे 16.7 फीसदी वोट मिले। इसलिए इन खतरों से निपटने के लिए क्या-क्या उपाय करने होंगे ?

पहला, कोई शक नहीं कि नियामक एजेंसियाँ विफल रहीं। खतरों के प्रति कोई समन्वित कदम नहीं उठाया जा सका। नियामक एजेंसियों और प्रवर्तन संस्थाओं के बीच सूचनाओं का पर्याप्त आदान-प्रदान नहीं हुआ। इन सबका नतीजा सब-प्राइम मॉर्गेज के रूप में सामने आया और फिर इसका असर दूसरे क्षेत्रों पर भी पड़ा। ऐसा कैसे हुआ कि रेटिंग एजेंसियों ने सुनियोजित तरीके से खतरा कम करके आँका, वित्तीय इंजीनियरिंग व उसके विभिन्न नकली रूपों को प्रोत्साहित किया। कैसे किसी ने ध्यान नहीं दिया कि बेहिसाब फूला हुआ गुब्बारा फूटेगा। घटना घट जाने के बाद बुद्धिमानी दिखाना और शायद अति-प्रतिक्रिया जाहिर करना हमेशा आसान होता है।

एनरॉन और ऐसे ही अन्य फर्जीवाड़े की पृष्ठभूमि में बनाया गया सर्बेन्स-ऑक्सले अधिनियम एक अति-प्रतिक्रिया ही थी। इसने लघु और मध्यम उद्योगों पर काफी अनावश्यक बोझ डाल दिया। मगर मैनेजमेंट की विफलता के लिए उनको दंडित करने की बात को नजरअंदाज नहीं किया जा सकता। मार्टिन वुल्फ ने 'फाइनेंशियल टाइम्स' में ठीक ही लिखा है कि इस बात को छोटे निवेशक कभी

सही नहीं मानेंगे कि जो संस्थान भारी घाटे में चल रहे हैं, उनके प्रमुख अधिकारी मोटा पैकेज लेकर नौकरी छोड़कर दफा हो जाएँ।

दूसरा, वित्त-प्रणाली की सेहत को बहाल करना अत्यंत आवश्यक है। लॉरेंस समर्स का भरोसेमंद तर्क है कि संपदा के मूल्यांकन की समुचित नीति और फिर उनकी बिक्री इस पर निर्भर करती है कि आधारभूत तथ्यों को दरशानेवाली कीमत क्या है? नकदी की स्थिति को दरशानेवाली कीमत क्या है? अच्छी नीति एक कला है, एक विज्ञान है। यह बाजार के मनोविज्ञान और अंतर्निहित वास्तविकताओं पर निर्भर करती है। बहरहाल, इस नजरिए का विश्लेषण और समन्वय कौन करेगा तथा उत्प्रेरित करेगा?

तीसरा सॉबरन वेल्थ फंड (सार्वभौमिक धन कोष) की प्रमुख निजी बैंकों में बड़ी हिस्सेदारी होती है। इसलिए पारदर्शिता निहायत जरूरी है। ऋण लेनेवाले और देनेवाले दोनों के लिए पारदर्शिता पर आधारित एक नियामक व्यवस्था होनी चाहिए, ताकि ऋणदाताओं की नीतियों का अर्ध-व्यावसायिक या राजनीतिक मकसद न हो। अब तक इन व्यवस्थाओं के ब्यौरे अनुचित गोपनीयता के साए में छुपे रहते हैं।

चौथा, एक ऐसे समय में जब अमेरिकी राजनीतिक और आर्थिक नेतृत्व अस्थिर है, विस्तारित जी-8 जिसमें ब्राजील, चीन, भारत और दक्षिण अफ्रीका शामिल हैं, का अहम और कठिन दायित्व है। बढ़ती अनिश्चितताओं को दूर करने के लिए सामूहिक नेतृत्व और सम्मिलित कार्रवाई की जरूरत है।

अंतत: जॉर्ज सोरोस विश्व-वित्त के लिए एक नए शेरिफ की वकालत करते हैं, जिसमें सरकारी और निजी प्रतिनिधि शामिल हों। मगर बैसेल स्थित इंटरनेशनल बैंक ऑफ सेटलमेंट्स और ब्रेटन वुड्स की जुड़वाँ बहनों (अंतरराष्ट्रीय मुद्रा कोष और विश्व बैंक) का क्या होगा? इससे बढ़िया और कोई वक्त नहीं होगा, जब बहुपक्षीय विश्व-संस्थाओं में बड़े सुधार की प्रक्रिया शुरू की जाए। मगर काफी ज्यादा तदर्थवाद और लड़खड़ाहट नजर आती है। समझ में नहीं आता कि पारंपरिक नेता अमेरिका ही जब अपने को सँभाल नहीं पा रहा है तो कैसे और किस रूप में सुधार किया जाए। वैश्विक अर्थव्यवस्था से जुड़े होने या न जुड़े होने की बहस अतिशयोक्तिपूर्ण हो सकती है। बहरहाल, वैश्विक समृद्धि के लिए अपरिहार्य है कि वर्ष 2008 के संभावित खतरों से सुनियोजित ढंग से निपटा जाए। विश्व-वित्त की बनावट को फिर से नया रूप देना इस दिशा में एक शुरुआत हो सकती है।

(10 फरवरी, 2008)

□

12

जमी हुई ऊँचाइयाँ

एक संकट यथास्थिति को बदलने के लिए राजी करता है और स्थापित व्यवस्था पर सवाल खड़े करता है। अमेरिका के राष्ट्रपति जॉर्ज डब्ल्यू. बुश ने अपने राष्ट्रपतित्व काल के आखिरी महीनों में भी जो जी-20 सम्मेलन बुलाया है, उसे इसी रोशनी में देखना चाहिए—हालाँकि बराक ओबामा ने इसमें शरीक नहीं होने का फैसला किया है और इससे इसकी वैधता व विश्वसनीयता संदिग्ध हो गई है।

इस बात के कई कारण हैं कि बहुपक्षीय व्यवस्था क्यों किसी अन्य व्यवस्था से बेहतर साबित होती है। इसका यह मतलब नहीं कि किसी देश की निजी समस्याओं और घरेलू बाध्यताओं की वजह से उठाए जानेवाले कदमों को नजरअंदाज किया जाए। बहरहाल, हर कोई कुछेक साझा लक्ष्यों को ध्यान में रखकर चल रहा है—वित्तीय संकट का असर वास्तविक अर्थव्यवस्था पर न पड़े, विकास की गति बहाल की जाए, ज्यादा उदार व्यापार प्रणाली से कई गुना लाभ उठाया जाए, बेरोजगारी रोकी जाए और गरीबी उन्मूलन की वैश्विक चुनौती पर ध्यान टिकाए रखा जाए। इतना कहने के बाद यह समस्या भी महत्त्वपूर्ण है कि किस बात की उम्मीद न की जाए—

पहला, अमेरिका द्वारा यह स्वीकार करना कि कोई भी बहुपक्षीय निगरानी प्रणाली बगैर किसी भेदभाव के सब पर पूरी तरह और समान रूप से लागू होगी। यह कोई हादसा नहीं है कि अंतरराष्ट्रीय मुद्रा कोष (आई.एम.एफ.) की अनिवार्य अनुच्छेद चार परामर्श प्रणाली अमेरिका में एक बड़े वित्तीय संकट के आसन्न संकेतों को समझ नहीं सकी। क्या यह प्रणाली सिर्फ विकासशील देशों की अर्थव्यवस्था की गड़बड़ियों को पहचानने, उनकी निगरानी करने और सलाह देने के लिए बनाई गई है? घरेलू नीतियों में इसकी निगरानी के हस्तक्षेपकारी प्रवृत्ति का अनुभव करने के बाद मेरी समझ है कि प्रमुख विकसित देशों के मामले में अंतरराष्ट्रीय मुद्रा कोष

अपना दायित्व निभाने में विफल रहा। क्या इस बात की कोई संभावना है कि इस संकट के कारण अमेरिका की मौलिक सोच में बदलाव आएगा? शायद नहीं।

दूसरा, ब्रेटन वुड्स संस्थाएँ उत्तरोत्तर विकासशील दुनिया की विचारधारा और नीति-निर्माण को आकार देने का औजार बन गईं। कोटा में क्रमागत बदलाव के बावजूद क्या यह संयोग है कि बेल्जियम, नीदरलैंड और इटली को ब्राजील, भारत और चीन की तुलना में ज्यादा महत्त्व प्राप्त है? इन संस्थानों के प्रमुखों का चयन करते समय यह अनिवार्य क्यों है कि विश्व बैंक का अध्यक्ष एक अमेरिकी और अंतरराष्ट्रीय मुद्रा कोष का अध्यक्ष एक यूरोपीय होगा? इसमें विशेषज्ञता और संबंधित ज्ञान का तनिक भी ध्यान नहीं रखा जाता। क्या इस स्थिति की मौलिक समीक्षा नहीं की जानी चाहिए? आर्थिक सत्ता का संतुलन काफी बदल गया है। इसके मद्देनजर क्या इन संस्थाओं के प्रशासकीय ढाँचे में तदनुरूप बदलाव को स्वीकार करने की मानसिकता बनी है? शायद नहीं।

तीसरा, पिछली सदी में 90 के दशक में एशियाई संकट के उपरांत अंतरराष्ट्रीय मुद्रा कोष विश्व बैंक ने तमाम सदस्य देशों की वित्तीय प्रणालियों के व्यापक आकलन के लिए वित्तीय क्षेत्र आकलन कार्यक्रम (एफ.एस.ए.पी.) की शुरुआत की थी। मकसद था संकट को रोकना और दूर करना। इसके तहत सुव्यवस्थित संख्यात्मक संकेतों के जरिए वित्तीय मजबूती का व्यापक विश्लेषण किया जाता है, वित्तीय क्षेत्र की कमजोरियों की पहचान की जाती है और इनका समाधान सुझाया जाता है। भारत ने शुरू में इस कार्यक्रम को स्वीकार किया और अब यह आंतरिक स्तर पर इस काम को खुद करता है। क्या यह महज संयोग है कि अमेरिका ने खुद तय किया कि वह एफ.एस.ए.पी. को स्वीकार नहीं करेगा?

अगर यह कार्यक्रम गंभीरतापूर्वक लागू किया जाता तो अमेरिकी अर्थव्यवस्था में पनप रहे उन विविध बुलबुलों की पहचान की जा सकती थी। तो क्या अमेरिका अब एफ.एस.ए.पी. जैसी तथ्यात्मक बहुपक्षीय निगरानी व्यवस्था को स्वीकार करेगा? शायद नहीं।

भारत के अल्पकालिक नजरिए से, यदि किसी बहुपक्षीय छतरी के तहत पेट्रो डॉलर तक पहुँच बनती है, बहुपक्षीय संस्थाओं के अपने ऋण-कार्यक्रम से परे उनसे ऋण पाने का कोई अहम जुगाड़ बनता है तो इससे उसे बहुत लाभ होगा, यह एक नया प्रोत्साहन पैकेज होगा। अल्प-काल में पूँजी की कमी को दूर करना हमारी सबसे प्राथमिक चिंता है।

जी-20 की सफलता के लिए आवश्यक है कि इसे जन-संपर्क कार्यक्रम से ज्यादा दर्जा दिया जाए। यह मौलिक सोच में बदलाव की माँग करता है। यह समझने की जरूरत है कि क्रमागत परिवर्तन अपर्याप्त हैं। नए वित्तीय आर्किटेक्चर को संस्थानों के गठन के लिए नए मूल्यों की जरूरत है। ऐसे संस्थान बनाए जाएँ, जो वस्तुत: सार्वभौमिक हों और जो असमान सत्ता समीकरणों के बावजूद अपनी नीतियों व कार्यक्रमों को बगैर किसी भेदभाव के तथ्यात्मक आधार पर लागू कर सकें। क्या आगामी वाशिंगटन अभ्यास इस मकसद को हासिल करने में सफल होगा? शायद नहीं।

(13 नवंबर, 2008)

□

13

जी-20 शिखर बैठक के परे देखना

भारत में हम लोग राष्ट्रीय चुनावों में व्यस्त हैं। हम यह कयास लगाने में तल्लीन हैं कि कौन सी पार्टी सत्ता में आएगी और कितनी स्थिर सरकार बनेगी? फिर चुनावी और प्रक्षेपण सर्वे भी हैं। साफ है कि इन चुनावों में विकास के मुद्दों पर काफी फोकस रहेगा। एन.डी.टी.वी. सर्वे विकास के मुद्दे पर नीतीश कुमार को 78 फीसदी रेटिंग देता है, जबकि बाढ़ प्रबंधन पर 73 फीसदी। यह उन्हें उनके प्रतिद्वंद्वियों की तुलना में नेतृत्व गुणों के मामले में भी काफी ऊँची रेटिंग देता है। अगर यह सर्वे सही है तो यह गठबंधन राजनीति की संरचना को काफी बदल देगा।

बहरहाल, दुनिया किसी और चीज में व्यस्त है और वह है वैश्विक अर्थव्यवस्था को पुनरुज्जीवित करना। हम अब जान चुके हैं कि वर्ष 1929–33 की महामंदी के बाद यह सबसे बुरा आर्थिक संकट है। महामंदी के दौरान विश्व अपने कार्यों को एकजुट होकर नहीं कर सका। इस कारण बड़े पैमाने पर आम जनता बेरोजगार हुई, आय का नुकसान हुआ, गरीबी बढ़ी और लोगों को बेहद दिक्कतें उठानी पड़ीं। मगर, इस बार एक फर्क देखने में आया है। अब यह नई जागरूकता और समझ पैदा हुई है कि मिलकर काम करने से बड़ा फर्क आ सकता है। लंदन में हाल की जी-20 बैठक का यही सार था। जी–20 दुनिया के सबसे अमीर 20 देशों का प्रतिनिधित्व करता है। इन 20 देशों में दुनिया की 90 फीसदी आबादी रहती है और विश्व के सकल घरेलू उत्पाद का 80 फीसदी यहीं समाहित है। भारत, चीन, दक्षिण अफ्रीका और ब्राजील जैसे उभरते हुए बाजार पूर्ववर्ती चर्चाओं का हिस्सा नहीं थे। मगर उनकी आर्थिक शक्ति के मद्देनजर अब वे वैश्विक निर्णय प्रक्रिया का हिस्सा बन गए हैं।

तो जी–20 शिखर बैठक ने क्या हासिल किया? सर्वप्रथम, जी–20 बैठक एक विश्वास बढ़ानेवाला कदम था। यह बाजारों, उपभोक्ताओं और तमाम दावेदारों के

लिए एक संकेत है कि विश्व एकाकी नहीं, बल्कि एकजुट होकर काम कर रहा है। यह एक संकेत है कि आर्थिक गिरावट को पलटने के लिए वह साहसी और आक्रामक फैसले लेने को तैयार है। बाजार संकेतों के आधार पर सक्रिय होते हैं। आत्मविश्वास बढ़ानेवाले इस संकेत का ही नतीजा है कि भारत समेत सभी शेयर बाजारों में अस्थायी रूप से सूचकांक ऊपर चढ़े।

दूसरा, विश्व अर्थव्यवस्था में 1 खरब डॉलर झोंकने का मकसद भी वित्तीय और क्रेडिट प्रणाली को मजबूती प्रदान करना है। इससे उन देशों और संस्थानों को राहत मिलेगी, जो आर्थिक संकट में फँस गए हैं। 1 खरब डॉलर की अतिरिक्त खुराक से उम्मीदें शर्तिया जागेंगी। इससे कई देशों, खासकर पूर्वी यूरोप के देशों को फौरी राहत मिलेगी। ये देश अचानक भुगतान-संतुलन के संकट से घिर गए हैं।

तीसरा, जी-20 अंतरराष्ट्रीय मुद्रा कोष के संसाधनों को तिगुना करने को राजी हुआ। जिन देशों में बाहर से पूँजी प्रवाह और निर्यात सूख गए हैं, विदेशी मुद्रा की देनदारी को पूरा करने में वे असमर्थ हैं, भुगतान-संतुलन के संकट में फँस गए हैं, उनकी आवश्यकताओं को पूरा करने में इससे मदद मिलेगी। इससे भी सकारात्मक संकेत मिलेंगे।

चौथा, विश्व के वित्तीय और क्रेडिट बाजार को खोलने का संकल्प लिया गया। बैंक से वित्त और ऋण की उपलब्धता के बगैर भारत और अन्य जगहों में ताजा निवेश की संभावना निराशाजनक है। ऋण उपलब्ध हो तो कई अचानक रुक गए प्रोजेक्ट पुनरुज्जीवित किए जा सकते हैं।

पाँचवाँ, विश्व बैंक के संसाधन बढ़ाने का भी संकल्प जताया गया। इससे विश्व बैंक जरूरतमंद देशों को नए ऋण दे पाएगा। इसका मतलब भारत जैसे देशों को ज्यादा संसाधन उपलब्ध हो पाएगा। अगर विश्व बैंक से भारत को मिलनेवाले संसाधनों में तुरंत बढ़ोतरी कर दी जाए तो कई विशाल इन्फ्रास्ट्रक्चर परियोजनाओं के लिए धन का इंतजाम हो जाएगा।

छठा, बाजार की ज्यादती और आम जन की बिना पर लालच को तरजीह देने के खिलाफ काफी कड़ी जन-भावना है। जी-20 ने नियामक संस्थानों को मजबूत करने, बाजार की निगरानी को सुधारने और बेहतर कार्रवाई का संकल्प व्यक्त किया। इससे बाजार में भरोसा बहाल होगा।

सातवाँ, टैक्स के अनुपालन और टैक्स-मुक्त क्षेत्रों के खिलाफ कार्रवाई पर विशेष जोर दिया गया। इससे कॉरपोरेट और लोगों पर दबाव पड़ेगा कि वे स्विट्जरलैंड

और दूसरे टैक्स-मुक्त देशों से रकम निकालकर उसे वापस अपने देश में लाएँ। भारत के लिए इसका अर्थ है कि निजी पूँजी की विशाल आवक हमारी अर्थव्यवस्था में होगी।

आठवाँ, अब यह मान लिया गया कि भारत और चीन जैसे उभरते देशों को अंतरराष्ट्रीय वित्तीय संस्थानों के प्रबंधन में ज्यादा अहमियत दी जाए। इसका आशय यह है कि उनकी निर्णय प्रक्रिया में इन देशों को ज्यादा वोटिंग अधिकार और कोटा मिलेगा। अभी तक यह संकल्प ज्यादातर बड़बोलेपन और नारेबाजी तक ही सीमित था। हो सकता है कि अंतरराष्ट्रीय वित्तीय संस्थानों की मौलिक सर्जरी के लिए मौजूदा संकट के खत्म होने तक इंतजार करना पड़े। विश्व वित्त प्रणाली में मौलिक सुधार करने में लंबा वक्त लगेगा। बहरहाल, मौजूदा संकट के दौरान परिवर्तन के बीज बो दिए गए हैं।

अंततः भारत के नजरिए के मद्देनजर मैं सोचता हूँ कि हमारी बढ़ती आर्थिक प्रासंगिकता और दबदबे को एक नई मान्यता मिली है। विश्व आर्थिक निर्णय-प्रक्रिया के उच्च टेबल पर स्वीकार किए जाने के मनोवैज्ञानिक और वास्तविक दोनों महत्त्व हैं। वैसे, यह सबकुछ इस पर निर्भर करता है कि आगामी कुछ वर्षों में भारतीय अर्थव्यवस्था का प्रदर्शन कैसा रहता है। अगर हमारी विकास दर में तेज गिरावट आती है और फिर वह जल्द सँभल नहीं पाती है तो मजबूत आवाज के लिए हमारा दावा कमजोर पड़ जाएगा। दूसरी ओर, यदि नई सरकार कुछ कड़े आर्थिक फैसले लेती है तो आर्थिक विकास पटरी पर लौट सकता है। तब उच्च टेबल पर हमारा स्थान पक्का हो जाएगा। इसलिए मौजूदा चुनाव के परिणाम काफी अहमियत रखते हैं। हमारे घरेलू विकास को पुनरुज्जीवित करने, नए रोजगार सृजित करने, ग्रामीण अर्थव्यवस्था को प्रोत्साहित करने, गरीबी घटाने, बेहतर इन्फ्रास्ट्रक्चर खड़ा करने और शिक्षा की गुणवत्ता सुधारने के लिहाज से चुनाव परिणाम महत्त्वपूर्ण होंगे। विश्व मंच पर भारत को स्थापित करने की दृष्टि से भी ये परिणाम महत्त्वपूर्ण होंगे। जी-20 शिखर बैठक निश्चित रूप से एक विश्वास-बहाली का कदम था। यह भारत के लिए भी एक अवसर प्रदान करती है कि वह अपने घर को दुरुस्त करे। मई में आनेवाले चुनाव परिणाम और स्थिर सरकार के लिए जनादेश भारत के भविष्य की दृष्टि से दूरगामी अहमियतवाले होंगे। अगर हमने ठीक से काम किया और नए मिले अवसरों का लाभ उठाया तो भारत का भविष्य निर्णायक रूप से बदला जा सकता है।

(10 अप्रैल, 2009)

□

खंड—II

अखंड विकास

अब यह ज्यादा स्पष्ट हो गया है कि 'विकास' का अर्थ ही अखंड होना, निरंतर होना है। 'अखंड विकास' का कथन अब बेमतलब हो गया है। वैश्विक जलवायु के गरम होने और उससे जुड़े पर्यावरणीय परिवर्तनों से भारत काफी प्रभावित होगा। हमें इस ट्रेंड को रोकने के लिए अवश्य कार्रवाई करनी चाहिए और जो सबसे ज्यादा सुरक्षित हों, उनके अनुकूलन का प्रयास करना चाहिए। हमें दोषारोपण में व्यर्थ समय नहीं गँवाना चाहिए। इस खंड में शामिल किए गए लेख विभिन्न घरेलू नीति-विकल्पों और अंतरराष्ट्रीय चर्चाओं के पूरक के बतौर प्राथमिकताओं पर विचार-मंथन करते हैं।

14

दावोस में परस्पर निर्भरता के संदेश

कई लोगों की तरह पिछले हफ्ते मैं दावोस में था। पिछले अड़तीस वर्षों से भी ज्यादा समय में विश्व आर्थिक मंच (वर्ल्ड इकोनॉमिक फोरम) एक छोटे समूह से बढ़ते-बढ़ते अति विशालकाय हो गया है। अनेक प्रधानमंत्रियों, राष्ट्रपतियों, मंत्रियों, कॉरपोरेट चीफ, नीति-निर्माताओं और अन्य गण्यमान्य लोगों को सार्थक ढंग से शामिल करना आसान नहीं होता है। दावोस के अनुभवी आयोजक जानते हैं कि इसका असली महत्त्व सौ से ज्यादा परिचर्चाओं के बाहर है—कॉरीडोर में, स्वागत कक्ष में, अनौपचारिकताओं में, जो नए संगठनों को बढ़ावा देती हैं और पुराने संबंधों को पुनरुज्जीवित करती हैं। जो लोग संबंध बनाने की कला में माहिर होते हैं, नए लोगों और क्षेत्रों तक पहुँच बना पाते हैं, सिर्फ वही लाभ उठा सकते हैं।

सम्मेलन के लिए पंजीयन कराते वक्त 'फाइनेंशियल टाइम्स' के मार्टिन वुल्फ ने भारतीय शिष्टमंडल के बारे में पूछा और तुरंत ही जोड़ दिया कि भारत की मार्केटिंग अब हो चुकी है और विश्व ने एक अहम आर्थिक शक्ति के रूप में उसकी स्थिति को आमतौर पर स्वीकार कर लिया है।

बहरहाल, भारत की समस्याएँ और चुनौतियाँ खत्म होने का नाम नहीं ले रही हैं। एक परस्पर निर्भर विश्व में हमें अपनी उपस्थिति दर्ज कराते रहने की आवश्यकता है और समय-समय पर यह बताते चलना है कि हम विकास के मोरचे पर अच्छा करते जा रहे हैं, गरीबी-उन्मूलन और मानव-संसाधन के विकास में लगे हुए हैं। साथ ही जलवायु परिवर्तन और ऊर्जा, भोजन और पानी की सुरक्षा जैसी ज्यादा समसामयिक चिंताओं पर भी अपना सकारात्मक योगदान कर रहे हैं। मैंने एक निजी भोज का आयोजन किया। इसमें लैरी समर्स ने विचार व्यक्त किया कि आर्थिक सुधार का सबसे स्वीकार्य चेहरा चिदंबरम हैं, जिस पर व्यापक सहमति दिखी।

'वर्ल्ड इकोनॉमिक ब्रेन स्टॉर्मिंग' विषय पर आयोजित सत्र में कई बड़े आर्थिक विशेषज्ञ भाग ले रहे थे। इसमें साफतौर पर माना गया कि मौजूदा आर्थिक उथल-पुथल नियामक एजेंसियों की विफलता, खतरों के योजनाबद्ध ढंग से कम कीमत आँकने, ऑफ-बैलेंस शीट के बहुत ज्यादा खुल जाने और निगरानी निकायों के बीच अपर्याप्त समन्वय का नतीजा है। गॉर्डन ब्राउन ने अंतरराष्ट्रीय मुद्रा कोष, वर्ल्ड बैंक और संयुक्त राष्ट्र संघ जैसी विश्व-संस्थाओं में सुधार की आवश्यकता को दोहराया, ताकि नए सत्ता समीकरणों के प्रबंधन, आतंकवाद, शांति स्थापना, वैश्विक महामारियों, ऊर्जा सुरक्षा, खाद्य संकट और जलवायु परिवर्तन की चुनौतियों से निपटा जा सके। अगर जल्दी कदम नहीं उठाए गए तो ये संस्थाएँ तेजी से अप्रासंगिक हो जाएँगी।

विश्व बैंक को फिर से विकास और पर्यावरण के लिए काम करनेवाली संस्था के रूप में स्थापित करने का महत्त्व स्पष्ट है। बहरहाल, बहुपक्षीय वित्तीय संस्थान अभी भी आर्थिक सत्ता-संतुलन में आए बदलाव से तालमेल नहीं बना पाए हैं। आर्थिक सत्ता का पलड़ा अब एशिया के उभरते बाजारों, खासकर चीन और भारत, के पक्ष में झुक चुका है; मगर इन संस्थानों में वोट देने के अधिकार, संस्थानों के अध्यक्ष चुनने और निर्णय-प्रक्रिया में ज्यादा पारदर्शिता लाने की बात आती है तो वे नए बदलाव को परिलक्षित नहीं करती हैं।

यह माना गया है कि विश्व-संस्थानों के नेतृत्व के लिए महज यह जरूरी नहीं है कि वह किस देश से है, बल्कि विषय की जानकारी और कौशल ज्यादा महत्त्वपूर्ण है। मगर इस मामले में चिंता बनी हुई है। इसके अलावा, दुनिया के सर्वाधिक प्रतिष्ठित प्राइवेट बैंकों का मालिकाना हक एशिया में सरकारों और सरकारी संस्थानों के हाथों में चला जा रहा है। इन संगठनों, उनके प्रबंधकीय ढाँचे और निर्णय-प्रक्रिया के लिहाज से इन बातों का क्या आशय है ? अतीत में वे आदतन उपदेश देते आए हैं कि विवेकपूर्ण तरीके अपनाए जाएँ, खतरा प्रबंधन के लिए पर्याप्त पूँजी रखी जाए और निगरानी दक्षता बनी रहे।

दो अन्य चिंताओं—पानी और भोजन सुरक्षा—पर सम्मेलन में काफी जोर दिया गया। 'कौन आपके पानी का प्रबंधन कर रहा है ?' सत्र में मैं भी पैनल में शामिल था। इस पर आमतौर पर सहमति थी कि दुनिया में जलापूर्ति पर दबाव है। पानी की खपत में बढ़ोतरी, दुनिया की बढ़ती आबादी द्वारा पानी की माँग, बढ़ती औद्योगिक जरूरतों के लिए पानी की माँग और जलवायु परिवर्तन के प्रभावों के कारण जल-

संकट बढ़ता जा रहा है। 1.5 अरब से ज्यादा लोगों को साफ पानी उपलब्ध नहीं है। पानी की किल्लत सबसे ज्यादा गरीब लोग झेलते हैं। हर साल 20 लाख लोगों की सिर्फ डायरिया से मौत हो जाती है। मोटे तौर पर विश्व की जलापूर्ति का 70 फीसदी कृषि क्षेत्र इस्तेमाल करता है। इसलिए, दूसरी हरित क्रांति लाने के लिए यह महत्त्वपूर्ण है कि गहन शोध किया जाए और पानी का कम इस्तेमाल करनेवाली फसल पद्धति का विकास किया जाए। यह बात इसलिए भी महत्त्वपूर्ण है कि इंटरनेशनल फूड पॉलिसी रिसर्च इंस्टीट्यूट ने भविष्यवाणी की है कि वर्ष 2025 तक लोगों की गैर-कृषि जरूरतों के लिए पानी की माँग 50 फीसदी बढ़ जाएगी। पानी के प्रबंधन में तीन अहम बातें हैं—

- सर्वप्रथम, संस्थाओं के बीच ज्यादा तालमेल हो। स्थानीय से लेकर प्रांतीय, राष्ट्रीय और अंतरराष्ट्रीय स्तर पर बहुत से अधिकारी जल-प्रबंधन के प्रयास में लगे रहते हैं; लेकिन इनमें से हरेक की जिम्मेदारी तय नहीं है। इसलिए इस बात की बेहद जरूरत है कि समन्वित कार्रवाई की जाए।
- दूसरा, नियामक स्तर पर अनिश्चितताएँ हैं। पानी के विविध उपयोगों, प्रवर्तन एजेंसियों और विवाद समाधान प्रणाली के लिए समसामयिक नियमों का अभाव है। इससे पानी का कुप्रबंधन होता है।
- तीसरा, राजनीतिक अस्पष्टताएँ हैं। यह आवश्यक है कि समानतावादी नजरिए का निरंतरता से तालमेल हो। पानी की कीमत उचित ढंग से कैसे तय की जाए, इस पर कई तरह की प्रतिक्रियाएँ हैं। उदाहरणार्थ, हमें किसानों पर कितना शुल्क लगाना चाहिए या शहरी क्षेत्रों में रहनेवाले गरीब लोगों से पाँच-सितारा होटलों के स्वीमिंग पूल में पानी के इस्तेमाल की तुलना में कितना जल शुल्क वसूलना चाहिए?

सम्मेलन में जिस दूसरे मसले ने सबसे ज्यादा ध्यान खींचा, वह है खाद्य सुरक्षा। पिछले साल गेहूँ और मक्के की कीमत में गजब का उछाल आया। इसके दो कारण रहे—एक तो माँग में बढ़ोतरी और दूसरा, पुनर्नवीकरणीय ऊर्जा के लिए सरकारी प्रोत्साहन के मद्देनजर कृषि-भूमि का उपयोग बायो-ईंधन फसल उत्पादन के लिए करना। गेहूँ और मक्के का मान तिगुना नहीं तो दोगुना हो ही गया है। कई विकासशील देशों के लिए इसके गंभीर नतीजे हुए। खाद्य कीमतों को सहने योग्य रखना और जलवायु परिवर्तन का प्रबंधन करना एक चुनौती है।

दावोस हमेशा से उभरती चिंताओं को रेखांकित करता रहा है और उनके

समाधान के लिए वैश्विक तौर पर स्वीकार्य सुझाव भी पेश करता रहा है। इन मसलों के समाधान के लिए राजनीतिक इच्छा-शक्ति और व्यापक जागरूकता के संयोग की आवश्यकता है। बहरहाल ऊर्जा, पानी और खाद्य सुरक्षा के मोरचे पर निरंतर कार्रवाई की जरूरत है। ये हमारी चिंताओं की धुरी बने रहेंगे।

(3 फरवरी, 2008)

□

15

नदी में मोड़

उत्तर बिहार में बाढ़ फिर से आ गई है। हरेक साल बिहार बरबादी, अनैच्छिक विस्थापन और बड़े पैमाने पर जान-माल, पशु, फसल एवं इन्फ्रास्ट्रक्चर का नुकसान झेलता है। सालाना विपत्ति के बतौर कोसी नदी तटबंधों को तोड़ देती है और न भुला सकनेवाली अभूतपूर्व विनाश-लीला करती है, जैसा कि इस बार हुआ।

कोसी नदी हिमालय से निकलती है। यह गंगा-ब्रह्मपुत्र-मेघना नदी प्रणाली का एक हिस्सा है। इस नदी प्रणाली के अंतर्गत चीन समेत पाँच देशों में 1.3 अरब लोग रहते हैं। साथ ही ये लोग दुनिया के सबसे गरीब लोगों में से हैं। कोसी गंगा की सहायक नदी है। यह नेपाल में ऊँचे पहाड़ी क्षेत्रों से शुरू होती है, फिर बिहार में प्रवेश करती है और सैकड़ों किलोमीटर बहने के बाद गंगा नदी में मिलती है। जिस पथरीले क्षेत्र से इसका उद्गम होता है, वे नई भुरभुरी चट्टानें हैं। इससे पानी में काफी ज्यादा गाद और कंकड़-पत्थर भरे होते हैं, जो उपजाऊ नहीं बल्कि बंजर किस्म के होते हैं। यह गाद बिहार के मैदानी इलाकों में जमा हो जाती है। मुश्किल इसलिए और भी बढ़ जाती है कि कोसी नदी तेज ढालवाले क्षेत्र से निकलती है और काफी तीव्र गति से बिहार के मैदानी क्षेत्र में प्रवेश करती है। ज्यादा गाद और तेज ढाल के कारण कोसी नदी इतनी तूफानी होती है कि यह अकसर अपने मार्ग को छोड़कर अनिश्चित रास्ता अख्तियार कर लेती है और इसी कारण इसे 'शोक की नदी' या 'बिहार का शोक' कहते हैं।

नदी की भीषणता पर लगाम लगाने का पहला गंभीर प्रयास वर्ष 1954 की विनाशकारी बाढ़ के बाद 1956 में किया गया। जवाहरलाल नेहरू ने केंद्रीय जल आयोग को निर्देश दिया कि वह इस समस्या के दीर्घकालीन समाधान के लिए एक व्यवहार्य प्रोजेक्ट रिपोर्ट तैयार करे। केंद्रीय जल आयोग के अधिकारियों ने एक जल-सर्वेक्षण करवाया और उस क्षेत्र की एक रिपोर्ट तैयार की। आयोग ने सलाह दी

कि दो बैराज बनाए जाएँ—एक नेपाल के 50 किलोमीटर के अंदर बराकक्षेत्र में 239 मीटर ऊँचा डैम बनाया जाए और दूसरा डैम नदी के निचले स्तर पर बनाया जाए। मगर कई कारणों से इस प्रोजेक्ट को अमली जामा नहीं पहनाया जा सका। एक बड़ा कारण तो यही था कि इस डैम की लागत काफी ज्यादा थी, दूसरे उस वक्त सरकार का ध्यान भाखड़ा नाँगल प्रोजेक्ट पर लगा हुआ था और तीसरे, इस विविध ढाँचेवाले डैम के निर्माण में कई जटिलताएँ थीं।

बहरहाल, एक अंतरिम व्यवस्था के तौर पर सरकार ने हनुमान नगर, बीरपुर में बाँध बनाने का फैसला किया। इस तरह, कोसी नदी को बाँधने का गंभीर प्रयास 1956 में शुरू हुआ। इसका पूर्वी तटबंध 105 किलोमीटर और पश्चिमी तटबंध 106 किलोमीटर लंबा था। इसका करीब 32 किलोमीटर हिस्सा नेपाल में पड़ता था। तटबंध बनाने का काम 1959 में पूरा हुआ। नदी के जल-प्रवाह को नियंत्रित करने के लिए बीरपुर में बैराज बनाने का काम 1964 में पूरा हुआ। भारत-नेपाल समझौते के तहत यह प्रोजेक्ट पूरा किया गया। इससे भारत और नेपाल दोनों को लाभ हुआ। मगर नेपाल इस प्रोजेक्ट के लाभों पर शुरू से ही सवाल उठाता रहा। नेपाल का शुरू से ही मानना था कि यह बैराज नदी के और ऊँचाईवाले स्तर पर बनाया जाता तो उसे पूरा लाभ मिला होता।

इस बैराज की पच्चीस साल की सीमित अवधि थी। स्पष्ट था कि यह एक अस्थायी व्यवस्था थी और बाद में इसकी जगह स्थायी प्रबंध किया जाना था। धुर सवाल है—भारत और नेपाल की अर्थव्यवस्था के लिए अनगिनत लाभों की संभावना के बावजूद स्थायी व्यवस्था सिरे क्यों नहीं चढ़ सकी? इसके कई कारण हैं। पहला, पिछली सदी में 50 और 60 के दशक में नेपाल का भारत के साथ ज्यादा दोस्ताना संबंध था। मगर इसके बाद दोनों देशों के रिश्तों में ज्यादा अनिश्चितता आ गई। दोनों पड़ोसी एक-दूसरे को संदेह की नजर से देखने लगे। नई दिल्ली ने इस मसले को हल करने के लिए भारत-नेपाल आयोग और अन्य मंचों पर कई बार चर्चा की, लेकिन नेपाल ने ज्यादा उत्साह नहीं दिखाया।

दूसरा, इस प्रोजेक्ट के लिए विश्व बैंक या एशियाई विकास बैंक जैसी बहुपक्षीय संस्थाओं का सहयोग लेने की बात सोची गई; लेकिन हमारे विदेश मंत्रालय के गले के नीचे यह बात नहीं उतरी। उसका मानना था कि यह भारत और नेपाल के बीच का द्विपक्षीय मसला है। इसका नाहक अंतरराष्ट्रीयकरण क्यों किया जाए? इस तरह, एक ओर द्विपक्षीय कूटनीति विभिन्न कारणों से अटकी रही और दूसरी ओर भू-

राजनीतिक संवेदनशीलताओं के कारण इसके लिए बहुपक्षीय संस्थानों की मदद नहीं ली जा सकी, जबकि वे मदद देने को तत्पर थे। अगर यह स्थायी प्रोजेक्ट पूरा होता तो भारत और नेपाल समेत कई देशों को लाभ होता। यह देखते हुए कि यह मामला पानी जैसे प्राकृतिक संसाधन से जुड़ा था, यह विफलता अक्षम्य थी।

तीसरा, पर्यावरण लॉबी ने 90 के दशक में जोर पकड़ा और ऊँचे डैम बनाने के खिलाफ माहौल बन गया। बढ़ती पर्यावरण चिंता और सामाजिक प्रतिरोध के आगे बहुपक्षीय संस्थानों के प्रयास टिक नहीं पाए। ये तथ्य भी सामने रखे गए कि इस प्रोजेक्ट के पूरा होने से कृषि-क्षेत्र को तो विविध लाभ होंगे ही, बाढ़ से सुरक्षा भी मिलेगी, भारत और नेपाल के लोगों की आजीविका पद्धति बदलेगी, नेपाल में 3,000 मेगावाट बिजली का उत्पादन होगा, जिसका अधिकांश वह भारत को बेच सकेगा और इससे उसे भारी मुनाफा होगा तथा पूर्वी क्षेत्र में ऊर्जा की कमी दूर हो सकेगी। फिर भी ये सारे तर्क धरे रह गए।

प्रधानमंत्री मनमोहन सिंह ने मौजूदा विपत्ति को ठीक ही 'राष्ट्रीय आपदा' बताया है। तो क्या इस मसले पर नए सिरे से विचार होगा? क्या पिछले पाँच दशकों से अटके पड़े प्रयासों में नई गति आएगी? समस्या का विशाल मानवीय पक्ष है। इसे मौजूदा राजनीतिक बाध्यताओं से परे जाकर समझने की जरूरत है। नदी के निचले सिरे पर स्थित देशों, जो पर्यावरणीय आपदा झेलते हैं, को द्विपक्षीय प्रयासों के साथ अंतरराष्ट्रीय समर्थन की आवश्यकता है। विभागीय क्षेत्राधिकार के सीमित नजरिए और अतीत की संदेहात्मक दृष्टि से बाहर निकलकर सोचने-समझने की जरूरत है।

वक्त की माँग है कि भारत की इस 'शोक की नदी' को काबू में करने के लिए ताजा और आक्रामक पहल की जाए।

(1 सितंबर, 2008)

□

16

क्या भारत और चीन भविष्य की गरमाहट देख सकते हैं?

क्या विकास धुएँ में उड़ जाएगा? जलवायु परिवर्तन पर अंतर-सरकारी पैनल की आखिरी रिपोर्ट ने अकाट्य सबूत पेश कर दिया है कि वैश्विक तापमान में वृद्धि मानव की मौजूदा गतिविधियों के कारण हो रही है।

दि वर्ल्ड एनर्जी आउटलुक 2007, जिसका शीर्षक है 'चीन और भारत अंतर्दृष्टि' ने इन दो सबसे तेज ऊँची खपतवाले बाजारों के जलवायु परिवर्तन, विकास-पद्धतियों और विश्व-अर्थव्यवस्था पर प्रभावों और परिणामों को उजागर किया है। तीन मानकों के आधार पर इन परिणामों का विश्लेषण किया गया है—

- संदर्भ परिदृश्य, जो ऊर्जा की बढ़ती खपत के ट्रेंड और कार्बन डाईऑक्साइड नीतियों को दरशाता है।
- वैकल्पिक नीति परिदृश्य, जो यह दिखाता है कि कैसे ऊर्जा माहौल की चिंताओं के मद्देनजर नीतियाँ बनाई जाती हैं, लेकिन अभी तक ऊर्जा की माँग को कम करने में कारगर नहीं हुई हैं।
- उच्च विकास परिदृश्य, जो यह दरशाता है कि यदि निर्धारित अवधि में भारत और चीन का उच्च विकास जारी रहता है तो ऊर्जा खपत पर क्या असर पड़ेगा?

संदर्भ-परिदृश्य के संबंध में मोटा निष्कर्ष है कि वर्ष 2030 तक विश्व की ऊर्जा जरूरत आज की तुलना में 50 फीसदी बढ़ जाएगी और भारत व चीन इस बढ़ोतरी में लगभग 45 फीसदी हिस्सेदारी करेंगे। जीवाश्म (फॉसिल) ईंधन का प्रभुत्व बना रहेगा। सभी देशों के लिए यह एक चुनौती है कि विकास को दरकिनार किए बगैर वे अपेक्षाकृत ज्यादा सुरक्षित व निम्नतर कार्बन ऊर्जा प्रणाली अपनाएँ। भारत और चीन की तुलना में कहीं भी यह चुनौती उतनी बड़ी और महत्त्वपूर्ण नहीं है।

भारत के नजरिए से कई कदम महत्त्वपूर्ण हैं। पहला, क्या ऊर्जा की कार्यक्षमता सुधारने के लिए हम पर्याप्त कार्रवाई कर रहे हैं ? ऊर्जा संरक्षण पर महज कानून बनाना, मगर उसका कमजोर कार्यान्वयन करना, एकदम अपर्याप्त तरीका है। इस दिशा में आगे बढ़ने के लिए प्रकाश-व्यवस्था को सुधारना होगा, भवनों की बनावट को बेहतर करना होगा और ऊर्जा-बचत करनेवाले उपकरणों व यंत्रों को लगाने को अनिवार्य करना होगा।

मगर इसका प्रभारी कौन है? जलवायु परिवर्तन पर प्रधानमंत्री परिषद् एक सलाहकार निकाय है; लेकिन इसका कार्यान्वयन तो राज्य सरकारों, कॉरपोरेट जगत् और अन्य संस्थाओं के हाथों में है। इसलिए, सही अर्थों में जिम्मेवारी तय करना अपरिहार्य है।

दूसरा, हालाँकि कॉरपोरेट्स वैकल्पिक ईंधन पर शोध एवं विकास के काम में तेजी लाए हैं, लेकिन इस बारे में एक ज्यादा सुगठित नीति बनाने की आवश्यकता है, ताकि नई टेक्नोलॉजी में निवेश करने के लिए सरकारी और निजी दोनों क्षेत्रों को प्रोत्साहित किया जा सके।

कुछ अन्य क्षेत्रों में भी कल्पनाशील विकल्पों को अपनाए जाने की जरूरत है। उदाहरण के लिए, पर्यावरण रक्षा नियंत्रण प्राधिकरण ने दिल्ली में डीजल वाहनों की बढ़ोतरी के बारे में एक रिपोर्ट सुप्रीम कोर्ट को सौंपी है। इसके अनुसार, ये वाहन तीन गुना श्वसनीय लंबित अणु और नाइट्रोजन ऑक्साइड वायुमंडल में छोड़ते हैं, जो चिंताजनक है।

उपभोक्ता डीजल वाहनों को पसंद करते हैं, क्योंकि डीजल पर सब्सिडी काफी है। अब ज्यादा गैस की खोज होती जा रही है, इसलिए अब परिवहन, खाद और ग्रामीण कुकिंग की जरूरतों को पूरा करने के लिए गैस ईंधन को उच्च प्राथमिकता देना आवश्यक है। परिवहन, क्योंकि स्वास्थ्य के लिए प्रदूषण घातक है, खासकर शहरों और नगरों में, खादों में, क्योंकि तरल ईंधनों की तुलना में गैस ज्यादा ऊर्जा-सक्षम है और ग्रामीण कुकिंग, क्योंकि लकड़ी और पशु अवशिष्ट को जलाने से काफी ज्यादा प्रदूषण होता है।

उम्मीद है कि सुप्रीम कोर्ट परिवहन क्षेत्र के लिए सी.एन.जी. के इस्तेमाल को अनिवार्य कर देगा।

तीसरा, अगर बाजार अर्थव्यवस्था को पुनर्नवीकरणीय ईंधन के इस्तेमाल को प्रोत्साहित करने के लिए काम करना है तो जीवाश्म ईंधन पर बेहिसाब सब्सिडी

प्रणाली को क्रमशः खत्म किया ही जाना चाहिए। भारत का मामला ऐसा है कि यहाँ पेट्रोलियम पदार्थों की बिक्री से काफी कम राजस्व वसूली होती है, तकरीबन 1,00,000 /– करोड़ रुपए उपभोक्ताओं के लिए महज इस विश्वास पर छोड़ दिए जाते हैं कि ईंधन की वैश्विक कीमतों में वृद्धि अस्थायी है। सच्चाई यह है कि ईंधन कीमतों के मामले में दुनिया एक ऊँचे मुकाम पर पहुँच चुकी है। ऐसे में उपभोक्ताओं को सुरक्षा कवच देने में ऐसी बेलगाम आर्थिक गतिविधियों को बढ़ावा मिलता है, जिनमें ऊर्जा की खपत ज्यादा होती है और जिन्हें दीर्घकाल में बरदाश्त नहीं किया जा सकता। गठबंधन सरकारें चुनाव–चक्रों के प्रति ज्यादा संवेदनशील होती हैं; लेकिन एक ऐसे देश में जहाँ हर साल चुनाव होते ही रहते हों, विवेकपूर्ण आर्थिक नीतियों को हमेशा के लिए टाला नहीं जा सकता है।

चौथा, अंतरराष्ट्रीय दायित्वों को यह दलील देकर दरकिनार करने की कोशिश की जाती है कि हमारा ग्रीनहाउस गैसों का प्रति व्यक्ति उत्सर्जन अमेरिका के 20 टन की तुलना में महज 1.2 टन कार्बन डाइऑक्साइड है, आबादी विश्व आबादी की सिर्फ 17 फीसदी है, लेकिन हमारा वैश्विक उत्सर्जन में योगदान महज 4 फीसदी है—यह तर्क एक सीमा तक ही मान्य है।

निश्चित रूप से, नुकसान की भरपाई के लिए विकसित देशों का बड़ा दायित्व है; लेकिन भारत और चीन अब से लेकर 2030 तक प्रदूषक सामग्री छोड़ने में बड़ा योगदान करेंगे। यह बात समझी जा सकती है कि दायित्व के निर्वाह में फर्क होगा। लेकिन दायित्व से पूरी तरह मुँह चुराना नैतिक रूप से सही नहीं होगा।

द वर्ल्ड एनर्जी आउटलुक 2007 और जलवायु परिवर्तन पर अंतर–सरकारी पैनल की रिपोर्ट चेतावनी की घंटी है। खुद के लिए और आनेवाली पीढ़ी के लिए हमें विवेक और जिम्मेदारी से काम करने की जरूरत है।

(25 नवंबर, 2007)

□

17

एक नेता की खोज का मिशन

आर.के. पचौरी की अध्यक्षतावाले आई.पी.सी.सी. को नोबेल शांति पुरस्कार दिए जाने से भारत की संभावित नेतृत्वकारी भूमिका के प्रति विश्व का ध्यान फिर से आकर्षित हुआ है। इससे गरीबी और जलवायु परिवर्तन के खिलाफ लड़ाई के लिए शक्ति संसाधन जुटाने में भी मदद मिलेगी।

ऊर्जा से जुड़े मुद्दे फिर से केंद्र में हैं। परमाणु समझौता, जो फिलहाल बाधित है, अप्रदूषणकारी तरीके से ऊर्जा सुरक्षा प्राप्त करने का एक प्रयास है। अल गोर और आर.के. पचौरी की अध्यक्षतावाले जलवायु परिवर्तन पर अंतर-सरकारी पैनल को नोबेल शांति पुरस्कार इसलिए दिया गया है कि वे जीवाश्म ईंधन के अत्यधिक इस्तेमाल के कारण ग्लोबल वार्मिंग की समस्या को दूर करने के लिए काम कर रहे हैं।

भले ही कुछ लोग संदेह जताते रहें, लेकिन यह अकाट्य वैज्ञानिक सबूत है कि ग्लोबल वार्मिंग (जलवायु का गरम होना) कोई प्राकृतिक चक्रीय घटना नहीं है, बल्कि यह आदमी के कार्यकलापों का नतीजा है।

इस समस्या के निदान के लिए ठोस वैश्विक कार्रवाई की जरूरत तो है ही, लेकिन राष्ट्रीय सरकारों का भी बड़ा दायित्व है। ऐसे में यह सवाल सहज रूप में उठता है कि क्या भारत इस दिशा में अपना जिम्मेदारी भरा योगदान कर रहा है? बढ़ती चिंताओं के पाँच क्षेत्र हैं—

- पहला, ऊर्जा की लागत कीमत तय करने की नीति पिछले दो सालों में और बदतर हो गई है। जब तक परंपरागत स्रोतों से प्राप्त ऊर्जा की समुचित कीमत नहीं लगाई जाती, तब तक वैकल्पिक पुनर्नवीकरणीय ईंधन में व्यावसायिक निवेश का मामला लटका रहेगा। अब जबकि हर कोई मानता है कि सस्ते तेल का जमाना लद गया है, हम अभी भी यह मानकर चल रहे हैं कि मौजूद ट्रेंड अस्थायी है। विशाल तेल बॉण्ड जमा हो गए हैं और इस साल भी तेल बॉण्ड जारी किए जाने हैं, क्योंकि वैश्विक तेल कीमतों के काफी ऊँचा होने के

बावजूद उपभोक्ताओं से कम वसूली की गई है। यह तरीका सिरे से गलत है। केंद्रीय पेट्रोलियम एवं प्राकृतिक गैस मंत्री मुरली देवड़ा संभवत: महसूस करते हैं कि यह तेल कंपनियों की सेहत के लिए नुकसानदेह तो है ही, वित्तीय औचित्य और जलवायु परिवर्तन की चिंता के प्रति हमारी जिम्मेदारी के लिहाज से भी अनुचित है। पेट्रोलियम के रोजाना मूल्यांकन का प्रबंधन एक बुराई हो सकता है, जिसे देवड़ा विरासत में झेल रहे हैं; लेकिन पिछले कुछ वर्षों में इसकी हालत और भी बिगड़ी है। किसी ऊर्जा रणनीति के लिए जरूरी है कि सीमा-शुल्क (टैरिफ) और प्रशासकीय पेट्रोलियम कीमत तय करने की नीति का गैर-राजनीतीकरण किया जाए।

- दूसरा, माँग कम करने के अलावा ऊर्जा कार्यक्षमता के मुद्दे, जैसे कि वैकल्पिक ईंधन के प्रयोग, रोशनी के स्रोत की पसंद, आर्किटेक्चर डिजाइन में बदलाव और टेक्नोलॉजी विकल्पों पर भी पर्याप्त ध्यान नहीं दिया गया है। ऊर्जा संरक्षण अधिनियम का कार्यान्वयन ऊर्जा मंत्रालय द्वारा किया गया जाता है। इसके कार्यान्वयन के लिए नए मास्टर की आवश्यकता है।
- तीसरा, गैर-परंपरागत ऊर्जा मंत्रालय आमतौर पर कम राजनीतिक वजनवाले लोगों के हाथों में रहा है। बहरहाल, पुनर्नवीकरणीय ऊर्जा के लिए शोध एवं विकास, किसी दूसरे देश के मुकाबले तकनीकी रूप से आगे रहने, सौर, बायोगैस, कृषि-अवशेष में हमारी तुलनात्मक लाभ की स्थिति तत्त्वों को हमारी मुख्य ऊर्जा नीति का अंग बनाने जैसे मसलों को प्रभावकारी ढंग से संचालित करने के लिए किसी मजबूत राजनीतिक ताकत और इच्छा-शक्ति की जरूरत है, जो अभी तक दिखाई नहीं देती।
- चौथा, भारत में अंतरराष्ट्रीय दायित्वों के मसले पर हमारी परंपरागत और सैद्धांतिक स्थिति यह रही है कि प्रदूषणकर्ताओं को भुगतान करना चाहिए और विकासशील देशों पर न तो कोई मायात्मक बंदिश लगाई जानी चाहिए और न ही उनके आर्थिक क्रिया-कलाप में कोई बदलाव होना चाहिए। इस नीति के हमें फायदे मिले हैं। यह भी सही है कि संचित प्रदूषण के मामले में विकसित देश ही प्राथमिक रूप से जिम्मेदार हैं और इसलिए इसकी भरपाई की मुख्य जिम्मेदारी भी उन्हीं की है। बावजूद इसके, उभरते बाजार जैसे-जैसे अपनी आर्थिक गतिविधि बढ़ाएँगे, प्रदूषक तत्त्वों को बढ़ाने में उनका योगदान बढ़ता जाएगा। ऐसे में भारत और चीन को बड़ी आबादीवाले देश के तौर पर बृहत्तर

भूमिका निभानी पड़ेगी। अमेरिका और अन्य देशों को समझाना मुश्किल होगा कि ऐसे दायित्वों के निर्वहण से हमें पूरी छूट दे दी जाए। संक्षेप में, कहने का आशय यह है कि दायित्व-निर्वहण मुख्य रूप से विकसित देशों को ही करना पड़ेगा; लेकिन अगर जलवायु परिवर्तन के मसले पर हमें कोई नेतृत्वकारी भूमिका निभानी है तो पूरी छूटवाली बात को गले उतारना मुश्किल है।

- पाँचवाँ, ऊर्जा नीति से जुड़े मसले बहुत ज्यादा मंत्रालयों और संगठनों के बीच बिखरे पड़े हैं। किसी गठबंधन सरकार के प्रधानमंत्री के लिए राजनीतिक बाध्यताएँ इसकी इजाजत नहीं देती हों कि वह एक पृथक् ऊर्जा मंत्रालय गठित करे। एकीकृत ऊर्जा नीति पर किरीट पारेख रिपोर्ट ने कई अच्छे सुझाव दिए थे, लेकिन उन्हें लागू करने का तरीका नहीं बताया था।

मेरा सुझाव यह है कि प्रधानमंत्री कार्यालय के स्वायत्त निकाय के तौर पर राष्ट्रीय ऊर्जा आयोग का गठन किया जाए। कई रिपोर्टों द्वारा सुझाए गए उपायों को लागू करने का काम इस आयोग को सौंप दिया जाए। प्रधानमंत्री कार्यालय का अंग होने के नाते आयोग में संबंधित विषय के विशेषज्ञों को शामिल किया जाए और वह अधिकृत समिति के रूप में कार्य करे। यह आयोग प्रधानमंत्री की अध्यक्षतावाली एक मंत्रिमंडलीय समिति के सामने अपनी रिपोर्ट रखे।

पचौरी के नेतृत्ववाले आई.पी.सी.सी. को मान्यता मिलने से भारत के लिए नेतृत्व निभाने की बात पर फिर से दुनिया का ध्यान गया है। जलवायु परिवर्तन और गरीबी दूर करने के मसले कई मायनों में परस्पर जुड़े हुए हैं और वैश्विक एजेंडे में इसकी उच्च प्राथमिकता बनी रहेगी। गरीबी-उन्मूलन की दिशा में भारत को लंबा रास्ता तय करना है। यदि भारत वैश्विक तापमान में वृद्धि के मुद्दे पर नेतृत्वकारी भूमिका अदा करता है तो हमें विकास रणनीति बनाने में भी जरूरी संसाधन मिलेंगे।

(21 अक्तूबर, 2007)

□

18

हम चलना शुरू करें

हर सफलता के साथ विफलता भी जुड़ी होती है। कच्चे तेल की कीमतों में तेज गिरावट ने मुद्रास्फीति के दबावों को निस्संदेह कम किया है। अधिकतर देशों में इसने सरकारों के लिए ज्यादा वित्तीय जगह प्रदान की है, ताकि वे विकास-दर को तेज करने के लिए गैर-चक्रीय उपाय अपना सकें। मगर इसका एक अवांछित परिणाम यह हुआ है कि इससे जीवाश्म ईंधन के अत्यधिक इस्तेमाल को बढ़ावा मिला है और पुनर्नवीकरणीय ऊर्जा के शोध एवं विकास के लिए सरकारें रकम आवंटित करने से हाथ खींच रही हैं। अमेरिका में मिश्रित ईंधनवाले वाहनों की नवंबर में बिक्री साल भर पहले की तुलना में 53 फीसदी सिकुड़ गई। पेट्रोल की कीमतों के मद्देनजर यह चकित करनेवाली बात नहीं है। पिछले बसंत काल में पेट्रोल की कीमत 4 डॉलर प्रति गैलन थी, जो अब घटकर औसतन 1.6 डॉलर हो गई है।

यह बात भारत के लिए भी सही है। यहाँ भी पेट्रोल और डीजल की कीमत क्रमशः घटती जा रही है। क्या इसका यह मतलब है कि जलवायु परिवर्तन पर हमारा संकल्प और प्रयास ढीला पड़ जाएगा? इसमें कोई संदेह नहीं कि बाजार की ताकतें विपरीत दिशा में खींच रही हैं। हमारे प्रयासों में कोई भी ढील दी गई तो यह हमारे ग्रह धरती के लिए विनाशकारी परिणाम लाएगा। कच्चे तेल और खाद्य पदार्थों की कम कीमतें भले ही अस्थायी हों, लेकिन हमारे ग्रह को जो नुकसान होगा, वह स्थायी और अपरिवर्तनीय होगा। इस प्रतिगामी ट्रेंड को रोकने के लिए कई दिशाओं में संगठित कार्रवाई किए जाने की आवश्यकता है।

सर्वप्रथम, उच्च जागरूकता फैलाने की जरूरत है। यह संदेश फैलाया जाना चाहिए कि अब इस बात के अकाट्य वैज्ञानिक सबूत हैं कि वैश्विक तापमान बढ़ता जा रहा है और वायुमंडल में कार्बन की अधिकता के कारण विकिरण बंद हो रहा है और इससे धरती पर जीवन प्रभावित हो रहा है। यह भी साफतौर पर बताए जाने की

जरूरत है कि जलवायु-परिवर्तन मानव-जनित है, क्योंकि औद्योगिक युग की शुरुआत में जितने मानव कार्यकलाप थे, उसकी तुलना में अब ये संभवत: 100 गुना ज्यादा बढ़ गए हैं। जेफ्री सैच्स ने अपनी पुस्तक 'कॉमन वेल्थ इकोनॉमिक्स फॉर ए क्रॉउडेड प्लैनेट' में कहा है कि ऐसी स्थिति इसलिए आई है, क्योंकि धरती के भौतिक-प्राकृतिक संसाधनों का मानव-उपभोग के लिए काफी ज्यादा दोहन किया गया। दरअसल, धरती की प्रकाश संश्लेषण क्षमता का 50 फीसदी से भी ज्यादा सीधे मानव के लिए इस्तेमाल होता है।

दूसरा, जागरण अभियान में लगे सांसदों और राज्य विधायकों को सूचीबद्ध किया जाना चाहिए, ताकि बेहतर नियम बनाने, उन्हें कार्यान्वित करने और समझदारी बढ़ाने में उनका सहयोग प्राप्त किया जा सके। इस संदर्भ में, भारतीय संसद् के स्पीकर ने हाल में एक महत्त्वपूर्ण कदम उठाते हुए ग्लोबल वार्मिंग और जलवायु परिवर्तन पर एक संसदीय फोरम का गठन किया है। इसमें पार्टी लाइन से ऊपर उठते हुए विभिन्न दलों के सदस्यों को शामिल किया गया है। इससे कई राष्ट्रीय मुद्दों पर राजनीतिक सामंजस्य बन सकता है, जिसमें एक अंतरराष्ट्रीय छाप हो। इस फोरम से अपेक्षा है कि वह विशेषज्ञों और अंतरराष्ट्रीय संस्थाओं से मशविरा करेगा, ताकि संसद् में और सार्वजनिक मंचों पर इन मुद्दों पर बहस की गुणवत्ता में सुधार हो। यह यूरोपीय संघ, जापान के इसी तरह के निकायों और अमेरिका के कांग्रेस फोरम के साथ वैश्विक तापमान वृद्धि और जलवायु परिवर्तन पर बातचीत करेगा। इससे क्योटो प्रोटोकॉल की जगह नई व्यवस्था लाने के लिए बेहतर समझदारी बनेगी। प्रदूषक उत्सर्जन नियंत्रण के लिए बना क्योटो प्रोटोकॉल वर्ष 2009 तक वैश्विक संधि के दायरे से मुक्त हो जाएगा। इसलिए इस साल के अंत तक यदि सरकारें किसी समझौते पर नहीं पहुँच पाती हैं तो वर्ष 2012 के पूर्व इस संधि की पुष्टि होने की बहुत कम संभावना रहेगी। मौजूदा प्रोटोकॉल वर्ष 2012 तक समाप्त हो जाएगा। जलवायु परिवर्तन पर हाल में पोलैंड के पोज्नान में एक बैठक हुई, लेकिन दुर्भाग्य से इसमें नए अंतरराष्ट्रीय समझौते की मोटी रूपरेखा तय करने में सीमित सफलता ही मिली। खर्च वहन करने और उत्सर्जन रोकने के मध्यवर्ती और अंतिम लक्ष्यों को तय करने को लेकर विकसित और विकासशील देशों के बीच तीव्र मतभेद बने रहे।

संसदीय फोरम से यह भी अपेक्षा है कि वह जलवायु परिवर्तन के परिणामों से कम-से-कम उलट-पुलट करते हुए अनुकूलन और पहले हो चुके नुकसान की भरपाई के लिए नीतिगत ढाँचे की बेहतर समझ बनाने हेतु विशेषज्ञों से विचार-

विमर्श करेगा। क्षतिपूर्तिवाले उपायों में शामिल हैं—ऊर्जा नीतियों पर विचार करना, जीवाश्म ईंधन की बजाय गैर-परंपरागत ऊर्जा को अपनाना, ऊर्जा की ज्यादा खपत वाली टेक्नोलॉजी से बचना, नए नगर डिजाइन करते हुए ऐसी पद्धति अपनाना कि कार्बन का कम उत्सर्जन हो और कृषि व पशुपालन उद्योगों का इस तरह पुनर्गठन करना कि ग्रीन हाउस गैसों का उत्सर्जन हो।

दूसरी ओर, गैर-हस्तक्षेपकारी अनुकूलन के तहत निम्न उपाय शामिल हैं—समुद्र के जल-स्तर बढ़ने और जल-तरंगों के ऊँचा उठने से निपटना, ऐसी कृषि-प्रणाली और फसल-पद्धति अपनाना, जो तापमान में वृद्धि को बरदाश्त कर सके। हिमनदों के सिकुड़ने से निपटना और अपनी नदी-प्रणाली का बेहतर प्रबंधन करना शामिल है। भारत में घरेलू कार्रवाई के लिए जरूरी है कि व्यावहारिक नजरिया अपनाया जाए और इस बात को समझा जाए कि परोपकारिता पर निर्भर होने के बजाय प्रोत्साहन का अर्थशास्त्र ज्यादा कारगर होगा। केंद्र सरकार द्वारा राज्यों को प्रोत्साहन डिजाइन करने में सक्रिय रूप से शामिल करना महत्त्वपूर्ण है। काले कार्बन और वायुमंडलीय भूरे बादलों का अध्ययन करना भारत के लिए प्रासंगिक है, क्योंकि कार्बन की कालिख बड़े पैमाने पर पशु अवशिष्ट, लकड़ी और जैव ईंधनों के इस्तेमाल के जरिए पैदा की जाती है।

तीसरा, उभरती अंतरराष्ट्रीय वार्त्ताएँ नएपन और आधुनिकता की माँग करती हैं, जिसके लिए संसदीय संलिप्तता आवश्यक है। हो सकता है कि प्रदूषण-भंडार बनाने में अतीत में हमारा बड़ा योगदान न रहा हो, लेकिन अब जिस रफ्तार से हमारा विकास हो रहा है, इससे हम प्रदूषण फैलाने में बड़ी भूमिका निभाते हैं। इसकी भरपाई के लिए विभेदकारी दायित्व की नीति अपनाना जरूरी है, लेकिन पूर्ण छूट की बात बेमानी होगी।

जलवायु परिवर्तन जैसा मुद्दा विभिन्न विज्ञानों तक फैला हुआ है, हालाँकि निर्णय-प्रक्रिया बदलाव की राजनीति से जुड़ी है। नवगठित संसदीय फोरम वैचारिक धारा बदलने में महत्त्वपूर्ण भूमिका निभा सकता है। जलवायु परिवर्तन के मसले पर सांसदों का सहयोग प्राप्त करने से इस सार्वजनिक नीति के अहम उद्‍देश्य को पूरा करने में मदद मिलेगी।

(23 जनवरी, 2009)

□

19

भारत के लिए एक लघु ऊर्जा योजना

पिछले लेख ने ऊर्जा इस्तेमाल के बड़े ट्रेंड, उसके बड़े परिणामों और एक देश के रूप में उनके प्रति हमारी बड़ी प्रतिक्रियाओं को उजागर किया था। हमें राष्ट्रीय नीति और अंतरराष्ट्रीय अवस्थिति पर ध्यान देना चाहिए—भारत व चीन के लिए किस तरह की भूमिका है और ऊर्जा बचत तथा पर्यावरण संरक्षण के विश्वव्यापी प्रयासों में उन्हें कैसी भूमिका निभानी चाहिए? उद्योगों और देश के ईंधन इस्तेमाल के मामले में किन नियमों और गतिविधियों को सरकार संशोधित करे, हटाए या पैदा करे– इस पर एक गहरी नजर डालना इस प्रक्रिया का एक हिस्सा है। हमें यह देखना पड़ेगा कि नीतियाँ व्यक्तिगत निर्णयों को किस तरह प्रभावित करती हैं, जैसे एक डीजल कार खरीदना, जिसका ईंधन अपेक्षाकृत सस्ता है।

यह नजरिया ऊर्जा और संरक्षण के बारे में ज्यादातर वार्त्ता से मेल खाता है—ऊर्जा इस्तेमाल और इसके परिणामों के बारे में भविष्यवाणियाँ आमतौर पर सकल रूप में पेश हो जाती हैं। मगर इन भविष्यवाणियों के पीछे रोजमर्रा की गतिविधियाँ और फैसले तथा दैनिक अनुभव छुपे होते हैं। इस लेख में मैं निरंतरता (विकास) को एक अलग नजरिए से देखता हूँ, ऐसा नजरिया जो व्यक्तियों पर करीब से गौर फरमाता है।

भारत को लघु ऊर्जा योजना की भी उतनी ही जरूरत है जितनी बृहत् रणनीति की। इसे जलवायु परिवर्तन से बचने के लिए दो मोरचों पर उत्सर्जन पर ध्यान देना होगा। सिर्फ कार्बन डाइऑक्साइड ही नहीं, बल्कि विविक्त पदार्थ और धुआँ-कुहरा भी। दोनों ही वैश्विक तापमान बढ़ाने में योगदान करते हैं, लेकिन इसे निर्णय-प्रक्रिया के दो मोरचों पर भी ध्यान देना है– सरकारी स्तर पर और व्यक्तिगत स्तर पर।

व्यक्तिगत समस्या अनिच्छा और समर्थता दोनों के कारण खड़ी होती है। नीति

दोनों ही मामलों में फैसले बदल सकती है।

सबसे सक्षम कम-से-कम हानिकारक टेक्नोलॉजी को चुनने की अनिच्छा पर विचार करें। इसे कई तरीकों से समझा जा सकता है। पर्यावरण को नुकसान एक बाहरी मामला है। लोग डीजल कारें खरीदते हैं और लोग दिल्ली पर धुएँ व कुहरे की मोटी परत को झेलते हैं। क्या वे धुएँ-कुहरे को झेलते हैं और इससे बचने के लिए वे डीजल कार की जगह एक सी.एन.जी. चालित कार खरीदते हैं? नहीं, वे क्यों ऐसा करेंगे? धुआँ-कुहरा सार्वजनिक है—दूसरों के फैसलों से एक बाह्य कारक है और कम खर्चवाले परिवहन के लाभ निजी हैं। कोई कारण नहीं कि हम पहले डीजल कार छोड़ें, जबकि इसके लाभ में भागीदारी तमाम लोग करें।

इसलिए सवाल है कि इस बाह्य कारक को कैसे अंतर्निहित किया जाए? यह ज्यादा प्रदूषणकारी ईंधनों के लिए सब्सिडी घटाने से परे का मामला है। जैसे कि मैंने पिछली बार जिक्र किया था, ईंधन की कीमत प्रदूषण फैलाने में योगदान के अनुपात में बढ़ाई जानी चाहिए। उत्सर्जन में कमी करने की स्थिति में पुरस्कार भी दिया जाना चाहिए, जैसा कि साफ-सुथरी विकास प्रणाली के मामले में होता है। भारत को सी.डी.एम. के कार्यान्वयन का सक्रियता से समर्थन करना चाहिए। इसके लिए उसे विश्वसनीयता बरकरार रखते हुए सर्टिफिकेट प्रदान करने की प्रक्रिया को त्वरित बनाना चाहिए।

जागरूकता पैदा करने और समकक्षीय दबाव बनाने से भी मदद मिल सकती है। कार्बन मॉनिटरिंग फॉर एक्शन (www.carma.org) जैसी वेबसाइट बिजली संयंत्रों से वैश्विक तापमान में बढ़ोतरी में योगदान को प्रचारित करने की दिशा में एक सही कदम है। इससे ऊर्जा संरक्षण और ज्यादा सक्षम बिजली उत्पादन की ओर ज्यादा ध्यान गया है। भारत जैसे देश के लिए सिर्फ वेबसाइट से काम नहीं चलने वाला है। केवल बिजली संयंत्रों पर ध्यान केंद्रित करने से भी बात नहीं बनने वाली है। लेकिन इस तरह की पहल सूचना उजागर करने के लिहाज से एक शुरुआत है और इससे हम थोड़ी गहरी पड़ताल कर सकते हैं। अपने देश में प्रदूषण निगरानी और पारदर्शी रिपोर्टिंग भी लोगों को सक्षम/कम प्रदूषणकारी उपायों के इस्तेमाल के लिए उसी तरह तैयार कर सकती है, जैसे कि कोई कानून। अंत में, जनमत और मीडिया अभियान की तुलना में कानून को लागू करना ज्यादा कठिन है।

इस बात पर बहुत कम लोग बहस करेंगे कि यदि ग्रामीण इलाकों में लोगों को खाना पकाने के लिए गैस उपलब्ध करा दी जाए तो भी वे लकड़ी या फसल के

अवशेष से ही खाना बनाएँगे। इस मायने में विकास और निरंतर विकास एक-दूसरे के पूरक हैं। जलवायु परिवर्तन का भय ग्रामीण इलाकों में खाना पकाने में और गरम करने के लिए साफ-सुथरे ईंधन को उपलब्ध कराने का दबाव बढ़ता है। इसलिए जरूरत एक संवेदनशील ईंधन नीति बनाने की है। गैस अब काफी ज्यादा मात्रा में उपलब्ध है। इसका इस्तेमाल मुख्य रूप से परिवहन और ग्रामीण क्षेत्रों में खाना पकाने की जरूरतों को पूरा करने में किया जाना चाहिए। बिजली उत्पादन को स्वच्छ कोयला टेक्नोलॉजी पर निर्भर करना चाहिए, जो कि अब काफी हद तक संभव है।

अज्ञानता के कारण भी असमर्थता पैदा होती है। जो लोग सक्षम विकल्पों के बारे में नहीं जानते हैं, वे उसे चुन कैसे सकते हैं। इसके लिए आवश्यक है कि कागज पर भरोसेमंद सूचना दर्ज कर लोगों को उपलब्ध कराई जाए। टीकाकरण की तर्ज पर बाजार अभियान चलाना उपयोगी होगा।

अंततः माप की महत्ता है। लोगों को इस योग्य बनाना पड़ेगा कि वे सक्षमता को माप सकें और इस आधार पर सर्वोत्तम विकल्प अपना सकें।

ऊर्जा सक्षमता का लेबल या सर्टिफिकेट देना और ऊर्जा बचत व सक्षमता मापने की टेक्नोलॉजी में निवेश करना समस्या के हल में शामिल हैं। ऊर्जा सक्षमता मापने की लागत कम करने से एक और लाभ यह मिलेगा कि लोगों में उत्तरदायित्व की भावना पैदा होगी और ऊर्जा संरक्षण उपायों को अपनाने में वे पीछे नहीं हटेंगे। व्यक्तिगत स्तर पर नियम पालन हो रहा है या नहीं, इसकी निगरानी तब तक नहीं हो सकती जब तक कि ऊर्जा संरक्षण में वास्तविक प्रगति पर सक्षमता को मापने का बेहतर उपाय नहीं कर लिया जाता। जब तक हम सक्षमता को माप नहीं सकते हैं, तब तक सफलता को परिभाषित भी नहीं किया जा सकता। इसलिए यह एक आधारभूत निवेश है।

विकास की निरंतरता ग्रह, क्षेत्रों, देशों और व्यक्तिगत जीवन को प्रभावित करती है। हमें बृहत् और लघु दोनों ही तरीके से विविध स्तरों पर एक समान कार्रवाई करने की जरूरत है।

(2 दिसंबर, 2007)

□

20

परिवर्तन के लिए नैनो के सबक

टाटा की नई कम लागतवाली कार 'नैनो' ने जो स्फुरण पैदा किया है, वह जल्द शांत नहीं होगा। यह कार करीब 1 लाख रुपए (या 2,500 डॉलर) में आ जाती है, जो कि चीन की अगली सबसे सस्ती कार की कीमत से आधी है। कहा जा रहा है कि नैनो कार सुरक्षा, ईंधन-सक्षमता और उत्सर्जन मानकों को पूरा करती है। वैसे, शंकालु लोगों का तर्क है कि यह वक्त ही बताएगा कि ये तमाम दावे सही हैं या नहीं। बहरहाल, नैनो कार के प्रति जो व्यापक उत्साह है, वह एक नए मध्यम वर्ग के जोश को प्रतिबिंबित करता है।

मध्यम वर्ग को अचानक शक्ति-संपन्न होने का अहसास हो रहा है, जिसमें वे क्रमश: बढ़ती आमदनी के बूते विकास के फल को उपभोग के दायरे में पाते हैं। बड़ी तादाद में लोग सुरक्षा, प्रतिष्ठा और सम्मान की दृष्टि से कार रखना चाहते हैं। नैनो कार उन्हें इस मानसिक संक्रमण को पूरा करने में मदद करती दिखती है।

सी.के. प्रह्लाद ने हमें बताया कि पिरामिड के निचले स्तर पर अपार दौलत है। नैनो इसी का एक और उदाहरण है। अर्ध-शहरी और ग्रामीण क्षेत्रों में दूरसंचार का बढ़ता चलन इसी का एक और नमूना है। मेरा मानना है कि नई, कम लागतवाली सेवाओं को अपनाने से अर्थव्यवस्था के लिए व्यापक फायदे होते हैं, जैसे कम लागत वाले मकान, वहन करने योग्य शैक्षणिक व्यवस्था और भरोसेमंद स्वास्थ्य सुविधाएँ। ग्यारहवीं पंचवर्षीय योजना में कई सकारात्मक कार्यों का उल्लेख है, जिन्हें यदि लागू किया गया तो यह कॉरपोरेट सेक्टर की प्रवीणता और पटुता को प्रज्वलित करने का काम करेगा।

नैनो नीति-निर्माताओं के लिए एक अवसर भी प्रदान करता है कि वे साफतौर पर दिख रही विकृतियों को दुरुस्त करें। सर्वप्रथम, एक 'एकीकृत ऊर्जा नीति' तय करने की आवश्यकता है। जीवाश्म ईंधन के उपभोग में सब्सिडी जारी रखने के विविध दुष्परिणाम हैं। तेल कंपनियों द्वारा पेट्रोलियम पदार्थों की बिक्री से लागत से

काफी कम राशि वसूल हो पाती है, जो सर्वथा अन्यायकारी है। सब्सिडी से समृद्ध लोगों को लाभ होता है और सामाजिक व भौतिक इन्फ्रास्ट्रक्चर के लिए संसाधनों का संकुचन होता है। निस्संदेह, पेट्रोलियम और संबद्ध उत्पादों के लिए कर-ढाँचे को तर्कसंगत बनाने का मसला एक अलग बात है। इसे ऊर्जा के विभिन्न स्वरूपों की आर्थिक कीमत तय करने के व्यापक सिद्धांत से जोड़ा नहीं जा सकता।

पेट्रोल, डीजल और कैरोसिन की कीमतों का गैर-राजनीतीकरण कर दिए जाने से पर्यावरण की क्षति को कम करने, मिलावट को न्यूनतम करने और सार्वजनिक हितों के लिए संसाधनों को उपलब्ध कराने में मदद मिलेगी। यह भी समान रूप से महत्त्वपूर्ण है कि आर्थिक विकास के मौजूदा दर के मद्‌देनजर प्रति व्यक्ति ऊर्जा खपत बढ़ेगी, इसलिए ऊर्जा सक्षमता को बढ़ावा देने और पुनर्नवीकरणीय ऊर्जा में निवेश करने को उच्च प्राथमिकता दी जानी चाहिए।

तर्कसंगत मूल्य नीति के बिना पुनर्नवीकरणीय ऊर्जा में निवेश करना व्यावसायिक रूप से उपयोगी नहीं होगा। हम लंबे समय से यह जानते हैं कि बिजली, ईंधन और अन्य तरह की सब्सिडी का लाभ शायद ही सत्ताधारी पार्टी को मिलता है। गुजरात और हिमाचल प्रदेश में हाल में हुए चुनाव एक और उदाहरण प्रस्तुत करते हैं। भारत इस साल और अगले साल चुनावों के चक्र में फँसा रहेगा; लेकिन ऐसे में ऊर्जा नीतियों को अस्त-व्यस्त हालत में छोड़ देना निहायत गैर-जिम्मेदारीवाला काम होगा।

दूसरा, शहरी सुधार मिशन के ढाँचे को पुनर्गठित किए जाने की जरूरत है। ग्यारहवीं पंचवर्षीय योजना में शहरी क्षेत्र के लिए प्रस्तावित आवंटन बेहद अपर्याप्त है, अगर उसे शहरीकरण की तेज रफ्तार के अनुरूप चलना है, गैर-मेट्रो शहरों में सार्वजनिक परिवहन प्रणाली का विस्तार करना है और उपग्रहीय शहरों के विकास कार्यक्रम को समर्थन देना है। शहरी सुधार के ढाँचे में कम लागतवाली सेवाओं के और भी कई सबक हैं।

तीसरा, एक एकीकृत परिवहन नीति भी जरूरी है। यह ग्रामीण सड़कों की बेहतर योजना बनाने और उसे कार्यान्वित करने, ज़िले की बेहतर योजना बनाने और उसे कार्यान्वित करने, जिले की सड़कों और राज्य के राजमार्गों को बेहतर बनाने और मौजूदा राष्ट्रीय राजमार्गों की परियोजनाओं के विभिन्न हिस्सों को त्वरित पूरा करने से परे की बात है।

यातायात वाहनों के संचालन एवं रख-रखाव को सुधारने और उनके प्रबंधन को

बेहतर करने तथा सड़क सुविधाओं, राजमार्गों पर गश्त, पार्किंग स्थल की सुविधा देने और उनकी लागत तय करने आदि के लिए एक ज्यादा सुसंगत नजरिए की जरूरत है। इसके अलावा, सार्वजनिक परिवहन प्रणाली एकदम निराशाजनक ढंग से अपर्याप्त और अक्षम है। संभवत: दिल्ली मेट्रो जैसी व्यापक और नई परिवहन व्यवस्था की जरूरत कई अन्य शहरों और उभरते उपग्रहीय शहरों के लिए भी है। निजी कारों के बजाय बसों को वित्तीय प्रोत्साहन दिए जाने की आवश्यकता है। इसके अलावा बसों की बेहतर क्वालिटी, ड्राइविंग स्कूलों में निवेश तथा संचालन व रख-रखाव के आधुनिकीकरण की भी जरूरत है। एक युक्ति-युक्त परिवहन नीति बहुआयामी होनी चाहिए, जिसमें विभिन्न तरह के सामान और सेवाओं के परिवहन के लिए उचित शुल्क तय किया जाए। नियंत्रण-मुक्त किए जाने और प्रतियोगिता बढ़ने से लाखों लोगों के लिए विमान यात्रा वहन योग्य हो गई है। रेलवे के लिए शुल्क तय करने के काम को राजनीतिक दायरे से बाहर कर दिया जाए तो इससे प्रतियोगिता बढ़ेगी और दीर्घ काल में इसका लाभ आम यात्रियों को मिलेगा।

अर्थव्यवस्था के विभिन्न क्षेत्रों में नैनो मॉडल का अनुकरण किया जाए तो इससे विकास के दायरे में काफी ज्यादा लोग आएँगे। भारत के लिए आवश्यक है कि वह ग्रामीण लोगों एवं मध्य वर्ग की बढ़ती आकांक्षाओं को समझे और उन्हें पूरा करने के लिए योजना बनाए। वक्त आ गया है कि उनकी दबी हुई लालसाओं को संतुष्ट किया जाए।

(20 जनवरी, 2008)

□

21

और एक बूँद भी पीने के लिए नहीं है

जलवायु परिवर्तन पर संयुक्त राष्ट्र के अंतर-सरकारी पैनल की चेतावनी है कि हिमालय के हिमनद पिघल रहे हैं, जिसका उत्तर भारत में दीर्घकालीन दुष्परिणाम पड़ेगा। अखबारों की सुर्खियाँ लंबे समय से कर्नाटक और तमिलनाडु के बीच कावेरी नदी जल को लेकर चली आ रही लड़ाई को दरशाती हैं और दिल्ली में तापमान जब 40 डिग्री को पार कर जाता है तो हर कोई वाटर टैंकर, हैंडपंप, नल या पानी के अन्य किसी स्रोत की ओर भागता नजर आता है।

भारत में पानी की तीन तरह की आपस में जुड़ी हुई समस्याएँ हैं—अभाव, संस्थागत अस्पष्टता और पानी के वितरण व इस्तेमाल किए गए पानी को रिसाइकल करने के इन्फ्रास्ट्रक्चर का न होना। तीन भागों की शृंखला में हम इन मसलों के समाधान के लिए चुनौतियों, अवसरों और नीतिगत प्राथमिकताओं के बारे में चर्चा करेंगे।

अभाव का तो सरल वर्णन है। भारत के पास दुनिया की आबादी का पाँचवाँ हिस्सा है, जबकि जल संसाधन का पच्चीसवाँ हिस्सा है। प्रति व्यक्ति जलापूर्ति पहले से ही सीमित है और वर्ष 2050 तक इसके 38 फीसदी और कम हो जाने की आशंका है। इस अभाव के मद्देनजर हम देश के भूमिगत जल और मानसून की बढ़ती अनिश्चितता के प्रबंधन में कोई भूल नहीं कर सकते हैं।

यह बात हमें संस्थागत अस्पष्टता तक ले जाती है। भारत के पास अंतरराज्यीय, अंतरशहरी और अंतर-पड़ोसी जल विवादों के हल के लिए कोई नियम-प्रशासन नहीं है। अंतरराज्यीय जल विवाद अधिनियम -1956 में एक विवाद प्राधिकरण और प्रोटोकॉल की बात है; लेकिन वास्तविक स्थिति यह है कि विभिन्न पक्षों के बीच जल विवाद लंबे समय तक चलते रहते हैं। परिणाम, इस आवश्यक रूप से अनवीकरणीय संसाधन को इससे पहले कि कोई दूसरा हथिया ले, खुद चुरा लेने की

भारी आपाधापी मची रहती है। भूमिगत जल का अधिकांश भारत की आधी से ज्यादा कृषि भूमि की सिंचाई के लिए इस्तेमाल किया जाता है; लेकिन अन्य मामलों में, ज्यादा लाभप्रद सौदा यह होता है कि इसे उनको बेच दिया जाए, जो पीने के पानी के लिए हाहाकार कर रहे हैं।

सैद्धांतिक रूप से पानी की उपलब्धता ठीक दिखती है। देश के ग्रामीण क्षेत्रों में 83 फीसदी घरों की पहुँच वर्ष 2004 में साफ पानी के साधन तक थी। यह कम आय (और मध्यम आय) वाले देशों के औसत से ज्यादा ही है और उसकी तुलना जल-संसाधन में काफी समृद्ध मेक्सिको से भी की जा सकती है। शहरी क्षेत्रों में 95 फीसदी घरों की पहुँच साफ पानी के साधनों तक थी। मध्यम आयवाले देशों में शहरी क्षेत्रों में 94 फीसदी घरों में पहुँच पानी के बेहतर साधन तक है, यानी भारत की स्थिति थोड़ी बेहतर ही है और वह चीन से भी आगे है। चीनं में 1990 में शहरी इलाकों में 99 फीसदी घरों की पहुँच पेयजल के बेहतर स्रोत तक थी, जो 2004 आते-आते घटकर 93 फीसदी रह गई है।

मगर 'बेहतर साधन' का आशय प्रति गाँव एक हैंडपंप से ज्यादा कुछ नहीं है और पानी की शुद्धता में फर्क होता है। जल के बेहतर साधनों का मतलब आवश्यक रूप से यह नहीं है कि लोगों की पहुँच पानी तक भी थी। विश्व बैंक के हाल के एक परचे के मुताबिक, भारत की राजधानी दिल्ली में रोजाना औसतन 4 घंटे जलापूर्ति होती है, मुंबई में 5 घंटे और बंगलुरू में 2.5 घंटे (जो कि 80 के दशक की शुरुआत में चौबीसों घंटे थी) रोजाना जलापूर्ति होती है। इसी तरह, चेन्नई के निवासियों को रोजाना औसतन 1.5 घंटे पानी की सप्लाई मिलती है, जो पिछली सदी में 80 के दशक में 10 से 15 घंटे थी। जकार्ता, डकार, कुआलालंपुर, डरबन और पेनांग में चौबीसों घंटे जलापूर्ति होती है। कोलंबो का औसत 22 घंटे है।

बेहतर सफाई प्रबंधन तक पहुँच के संदर्भ में भारत के शहरों की तुलना बेनिन, जांबिया और माली के शहरों से की जा सकती है (इन चारों देशों के शहरों में 59 फीसदी घरों की पहुँच बेहतर सफाई प्रबंधन तक है)। भारत के ग्रामीण क्षेत्रों की सफाई प्रबंधन तक पहुँच की तुलना बोलीविया, किरिबाती और गिनिया-बिसाऊ के लगभग समकक्ष है, जहाँ वर्ष 2004 में महज 22 फीसदी घरों की पहुँच बेहतर सफाई प्रबंधन तक थी। बेहतर सफाई प्रबंधन से कुल आशय इस बात से है कि खुले नाले हैं या गड्ढे वाले शौचालय हैं। सिर्फ व्यापार जगत् ही ऐसा वर्ग है, जो भारत के जल इन्फ्रास्ट्रक्चर को सकारात्मक रूप से दरशाता है। वर्ल्ड बैंक-सी.आई.आई.

ने वर्ष 2006 में एक इन्वेस्टमेंट क्लाइमेट सर्वे किया था। उसके अनुसार, जिन फर्मों को स्टडी में शामिल किया गया, उनमें सालाना 1.43 दिन की जलापूर्ति अपर्याप्त पाई गई, जब कि विश्व स्तर पर यह औसत 6.75 घंटे है। पानी की कमी के कारण बिक्री का नुकसान 2.5 फीसदी से थोड़ा ज्यादा था (बिजली के अभाव में बिक्री नुकसान 6.6 फीसदी होता है)। यह संभवतः इस कारण है कि वे सार्वजनिक इन्फ्रास्ट्रक्चर पर निर्भर नहीं करते हैं।

भारत की तीन तरह की जल समस्याओं पर अलग-अलग चर्चा की जाती है, जैसे कि जल संरक्षण की जरूरत, स्वामित्व, विवाद समाधान, सरकारी-निजी भागीदारी, ज्यादा सक्षम सरकारी निवेश आदि। मगर समाधान संपूर्ण नजरिए से ही मिलेगा—हर बात दूसरे मामलों के हल के लिए प्रोत्साहन और योग्यता को प्रभावित करती है।

(जेसिका वलाक के साथ)

(6 मई, 2007)

□

22

भविष्य के जल-युद्ध का प्रबंधन करना

प्रतिद्वंद्विता की जड़ें पानी में हैं। लैटिन भाषा में प्रतिद्वंद्विता के लिए 'खिलिस' शब्द का प्रयोग होता है। इसका मतलब है—उसी जलधारा का प्रयोग करना, जिसका प्रयोग दूसरा भी कर रहा है। कई मायनों में, जल प्रबंधन का आशय जल विवाद के प्रबंधन से है।

पिछले लेख में भारत की तीन परस्पर जुड़ी जल संबंधी चिंताओं—अभाव, संस्थानों और इन्फ्रास्ट्रक्चर (आधारभूत ढाँचा) की चर्चा की गई थी। इस लेख में हम भारत की पानी से जुड़ी बड़ी चुनौतियों पर ध्यान केंद्रित करेंगे।

दो तरह की चुनौतियाँ जल प्रबंधन को विशेष रूप से मुश्किल भरा बनाती हैं। पहला, पर्यावरणीय—जलवायु परिवर्तन भारत के मौजूदा क्षेत्रीय एवं पार्थिव अंतर को और तेज करेंगे। दूसरा, राजनीतिक—भारत का जल प्रबंधन केंद्र और राज्य के पदाधिकारियों का एक संयुक्त 'प्रोजेक्ट' है।

राष्ट्रीय जल नीति महज एक लक्ष्य बनकर रह जाएगी, जब तक कि अंतरराज्यीय और राज्य-केंद्र जल विवाद के समाधान के लिए राज्यों की जल-नीतियाँ व व्यवस्थाएँ इनका अनुसरण नहीं करती हैं।

नए पदाधिकारी, नियम और योजनाएँ ठीक हैं; लेकिन उन्हें प्रभावी कैसे बनाया जाए? इस दिशा में कुछ सुझाव प्रस्तुत हैं—

- अंतरराज्यीय जल विवाद अधिनियम-1956 को मजबूत किया जाए, ताकि विवादों को जल्द ट्रिब्यूनलों के हवाले किया जा सके और ट्रिब्यूनलों को ज्यादा शक्ति दी जाए, ताकि वे अपने फैसलों को लागू करवा सकें।
- जलाधिकार के लिए स्पष्ट और एक समान दिशा-निर्देश विकसित किया जाए तथा ट्रिब्यूनलों को आवश्यक प्रोफेशनल स्टाफ मुहैया कराया जाए, ताकि वे दावों का विश्वसनीय तरीके से आकलन कर सकें।

जल प्रबंधन परियोजनाएँ—मुख्यत: डैम, अंतरराज्यीय और केंद्र-राज्य विवाद

का एक और रूप है। और इन विवादों का हल व्यवहार्यतः राजनीति के अखाड़े में या फिर अदालत में निकाला जाता है। विवादों—जैसे कि भूमि अधिग्रहण—के छूमंतर हो जाने की संभावना नहीं है; लेकिन तीन बदलाव विद्वेष को कम कर सकते हैं—

- जल की तुलना में जलमार्गों को मान्यता दें और परियोजनाओं की लागतों व लाभों का आनुपातिक रूप से आकलन करें। जल विद्युत् और जल भंडारण प्रोजेक्टों में जल आवंटन से ज्यादा कुछ दाँव पर लगा होता है—भूमि, पर्यावरणीय लाभ और अन्य तत्त्व शामिल होते हैं। एक आदमी का जलाधिकार (या जैसा कि दिल्ली की अदालतों ने घोषणा की है - 'बिजली का अधिकार') बड़ी आसानी से दूसरे व्यक्ति की निजी संपत्ति और आजीविका के अधिकार से टकरा सकता है।
- प्रोजेक्ट रिपोर्टों के लिए स्वतंत्र रूप से सूचना की पुष्टि कराने का ठोस आधार तैयार करें। एक तरीका यह हो सकता है कि आँकड़े को विकसित करने का जिम्मा किसी गैर-सरकारी प्रोफेशनल संस्था को दिया जाए। इस संस्था में ऐसे नामचीन लोग हों, जिनकी निजी प्रतिष्ठा दाँव पर हो।
- नए प्रोजेक्टों की संख्या कम की जाए। बेहतर रख-रखाव के लिए तगड़ा प्रोत्साहन दिया जाए। बाँधों के रख-रखाव के लिए प्रोत्साहन बढ़ाने का एक तरीका यह हो सकता है कि बिजली खरीदने के लिए समझौते में कम मूल्य के लिए आधार तय कर दिए जाएँ, ताकि इन पहलुओं की अनदेखी करनेवाले ऑपरेटरों को दंडित किया जा सके।

स्पष्ट जलाधिकार और भूमिगत जल के व्यावहारिक दाम लगाने से मौजूदा लघु स्तर की भंडारण सुविधाओं के रख-रखाव व पुनर्वास को भी बढ़ावा मिलेगा, क्योंकि इससे ऑपरेटर अपनी जल सेवाओं के बदले अपनी रिटर्न (लागत और लाभ) वसूल सकेंगे।

और अंततः भूमिगत जल का इस्तेमाल जमीन पर बड़े झगड़े को जन्म देता है। यह आर्थिक और राजनीतिक क्षमता का सवाल है। भूमिगत जल ने सरकार का दबाव कम किया है। जिन किसानों की पहुँच सिंचाई इन्फ्रास्ट्रक्चर तक नहीं है, वे इसका अपना इंतजाम भूमिगत जल के जरिए कर सकते हैं। मध्य वर्गीय शहरी लोग, जिनका नल सूख गया हो, ट्यूबवेल से कमोबेश पानी प्राप्त कर सकते हैं, लेकिन जब भूमिगत जल सूख जाएगा तो यह दबाव अचानक आ जाएगा।

भूमिगत जल की कीमत इस अनुपात में तय की जानी चाहिए कि वह कितना

उपलब्ध है, ताकि यह पता चले कि इसका सीमित पुनर्नवीकरण संभव है। यह हिस्सा राज्य का विषय है—इस मामले में केंद्र सरकार की नीतियों का अब तक सीमित असर ही रहा है। कई राज्यों ने वर्षा के पानी को जमा कर जमीन के अंदर पहुँचाने (रेनवॉटर हार्वेस्टिंग) का आदेश दिया है; लेकिन ऐसे राज्य बहुत कम हैं, जिन्होंने बहु-दोहित क्षेत्रों में नए ट्यूबवेलों पर प्रतिबंध लगाया हो या भूमिगत जल के इस्तेमाल पर अभाव-जन्य कीमत लगाने के लिए अन्य कदम उठाए हों।

अल्पावधि में हम ज्यादा-से-ज्यादा यह कर सकते हैं कि दूरदर्शी नीति-निर्माताओं को यह साफ-साफ बताएँ कि उन्हें किन बातों पर ध्यान देना है। उदाहरण के लिए, वेबसाइट www.indiawaterportal.org पर वर्षा और जल संतुलन के बारे में विस्तृत सूचना दी हुई है। इसी तरह का फॉर्मेट भूमिगत जल स्तर के लिए तैयार किया जा सकता है। इससे मँडराती चुनौतियों के बारे में लोगों की जागरूकता बढ़ेगी। इससे भूमि की कीमत और राज्य में निवेश आकर्षित करने की संभावना भी प्रभावित हो सकती है। ऐसे में उन पर अनुकूल प्रतिक्रिया या कदम के लिए दबाव बनेगा। प्रतिद्वंद्विता उतनी ही पुरानी है जितनी नदियाँ। चुनौती यह है कि इनके समुचित और पारदर्शी समाधान के लिए माहौल तैयार करें।

(जेसिका वलाक के साथ)

(13 मई, 2007)

□

23

साफ पानी का अधिकार

"साफ पेयजल प्राप्त करने का अधिकार जीवन के लिए मौलिक है और अनुच्छेद 21 के तहत यह सरकार की ड्यूटी बनती है कि वह अपने नागरिकों को साफ पेयजल उपलब्ध कराए।" सुप्रीम कोर्ट ने (आंध्र प्रदेश प्रदूषण नियंत्रण बोर्ड–II बनाम प्रो. एम.वी. नायडू और अन्य) के मामले में यह व्यवस्था दी थी।

शुरुआत में स्पष्ट है, किसी को—सरकारी या प्राइवेट—शहरी जल-प्रणाली और ग्रामीण जल शुद्धीकरण में निवेश करना पड़ेगा। सरकारी, निजी या सरकारी-निजी भागीदारी का विवाद व्यर्थ ही ध्यान भटकाने वाला है। ज्यादा अहम सवाल यह है कि जल आपूर्ति प्रोजेक्ट का ढाँचा कैसे तैयार किया जाए कि वह सफल हो।

उदाहरण के लिए, ट्यूबवेल को लें। इस योजना को अगर सफलतापूर्वक आगे बढ़ाया जाए तो यह हल प्रणाली के विकास में दरअसल एक बाधा साबित होगा। ट्यूबवेल पर्यावरण के स्तर पर लंबे समय तक जारी रखने के काबिल नहीं है। इससे भूमिगत जल-स्रोतों का अत्यधिक दोहन होगा, क्षारीय तत्त्वों के प्रवेश की आशंका रहेगी और अन्य शहरी समस्याएँ खड़ी होंगी। हाँ, ये उन मकानों के लिए सुविधाजनक जरूर होंगे, जिनमें वे बनाए गए हैं। एक बार ट्यूबवेल को गहराई में उतारने का खर्च उठा लिया जाए तो नल में पानी आपूर्ति बनी रहती है। मगर किसी नई शहरी जलापूर्ति प्रणाली को इससे बेहतर सुविधा देनी होगी, तभी वह ग्राहकों को आकर्षित कर सकेगी और वित्तीय रूप से व्यावहारिक बन पाएगी। प्रवेश के लिए यह एक ऊँची बाधा है।

ट्यूबवेल पर पाबंदी से कम, गहराई पर रोक या मौजूदा ट्यूबवेलों को खरीद कर उन्हें बंद कर देना—ये तमाम कदम राजनीतिक और आर्थिक रूप से महँगे विकल्प हैं। जो शहर ट्यूबवेल पर आश्रित हैं, वहाँ शहरी जलापूर्ति प्रणाली को बढ़ावा देने के लिए कुछ करने की संभावना काफी कम है। हम सिर्फ आशा कर

सकते हैं कि हम शहरी जलापूर्ति प्रणाली को बनाने का काम इतनी जल्दी सीख जाएँगे कि भूमिगत जल-स्रोत जब सूख जाएँगे तो हम दूसरी जल-प्रणाली को बगैर किसी दिक्कत के अपना लेंगे।

जल परियोजनाओं के लिए बड़ी मात्रा में शुरुआती पूँजी की जरूरत पड़ती है। इसके लिए अस्थायी सब्सिडी देने की आवश्यकता भी पड़ेगी। यहाँ एक दुविधा आमतौर पर पेश आती है कि कैसे सब्सिडी दी जाए और कैसे अस्थायी, न कि स्थायी, वित्तीय मदद देने का वादा किया जाए। यह तथ्य कि काफी पहले से ही टैंकरों से पानी के लिए पैसे भुगतान करते हैं, वे लागत-वसूली के लिए कुछ संभावना बनाते हैं; लेकिन जलापूर्ति विस्तार में लगी पूँजी और रख-रखाव के पिछले बकाए को चुकता करने में लगी पूँजी को वसूलने के लिए तत्काल पानी की कीमत बढ़ाई नहीं जा सकती।

एक विकल्प यह है कि केंद्र सरकार नगरों या निजी सेवा-प्रदाताओं को रियायती वित्त मुहैया कराए, ताकि वे निर्धारित सुधार एवं नेटवर्क विस्तार का काम पूरा कर सकें और उनसे कहा जाए कि वे रख-रखाव और संचालन लागत की वसूली के लिए अलग-अलग व्यवस्था करें।

बहरहाल, सुरक्षित पेयजल की आपूर्ति के लिए कुछ सब्सिडी देने के कई मॉडल उपलब्ध हैं, जो दुनिया भर में सफलतापूर्वक चल रहे हैं—जीवन के लिए अपरिहार्य पानी (लाइफलाइन वॉटर) और बाद के इस्तेमाल के लिए जारी किए जानेवाले पानी के लिए अलग-अलग कीमत रखना, गरीब घरों को सीधे सब्सिडी प्रदान करना। ये दो कॉमन मॉडल हैं, जिन्हें पानी के संबंध में लागू किया जा सकता है। एक और विकल्प यह है कि अगर घरवाले पानी के कनेक्शन के लिए लेबर खर्च खुद उठाते हैं या उपभोक्ता को-ऑपरेटिव बनाकर एक ही स्रोत से पानी प्राप्त करते हैं तो उन्हें रियायती दर पर जल आपूर्ति की जाए।

ग्रामीण चुनौतियाँ और प्रतिक्रियाएँ थोड़ी भिन्न हैं। यहाँ बड़े पैमाने पर वॉटर ट्रीटमेंट के बजाय स्थानीय जल-स्रोत के शुद्धीकरण की जरूरत पड़ती है। यहाँ पाइपों का नेटवर्क बिछाने के बजाय सुराही और कंटेनरों से जल-आपूर्ति ज्यादा व्यावहारिक होता है।

जल का शुद्धीकरण उतनी तकनीकी समस्या नहीं है जितनी कि संगठनात्मक समस्या। दुनिया में ढेरों टेक्नोलॉजी उपलब्ध हैं, जिनके जरिए पानी से बैक्टीरिया से लेकर आर्सेनिक या फ्लोराइड तक को निकाल बाहर किया जा सकता है। समाधान

सिर्फ जल को गंदगी-मुक्त करने में नहीं है, बल्कि देखना यह पड़ेगा कि जो टेक्नोलॉजी इस्तेमाल में लाने की सोची जा रही है, उसे लगाने और रख-रखाव का खर्च उठाने में सामाजिक व्यवस्था सक्षम है या नहीं। अगर कोई टेक्नोलॉजी पाँच परिवारों के लिए जलापूर्ति कर सकती है, लेकिन यदि ये परिवार आस-पास नहीं रहते हैं या रख-रखाव के तरीके पर सहमत नहीं हो सकते हैं, तो उस टेक्नोलॉजी का वहाँ कोई उपयोग नहीं है।

सरकार समर्थित ग्रामीण जल शुद्धीकरण कार्यक्रम किसी एक नजरिए को सब पर लागू करने का तरीका नहीं अपना सकता। बेहतर यह होगा कि विभिन्न मॉडल तैयार किए जाएँ और फिर उनकी एक सूची बनाकर उनका प्रचार किया जाए। फिर यह स्थानीय सरकारों, स्वयंसेवी संगठनों, उपभोक्ता समूहों और व्यक्तिगत घरों पर छोड़ दिया जाए कि वे अपनी जरूरत के हिसाब से मॉडल विशेष के लिए आवेदन करें। ग्रामीण जलापूर्ति के लिए निजी प्रयासों को भी प्रोत्साहित किया जाए। राज्य सरकारें न्यूनतम सब्सिडी देने पर विचार कर सकती हैं।

अंतत: स्थानीय सरकार की स्वायत्तता और क्षमता का धीमा विकास शहरी व ग्रामीण दोनों ही जलापूर्ति की संभावनाओं को प्रभावित करता है। बारहवीं अनुसूची के मुताबिक जलापूर्ति एक स्थानीय इन्फ्रास्ट्रक्चर है। यह फायदेमंद हो सकता है यदि स्थानीय सरकारों के पास पर्याप्त धन और कारीगर हों, ताकि वे जल-प्रणाली को सुधार सकें और उनका रख-रखाव कर सकें या जल शुद्धीकरण टेक्नोलॉजी को अपना सकें।

(जेसिका वलाक के साथ)

(20 मई, 2007)

□

खंड—III

समावेश

अजीबोगरीब है, भारत के विकास का रास्ता अर्थव्यवस्था के उन हिस्सों की सेहत पर निर्भर करता है, जो आज लगभग अदृश्य हैं। वे हिस्से सुर्खियों में नहीं हैं, वे लोग जो विकास उपलब्धियों के आँकड़ों में प्रतिनिधित्व नहीं करते हैं। इस खंड के लेख उन समूहों को 'शामिल' करने के विविध विकल्पों पर चर्चा करते हैं। वे समूह हैं छोटे कारोबारी, ग्रामीण घर, विस्थापित और अन्य। उन्हें विकास की कहानी में शामिल करना है। खासकर विकास के परिणामों में चली आ रही असमानताओं को कम करने पर ज्यादा ध्यान देना है।

24

हम अपने काम में जुट जाएँ

अच्छे समाचार का क्रमागत असर होता है। आर्थिक उछाल के जारी रहने के अन्य संकेतों के बीच एक अच्छी रिपोर्ट आई है, जो विश्व बैंक व अंतरराष्ट्रीय वित्त निगम (इंटरनेशनल फाइनेंस कॉरपोरेशन) के संकलन पर आधारित है। यह रिपोर्ट दुनिया की 178 अर्थव्यवस्थाओं में से 120वाँ स्थान भारत को देती है, जहाँ कारोबार किया जा सकता है। पिछले वर्ष की तुलना में हम बारह पायदान ऊपर चढ़े हैं।

'डूइंग बिजनेस-2008' नामक यह रिपोर्ट विश्व बैंक और वित्त निगम की ओर से पाँचवीं रिपोर्ट है। यह कारोबारी जीवन के दस चरणों को प्रभावित करनेवाले नियमनों पर आधारित है, जैसे व्यापार शुरू करना, लाइसेंस हासिल करना, कामगारों को नियुक्त करना, संपत्ति को पंजीकृत कराना, ऋण प्राप्त करना, निवेशकों की सुरक्षा, करों का भुगतान करना, सीमापार व्यापार करना, समझौतों को लागू करना और कारोबार बंद करना। हालाँकि बारह पायदानों की छलाँग एक राहत की बात है लेकिन यह चिंता बनी हुई है कि हमारी घोषित आर्थिक सफलताओं के बावजूद हम सर्वे में शामिल देशों की सूची में नीचे से तीसरे नंबर पर आते हैं। हमें अपनी कमजोरियों पर ध्यान केंद्रित करना होगा, ताकि निजी निवेश बना रहे और हम विदेशी निवेश को आकर्षित कर सकें।

बहरहाल, दो क्षेत्रों में हमने उल्लेखनीय प्रगति की है। पहला, सीमापार व्यापार के क्षेत्र में। कस्टम क्लेयरेंस, लिये गए समय और प्रक्रियाओं के मामले में बढ़िया सुधार हुआ है। सेंट्रल बोर्ड ऑफ एक्साइज एंड कस्टम्स को इससे कुछ संतोष मिलेगा; क्योंकि इस रिपोर्ट से एक ऐसे क्षेत्र के बारे में लोगों का नजरिया बदलेगा, जिसे कुछ समय पहले तक अपमानजनक समझा जाता था। दूसरा, जितनी आसानी से व्यापार के लिए ऋण दिया जाता है। बैंकों द्वारा तंग किए जाने की शिकायतें भले ही हों, हम इस मामले में कई देशों की तुलना में बढ़िया काम कर रहे हैं।

पाँच क्षेत्रों में हमें ध्यान देने की जरूरत है—

समझौतों को लागू करना

यह एकदम शर्मनाक है कि हम बेहद नीचे हैं—178 देशों में 177वें स्थान पर। रिपोर्ट कहती है कि भारत में एक समझौते को लागू करने में औसतन 46 प्रक्रियाओं से गुजरना पड़ता है, इसमें 1,420 दिन लगते हैं और इसमें दावे की लागत का 39.6 फीसदी हिस्सा स्वाहा हो जाता है। स्पष्ट है, कानूनी सुधार की शुरुआत अभी होनी है।

रिपोर्ट का सुझाव है कि विशेष व्यावसायिक अदालतें स्थापित की जाएँ, अपील प्रक्रिया को सरल व त्वरित किया जाए, जल्द फैसले दिए जाएँ, विवाद के खर्च को कम किया जाए और ई-कोर्ट तथा केस प्रबंधन प्रणाली की शुरुआत की जाए। इस मामले में ठोस कार्रवाई की जरूरत है।

हमारी स्वतंत्र न्याय-प्रणाली की व्यापक प्रशंसा की जाती है। इसे देखते हुए हमें यह समझना चाहिए कि पुराने तरीके और अव्यवहृत नियम, नियमन व प्रक्रियाएँ समसामयिक जरूरतों को पूरा नहीं करते हैं।

टैक्स भरना

इस मामले में हमारा स्थान 165वाँ है। रिपोर्ट कहती है कि एक व्यापार को साल भार में 60 बार टैक्स भरने पड़ते हैं और इसमें 271 घंटे लगते हैं। यह कहती है कि एक व्यापार को अपने लाभ का 70.6 फीसदी हिस्सा टैक्स के रूप में देना पड़ जाता है। रिपोर्ट में उन तमाम केंद्र और राज्य सरकार के टैक्सों का उल्लेख किया गया है, जिसमें वाहन टैक्स और रोड टैक्स भी शामिल हैं; लेकिन यह सवाल खड़ा क़रता है कि क्या भारत एक अति टैक्स वाला देश है?

मेरा मानना है कि टैक्स प्रशासन और हलके टैक्स की शुरुआत करने में हमारे सुधार कार्यक्रमों ने सफलता पाई है। मुझे पक्का यकीन है कि यदि 1990 के दशक के मध्यकाल के पहले यह सर्वे किया गया होता तो हमारी स्थिति और भी बदतर होती, लेकिन यह साफ है कि और सुधार किए जाने की आवश्यकता है।

हमारे देश में बेहद गरीबी है। इसलिए गरीबी-उन्मूलन, सामाजिक क्षेत्र और इन्फ्रास्ट्रक्चर के विकास के लिए विशाल सरकारी फंड की जरूरत पड़ती है। इसे देखते हुए टैक्स प्रणाली को बनाए रखना अपरिहार्य है; लेकिन हमें इस पर विचार करने की आवश्यकता है कि विभिन्न देशों की तुलना में हमारा स्थान क्या इतना नीचे होना चाहिए?

कारोबार समेटना

इस मामले में हमारा नंबर 137वाँ है, क्योंकि रिपोर्ट का आकलन है कि एक कारोबार को बंद करने में दस साल लग जाते हैं, निवेश की रकम में से प्रति 1 डॉलर पर महज 7.6 सेंट की वसूली हो पाती है और संपदा की लागत-वसूली का खर्च 9 फीसदी पड़ता है। यह आश्चर्यजनक नहीं है, क्योंकि विभिन्न विशेष कानून भले ही बनाए गए हों, लेकिन लचीले श्रम नियमों के अभाव के कारण विश्वसनीय निर्गम नीति बन नहीं पाती है।

कारोबार शुरू करना और लाइसेंसों से निपटना

इन दो पैमानों पर हमारा स्थान क्रमशः 111वाँ और 134वाँ है। प्रक्रियाओं, लागत और लगनेवाले समय के लिहाज से हम अंतरराष्ट्रीय औसत से काफी पिछड़े हैं। साफ है कि मंत्रालयों और राज्यों में असमान तौर-तरीकों के कारण हम गंभीर रूप से पंगु हो जाते हैं।

हमारी जैसी निर्णय-प्रक्रियावाली एक जटिल प्रणाली में एक छोटी सी सफलता भी जश्न मनाने के काबिल है। हमारी रेटिंग में नाम मात्र का भी इजाफा होना काबिले तारीफ है, लेकिन हमें यह अवश्य महसूस करना चाहिए कि हमें अभी लंबा रास्ता तय करना है।

विश्व बैंक और अंतरराष्ट्रीय वित्त निगम की रिपोर्ट अकेली नहीं है, जिन्होंने हमारी विभिन्न कमियों को उजागर किया है। एक सुसंगठित और सक्रिय रणनीति की आवश्यकता है। अगर हमने इसे बाजार की ताकतों या गठबंधन सरकार के दबावों के मारे कुछ नीति-निर्माताओं की इच्छा के भरोसे छोड़ दिया तो यह उचित नहीं होगा।

आर्थिक उछाल की पृष्ठभूमि में यदि हम ढीले पड़ गए तो यह महँगा पड़ेगा। क्या हम कोई लक्ष्य तय कर सकते हैं? उदाहरण के लिए कि अगले दो वर्षों में हम अपनी रैंकिंग को सुधारकर 120वें से 60वें स्थान पर ले आएँगे?

कारोबार के कामकाज को आसान करना आसान नहीं होता है।

(7 अक्तूबर, 2007)

□

25

80 करोड़ लोग

भारतीयों की यह वह संख्या है, जो नए भारत में अभी भी गरीब और असुरक्षित है। यह सप्ताह कई मायनों में उत्साहवर्द्धक रहा है। क्रिकेट में शानदार जीत, सेंसेक्स का नई ऊँचाई को छूना और न्यूयॉर्क में भारत की आजादी की 60वीं सालगिरह मनाना—ये तमाम चीजें ऐसी हैं, जिन्होंने हमारी उपलब्धि और गौरव की अनुभूति को बढ़ाया।

ऊँची उड़ान के इन पलों में गरीबी की हकीकत बयाँ करना लोकप्रिय नहीं लग सकता है। इस सप्ताह श्रम एवं रोजगार मंत्रालय द्वारा जारी विज्ञप्ति के अनुसार, गरीबी के आँकड़े में सुधार हुआ है – गरीब लोगों के प्रतिशत में कमी आई है। वर्ष 1999-2000 में गरीबों की संख्या 26.1 फीसदी थी, जो 2004-05 में घटकर 21.8 फीसदी रह गई। यह आँकड़ा नेशनल सैंपल सर्वे के घरेलू उपभोक्ता खर्च के 61वें चक्र पर आधारित है। सर्वे में यह भी पाया गया कि इस अवधि में आबादी वृद्धि (1.71 फीसदी) की तुलना में रोजगार वृद्धि (2.95 फीसदी) ज्यादा है।

मगर नेशनल कमीशन फॉर एंटरप्राइजेज ने अगस्त में 'असंगठित क्षेत्र में काम के हालात और आजीविका प्रोत्साहन' पर जो रिपोर्ट सरकार को सौंपी है, वह विचलित करनेवाली है। इसमें बताया गया है कि अति गरीब लोगों की संख्या 31 फीसदी से घटकर 21 फीसदी रह गई है। सरकारी गरीबी रेखा के अंतर्गत वे लोग आते हैं, जो रोजाना 8.90 रुपए उपभोक्ता चीजों पर खर्च करते हैं। अति गरीब की श्रेणी में वे आते हैं, जो इसका तीन-चौथाई ही खर्च कर पाते हैं, लेकिन 'सीमांत गरीब' और 'असुरक्षित' लोगों की संख्या काफी बढ़ी है। वे कुल आबादी का 77 फीसदी हो गए हैं यानी 83.6 करोड़ लोगों की आमदनी 2 डॉलर से भी कम है।

रिपोर्ट के अनुसार, उच्च आय वर्गवालों की संख्या बढ़कर 25.4 करोड़ हो गई है, जबकि पिछली सदी में 90 के दशक में उनकी संख्या 16.3 करोड़ थी। इसी तरह,

मध्य आय वर्गवालों की संख्या में भी इजाफा हुआ है।

संक्षेप में, जो नया भारत दुनिया का ध्यान खींच रहा है और समृद्धि पर नए सर्वे का केंद्र भी है, वह 30 करोड़ लोगों से भी कम है। अति गरीब लोगों की संख्या भले ही घटी हो, लेकिन सीमांत गरीबों और आर्थिक रूप से असुरक्षित लोगों का अनुपात हमारी कुल आबादी में बुरी तरह बढ़ा है। यह और भी बुरी बात है कि इनमें से बड़ा तबका अनुसूचित आदिवासियों, अनुसूचित जातियों, अन्य पिछड़ा वर्गों, अल्पसंख्यकों और मुसलिमों का है।

आयोग का मानना है कि इसका जवाब सरकारी हस्तक्षेप से ही दिया जा सकता है। उसने दो विधेयकों का सुझाव दिया है—कृषि मजदूरों के काम के हालात एवं सामाजिक सुरक्षा विधेयक और दूसरा इसी तरह का विधेयक असंगठित क्षेत्र में गैर-कृषि कामगारों के लिए, जिसमें उनके अधिकारों और पारिश्रमिक व सुविधाओं को परिभाषित कर दिया जाए। आयोग का सुझाव है कि कृषि क्षेत्र के कामगारों के लिए 19,400 करोड़ रुपए और असंगठित क्षेत्र के गैर-कृषि कामगारों के लिए 12,950 करोड़ रुपए की जरूरत पड़ेगी। इस रकम की व्यवस्था प्रस्तावित 'राष्ट्रीय सामाजिक सुरक्षा एवं कल्याण कोष' से की जाए। उसका कहना है कि इस योजना के लिए गरीबी रेखा से नीचे के लोगों से कोई योगदान न लिया जाए, लेकिन बाकी आबादी इसके लिए अपना योगदान करे।

लेकिन आयोग की सिफारिशों को केंद्रीय मंत्रालय ने लापरवाह अंदाज में लिया है। संसद् में जो विधेयक पेश किए गए, वे प्रस्तावित मसौदे का काफी कमजोर रूप हैं और इसमें कोष बनाने की बात ही छोड़ दी गई है। सार्थक विषयों को दरकिनार कर हड़बड़ी में विधेयक पेश करने और पारित करने का कोई मतलब नहीं है। पहले इस पर विस्तृत आम बहस होनी चाहिए।

दूसरा, असंगठित क्षेत्र के लिए भारत में कोई सामाजिक सुरक्षा जाल नहीं है। क्या हमें ऐसी एक सार्वभौमिक सामाजिक सुरक्षा जाल की जरूरत है? क्या इसके रूपों, बोझ वहन करने और इसमें शामिल वित्तीय विकल्पों के बारे में विस्तृत राष्ट्रीय सहमति है?

तीसरा, यद्यपि गरीबी-उन्मूलन के लिए उच्च विकास दर जारी रखने के अलावा कोई विकल्प नहीं है, लेकिन यह साफ है कि केवल विकास के जरिए वांछित परिणाम नहीं मिल सकते हैं। सही लक्ष्य कर सरकारी दखल अपरिहार्य है; लेकिन हमें अपने प्रयासों को दोहरावों से बचाने की जरूरत है। हमें अपने प्रयासों को

एकीकृत करना चाहिए और उनका अधिकतम लाभ लेना चाहिए।

चौथा, अति गरीबों की संख्या में कमी आना हालाँकि हमारी सफलता का सूचक है, लेकिन हम इस बात की अनदेखी नहीं कर सकते कि गरीबी किस तरह परिभाषित की जाती है। आयोग ने भी माना है कि गरीबी रेखा की सरकारी परिभाषा पर फिर से विचार किया जाना चाहिए। गरीबी की प्रकृति बहुआयामी है। इसलिए गरीबी रेखा पर पुनर्विचार करना इस बात को समझने की दिशा में पहला कदम होगा। यह काम संभवतः लंबे समय से किया जाना बाकी है, लेकिन आयोग ने इस मसले पर आगे और कुछ नहीं कहा है। गरीबी की परिभाषा उन्मूलन पर जो राष्ट्रीय बहस चल रही है, उसे भी उसने बल नहीं दिया है।

ग्यारहवीं पंच-वर्षीय योजना को मंजूर करने के लिए राष्ट्रीय विकास परिषद् की बैठक जल्द ही होने वाली है। हमारा विश्वास है कि यह योजना गरीबी से जुड़े कई जटिल मसलों को सुलझाने और व्यापक राष्ट्रीय सामाजिक सुरक्षा प्रणाली तैयार करने पर भी ध्यान केंद्रित करेगी।

हम अपनी नई समृद्धि का जश्न भले मना रहे हों, लेकिन हम अपने 80 करोड़ गरीब लोगों की निहायत जरूरतों की अनदेखी नहीं कर सकते हैं।

(30 सितंबर, 2007)

□

26

शताब्दी विकास लक्ष्य के लिए जागृति

यह कई मायनों में एक व्यस्त समय है। विभिन्न एजेंसियाँ ढेरों रिपोर्ट जारी कर रही हैं। इसी बीच एक संयुक्त रिपोर्ट आई है एशियाई विकास बैंक (ए.डी.बी.), संयुक्त राष्ट्र विकास कार्यक्रम (यू.एन.डी.पी.) और एशिया एवं प्रशांत क्षेत्र के लिए आर्थिक एवं सामाजिक आयोग (ई.एस.सी.ए.पी.) की ओर से। इस रिपोर्ट का नाम है 'शताब्दी विकास लक्ष्य : एशिया और प्रशांत क्षेत्र में प्रगति-2007'।

ये लक्ष्य वर्ष 1990 में अपनाए गए थे और इन्हें 2015 तक संख्यात्मक रूप में पाने का निर्णय किया गया था। इस साल आधी अवधि पूरी हो जाएगी। इसलिए रिपोर्ट एशिया और प्रशांत क्षेत्र में अब तक हुए विकास का आकलन करती है। यह देशों को मुख्य रूप से चार श्रेणियों में बाँटती है—(1) समय से पहले लक्ष्य हासिल करनेवाले यानी जिन्होंने 2015 का लक्ष्य पहले ही हासिल कर लिया है, (2) जो सही रास्ते पर जा रहे हैं और जिनके समय पर लक्ष्य पा लेने की उम्मीद है, (3) जो धीमा विकास कर रहे हैं, लिहाजा वे 2015 तक लक्ष्य नहीं पा सकेंगे, यानी उन्हें लक्ष्य पाने में और समय लगेगा तथा (4) जो देश लक्ष्य के रास्ते पर नहीं हैं, यानी वे प्रगति नहीं कर रहे हैं या पीछे जा रहे हैं।

कुल मिलाकर भारत किस श्रेणी में आता है? पहले अच्छी खबर। प्राथमिक शिक्षा के लिए नाम दर्ज कराने के मामले में हमें समय से पहले लक्ष्य हासिल करने वाला आँका गया है। बताया गया है कि 95 फीसदी बच्चों का नामांकन हो रहा है, भले ही बाद में 27 फीसदी ड्रॉपआउट (स्कूली शिक्षा छोड़ देना) कर जाते हैं। इससे क्षेत्रीय औसत के सुधरने का भी संदेश मिलता है। इसी तरह एच.आई.वी., टी.वी. संक्रमण और मृत्यु-दर, वनक्षेत्र, शहरी एवं ग्रामीण जल के मामलों में कहा गया है कि हमने लक्ष्य हासिल कर लिया है। बहरहाल गरीबी कम करने, बच्चों के कुपोषण (कम वजन का होना) और शहरी व ग्रामीण सफाई-व्यवस्था के मामलों में हम 2015 तक लक्ष्य हासिल नहीं कर पाएँगे। दो क्षेत्र ऐसे भी बताए गए हैं, जिनमें हम

पीछे जा रहे हैं और वे हैं कार्बन डाइऑक्साइड उत्सर्जन एवं सी.एफ.सी. उपभोग।

इस पर विचार किए बगैर कि किन क्षेत्रों में हमने शताब्दी विकास लक्ष्यों (एम.डी.जी.) को हासिल किया है, हम अपनी कमजोरियों पर ध्यान केंद्रित करें। पहला, अति गरीबी और भूख को समाप्त करने का लक्ष्य—इसके दो भाग हैं, पहला आय से जुड़ी गरीबी और दूसरा भूख व कुपोषण।

गरीबी का मापदंड है प्रति दिन 1 डॉलर की कमाई। वर्ष 2004 में हमारी गरीबी दर 34.3 फीसदी थी। यानी इस प्रकार 2015 के लक्ष्य की आधी दूरी भी हम पूरी नहीं कर पाए हैं। यह और बात है कि बाद में हमारा तीव्र आर्थिक विकास हुआ, गरीबी काफी कम हुई होगी।

पहली नजर में यह रिपोर्ट श्रम एवं रोजगार मंत्रालय द्वारा हाल में जारी रिपोर्ट से भिन्न है। मंत्रालय की रिपोर्ट में कहा गया है कि वर्ष 2004-05 में हमारी गरीबी दर घटकर 21.8 फीसदी रह गई है। यह रिपोर्ट घरेलू खर्च को लेकर नेशनल सैंपल सर्वे (एन.एस.एस.) के 61वें चक्र पर आधारित है।

निस्संदेह, विभिन्न देश आँकड़ों की व्याख्या अलग-अलग तरीके से करते हैं। बहरहाल, एंगस डीटन ने इंगित किया है, प्रतिदिन 1 डॉलरवाली गरीबी रेखा की परिभाषा सरल है और गरीबी की निगरानी एक कॉमन अंतरराष्ट्रीय पैमाने से करती है। इसलिए अंतरराष्ट्रीय मानक के समान अध्ययन-पद्धति अपनाने का तर्क है। नीति-निर्माताओं और अन्य दावेदारों के लिए भी यह मानक सरल पड़ेगा।

रिपोर्ट में हाल में ज्यादा पसंद किए जा रहे आधार का भी जिक्र है, जिसके अनुसार 2 डॉलर से कम कमानेवाले लोग असुरक्षित गरीब हैं। यह उन वर्गीकरणों से बहुत अलग नहीं है, जितना इस्तेमाल अर्जुन सेनगुप्ता ने असंगठित क्षेत्रों के लिए किया था। गरीबी अध्ययन की पद्धति, वर्गीकरण और आकलन के मसले को ज्यादा अधिकृत रूप दिया जाना चाहिए। मौजूदा भ्रम इस बात से भी बढ़ता है कि सी.एस.एस.ओ. के आँकड़े और ग्रामीण विकास मंत्रालय द्वारा सुझाए गए मानकों एवं रैंकिंग के आधार पर घरेलू खर्च के आकलन से गरीबी की जो संख्या प्रस्तुत की गई है, उसमें काफी अंतर है।

योजना आयोग इस साल के अंत तक ग्यारहवीं पंचवर्षीय योजना को औपचारिक रूप से अपनाने वाला है; लेकिन यदि गरीबी तय करने के बारे में स्पष्टता का अभाव रहा तो इससे आयोग की विश्वसनीयता पर आँच आएगी। कई गरीब और अमीर आबादीवाले राज्यों के लिए किसी सार्थक विकास रणनीति की कुंजी गरीबी दूर

करने में निहित है। बेहतर प्रशासन, इन्फ्रास्ट्रक्चर (आधारभूत ढाँचा), स्वास्थ्य और शिक्षा अग्रगामी रास्ते हैं; लेकिन गरीबी आकलन और इससे कोष आवंटन पर पड़ने वाले प्रभावों से राज्य सरकारें भ्रमित व असुरक्षित हैं।

दूसरा, पर्यावरण की निरंतरता के मामले में हमारी स्थिति बदतर हुई है। वर्ष 1990 में हमारा कार्बन डाइऑक्साइड का उत्सर्जन 0.2 मीट्रिक टन प्रति व्यक्ति था, जो वर्ष 2004 में बढ़कर 1.2 मीट्रिक टन हो गया। ओजोन परत को नुकसान पहुँचाने वाले सी.एफ.सी. का उपभोग (ओ.डी.पी. मीट्रिक टनो में) पहले नगण्य था, लेकिन वर्ष 2004 तक यह बढ़कर 1,958 हो गया।

भारत को पर्यावरण मानकों के प्रति अपने को संकल्पबद्ध करना चाहिए। उसे वैकल्पिक पुनर्नवीकरणीय ईंधन, ऊर्जा सक्षमता, समुचित ऊर्जा मूल्य-नीति के मसलों पर ध्यान देना चाहिए और अंतरराष्ट्रीय दायित्वों के अनुरूप अपने को ढालना चाहिए। ये चिंताएँ शताब्दी विकास लक्ष्यों के परे हैं। दोहरे अंकवाली विकास दर हासिल करने और स्वीकार्य पर्यावरणीय मानकों का पालन करने की नीति बनानी पड़ेगी। वैसे, पर्यावरण निरंतरता को तीव्र विकास से संतुलित करना कभी भी आसान नहीं होता है।

इस तरह, रिपोर्ट कार्ड एक मिश्रित फैसला देता है। भले ही कुछ क्षेत्रों में प्रगति हुई हो, लेकिन मुख्य मसला गरीबी दूर करने का है और इसमें हमारा प्रयास अपर्याप्त है। नई उभरती पर्यावरण संबंधी चिंताओं के प्रति भी हमें ज्यादा सुगठित कार्रवाई करनी पड़ेगी। एम.डी.जी. आकलन रिपोर्ट उपयोगी व आँख खोलनेवाली है।

(14 अक्तूबर, 2007)

□

27

हम, विस्थापित

महाराष्ट्र में महाराष्ट्र नवनिर्माण सेना (एम.एन.एस.) ने जो चिंताएँ व्यक्त की हैं, वे उन देशों की शंकाओं से अलग नहीं हैं, जहाँ विस्थापित आते हैं। क्रमागत अध्ययनों से यह बात साबित हुई है कि ये भय बुरी तरह बढ़े-चढ़े हुए होते हैं।

मुझे आश्चर्य होता है कि मेरे शिक्षक प्रसिद्ध अर्थशास्त्री जगदीश भगवती महाराष्ट्र से उत्तर भारतीयों को निकाल बाहर करने के एम.एन.एस. के आंदोलन के बारे में क्या सोचेंगे, क्योंकि उन्होंने तो 'सीमा-विहीन देशों' के हितों के लिए ही काम किया था। ऐसा नहीं है कि एम.एन.एस. ने उन्हें सुना होता या उनके विचारों का खयाल किया होता; लेकिन बाकी दुनिया करती है।

भारत उन देशों की अग्रिम पंक्ति में रहा है, जो लोगों के स्वतंत्र रूप से सीमा पार आने-जाने का जोरदार हिमायती रहा है। यह विचित्र है कि सबसे बुरी तरह की उप-राष्ट्रीय विद्वेष भावना को भड़काने के लिए हम एक राजनीतिक परिवार में होड़ देख रहे हैं।

बतौर प्रेरणा, एक देश के क्षेत्रों और प्रांतों के अंदर लोगों की आवाजाही अंतरराष्ट्रीय विस्थापन से किसी भी तरह अलग नहीं है।

भारत में, वर्ष 2001 की जनगणना के अनुसार, अंतरराज्यीय विस्थापितों की तादाद करीब 4 करोड़ 24 लाख थी, जो कुल विस्थापितों का महज 13.8 फीसदी है। इसका आशय है कि एक राज्य के अंदर शहरों, गाँवों और जिलों के बीच काफी बड़ी तादाद में लोग इधर से उधर शिफ्ट होते हैं। महाराष्ट्र में अन्य राज्यों से आए लोगों की संख्या 70 लाख से ज्यादा है और महाराष्ट्र से अन्य राज्यों में गए लोगों की तादाद 21 लाख से ज्यादा है, मगर शुक्र है कि उन्हें कोई खतरा नहीं है।

मौजूदा विवाद से कई राजनीतिक और आर्थिक मुद्दे खड़े होते हैं—पहला, एम.एन.एस. ने जो चिंताएँ व्यक्त की हैं, वे उन देशों की शंकाओं से भिन्न नहीं हैं,

जहाँ विस्थापित लोग आकर बसते हैं—कि विस्थापित लोग स्थानीय रोजगार को हड़प सकते हैं, जन-सुविधाओं और इन्फ्रास्ट्रक्चर (आधारभूत ढाँचे) पर दबाव बढ़ा सकते हैं। बहरहाल, कई क्रमिक अध्ययनों में यह बात साबित हुई है कि इस तरह का डर काफी बढ़ा-चढ़ाकर व्यक्त किया जाता है। दुनिया भर में, और भारत में, वस्तुतः विस्थापित लोग मूल्य बढ़ाते हैं और प्रतियोगी आर्थिक सीमा को बरकरार रखने के लिए वे संपदा सृजित करते हैं। यह बात ज्यादा समृद्ध राज्यों—पंजाब, हरियाणा और केरल के लिए भी बिलकुल सही है।

महाराष्ट्र और दूसरी जगहों में भी बहुत सारे काम विस्थापित श्रमिकों के हुनरों और उनकी सहनशीलता पर निर्भर होते हैं और यदि उन श्रमिकों की आवक में कटौती कर दी जाए तो इनमें से कई कामों का हो पाना मुश्किल हो जाएगा। बाजार की ताकतें उभरती माँगों के संदर्भ में युक्ति-युक्त कौशल की आपूर्ति करने में संतुलनकारी भूमिका निभाती है।

नीति बनानेवालों को निस्संदेह आधारभूत ढाँचे के उन्नयन और विस्तार के लिए नई दृष्टि अपनाने की जरूरत है, खासकर नए नगरों और उपनगरीय क्षेत्रों की योजना बनाने में।

दूसरा, विस्थापित लोग अपनी कमाई में से बचत कर अपने उन परिवारवालों को रकम भेजते हैं, जो उनके अपने राज्य में रह गए हैं। इससे खासकर गरीब राज्यों में विकास पर अनुकूल प्रभाव पड़ता है। ऐसा इसलिए होता है कि विस्थापित लोग या तो अपेक्षाकृत समृद्ध लोग होते हैं, जिनमें जीवन-स्तर सुधारने की ललक होती है या काफी गरीब लोग होते हैं, जो आजीविका की तलाश में रहते हैं। जिन राज्यों से विस्थापित लोग आते हैं, उनके लिए एक अवसर होता है कि वे विस्थापितों को अपनी कमाई वापस अपने मूल रास्तों में भेजने के लिए प्रेरित करें और इस तरह विकास के लिए पूँजी हासिल करें।

तीसरा, मानव संसाधनों के विकास में निवेश किया जाना चाहिए, खासकर वोकेशनल ट्रेनिंग और हुनर सुधारने की व्यवस्था करनी चाहिए। इससे विस्थापितों की तनख्वाह बढ़ेगी और वे ज्यादा रकम अपने मूल राज्य को भेज सकेंगे। बड़े सरकारी और निजी कॉरपोरेट्स के साथ ठोस तालमेल बना लिया जाए तो इससे दोनों पक्षों को लाभ होगा। उदाहरण के लिए, यदि नई रिलायंस जामनगर रिफाइनरी में कामगारों का काफी बड़ा तबका बिहार से है तो उन्हें बिहार में ट्रेनिंग देने से कम खर्च आएगा और उत्पादकता बढ़ेगी।

चौथा, भारत में सघन शहरीकरण का दौर बस शुरू ही हुआ है। बड़ी संख्या में लोग कृषि क्षेत्र से बाहर निकलकर आजीविका की तलाश में विभिन्न जगहों को जा रहे हैं। यह एक जटिल मसला है। इसे सही दिशा देने के लिए समुचित नीति बनानी पड़ेगी। राज्यों को आपस में ज्यादा सामाजिक और राजनीतिक तालमेल बनाने की आवश्यकता है, ताकि जिन राज्यों से लोग निकल रहे हैं और जिन राज्यों में जाकर बस रहे हैं, उन दोनों को पारस्परिक लाभ हो। बड़ी संख्या में लोग एक राज्य से दूसरे राज्यों में जा रहे हैं। लिहाजा, यह एक बड़ी चुनौती है कि कैसे यह सही परिप्रेक्ष्य में हो।

यदि बिहार और उत्तर प्रदेश जैसे घनी आबादीवाले राज्यों में विकास संबंधी पिछड़ापन काफी हद तक दूर कर भी दिया जाए तो भी विस्थापन की सच्चाई मौजूद रहेगी। हमारे जैसे विशाल देश में लोगों के विस्थापन को कई कारक हवा देते हैं जैसे—विकास-स्तर में बड़ा फासला, आबादी का फर्क, रोजगार व तरक्की के अवसर, प्रशासकीय गुणवत्ता में अंतर और जीवन-स्तर सुधारने की लालसा।

हमारे पारंपरिक मूल्यों व आदर्शों, संविधान और विकासगत दबावों में अल्पकालिक उप-राष्ट्रीय विद्वेष-भावना के लिए कोई जगह नहीं है। जरूरत इस बात की है कि अर्थव्यवस्था का युक्ति-युक्त प्रबंधन किया जाए और अनावश्यक आशंकाओं को दूर किया जाए। इससे विकास सही तरह से हो सकेगा।

(17 फरवरी, 2008)

□

28

बस, जो डॉक्टर ने आदेश दिया

प्रधानमंत्री ने हाल में सी.आई.आई. के वार्षिक सम्मेलन में 10-सूत्री आदेश जारी किए,उसमें माहौल काफी उद्वेलित हो गया है। बहरहाल, बहस इस सीमित मसले पर केंद्रित हो गई कि ज्यादा वेतन रोकने की बात क्यों की गई। इस नजरिए ने पिछली सदी के 60 और 70 के दशक के गरीब भारत की छवि झलक रही थी। संदेह व्यक्त किए गए कि क्या सरकार नए नियम या कानून बनाने जा रही है ? पूछा जाने लगा कि मौजूदा संदर्भ में क्या इस तरह का दृष्टिकोण उचित है ? प्रधानमंत्री के 10-सूत्री चार्ट में वर्ष 1999 में अपनाए गए संयुक्त राष्ट्र ग्लोबल कॉम्पेक्ट की छवि थी, जिसमें लोग, लाभ और ग्रह (धरती) की तीन निम्नतम सीमाओं का उल्लेख था। अतीत में सी.आई.आई. की सभी बैठकें नई नीति की घोषणा या एक विशाल प्रोजेक्ट के खुलासे की अपेक्षा लिये होती थी। भारत ने लंबा रास्ता तय कर लिया है और अब कोई पुरानी लकीर नहीं पीटना चाहता है।

यह किसी की मंशा नहीं हो सकती कि राज्य या सरकार को मूलभूत सेवाएँ उपलब्ध कराने, कार्यान्वयन क्षमता सुधारने, भ्रष्टाचार दूर करने, अपनी विफलताओं के विकल्प के तौर पर निजी क्षेत्र को आगे आने के लिए कहने के मुख्य दायित्वों से मुक्त कर दिया जाए। वह जन-हितकारी बाधाओं और सुविधाओं के पूर्ण वितरण में वस्तुत: एक निजी विकास की तरह काम नहीं कर सकता। क्योंकि यह राज्य की जिम्मेदारी है कि वह एक ऐसा माहौल तैयार करे कि कॉरपोरेट लाभ (कई मामलों में सरकारी इन्फ्रास्ट्रक्चर और सरकारी सब्सिडी पूँजी की बिना पर अर्जित) को सामाजिक रूप से लाभकारी परियोजनाओं की ओर मोड़ा जाए। चुनी हुई सरकारें एक संस्था के तौर पर समाज के प्रति उत्तरदायी होती हैं और समाज की पसंदों के समूह का प्रतिनिधित्व करती हैं कि इन जन-हितवाली चीजों और सेवाओं को किस तरह की प्राथमिकता दी जाए।

मेरा मानना है कि प्रधानमंत्री कॉरपोरेट सामाजिक जिम्मेदारी के मसलों पर जोर

देना चाहते थे। इसका आशय यह है कि व्यापार जगत् नैतिक आचरण अपनाते हुए आर्थिक विकास में योगदान करे, अपने कामगारों और उनके परिवारों के अलावा स्थानीय समुदाय और व्यापक समाज का जीवन-स्तर सुधारे। कंपनियों की सामाजिक जिम्मेदारी में रुचि के विविध कारण हैं। स्टीफन मैक्ग्रेगर के अनुसार, 'खतरे में बचाव, बाजार में अपनी स्थिति, काम के लिए भरती करना, राजनीतिक-सामाजिक संबंध—इनमें से हर पहलू में तात्कालिक आर्थिक प्रभाव और संकल्प के स्तर में विलोम संबंध अहम होता है।'

सभी बड़े धर्मों ने व्यक्तिगत दान को प्रोत्साहित किया है। भारतीय दर्शन का संपर्क लोकसंग्रह-गीता, महात्मा गांधी के न्यास की अवधारणा और प्रबुद्ध सामूहिक हित से रहा है। जैसा कि सुविदित है, पारसी, मारवाड़ी, खत्री, चेतियार और रेड्डी जैसे विविध व्यापारिक समुदायों ने जन-हितकारी गतिविधियों को सक्रिय रूप से बढ़ावा दिया है। भारतीय कॉरपोरेट के परोपकार से जुड़ी कई परिवारों की कहानियाँ हैं, जैसे ए. गोदरेज, अंबालाल साराभाई, जमनालाल बजाज, जी.डी. बिड़ला साबरमती आश्रम को गुप्त दान देते थे और टाटा ने इंडियन इंस्टिट्यूट ऑफ साइंस की स्थापना की।

प्रगति हुई है, इसे मानते हैं। लेकिन सवाल है कि उनके लाभ की तुलना में क्या यह पर्याप्त और समुचित है? अगर हम परोपकारी गतिविधियों को संख्या और विविधता दोनों तरह से जोड़ दें तो भी यह सामाजिक अपेक्षाओं से काफी कम ठहरती हैं। भारत में परोपकार की संस्कृति की गहरी जड़ें क्यों नहीं जम सकी हैं?

पहला, बड़े पैमाने पर धन की कमाई अपेक्षाकृत हाल की बात है। भारतीय उद्योग में सकल लाभ वैसा नहीं रहा कि वह कोई वारेन बफेट या कोई गेट्स फाउंडेशन पैदा कर सके। मगर अब हालात काफी बदले हैं और इसीलिए हमारा नजरिया भी बदलना चाहिए। पहले इसमें दया का भाव था, लेकिन इसकी जगह सामाजिक कॉरपोरेट दायित्व को अवश्य लेना चाहिए।

दूसरा, पश्चिमी दुनिया में—खासकर अमेरिका में—यह आमतौर पर माना जाता है कि समृद्धि आने के साथ यह दायित्व अंतर्निहित होता है कि समाज को वापस चुकाया जाए, विशेषकर शैक्षणिक संस्थानों को। भारत में नियामक ढाँचा, खासकर शिक्षा के क्षेत्र में, बेमतलब बोझिल है। शिक्षा, स्वास्थ्य के क्षेत्र में निजी निवेश की राह में बहुत ज्यादा बाधाएँ हैं। शिक्षा के क्षेत्र में सुधार नहीं हुआ है और यह भ्रष्टाचार से पटा हुआ है। पीने का साफ पानी, शहरी कचरे की रीसाइकलिंग,

समुचित उपभोक्ता शुल्क आदि अन्य मसलों को हल करना आसान नहीं है।

विदेशी दान घरेलू कार्रवाई में तेजी ला सकता है, लेकिन इसे हतोत्साहित किया जाता है। मुझे याद है, ब्लेयर हाउस में पूर्व प्रधानमंत्री अटल बिहारी वाजपेयी और सिलिकॉन वैली के सफल पूँजीपतियों के बीच एक बैठक हुई थी। उसमें उन्होंने दलील दी कि भारत से रकम बाहर निकालना आसान है, लेकिन भारत में रकम भेजना लगभग नामुमकिन है।

परोपकारी संस्कृति की गहरी जड़ें जमाने के काम को हम बढ़ावा देना चाहते हैं तो हमें अपने नियमों, कायदों और नियामक ढाँचे के अंबार पर संजीदगी के साथ पुनर्विचार करना पड़ेगा। साथ ही, व्यक्तियों और कॉरपोरेट्स को टैक्स-योजना से परे देखना चाहिए, अपनी कार्यप्रणाली को टैक्स-ब्रेक के लाभ के नजरिए से ही नहीं तय करना चाहिए, जबकि हमारे यहाँ टैक्स के नियम खुद अनावश्यक रूप से जटिल व दुर्वहनीय हैं।

उद्योग और व्यापार जगत् को एक ब्लू प्रिंट (खाका) तैयार करना चाहिए कि कॉरपोरेट सामाजिक जिम्मेदारी की संस्कृति को मजबूत करने के लिए सरकार और निजी क्षेत्र मिलकर क्या कर सकते हैं। हालाँकि कई लोग गुमनाम रहना पसंद करते हैं, लेकिन सूचना के प्रसार से सामाजिक विश्वास पनपेगा और निजी धन के बारे में शक छँटेगा। सकारात्मक कार्रवाई पर पिछले साल की रिपोर्ट का स्वागत हुआ है। यह उचित समय है कि कॉरपोरेट सामाजिक जिम्मेदारी का ऐसा कार्यक्रम बनाया जाए जो मौजूदा जरूरतों और निजी क्षेत्र की क्षमता को प्रतिबिंबित करता हो। प्रधानमंत्री ने स्वीकार्य कॉरपोरेट्स सामाजिक जिम्मेदारी की भावना को ऊँचा उठाया है और एक बड़े मकसद को पूरा करने की बात कही है, सिर्फ खोखले नैतिक उपदेश नहीं दिए हैं।

(3 जून, 2007)

□

खंड—IV

शामिल करनेवाली वित्तीय नीति

वित्तीय नीति को अकसर एक शुष्क विषय, टैक्सों व बजट का मामला और ट्रांसफर डिजाइन कहकर खारिज कर दिया जाता है। मगर वित्तीय व्यवस्थाएँ एक प्रभावकारी राज्य का परिसंचरण-तंत्र होती हैं। वे साधन होती हैं, जिनके जरिए निजी क्षेत्र से हासिल संसाधनों का इस्तेमाल सार्वजनिक उद्देश्यों के लिए होता है और फिर सार्वजनिक उद्देश्यों के जरिए निजी व सार्वजनिक लाभ प्राप्त होते हैं। जो लेख इस खंड में रखे गए हैं, वे परिसंचरण के दोनों पक्षों पर नजर डालते हैं। इनमें उन तरीकों की चर्चा की गई है, जिनके जरिए ज्यादा सक्षम और समान रूप से राजस्व जुटाए जा सकते हैं, साथ ही यह भी सुनिश्चित किया जा सकता है कि सरकारी निवेश का प्रतिफल उच्च विकास के रूप में प्राप्त हो।

29

आगामी साठ वर्षों पर नजर

इस सप्ताह इस अखबार में कॉलम लिखते हुए मुझे तीन साल पूरे हो जाएँगे। मेरा पहला लेख 8 अगस्त, 2004 को छपा था और उसका शीर्षक था 'ए प्राइम मिनिस्ट्रियल एंब्रेस फॉर अगस्त 15' (प्रधानमंत्री का 15 अगस्त के लिए आलिंगन)। आज से तीसरे दिन प्रधानमंत्री एक बार फिर लाल किले की प्राचीर से देश को संबोधित करेंगे और यह उनकी चौथी बारी होगी। क्या वे अगले एक साल के बारे में अपनी बात को केंद्रित करेंगे या वे हमारी आजादी के पिछले साठ वर्षों की चर्चा करेंगे? मेरा अनुमान है कि वे दोनों ही पहलुओं को उठाएँगे। हमारी जितनी प्राचीन सभ्यता है, उसके मद्देनजर महज साठ साल की अवधि एक तरह से छोटी लगती है। बहरहाल, छह दशकों से हम नियोजित आर्थिक विकास में लगे रहे हैं। यह इतनी लंबी अवधि जरूर है कि हम यह सवाल करें कि हमने अब तक कितना अच्छा किया है?

पहला, काफी कम आर्थिक विकास के बावजूद हम एक लोकतंत्र बने रहे। यह कोई छोटी उपलब्धि नहीं है। दुःख की बात है कि जाति और संप्रदाय-आधारित राजनीति से ऊपर उठकर विकास-केंद्रित नजरिया अपनाने की बात अभी दूर है। सरकारों और निर्वाचित प्रतिनिधियों की बढ़ती असहिष्णुता, क्षेत्रीय पार्टियों के पनपने और गठबंधन के ताने-बाने से सरकार चलाने की आदत—इन सब कारकों से लोकतांत्रिक परंपराएँ और भी मजबूत हुई हैं।

यह बहस कि क्या यह शासन-प्रणाली हमारी जरूरतों के हिसाब से सर्वोत्तम है, अब पृष्ठभूमि में चली गई है। एक संघीय ढाँचे के तहत प्रशासन पर अब सवाल नहीं उठाए जाते, हालाँकि छोटी प्रशासकीय इकाइयों के जरिए बेहतर शासन, केंद्र-राज्य संबंधों की गत्यात्मकता को फिर से परिभाषित करना और विभिन्न पार्टियों की गठबंधन सरकार में बेहतर सहमति प्राप्त करना जैसे मुद्दे गंभीर रूप से विचारणीय हैं।

दूसरा, दुनिया से जुड़ने के लिए भारत ने गुटनिरपेक्षता की नीति अपनाई, जिससे वह शीत-युद्ध की राजनीति से खुद को बचा सका। बहरहाल, सोवियत संघ का विघटन एक बड़ी अहम ऐतिहासिक घटना थी। इससे हम अन्य देशों के साथ भी नए गठबंधन बनाने की ओर आगे बढ़े। इसी क्रम में हमने अमेरिका के साथ रणनीतिक भागीदारी की। अपनी विदेश नीति को ज्यादा व्यापक बनाना हमारे लिए फायदेमंद रहा, क्योंकि हम अब उत्तरोत्तर विश्व-अर्थव्यवस्था से जुड़ते जा रहे हैं।

तीसरा, आर्थिक मोरचे पर स्वतंत्रता-प्राप्ति के बाद शुरुआती दशकों में हमारा ध्यान खाद्य और विदेशी मुद्रा सुरक्षा पर लगा रहा। नियोजित आर्थिक विकास की रणनीति अपनाना जरूरी था, क्योंकि निजी उद्यम और निजी पूँजी दोनों ही एकदम शुरुआती चरण में थे और वे खुद आगे नहीं आ रहे थे। सार्वजनिक क्षेत्र ने आर्थिक और सामाजिक दोनों ही उद्देश्यों को पूरा किया, हालाँकि इसकी पहुँच को बढ़ाते जाने से एकाधिकारवादी ढाँचा खड़ा हो गया, जिसमें कई कमियाँ और सक्षमताएँ थीं। श्रेष्ठ शैक्षणिक केंद्र बनाने से हमें विविध लाभ मिले। मगर हम नियोजित विकास की रणनीति को बदलते वक्त के साथ समन्वित नहीं कर सके; जबकि बाकी एशियाई देश ऐसा करना शुरू कर चुके थे। यह कहानी हमारे अवसर चूकने की है। लेकिन अब हमने अपना रास्ता काफी सही कर लिया है। मौजूदा आर्थिक उछाल और कई अन्य अनुकूल संकेत भविष्य के लिए अच्छे संकेत हैं। मगर गरीबी अभी भी काफी ज्यादा है, पूरी आबादी को शामिल कर विकास करने का सपना अभी भी दूर है और प्राथमिक शिक्षा, स्वास्थ्य देखभाल, बाल पोषण जैसे मानव विकास के क्षेत्र में हमारा प्रदर्शन इतना खराब है कि यह एक अंतरराष्ट्रीय फजीहत की बात हो गई है। हम अपनी कृषि नीति को भी इस तरह से समन्वित नहीं कर सके कि विशाल युवा-श्रम को कृषि के बाहर वैकल्पिक आजीविका का जरिया मुहैया करा सकें। आबादी की उभरती रूपरेखा के हिसाब से हम लोगों को नौकरियाँ देने में भी उतने कामयाब नहीं हुए।

चौथा, उभरती संस्थागत एवं नियामक चुनौतियों से हमें प्राथमिकता के आधार पर निपटना होगा। विधायिका, कार्यपालिका और न्यायपालिका—तीनों स्वायत्त रूप से काम करती रही हैं और इससे स्थिरता हासिल हुई है; लेकिन उनकी भूमिका और क्षेत्राधिकार दिनोंदिन एक-दूसरे के क्षेत्र में दखल देने लगे हैं और यह बात चुभने वाली व खीज पैदा करने वाली है। समसामयिक संदर्भ में अपने संविधान को संशोधित करने के पहले भी प्रयास किए गए, लेकिन दुर्भाग्य से उनका राजनीतीकरण

हो गया। अंतरराज्यीय विचार-विनिमय की प्रणाली अभी भी अपर्याप्त है। लोक-सेवाओं को सुधारने और उनके अत्यधिक राजनीतीकरण को रोकने की बातें तो बड़ी-बड़ी की जाती हैं, लेकिन कार्रवाई नहीं की जाती है। स्थायी लोक-सेवा राजनीतिक अस्थिरता के खिलाफ एक तरह की गारंटी है, लेकिन उनके चयन और योग्यता के आधार पर उनकी नियुक्ति में काफी पारदर्शिता की आवश्यकता है। इसमें अपने चहेतों को आगे बढ़ाने का खेल नहीं होना चाहिए। इसके साथ ही क्षेत्र विशेष के विशेषज्ञों को भी बाहर से समय-समय पर लाना चाहिए, ताकि लोक-सेवा में नई जान पैदा हो। यह बात मौजूदा या प्रस्तावित विबिध नियामक ढाँचों के लिए भी उतनी ही सही है। विकास की जरूरतों को पूरा करने के लिए व्यापक संस्थागत चिंताओं को दूर किया जाना चाहिए। प्रमुख राजनीतिक दलों के बीच ज्यादा राष्ट्रीय सहमति और विश्वास बनाने की आवश्यकता है।

विचाराधीन वर्ष की बात करें तो प्रधानमंत्री को उच्च विकास और स्थिरता के लिए श्रेय लेना चाहिए। भारत ने अमेरिका के साथ जो परमाणु समझौता किया, उससे तुरंत ऊर्जा भले ही न मिले, लेकिन अंतरराष्ट्रीय उच्च टेबल पर इससे भारत की स्वीकृति काफी बढ़ेगी। किसी और कदम से यह हासिल नहीं हो पाता। इससे परे, जैसे कि हम उच्च आर्थिक चक्र पर सवार हैं और चूँकि चुनाव भी अभी थोड़ा दूर है, अवसर की एक खिड़की खुल सकती है। हमें 10 फीसदी विकास दर हासिल करना चाहिए; लेकिन यह अपने आप नहीं हो जाएगा। हमें नए उत्साह के साथ निम्न क्षेत्रों में कार्रवाई करनी ही चाहिए—

ऊर्जा सुरक्षा, वैकल्पिक ऊर्जा स्रोतों का दोहन, जोर-शोर से नियोजित शहरीकरण जिससे रोजगार पैदा हों, केंद्र-राज्य परामर्श में सुधार, श्रम कानून में परिवर्तन, सार्वजनिक उपक्रम के ढाँचे का पुनर्गठन फिर से शुरू करना, अपनी प्रतिस्पर्धी क्षमता बढ़ाने के लिए उत्पादों की गुणवत्ता में सुधार और व्यापार करने के तौर-तरीके आसान करना। मौजूदा राजस्व उछाल के परे दीर्घकालिक आंतरिक सरकारी ऋण-प्रबंधन के लिए कदम उठाए जाने की भी आवश्यकता है।

भारत एक बड़ी आर्थिक शक्ति बनने के लिए तैयार है। अगर विविध अंतरराष्ट्रीय अध्ययनों पर विश्वास किया जाए तो अगले साठ वर्ष वैसे नहीं होंगे जैसे पिछले साठ वर्ष थे। हमारी चुनौतियाँ और अवसर दोनों ही अपार हैं। हमें इन्हें एकदम लपक लेना चाहिए। हम अब धीरे-धीरे नहीं चल सकते। हमें जल्दबाजी करनी चाहिए।

(12 अगस्त, 2007)

□

30

बिहार के लिए अच्छा, देश के लिए अच्छा

एक स्टैनफोर्ड-इंडिया मिरर कॉन्फ्रेंस का आयोजन पटना में इस सप्ताह किया गया। यह राज्य सरकार के कार्यक्रम का एक हिस्सा है, जिसमें राज्य की चुनौतियों पर खुले मन से विचार किया गया है। इस शृंखला के अन्य आयोजनों की तरह इस सम्मेलन में स्टैनफोर्ड सेंटर फॉर इंटरनेशनल डेवलपमेंट की एक टीम, राज्य सरकार के सदस्यों, प्रदेश के विश्वविद्यालयों के शोधकर्ताओं, ए.डी.आर.आई. की तरह के थिंक-टैंक (विचारक समूह), वैश्विक एवं स्थानीय इंडस एंटरप्रेन्योर्स (टी.आई.ई.) के सदस्यों और समाज के अन्य लोगों ने शिरकत की।

जोर इस बात पर था कि कौन सी नीतियाँ सबको शामिल करनेवाले विकास को गति देंगी। निक होप (स्टैनफोर्ड) ने चीन के सबक, अंजिनी कोचर (स्टैनफोर्ड) ने शिक्षा नीतियाँ, वार्ड हैंसन (स्टैनफोर्ड) ने आई.टी. एवं विकास, टी.एन. श्रीनिवासन (स्टैनफोर्ड, उन्हें हाल में 'पद्म भूषण पुरस्कार' भी दिया गया) ने रोजगार सृजन व केंद्र-राज्य संबंधों, ए.एन. शर्मन एवं पिनाकी जोद्दार ने गरीबी और हमने सरकारी-निजी भागीदारी व निवेश माहौल पर प्रस्तुति दी।

मुख्यमंत्री ने पिछले पंद्रह महीनों में सरकार के प्रयासों का सारांश पेश किया और आनेवाले वर्षों के बारे में अपने नजरिए का भी खुलासा किया, जबकि सरकार के अन्य प्रतिनिधियों ने बिहार की मौजूदा रणनीतियों व चुनौतियों पर प्रकाश डाला। सिलिकॉन वैली टी.आई.ई. के चार्टर सदस्य रमेश यादव ने इसकी अहमियत बताई कि ग्यारहवीं योजना के हाल में दृष्टि-प्रपत्र में जो संकल्प किए गए हैं, उन्हें तीव्र गति से लागू किया जाए।

सभी सत्रों में इस बात पर बल दिया गया कि गई तरह की जरूरतों का दबाव है, बड़े पैमाने पर प्रशासकीय चुनौतियों से पार पाना है और वित्तीय व मानव संसाधनों की भी सीमित उपलब्धता है। ऐसे में किन कदमों को प्राथमिकता के आधार पर उठाया जाना चाहिए? इस क्रम में जो कुछ बातें उभरकर आईं, वे ये हैं—

दूसरों के अनुभवों से सीखें

चक्र को फिर से ईजाद न करें। दुनिया प्रासंगिक उदाहरणों और अनुभवों से भरी हुई है, चाहे वे सफलताओं के संबद्ध हों या विफलताओं से। इनसे हम सीख सकते हैं और आगे बढ़ सकते हैं। उदाहरणार्थ, सेज (SEZ - विशेष आर्थिक क्षेत्र) की बात करें तो भारत और चीन के बीच तुलना की जाती है। निक होप ने अपनी प्रस्तुति में इस बात की अहमियत बताई कि एक बार मकसद पूरा हो जाने के बाद विशेष प्राथमिकता के लिए बनाए गए प्रोजेक्ट को समेटने की नीति होनी चाहिए।

दूसरों के अनुभवों को स्थानीय हालात के अनुरूप ढालें

चीन की विकास रणनीति पर होप ने जो प्रस्तुति दी, उसे भारत की लोकतांत्रिक पृष्ठभूमि के अनुरूप ढालने की जरूरत पड़ेगी। चीन अपने तटवर्ती और अंदरूनी प्रांतों के लिए अलग-अलग तरह से संसाधन आवंटित करता है। इस प्रकार की रणनीति भारत में नहीं अपनाई जा सकती। हमारे अपने सत्र में 'इन्फ्रास्ट्रक्चर क्लसटर्स' पर जोर दिया गया, जैसे कि ऑफिस पार्क, छोटे खुदरा मॉल्स, साझा उपकरण दुकानें—इन दुकानों से कोई उद्यमी कोई उपकरण अपने समय और जरूरत के हिसाब से प्राप्त कर सकता है, भले ही उसका शुरुआती उद्यम कितना भी छोटा हो।

भारत की परिस्थितियों का लाभ उठाएँ

लोकतंत्र तब एक 'बाधक' की तरह दिख सकता है, जब नीतियों पर सहमति नहीं बन पाती। निहित स्वार्थ सुधारों को अवरुद्ध कर देते हैं या एक बिजली संयंत्र के लिए आवंटित जमीन पर लोग कब्जा कर लेते हैं; लेकिन यह स्थिति दूसरे तरीके से वस्तुतः फायदेमंद साबित होती है। विरोध करने की स्वतंत्रता से लोगों की प्राथमिकताओं, पसंदों और जरूरतों के बारे में जानकारी मिलती है। सरकार की नीतियों को चुनौती देने के आत्मविश्वास से नागरिक सेवा की गुणवत्ता की बेहतर तरीके से निगरानी करते हैं। सक्रिय सामुदायिक समूह सरकार के प्रयासों के अनुपूरक बन सकते हैं।

अनचाहे परिणामों को ध्यान में रखें

उदाहरण के लिए, अंजिनी कोचर की शिक्षा पर प्रस्तुति ने इस बात को रेखांकित किया कि स्कूलों के स्थानीकरण पर जोर देने से शिक्षा की गुणवत्ता और स्तर पर प्रभाव पड़ा है। अंत में, प्रो. कोचर ने संस्तुति दी कि प्री-स्कूलों की व्यवस्था की जाए, ताकि लोग पहले प्रणाली से जुड़ें और फिर विद्यार्थियों को उच्च कक्षाओं के लिए बेहतर स्कूलों में लाया जाए।

बदलाव के लिए टेक्नोलॉजी का सहारा लें

भारत के विकास संबंधी प्रयास, खासकर ग्रामीण विकास नीतियाँ एक ऐसे युग में किए जा रहे हैं, जब आई.टी. (सिद्धांततः) 'दूरियों का खात्मा' कर सकता है। चुनौती यह है कि विषय-वस्तु को विकसित कर इस नेटवर्क के जरिए प्रसारित-प्रचारित किया जाए और बृहत्तर पहुँच सुनिश्चित की जाए।

परिवर्तन लाने के लिए संस्थाओं को सक्रिय किया जाए

विभिन्न सत्रों में न सिर्फ राज्य की संस्थाओं, बल्कि राज्य के संस्थागत संदर्भ पर भी नजर डाली गई। टी.एन. श्रीनिवासन ने अंतर-सरकारी तबादलों को तर्कसंगत बनाने की योजना आयोग की भूमिका पर पुनर्विचार करने और केंद्र-राज्य संबंधों की प्रणाली के पुनर्गठन की अहमियत पर जोर दिया।

अंततः कार्यान्वयन

नीतिगत घोषणाएँ महज शब्द और लक्ष्य होती हैं, वांछित बदलाव हासिल करने के लिए सुसंगठित कार्रवाई और व्यावहारिक नीतियों के समन्वय की जरूरत पड़ती है। इन तमाम क्षेत्रों में भारत में बिहार न तो अकेला है और न विचित्र। जो बात बिहार के लिए अच्छी है, वह भारत के लिए भी अच्छी हो सकती है।

(जेसिका वलाक के साथ)

(8 अप्रैल, 2007)

□

31

अच्छे आर्थिक समाचारों के बूते वर्ष 2008 का निर्माण

वर्ष 2007 आर्थिक नीति-निर्माताओं के दिलों को बाग-बाग कर देगा। इसका कारण यह है कि यह वर्ष आर्थिक उछाल पर समाप्त हो रहा है। जी.डी.पी. (सकल घरेलू उत्पाद) संकेतक बेहद मजबूत हैं, मुद्रास्फीति धीमी है और बहुराष्ट्रीय कंपनियों के बोर्ड रूम में भारत एक पसंदीदा मुकाम बना हुआ है। यह उचित ही होगा कि मौजूदा नीति प्रबंधक इन तमाम अनुकूल परिणामों का श्रेय लें। यह और बात है कि मौजूदा विकास को कई लोग स्वचालित मानते हैं।

माना जाता है कि मुंबई का दिल्ली से अलगाव हो चुका है और किन्हीं महत्त्वपूर्ण नीतिगत पहलों का सर्वथा अभाव दिखता है। यह टिप्पणी कि जब चीजें ठीक-ठाक चल रही हैं तो उनसे छेड़छाड़ क्यों की जाए, एक तरह की सुस्ती व संतुष्टि का संकेत देती है और इससे अल्पावधि में ही सुकून मिल सकता है। इसलिए वर्ष 2008 में विकास प्रक्रिया को कैसे जारी रखा जाए?

- सर्वप्रथम, प्रधानमंत्री के अधिकार और दावे की पुनर्स्थापना की जाए। राष्ट्रीय और अंतरराष्ट्रीय दोनों ही स्तर पर यह धारणा मजबूत होती जा रही है कि गठबंधन सरकार के घटक दलों पर प्रधानमंत्री के आदेशों का जोर नहीं चलता। इनमें से कई तो इस तरह खुद को मानने और आचरण करने लगे हैं जैसे वे अपने आप में सरकार हों। प्रतिष्ठित सड़क परियोजनाओं के ठेके देने में सुस्ती और स्पेक्ट्रम आवंटन पर फैसला लेने में अस्त-व्यस्तता ऐसे ही प्रतिगामी उदाहरण हैं। उनकी बेदाग ईमानदारी को देखते हुए प्रधानमंत्री की अथॉरिटी को फिर से स्थापित किया जाए तो इससे धारणाओं में गुणात्मक बदलाव आएगा और प्रशासन की गुणवत्ता में भी सुधार होगा।
- दूसरा, अर्थव्यवस्था के मजबूत प्रमुख आधारभूतों को जारी रखा जाए।

एफ.आर.बी.एम. अधिनियम के संख्यात्मक लक्ष्यों को भले ही हासिल कर लिया गया हो, लेकिन जैसा कि सर्वविदित है कि पेट्रोलियम सेक्टर में काफी कम राजस्व वसूली हुई है। खाद सब्सिडी के लिए भी कम बजट रखा गया है। इसके अलावा, खाद्य सब्सिडी बिल का बढ़ते जाना भी जारी रहेगा। इन तथ्यों का असर उपभोक्ताओं पर जरूर पड़ेगा, इसे क्रमश: संशोधित किए जाने की जरूरत है, भले ही इसके वित्तीय और मुद्रास्फीति बढ़ानेवाले नतीजे हों। प्रतिकूल जलवायु और जैव ईंधन के लिए कृषि-भूमि के इस्तेमाल के कारण खाद्य पदार्थों के उत्पादन में वैश्विक कमी आई है। इसलिए मध्यकालिक स्तर पर खाद्य पदार्थों की अंतरराष्ट्रीय कीमतें ऊँची रहने वाली हैं। ऐसे में गरीबों की रक्षा करनी पड़ेगी और इससे सब्सिडी बिलों में इजाफा ही होगा। इसलिए सार्वजनिक वितरण प्रणाली को तुरंत मजबूत और सुचारु किए जाने की अपरिहार्यता है। इसी तरह, मुद्रा विनिमय-दर का प्रबंधन करना एक कठिन संतुलनकारी कार्य है।

- तीसरा, वामपंथी पार्टियों से निपटने में सरकार के लचीले रवैए में हाल के चुनाव परिणामों से हो सकता है कि बड़ी सेंध लगी हो, लेकिन क्या इसका यह मतलब है कि कानून बनाने का काम एकदम छोड़ दिया जाएगा? वित्त मंत्री पी. चिदंबरम ने दिल्ली में हाल में आयोजित वर्ल्ड इकोनॉमिक फोरम के सम्मेलन में खुद स्वीकार किया था कि बैंकिंग, बीमा व पेंशन जैसे वित्तीय क्षेत्र में कार्रवाई निराशाजनक रही। वैसे, उन्होंने आशा जताई कि सरकार की बची हुई अवधि में भी प्रगति संभव है।
- हमें उन्हें इस दिशा में आगे बढ़ने के लिए प्रोत्साहित करने की जरूरत है। बहरहाल, उन्हें फिर से बजट घोषणाओं में शामिल करने की कोई तुक नहीं है, क्योंकि ये बातें पहले कही जा चुकी हैं, सिर्फ गठबंधन राजनीति के कारण इनका कार्यान्वयन अधर में लटका रहा था। इसलिए प्रधानमंत्री और चिदंबरम के बीच इस गतिरोध से निकलने के लिए एक रणनीतिक वार्त्ता होनी आवश्यक है। इससे यह बड़ा सवाल भी खड़ा होता है कि कोई बाधित क्षेत्रों में भी सक्रिय कार्रवाई की जानी चाहिए, क्योंकि कोई भी विश्वसनीय सरकार अपने बचे हुए चौदह महीनों में यों ही हाथ-पर-हाथ धरे बैठी नहीं रह सकती।
- चौथा, सार्वजनिक खर्चे की गति और गुणवत्ता चिंताजनक बनी हुई है। इन्फ्रास्ट्रक्चर प्रोजेक्ट आमतौर पर लक्ष्य से पीछे चल रहे हैं। इससे साफ है कि इनके पूरा होने में ज्यादा वक्त लगेगा और लागत भी ज्यादा आएगी। सरकारी-

निजी भागीदारी अभी भी नवजात चरण में है। चिदंबरम पब्लिक डिलीवरी सिस्टम और प्रोजेक्ट कार्यान्वयन की क्षमता को लेकर चौकन्ने रहे हैं। हम राज्य मशीनरी पर, खासकर जिला स्तर पर, प्रोजेक्ट लाद दे रहे हैं, जिन्हें पूरा करने की क्षमता उनके पास नहीं है। किसी भी कर्मठ जिला अधिकारी से पूछें और वह ईमानदारी से उन विकास परियोजनाओं की गिनती तक नहीं कर पाएगा, जिनकी निगरानी की उससे अपेक्षा की जाती है। हर साल हम और प्रोजेक्ट लाद देते हैं, लेकिन काम कुछ भी नहीं करते हैं। यह सही है कि इन्फ्रास्ट्रक्चर और सामाजिक क्षेत्र के लिए ज्यादा सरकारी खर्च से बचा नहीं जा सकता, लेकिन प्रोजेक्ट कार्यान्वयन के लिए परंपरागत मशीनरी पर निर्भर करने के बारे में पुनर्विचार किया जाना चाहिए। हमें बेहतर अंतरराष्ट्रीय उदाहरणों से सीखने की आवश्यकता है। सामाजिक संस्थाओं और स्वयंसेवी संगठनों पर ज्यादा भरोसा कर भी स्थिति को सुधारा जा सकता है; लेकिन हमें सरकारी खर्च के कार्यान्वयन के लिए वैकल्पिक साधनों पर गौर फरमाने की जरूरत है।

अंततः बजट निर्माण की प्रक्रिया बस शुरू हुई होगी। जो निकट भविष्य में चुनाव की संभावना देखते हैं, उनका मानना है कि इस बार लोक-लुभावन बजट होगा। अन्य लोग राजनीतिक समीकरण को देखते हुए आशा करते हैं कि सरकार अपना कार्यकाल पूरा करेगी व बजट आखिरी से पहले वाला होगा।

जो भी मामला हो, सरकार को अपने कई अधूरे वादे पूरे करने चाहिए। लोक-लुभावनी योजनाओं की घोषणा करने या सरकारी कर्मचारियों के लिए अतिरिक्त पारिश्रमिक के लिए बजट आवंटित करने से वित्तीय सेहत पंगु हो सकती है। अभी तक बड़ी सावधानी से वित्तीय सेहत बनाकर रखी गई है। इसके काफी सबूत हैं कि नई परियोजनाएँ ज्यादा वक्त लेती हैं, इसलिए इसके नफा-नुकसान अहम हैं। लोक-लुभावने कदमों से सत्तारूढ़ पार्टी को कितना फायदा होता है, इस पर सवाल खड़े किए जा सकते हैं। टैक्स सुधार के अधूरे एजेंडे को पूरा करने, सरकारी खर्च की बेहतर निगरानी के लिए मशीनरी खड़ी करने और भारतीय अर्थव्यवस्था की लागत व प्रतिस्पर्धी क्षमता में सुधार के लिए कई छोटे-छोटे कदम उठाने से ज्यादा स्थायी लाभ होगा। भले ही बाहरी खतरे मौजूद हैं, लेकिन वर्ष 2008 का निर्माण 2007 की आर्थिक गति के आधार पर किया जा सकता है। यह तो वक्त ही बताएगा कि क्या सरकार इन चुनौतियों का सामना करने के लिए उठ खड़ी होती है।

(30 दिसंबर, 2007)

□

32

बजट के नरम विकल्पों को जरूर दरकिनार करना चाहिए

बजट अनुमान शुरू हो गए हैं। जो लोग बजट-निर्माण प्रक्रिया से वाकिफ हैं, वे जानते हैं कि खर्च-बजट को पक्का कर दिया गया होगा। राजस्व बजट को ठीक-ठाक किया जा रहा होगा, जबकि बड़े और नीतिगत ढाँचे पर विचार किया जाना अभी बाकी होगा।

यह यूपीए सरकार का आखिरी प्रमुख बजट होगा। जबकि आर्थिक उछाल जारी है और कोई भी नए रास्ते बननेवाले कदमों की अपेक्षा नहीं कर रहा है, ऐसे स्पष्ट मसले हैं जिन पर ध्यान दिए जाने की जरूरत है।

सर्वप्रथम, नई लोक-लुभावन योजनाओं की घोषणा के दबाव को बरदाश्त करना चाहिए। जिन योजनाओं की घोषणा पहले ही की जा चुकी है, उन पर वित्तीय और कार्यान्वयन दबाव पड़ रहा है। कार्यान्वयन एजेंसियों की मुसीबतों और चिंताओं को और बढ़ाना व्यर्थ होगा। आश्चर्य नहीं कि एन.आर.ई.जी.पी. जैसी प्रमुख योजनाओं की ऑडिट रिपोर्ट अपेक्षा के अनुकूल नहीं है, जिसका अर्थ है कि इन योजनाओं के लिए पर्याप्त तैयारी नहीं की गई थी। राज्य सरकारों को खराब प्रशासन के लिए दोष देने से बात नहीं बनेगी। जिला अधिकारी पहले से ही कानून-व्यवस्था और अनेक विकास योजनाओं में फँसे हुए हैं। उनके पास अन्य योजनाओं में जूझने के लिए न तो समय है और न क्षमता। नई वैकल्पिक एजेंसियों की सेवा सुनिश्चित करना आसान नहीं है, इसलिए हमारे लिए अच्छा यह होगा कि हम मौजूदा परियोजनाओं से ही ठोस और अधिकतम लाभ हासिल करें।

दूसरा, यह बजट राष्ट्रीय विकास परिषद् द्वारा हाल में ग्यारहवीं पंचवर्षीय योजना को अपनाए जाने की पृष्ठभूमि में पेश किया जाएगा। यह इस योजना के दूसरे वर्ष का भी बजट होगा। स्पष्ट है, योजना में जो प्राथमिकताएँ तय की गई हैं, वे बजट में परिलक्षित होनी चाहिए। कुल बजट समर्थन में भारी बढ़ोतरी करने

और विभिन्न क्षेत्रों के खर्च-आवंटन की प्राथमिकता तय करने से कहीं परे है यह काम। इसमें शिक्षा के लिए आवंटन में काफी बढ़ोतरी की बात कही गई है—केंद्रीय जी.वी.एस. को 7.6 फीसदी से बढ़ाकर 19 फीसदी करने की। विशेष राष्ट्रीय विकास परिषद् द्वारा मंजूर कृषि योजना को लागू करना भी एक प्राथमिकता होगी। यह कृषि योजना क्षेत्रीय व राज्य विशेष की खासियतों पर आधारित है। इसमें सिंचाई लाभ कार्यक्रम के पुनर्गठन और नेशनल रेनफेड अथॉरिटी बनाने, नेशनल फूड सिक्यूरिटी मिशन और राष्ट्रीय कृषि विकास योजना तैयार करने की भी बात की गई है।

तीसरा, यह सुनिश्चित किया जाना चाहिए कि टैक्स ढाँचा दृढ़ बना रहे। व्यक्तिगत आय कर छूट सीमा को थोड़ा समायोजित किया जा सकता है और गुजरते वक्त के साथ मुद्रास्फीति का भी ध्यान रखा जा सकता है। आय कर की दरें वक्त की कसौटी पर खरी उतरी हैं और अंतरराष्ट्रीय परिप्रेक्ष्य में कमतर ही हैं। आय कर दरों में निरंतरता बनाए रखने से कर भुगतान में सुधार हुआ है और व्यक्तिगत टैक्स प्लानिंग आसान हो गई है। बहरहाल, राजस्व उछाल को देखते हुए सरचार्जों और अन्य छेड़छाड़ से बचा जा सकता है। कॉरपोरेट टैक्स के मामले में, तरक्की की जरूरतों के मद्देनजर, मूल दरों को तो अनछुआ रखा जा सकता है, लेकिन पिछले दो वर्षों में जो कई अतार्किक विकृतियाँ लादी गई थीं, उन्हें अब खत्म किया जाना चाहिए। अप्रत्यक्ष करों के मामले में रुपए के मूल्य में तीव्र वृद्धि को देखते हुए अल्पावधि में सीमा-शुल्क और घटाने में सावधानी बरती जानी चाहिए। एक्साइज (उत्पाद कर) के मामले में हमें जी.एस.टी. को लागू करने की ओर बढ़ना चाहिए और तदर्थ छूटों या नई दरें बनाने की प्रवृत्ति से बचना चाहिए। चक्रीय चिंताओं को दूर करने के लिए दरों को संशोधित करते रहना उचित नहीं है। पेट्रोलियम सेक्टर से जिस अनुपात में राजस्व हासिल हुआ है, वह अस्वीकार्य है और इसे निर्धारित अवधि में दुरुस्त किए जाने की जरूरत है। बहरहाल, कच्चे तेल की बढ़ती कीमतों के बोझ से उपभोक्ताओं को बचाने के लिए इनकी दरों में छेड़छाड़ करते रहना भी ठीक नहीं होगा।

चौथा, प्रधानमंत्री ने राष्ट्रीय विकास परिषद् को संबोधित करते हुए सब्सिडी के दुरुपयोग, बढ़ती क्षेत्रीय असमानताओं और आमदनी की बढ़ती खाई पर गंभीर चिंता जताई थी। इन चिंताओं को दूर करने में क्रेडिट एवं वित्तीय नीतियों की एक भूमिका है। कम विकासवाले राज्यों में किसी-न-किसी मामले में तुलनात्मक लाभ की

स्थिति हासिल होती है।

घनी आबादीवाले राज्यों में वोकेशनल ट्रेनिंग देने और हुनर पैदा करने से मदद मिल सकती है। कृषि आधारित प्रोसेसिंग को बढ़ावा देने के अलावा उपयोगिता बढ़ानेवाली गतिविधियों से कई गुना लाभ हासिल होगा। केंद्रीय सार्वजनिक सुविधाओं को भी उनके व्यावसायिक औचित्य को बनाए रखते हुए ज्यादा पिछड़े राज्यों में निवेश करने के लिए प्रोत्साहित किया जा सकता है। सब्सिडी के दुरुपयोग का मसला काफी व्यापक है और काफी दबाव डालने वाला है। सब्सिडी को वांछित लक्ष्य तक पहुँचाने के लिए हमें लीक से हटकर सोचने की जरूरत है। फूड स्टांप, कैरोसिन स्टांप और रोजगार स्टांप जैसे विचारों, जिनकी घरेलू आँकड़ों के आधार पर पड़ताल कर ली गई हो, की व्यापक प्रतिकृति की जरूरत है।

पाँचवाँ शिक्षा के लिए आवंटन राशि में काफी इजाफा होगा, लेकिन यह संदिग्ध है कि नीतिगत बदलावों और विश्वसनीय कार्यान्वयन के अभाव में बहुत कुछ हासिल किया जा सकेगा। मैंने अपने कॉलम में पहले लिखा है और राष्ट्रीय ज्ञान आयोग ने हाल में जो चिंता जताई, उससे मेरी बात की और भी पुष्टि हुई कि शिक्षा के लिए जितना जरूरी बजट बढ़ाना है उतना ही जरूरी नीतिगत सुधार करना है। उपयुक्त ढाँचा न होने की वजह से निजी निवेश भी हतोत्साहित होता है। इसके कम सबूत दिखते हैं कि मानव संसाधन मंत्रालय में बैठे नीति-निर्माता अपनी सोच बदलने को तैयार हैं।

अंतत: इन्फ्रास्ट्रक्चर और मैन्यूफैक्चरिंग सेक्टर को दुरुस्त करना। अल्पकालिक वित्तीय बदलावों से बहुत कम मकसद हल होता है। इसलिए प्राथमिकता के आधार पर ऐसे नीतिगत परिवर्तन किए जाने चाहिए जिससे प्रतिस्पर्धी इन्फ्रास्ट्रक्चर का विस्तार शीघ्रता से हो। अनुभव के आधार पर सरकारी व निजी भागीदारी को ज्यादा आकर्षक और कारगर बनाना एक चुनौती है। अन्य क्षेत्र भी हैं, जहाँ कार्यान्वयन में तेजी और जिम्मेदारी के साथ कड़ी निगरानी की जरूरत है। राजनीतिक दखल और वसूली ने कई क्षेत्रों में प्रगति को कुंठित कर दिया है। इसलिए इसे रोकने के लिए संस्थागत अभेद्य प्रबंध किया जाना चाहिए।

वित्त मंत्री पी. चिदंबरम ने कई मौकों पर संकेत दिया है कि इस सरकार का आखिरी साल सुधार के लिहाज से ठीक रहेगा। इस बात को साबित करने के लिए बजट एक अच्छा अवसर है। निजी तौर पर भी उन्हें अपनी प्रतिष्ठा स्थापित करने का यह संभवत: आखिरी अवसर है कि वे न केवल एक सुधार-दृष्टा हैं, बल्कि वे

उन विचारों को लागू करने का खतरा उठाने को भी तैयार रहते हैं, जो उन्हें तो प्रिय हैं, लेकिन दूसरों को नहीं। नेतृत्व कभी भी आसान विकल्पों को अपनाने का नाम नहीं होता।

(27 जनवरी, 2008)

□

33

बजट 2008–सीधे दिल से

बजट 2008 लोक–लुभावन और लोकप्रिय दोनों है। पी. चिदंबरम ने एडमंड वर्क की इस बात पर ध्यान दिया है कि 'महज खर्च करने से बचना ही अर्थव्यवस्था नहीं है। वास्तविक अर्थव्यवस्था में खर्च और महान् खर्च आवश्यक अंग हो सकते हैं।' योजना के लिए सकल बजट समर्थन में भारी वृद्धि और साथ ही कृषि, शिक्षा, स्वास्थ्य एवं हुनर विकास के मद में विशाल राशि आवंटित किए जाने से साफ है कि खर्च में बचत की भावना के प्रति बहुत कम सम्मान दिखाया गया है। हम सिर्फ आशा कर सकते हैं कि इनके परिणाम स्वीकार्य होंगे और वे 'वास्तविक अर्थव्यवस्था' में आवश्यक भूमिका निभाएँगे।

सभी बजटों की तरह संयोग और स्वरूप महत्त्वपूर्ण हैं। लगता है, चुनाव जल्द होंगे। ठोस आर्थिक नीतियाँ अपनाने से कहीं ज्यादा महत्त्वपूर्ण है सत्ता में वापस आना। मौजूदा सूरते हाल यह है कि आर्थिक उछाल जारी है।* राजस्व बढ़ता जा रहा है और वर्षों से जारी वित्तीय उत्प्रेरक का कई गुना लाभ मिलने लगा है। इससे बदलाव करने के लिए जगह बढ़ गई है। विकास और स्थिरता तथा लोक–लुभावन के साथ प्रगति के लक्ष्यों को संतुलित करना कभी भी आसान नहीं होता। खीझ पैदा करनेवाली गठबंधन की राजनीति और आसन्न चुनावों में माहौल में हाल में हासिल लाभों को बनाए रखना काफी मुश्किल है। इसलिए हम पहले कुछ सकारात्मक बातों पर नजर डालें।

सर्वप्रथम, इस बात को माना गया कि हमारे विकास और सामाजिक संबद्धता के लिए खाद्य सुरक्षा एवं कृषि आय में बढ़ोतरी एकदम जरूरी है। कृषि पर जोर स्वागत योग्य है। इसी तरह सिंचाई जल के अधिकतम पारस्परिक उपयोग, शोध एवं

---

* यह असामान्य है कि इस लेख के लिखे जाने के साल भर बाद ही हालात एकदम बदल गए। लड़खड़ाते विकास, राजस्व में कमी और बजट घाटे में वृद्धि ने ज्यादा हाथ–पाँव मारने के मौके काफी कम कर दिए हैं।

विकास और बागबानी जैसी संबद्ध गतिविधियों पर ध्यान देना भी ठीक कदम है। आशा है, इन उपायों पर अमल किया जाएगा।

दूसरा, इस बात को समझा गया कि आबादी में फर्क और बेरोजगारी से उत्पन्न सामाजिक तनावों के मद्देनजर विभिन्न स्तरों पर शिक्षा के अवसरों तक प्राथमिकता के आधार पर पहुँच बढ़ाई जाए, लोगों को वोकेशनल ट्रेनिंग देने और हुनरमंद बनाने का काम किया जाए। यह कदम भी समयानुकूल है। मगर, शिक्षा के क्षेत्र में नीतिगत सुधार के काम को फिर छोड़ दिया गया, जैसे कि शिक्षा में निजी निवेश को प्रोत्साहित करने के लिए सुविधाएँ देना, प्रतियोगिता को बढ़ावा देना और सबसे महत्त्वपूर्ण कि ज्ञान आयोग की संस्तुतियों को पूरी तरह लागू करना।

तीसरा, टैक्स दरों में संशोधन भी विवेकपूर्ण है। एक्साइज में मामूली कमी और निर्माण क्षेत्र को विशेष गति देने से वर्ष 2010 में जीएसटी के लिए रोडमैप को जोड़ने में मदद मिलेगी। आय कर छूट के स्लैब को ऊपर उठाना भी उपयुक्त है; लेकिन अब मुद्रास्फीति सूचकांक का भी ध्यान रखा जाना चाहिए। कॉरपोरेट टैक्स, खासकर वसूल किया गया रेट साधारण ही है। लिहाजा इसमें किसी छूट की जरूरत नहीं है। कारोबारी टैक्स को वापस लेना समीचीन है। फ्रिंज बेनिफिट टैक्स को खत्म किए जाने का भी मामला बनाता है। मगर यह निराशाजनक है कि सरचार्ज और सेस (उपकरों) को जारी रखा गया, जबकि टैक्स वसूली में उछाल के मद्देनजर उन्हें समाप्त करने का एक मौका था। चौथा, खर्च के नतीजों की निगरानी और सरकारी खर्चों के वित्तीय व गुणात्मक मूल्यांकन की व्यवस्था करना भी तर्कसंगत है। क्षमता निर्माण, विशेषकर राज्यों का जिन्हें निवेश को कार्यान्वित करना है, भी महत्त्वपूर्ण है। शुरुआत के लिए निम्न काम किए जाने की जरूरत है—

- अर्थव्यवस्था की बेहतर निगरानी हेतु सांख्यिकी प्रणाली में सुधार की दिशा में बढ़ा जाए।
- सूचना प्रबंधन को विकसित करना, सरकार के सभी स्तरों, खासकर राज्य और स्थानीय स्तर पर जर्जर सांख्यिकी एवं सूचना प्रबंधन प्रणाली (एम.आई.एस.) पर ध्यान दिया जाए।
- सुविचारित ई-प्रशासन रणनीतियों को लागू करना।

नकारात्मक पहलुओं में निम्न स्पष्ट हैं—

- कोई भी समझदार आदमी 60 हजार करोड़ रुपए का ऋण माफ करने के कदम

को सही नहीं कह सकता। किसानों के ऋण को देखते हुए भी दूसरे कदम उठाए जा सकते थे, जैसे कि ऋण वसूली स्थगित करना, ऋण वसूली को लंबी अवधि के लिए तय करना और बैंकों को बिना वसूली के फिर से कर्ज देने के लिए निर्देश देना आदि। एक ऐसे वक्त में जब हम अपनी बैंकिंग प्रणाली को अंतरराष्ट्रीय चलन के अनुरूप ढालने की कोशिश कर रहे हैं, ऋण मेलों और ऋण माफी की भूली हुई संस्कृति को फिर से लागू करना एक बहुत बड़ा झटका है। बिजली, जलापूर्ति और सार्वजनिक सुविधाओं जैसे अन्य क्षेत्रों के लिए इसके व्यापक नतीजे होंगे।

- आर्थिक सर्वे भी पेश नहीं किया जा सकता था। नीति विकल्प कहे जानेवाले कठिन सुधार एजेंडे में से एक शब्द का भी उल्लेख बजट में नहीं किया गया।
- ज्यादा पारदर्शी वित्तीय एकाउंटिंग, बैलेंस शीट से इतर विशाल देनदारी को मान्यता देने, सब्सिडी को तर्कसंगत बनाने जैसे जटिल मसलों में से एक को भी सुलझाने का प्रयास नहीं किया गया। इन मसलों को तेरहवें वित्त आयोग के लिए छोड़ देना अपने उत्तराधिकारी पर बोझ डालना है। प्रधानमंत्री ने इनमें से कई मसलों का बार-बार जिक्र किया था, लेकिन उससे भी कोई फर्क नहीं पड़ा।
- अंततः क्षेत्रीय असमानताएँ, अंतर-क्षेत्रीय खाई का विस्तार और आर्थिक सर्वे में उल्लिखित गरीबों को ज्यादा अधिकार-संपन्न करने के मसलों का या तो जिक्र ही नहीं किया गया है या उन पर पर्याप्त ध्यान नहीं दिया गया है।

निष्कर्षतः—कीन्स की कही बातों की याद आती है। इस महान् अर्थशास्त्री ने कहा था, "वह दिन दूर नहीं, जब आर्थिक समस्या पिछली सीट पर स्थान लेगी, जहाँ वह रहती है तथा हमारे दिलोदिमाग असली समस्याओं—जीवन की, मानव संबंधों की, सृजन की, आचरण की और धर्म की—से भरे पड़े होंगे।"

जनता को हमेशा दिमाग के बूते शासित नहीं किया जा सकता। बजट 2008 सीधे दिल से निकला है।

(2 मार्च, 2008)

□

34

दो आयोग, एक कहानी

अब से तीन दिन बाद ग्यारहवीं पंचवर्षीय योजना को मंजूर करने के लिए राष्ट्रीय विकास परिषद् की बैठक होगी। योजना की अवधि 2007-2012 है। सरकार ने हाल में विजय केलकर की अध्यक्षता में तेरहवें वित्त आयोग को भी नियुक्त किया है। वित्त आयोग एक संवैधानिक निकाय है, जो केंद्र और राज्यों के बीच राजस्व का बँटवारा करता है। वित्त आयोग अक्तूबर 2009 तक अपनी रिपोर्ट देगा और उनकी संस्तुतियाँ वर्ष 2010 से 2015 तक के लिए संसाधनों का बँटवारा करेंगी।

यह रिपोर्ट ग्यारहवीं योजना के आखिरी दो वर्षों को प्रभावित करेगी। पंचवर्षीय योजनाओं का वित्त आयोग के साथ तालमेल (अवधि के लिहाज से) नहीं बिठाना कई तरह से अलाभकारी है। सबसे महत्त्वपूर्ण बात, राज्यों की अनिश्चितता बनी रहेगी कि ग्यारहवीं योजना के खासे हिस्से के लिए उन्हें कितना सकल बजटीय समर्थन मिलेगा और उनके लिए कितना वित्त उपलब्ध होगा। चूँकि वित्त आयोग एक संवैधानिक निकाय है, इसकी नियुक्ति और समय का हिसाब रखा जा सकता है।

मगर पंचवर्षीय योजनाएँ अभी भी सरकार की सामाजिक-राजनीतिक रणनीति को प्रतिनिधित्व करती हैं और वे चुनावी चक्रों के कारण अनिश्चित भी होती हैं। योजनाओं के विकासात्मक महत्त्व को देखते हुए इसे वित्त आयोग की अवधि से समायोजित करने के तरीके ढूँढ़ने पर विचार किया जाना चाहिए।

वर्षों से वित्त आयोग केंद्र और राज्यों के बीच राजस्व का बँटवारा सुनियोजित ढंग से करता आया है और उसके कामकाज को आमतौर पर उचित व तर्कसंगत समझा जाता है। यह और बात है कि हर वित्त आयोग का फोकस बदलता रहा है।

बहरहाल, तेरहवें वित्त आयोग से कहा गया है कि 'वह सरकारी खर्च से बेहतर परिणाम हासिल करने के लिए उसकी गुणवत्ता की पड़ताल करे तथा विकास की निरंतरता बनाए रखने के लिए पारिस्थितिकी, पर्यावरण और जलवायु परिवर्तन की तर्कसंगतता बनाए रखने की आवश्यकता का अध्ययन करे।' वित्त आयोग से यह भी

अपेक्षा की जाती है कि 'वह केंद्रीय व राज्य योजनाओं के लिए सकल बजटीय समर्थन के संदर्भ में केंद्र सरकार के संसाधनों की पड़ताल करे।' इसका मतलब यह है कि योजनागत और गैर-योजनागत दोनों ही खर्चों का बोझ उठाने के लिए समस्त उपलब्ध संसाधनों के बारे में संपूर्ण नजरिया अपनाया जाए। यह 1 अप्रैल, 2010 से सामान और सेवाओं पर प्रस्तावित टैक्सों के कार्यान्वयन के असर पर भी विचार करेगा।

राजस्व हिस्सेदारी पर वित्त आयोग की सिफारिशें सैद्धांतिक रूप से सलाह-स्वरूप होती हैं, लेकिन व्यावहारिक रूप में बाध्यकारी होती हैं और इन्हें एक अवार्ड के स्वरूप में स्वीकार किया जाता है। बहरहाल, कुछ बड़े मसले हैं, जिन पर विचार किया जाना चाहिए—

- पहला, पिछले तीन वित्त आयोगों का कॉमन संदर्भ रहा है कि 'सिंचाई परियोजनाओं, बिजली परियोजनाओं, राज्य परिवहन उपक्रमों, विभागीय व्यावसायिक उपक्रमों और सार्वजनिक उपक्रमों में राज्यों द्वारा किए गए निवेश पर तर्कसंगत राजस्व वसूली सुनिश्चित करने के उपाय किए जाएँ।'

  कुल मिलाकर राज्य की वित्तीय स्थिति में सुधार हुआ है, लेकिन सरकारी सामान व सेवाओं पर उपभोक्ता शुल्क लागू करना अभी भी समस्याग्रस्त है। ऊर्जा के क्षेत्र में खासतौर से स्थिति खराब है। यह अनेक अवसरों के चूकने की कहानी है। राज्यों के लिए वित्तीय प्रोत्साहन इतने मजबूत थे कि वे राजस्व वसूली और अपने एफ.आर.बी.एम. के तहत वित्तीय घाटे के लक्ष्यों को पाटने के कठिन पथ पर आगे बढ़े। मैं आश्चर्य में हूँ कि क्या पर्याप्त मजबूत प्रोत्साहनों के जरिए ऊर्जा और सार्वजनिक सुविधाओं के क्षेत्र में सुधार लाए जा सकते हैं, ताकि इनका लाभ हर ओर मिले।
- दूसरा, वर्ष 1998 से शुरू होकर पिछले पाँच वर्षों में स्वीकृत फॉर्मूले के अनुसार राज्यों को दिए गए राजस्व में आनुपातिक गिरावट आई है। ग्यारहवीं योजना में प्रस्तावित सकल बजटीय समर्थन के बँटवारे की स्थिति और भी खराब हुई है। राष्ट्रीय विकास परिषद् को इस योजना पर अभी विचार करना है। राज्यों को दिए जाने वाले संसाधनों को इस आधार पर रोकना कि आखिरकार केंद्र द्वारा प्रायोजित योजनाएँ भी तो राज्यों को ही मदद पहुँचाती हैं, उचित नहीं है। संसाधनों के हस्तांतरण में विवेकाधीन प्रभाव का बढ़ते जाना राज्यों के लिए तय लचीलेपन और स्वायत्तता की काट करता है।

- तीसरा, सार्वजनिक खर्च की गुणवत्ता सुधारने का शायद ही कोई प्रयास किया गया है। सार्वजनिक खर्च का मूल्यांकन सिर्फ वित्तीय और राजकोषीय लक्ष्यों के संदर्भ में करना एकदम अपर्याप्त है। परियोजना पूरी हो जाने के बाद बाह्य ऑडिटिंग और लाभ की निरंतरता बनाए रखना कभी भी आसान नहीं होता है। इसके अलावा, सार्वजनिक सेवा प्रदान करनेवाली प्रणालियाँ पहले से ही दबाव में होती हैं। उन पर विशाल लोक-लुभावनी योजनाओं का बोझ डालते जाने की प्रवृत्ति एकदम गलत है।
- चौथा, पर्यावरण और विकास की निरंतरता के लिए सोच में बदलाव जरूरी है। केंद्र सरकार की तोड़-मरोड़कर बनाई गई ईंधन-मूल्य नीति सबसे बड़ी दोषी है। विजय केलकर और मैंने साथ मिलकर प्रशासकीय मूल्य-पद्धति को समाप्त किया था। मगर यह बुराई और भी गलत रूप में वापस आ गई है। क्या वित्त आयोग के अध्यक्ष के रूप में वे इस नुकसान को दुरुस्त करेंगे ? इसके अतिरिक्त, जलवायु परिवर्तन के मसलों के लिए एक एकीकृत ऊर्जा नीति की जरूरत है, जो केंद्र, राज्यों और ढेर सारी एजेंसियों व संगठनों को समाहित करे। इसके लिए आवश्यक है कि प्रोत्साहन और दंड की व्यवस्था अंतर्निहित हो। ऐसी साहसी और उद्‌देश्यपरक सिफारिशों की जरूरत है।

तेरहवें वित्त आयोग के पास प्रभावशाली आदेश-पत्र है। कई तरीकों से मोंटेक सिंह अहलूवालिया और विजय केलकर को एक ही सुर में गाने की जरूरत है। दोनों ही आयोगों को एक ही कहानी कहनी चाहिए।

(16 दिसंबर, 2007)

□

35

सुसंगति : अकल्पनाशील का आश्रय

हम एक प्रतियोगी लोक-लुभावन के दौर में हैं। वित्त मंत्री पी. चिदंबरम के बजट भाषण के दौरान रेल मंत्री लालू यादव के चेहरे के भाव में सिर्फ तब फर्क आया जब 60 हजार करोड़ रुपए की ऋण माफी की घोषणा की गई। लालू यादव ने रेल भाड़े में कटौती और 25 हजार करोड़ रुपए की बचत की घोषणा करके खूब लोकप्रियता बटोरी थी; लेकिन चिदंबरम तो एफ.आर.बी.एम. कानून का जरूरत से ज्यादा अनुपालन दिखाते हुए भी 60 हजार करोड़ रुपए की ऋण माफी का साहस दिखा रहे थे। लालू प्रसाद को संभवत: लगा कि चिदंबरम तो उनसे भी ज्यादा तेज निकले। लुटाने की अपनी गति होती है और रेस तो अभी शुरू ही हुई है।

इसमें सर्वसम्मति है कि किसान गहरी मुसीबत में हैं और उनके लिए कुछ खास करना पड़ेगा, अत: ऋण माफी एक व्यावहारिक रास्ता था। मगर किसानों के कर्ज में डूबने की कुछ ज्यादा गंभीर अंदरूनी वजहें हैं और ये चिंताएँ बनी हुई हैं। निम्न बातों पर विचार करें—

- विभिन्न क्षेत्रों को बैंकों द्वारा दिए गए कर्जों पर गौर करें तो कुल कर्ज का महज 12.03 फीसदी हिस्सा 2004-05 में कृषि के हिस्से में आया था, जो 2005-06 में घटकर 11.92 फीसदी हो गया। बार-बार की घोषणाओं के बावजूद पिछले दस वर्षों में कृषि क्षेत्र को बैंकों से लगभग 10-12 फीसदी कर्ज ही मयस्सर हुआ।
- किसान अन्य स्रोतों से भी कर्ज लेते रहे हैं। 1971 में गैर-संस्थागत माध्यम से किसान 68.3 फीसदी कर्ज लेते थे, जो वर्ष 2004 में घटकर 38.9 फीसदी रह गया। मगर चिंता की बात यह है कि दरअसल, गैर-संस्थागत स्रोतों पर किसानों की निर्भरता बढ़ी है। वर्ष 1981 में यह निर्भरता 36.8 फीसदी थी, जो 2004 में बढ़कर 38.9 फीसदी हो गई। इससे भी बुरा यह है कि इसी अवधि में

साहूकारों (कर्ज देने वालों) पर किसानों की निर्भरता 16.1 फीसदी से बढ़कर 26.8 फीसदी हो गई है।

यह खुशी की बात है कि शरद पवार किसानों को साहूकारों को अपना कर्ज वापस नहीं करने की नसीहत दे रहे हैं; लेकिन इसे लागू करने में दिक्कत आ सकती है। बहरहाल, बैंक ऋण की पर्याप्त उपलब्धता के बगैर गैर-संस्थागत ऋण की सुविधा बंद किए जाने से किसान और मुसीबत में फँस सकते हैं। ग्रामीण ऋण विस्तार अभी भी कमजोर है।

भौगोलिक वितरण के संदर्भ में पूर्वी भारत का हिस्सा अभी भी छोटा है। आंध्र प्रदेश, कर्नाटक, महाराष्ट्र और तमिलनाडु समेत पाँच राज्य मार्च 2005 तक ग्रामीण ऋण का करीब 55 फीसदी उठा लेते थे। पूरे उत्तर-पूर्व पर बमुश्किल 3 फीसदी ऋण-भार था।

चिदंबरम का कहना सही है कि वे किसानों द्वारा गैर-संस्थागत स्रोतों, खासकर साहूकारों से लिये गए कर्जों के बारे में कुछ नहीं कर सकते हैं। यह दु:ख की बात है कि बार-बार चेतावनी दिए जाने के बावजूद ग्रामीण क्षेत्र को बैंकों द्वारा ऋण देने में अहम बढ़ोतरी नहीं हुई है। ऋण माफ करना ग्रामीण मुसीबतों के लिए रामबाण नहीं है। इसके अलावा, पक्षपातपूर्ण ऋण प्रणाली निष्पक्षता के मसले भी खड़े करती है। अतीत में ऐसी ऋण माफी से नए ग्रामीण तनाव पैदा हुए। इसके कई कारण रहे : दोषपूर्ण वितरण, अधूरे जमीन रिकॉर्ड, पटवारी एवं बैंक अधिकारियों की साँठ-गाँठ और ऋण प्राप्त करने में किसानों को तंग किया जाना आदि। बहुत कुछ दिशा-निर्देशों की स्पष्टता और ईमानदार कार्यान्वयन पर निर्भर करता है। इन बातों के अलावा भी कई अन्य चिंताएँ हैं।

प्रधानमंत्री ने दिसंबर में राष्ट्रीय विकास परिषद् की बैठक में काफी जोर दिया था कि राज्यों को दो क्षेत्रों में खासतौर पर ध्यान देना चाहिए और वे क्षेत्र हैं – विभिन्न सब्सिडी को लक्ष्य समूह तक बेहतर ढंग से पहुँचाना और ऊर्जा क्षेत्र का नुकसान कम करना। उन्होंने कहा था कि हमें ऊर्जा एजेंसियों की वित्तीय सेहत को अवश्य बहाल करना चाहिए और ट्रांसमिशन एवं वितरण में बिजली के नुकसान को कम कर 15 फीसदी तक लाना चाहिए। नीति-निर्माताओं ने इस प्रवृत्ति की बारंबार आलोचना की है कि चुनाव आते ही लोक-लुभावन नीतियों और कार्यक्रमों की घोषणा करने की राज्यों में होड़ लग जाती है। वे मुफ्त बिजली, पानी और अन्य चीजों के ऑफर देने में एक-दूसरे को पीछे छोड़ने लगते हैं। चुनाव के नजदीक आते ही राज्य सरकारें

बिजली बोर्डों, जल निगमों और अन्य निकायों को विशाल सब्सिडी की पूरी भरपाई करने से कतराने लगती हैं। इससे वह महत्त्वपूर्ण स्थापित सिद्धांत ध्वस्त हो जाएगा कि बाध्यकारी सामाजिक कार्यक्रमों का खर्च सरकारी कोष से भरा जाना चाहिए, न कि व्यावसायिक निकाय द्वारा। कृषि से जुड़ी कई अन्य सब्सिडी भी हैं, जिनके बारे में एक एकीकृत नजरिया अपनाए जाने की जरूरत है।

वित्त मंत्री इस बात के खिलाफ नहीं हैं कि गरीबी दूर करने के लिए सीधे नकद रकम मुहैया कराई जाए। दरअसल, ऋण माफी नकद ट्रांसफर का ही एक रूप है। इस उदाहरण को और आगे बढ़ाते हुए गरीबी-विरोधी योजनाओं पर किए जानेवाले खर्चों को एक साथ किया जा सकता है और सीधे नकदी ट्रांसफर कर लाभ पहुँचाया जा सकता है। इसका आशय यह है कि कई मौजूदा योजनाओं को रद्द कर देना पड़ेगा। इन योजनाओं से राज्य और केंद्र के अधिकारियों की निहित स्वार्थवाली लॉबी जुड़ गई है। इन योजनाओं के समाप्त होते ही इन निहित स्वार्थवालों का भी पत्ता साफ हो जाएगा। अंततः हमें इस बात के प्रति संवेदनशील होना पड़ेगा कि बाजार के उदारीकरण के युग में, सार्वजनिक निकायों में निर्णय-प्रक्रिया की स्वायत्तता पर इसका क्या असर पड़ेगा।

कई तरह से, ऋण माफी से स्थापित नीतिगत प्रतिमान टूटा है। ऑस्कर वाइल्ड ने ठीक ही कहा था कि सुसंगति या एक समान व्यवहार अकल्पनाशील लोगों का आश्रय होता है।

(9 मार्च, 2008)

□

36

हम किसान से बात नहीं करते

इसकी अच्छी वजह है कि आगामी बजट कृषि और शिक्षा को प्राथमिकता देगा। हाल के महीनों में खाद्य सुरक्षा को लेकर राष्ट्रीय और अंतरराष्ट्रीय स्तर पर चिंताएँ बढ़ी हैं। विश्व बैंक का वार्षिक आर्थिक परिदृश्य 2008 भी कृषि पर जोर देता है, जिसमें विविध चुनौतियों का उल्लेख किया गया है।

राष्ट्रीय विकास परिषद् की विशेष बैठक में ग्यारहवीं पंचवर्षीय योजना पर सहमति व्यक्त की गई। इस योजना में कृषि के लिए एक विशेष योजना रखी गई है और इसकी नई चुनौतियों को भी प्रतिबिंबित किया गया है। भू-जल उपलब्धता की कमी और पानी के बरबादीपूर्ण इस्तेमाल को देखते हुए भू-जल भंडारों की भराई मुश्किल है। इसलिए क्षेत्र विशेष और कृषि-जलवायु क्षेत्रों पर फिर से जोर देना ठीक ही है।

इस संदर्भ में, बिहार जैसे राज्यों में अपार अवसर हैं, क्योंकि इनकी कृषि क्षमता का बहुत कम दोहन हुआ है और यहाँ भू-जल भी काफी है। मुख्यमंत्री श्री नीतीश कुमार ने प्रखंड, जिला एवं राज्य स्तर पर सफल व प्रगतिशील किसानों की पहचान कर उन्हें सम्मानित करने का काम शुरू किया है। इसमें प्रतियोगिता शुरू हुई। कृषि कार्य योजना में उत्पादकता और विविधीकरण दोनों के लक्ष्य तय किए गए हैं। यह 'इंद्रधनुषीय कृषि' की अवधारणा पर आधारित है। इसका आशय यह है कि मत्स्य-पालन, मुर्गी-पालन, पशुपालन, फलोद्यान और अन्य अनेक कृषि से संबंधित गतिविधियों के जरिए किसानों की आय साथ-साथ बढ़ाई जाए।

इस योजना के ब्लू प्रिंट पर दस दिन पहले एक विशेष बैठक में चर्चा की गई। इस बैठक में मैं भी मौजूद था। इसमें राज्य भर के 1,000 से भी ज्यादा प्रगतिशील किसानों ने भाग लिया। इस 'किसान पंचायत' के जरिए 75 से ज्यादा प्रतिभागी किसानों ने कार्य-योजना के मसौदे में हस्तक्षेप किया और अपनी टिप्पणियाँ कीं। स्पष्ट तौर पर, मैं किसानों के हस्तक्षेप से चकित था और मुझे अचरज हुआ कि अन्य

हिस्सों में भी इस तरह की वार्त्ता क्यों नहीं की जाती। किसानों की टिप्पणियाँ और शिकायतें सुसंबद्ध, सुविचारित और सुसंगति लिये हुए थीं। प्रमुख चुनौतियाँ—जो सामने आईं, इस प्रकार हैं—

बैंक ऋण : मैंने कभी नहीं महसूस किया कि संकलित स्तर पर दिखाए गए आँकड़े जमीनी स्तर पर बैंक ऋण की पड़ताल और वितरण के मामले में निराशा, परेशानी एवं गुस्से को प्रतिबिंबित नहीं करते हैं। इनमें विविध निजी पड़ताल और भूमिहीन मजदूरों से ऋणाधार माँगना भी शामिल है, जो अपनी घर की जमीन पर औषधीय (हर्बल) या फलों के पौधे लगाकर अपनी आय बढ़ाना चाहते हैं। अनेक समितियों ने कृषि ऋण पर काफी मोटी रिपोर्ट दी है। लेकिन, यदि राज्य की कृषि रणनीति पर टिप्पणी करने के लिए एकत्र हुए किसानों का गुस्सा कोई संकेत देता है तो इसका मतलब है कि या तो उनकी संस्तुतियाँ अपर्याप्त थीं या जमीनी स्तर पर उनका कार्यान्वयन एकदम अपर्याप्त है। इस पर लगातार ध्यान देने की जरूरत है।

फसल बीमा : इस बारे में कई सुझाव पेश किए गए, खासकर बीमा का कवरेज बढ़ाने, अनिश्चित मौसम के खिलाफ किसानों की सुरक्षा और शीतकरण (कूलिंग) सुविधाओं की अपर्याप्तता को देखते हुए उत्पादों की सीमित भंडारण क्षमता आदि पर ध्यान देने की बात की गई। बहरहाल, कृषि क्षेत्र के लिए बीमा को संपूर्ण नजरिए से देखें तो इसे अभी लंबा रास्ता पार करना है।

एकल खिड़की : कई किसानों ने दलील दी कि यदि सरकार उद्योग के लिए एकल खिड़की के बारे में सोच सकती है तो कृषि के लिए क्यों नहीं। मैंने कभी नहीं महसूस किया कि इतनी विविध प्रकार की इजाजतों की जरूरत किसानों को पड़ती है कि उनके लिए एकल खिड़की प्रणाली अपनाने पर गंभीरता से विचार किया जाना चाहिए।

जोखिम पूँजी (वेंचर कैपिटल) : कृषि के विविधीकरण की जरूरत और इसमें निहित खतरों को देखते हुए अब कृषि क्षेत्र के लिए भी जोखिम पूँजी की व्यवस्था करने की पड़ताल की जानी चाहिए। इसी तरह, किसान क्रेडिट कार्ड की पहुँच मुरगीपालन, मत्स्य-पालन और बागबानी जैसी कृषि से जुड़ी गतिविधि तक करने को भी बढ़ावा दिए जाने की आवश्यकता है।

मौसम की भविष्यवाणी : मौसम की भविष्यवाणियों में सुधार हुआ है। कृषि बीमा को मौसम की भविष्यवाणी से जोड़ा जा सकता है। इससे कृषि बीमा करना आसान होता है। सभी किसानों की पहुँच इंटरनेट तक करने और सूचनाओं के

व्यापक प्रसार में अभी वक्त लग सकता है। बहरहाल, जिला स्तर पर मौसम की भविष्यवाणी सुधारने और चेतावनी प्रणाली की व्यवस्था करने से खतरों से निपटने में काफी मदद मिलेगी।

कार्बन क्रेडिट : अंततः आमों के लिए कार्बन क्रेडिट कैसा रहेगा? कृषि क्षेत्र तक कार्बन क्रेडिट फायदे का सौदा होगा। भारतीय संदर्भ में, किसान गरम करने, खाना पकाने और अन्य तरह की ऊर्जा जरूरतों के लिए काफी मात्रा में लकड़ी या उपलों (पशु अवशिष्ट) का इस्तेमाल करते हैं, जिससे बहुत प्रदूषण होता है। कैसे किसानों को पर्यावरण-रक्षक तरीकों को अपनाने के लिए प्रोत्साहित किया जाए? कृषि के निरंतर विकास के लिए ऐसा प्रोत्साहन ढाँचा तैयार किया जाए कि कार्बन क्रेडिट के दायरे में अपेक्षाकृत छोटे लोग और निकाय भी आ जाएँ। इससे कई गुना लाभ होगा।

बजट ग्यारहवीं पंचवर्षीय योजना की कृषि रणनीति को लागू करने के लिए ज्यादा राशि आवंटित करेगा। लेकिन इसे निचले स्तर पर लागू करने के लिए किसानों के साथ अभी तक की तुलना में ज्यादा बातचीत, संपर्क और विचार-विमर्श की जरूरत पड़ेगी। यह मानकर चलना कि ऋण, बीमा और खतरों से निपटने के मोरचे पर सब ठीक-ठाक है, भ्रामक होगा। फसलों के विविधीकरण एवं इंद्रधनुषीय कृषि से संबद्ध और भी उभरती चुनौतियाँ हैं। वैकल्पिक और कल्पनाशील वित्तीय प्रणालियों के जरिए निजी क्षेत्र में प्रतियोगिता को बढ़ावा दिए जाने की जरूरत है। ग्यारहवीं योजना तब तक सबको समाहित करनेवाली नहीं हो सकती, जब तक कि कृषि क्षेत्र व्यापक न हो जाए।

(24 फरवरी, 2008)

□

37

टैक्स सुधार का लंबा रास्ता

संसद् का बजट सत्र इस सप्ताह संपन्न हो गया। पहले की तरह इसमें भी बाधा उत्पन्न हुई, लेकिन कम-से-कम दोनों सदनों में वित्त विधेयक पर चर्चा हुई। केंद्रीय वित्त मंत्री पी. चिदंबरम ने लोकसभा में हुई चर्चा के मद्देनजर विधेयक में कई बदलाव किए, जिनमें से अधिकांशत: मुद्रास्फीति रोकने से जुड़े थे।

कुछ शंकालुओं ने तो यहाँ तक टिप्पणी की कि यह एक मिनी बजट था; लेकिन सरकार के पास इतना लचीलापन होना ही चाहिए कि जरूरत पड़ने पर वह नीतियों में परिवर्तन कर सके। फरवरी के आखिर में जब बजट प्रस्तुत किया गया था, तब से लेकर अब तक घरेलू जोर विकास से बदलकर मुद्रास्फीति पर और ऊर्जा सुरक्षा से बदलकर खाद्य सुरक्षा पर आ गया है। इसमें वैश्विक चिंताओं की भी प्रतिध्वनि है, हालाँकि सब-प्राइम मॉर्गेज, वित्तीय अनिश्चितताएँ और अमेरिकी मंदी के सांसर्गिक असर छाए हुए हैं। चिदंबरम ने माना कि बजट 2008 विस्तारकारी था। इसमें लघु और मध्यम आयवालों को टैक्स छूट देने पर जोर था, आयकर छूट की ऊपरी सीमा बढ़ाई गई थी और सार्वजनिक प्रोजेक्टों पर खर्च में विशाल बढ़ोतरी की गई थी। अब अगर इसे वैश्विक मंदी के असर के भय और चुनाव-पूर्व मजबूरियों के मद्देनजर गैर-चक्रीय बनाया गया है तो इसे समझा जा सकता है। बहरहाल, यदि मुद्रास्फीति और माँग-प्रबंधन अल्पकालिक लक्ष्य है तो इसके औचित्य पर बहस हो सकती है। मध्यकालिक स्तर पर, इस बात में दम होता है कि अर्थव्यवस्था को बढ़ते उपभोग आधारित विकास की बजाय निवेश आधारित विकास की ओर मोड़ा जाए। यह राजकोषीय प्रबंधन उच्च विकास बनाए रखने और इसे ज्यादा समाहित करनेवाला बनाने के लिहाज से अच्छा होता है।

वित्त विधेयक के केंद्रीय तत्त्व राजस्व और खर्च के भाग होते हैं। मैं राजस्व बजट पर टिप्पणी करना चाहता हूँ।

टैक्स सुधार की शुरुआत 1990 के दशक के प्रारंभ में हुई थी और दशक के बादवाले हिस्से में इसने गति पकड़ी। इसका नतीजा यह निकला कि टैक्स दरों को काफी कम कर दिया गया। व्यक्तिगत आयकर के सिर्फ तीन स्लैब रखे गए—10, 20 और 30 फीसदी। और इसे बेहतर ट्रैकिंग सिस्टम (पहचान प्रणाली) से जोड़ा गया। परिणाम यह हुआ कि टैक्स-अनुपालन में काफी सुधार हुआ। इसी तरह कॉरपोरेट टैक्स भी कम किए गए, हालाँकि ये अभी भी वैश्विक औसत के अनुरूप नहीं हुए हैं। कस्टम ड्यूटी की उच्च दरें अब औसत एशियाई दरों की प्रतिकृति बनने की ओर हैं। सेंट्रल एक्साइज का भी सेनवैट (CENVAT) के जरिए काफी समायोजन हो गया है और सामान व सेवाओं के लिए एक सामान्य टैक्स का रोड मैप तैयार कर लिया गया है। संक्षेप में, उच्च राजस्व उछाल टैक्स की कम दरों, उनके स्थिरीकरण, बेहतर सूचना नेटवर्क और सर्वोत्तम चलन की पहचान का नतीजा है।

राजस्व पक्ष में वित्त मंत्री को इसके लिए भी श्रेय लेना चाहिए कि कुल मिलाकर केंद्र व राज्यों के लिए टैक्स-जी.डी.पी. अनुपात दहाई अंकों से बढ़कर 18 फीसदी हो गया है। सिर्फ केंद्र के लिए टैक्स-जी.डी.पी. अनुपात 12.6 फीसदी है। इसमें भी उल्लेखनीय वृद्धि देखी गई। यह भी अच्छी बात है कि प्रत्यक्ष कर-जी.डी.पी. अनुपात में भी खासा इजाफा हुआ है। यह प्रशासन में सुधार और एक प्रकार के 'लैफर कर्व इफेक्ट' के कारण संभव हुआ। इसमें कम टैक्स दरों के कारण विकास और उछाल के गुणात्मक वृत्त बनते हैं। प्रत्यक्ष करों के मामले में आगे निम्न कदम उठाए जाने की आवश्यकता है—

- सर्व-सम्मिलित एप्लाइड कॉरपोरेट टैक्स दर 33.43 फीसदी है, लेकिन वसूली दर बस 20.68 फीसदी ही है। बजट में विभिन्न सेक्टरों से वसूली जानेवाली टैक्स दरों में काफी फर्क दिखाया गया है, जैसे कि सॉफ्टवेयर सेक्टर से महज 6 फीसदी टैक्स वसूली दर है, जबकि अन्य सेक्टर से विविध अन्य दरें हैं।
- अभी भी बहुत ज्यादा छूटें मौजूद हैं। इन विकृत छूटों को क्रमशः खत्म करके टैक्स वसूली दर को एप्लाइड रेट (लागू दर) के बराबर लाना चाहिए। इससे कॉरपोरेट टैक्स कम करने में भी मदद मिलेगी।
- छूटों के बारे में बात करते हुए हम सेज (SEZ) को नजरअंदाज नहीं कर सकते हैं। इस विषय पर बार-बार चर्चा हुई है। चीन, जिसे उदाहरण के रूप में पेश किया जाता है, के पास केवल छह-सात सेज (विशेष आर्थिक क्षेत्र) हैं। ये सभी सेज राज्यों के अधीन हैं। वहाँ सेज के अंदर इन्फ्रास्ट्रक्चर का विकास

राज्य करता है और फिर निजी निवेशकों के हवाले कर देता है। इसके विपरीत हमारे पास 500 से भी ज्यादा सेज हैं और इनमें अकल्पनीय अनुपात में टैक्स हैवन बना दिए गए हैं। अनुमानित राजस्व प्रवाह में एक विशाल छेद है। हमें पुनर्विचार करने की जरूरत है कि ऐसे सेजों में बाह्य कारकों से किस तरह अधिकतम लाभ लिया जा सकता है, जो रोजगार पैदा करे, विश्व-स्तरीय इन्फ्रास्ट्रक्चर स्थापित करे, प्रतियोगी बना रहे और ऐसी वित्तीय लागत पर काम करे, जो तब भी वहनीय हो।

- वित्तीय बिचौलियों पर कराधान के बारे में फिर से विचार किए जाने की जरूरत है। ये लागतें वास्तविक दुनिया में प्रतिबिंबित होती हैं और इससे पूँजी की लागत बढ़ जाती है। नतीजा, निवेश पर आँच आती है।
- फिर, बचतों के लिए उपयुक्त टैक्स प्रणाली के मुद्दे को भी हल किए जाने की आवश्यकता है।
- अप्रत्यक्ष करों का कुल हिस्सा कम हुआ है। बहरहाल, अंतरराष्ट्रीय मानकों के हिसाब से अप्रत्यक्ष करों पर निर्भरता अभी भी काफी ज्यादा है। पेट्रोलियम सेक्टर पर अत्यधिक निर्भरता को काफी तर्कसंगत किए जाने की आवश्यकता है। हम पहले के चलन से काफी हट गए हैं। अल्पकालिक जरूरतों को पूरा करने के लिए हमने एक्साइज और कस्टम की कई तदर्थ दरें बना दी हैं। हमें इन्हें समेटना चाहिए और इन्हें एक सँकरे दायरे में सीमित रखना चाहिए। इन दरों की स्थिरता, जैसा कि हमने प्रत्यक्ष करों के मामले में किया है, के दीर्घकालीन लाभ हैं। वैसे अप्रत्यक्ष करों के मामले में जी.एस.टी. के लिए बनाए गए रोडमैप को ईमानदारी से लागू करना निर्णायक होगा।

टैक्स सुधार कार्यक्रम को संपन्न करने के पूर्व हमें अभी भी लंबा रास्ता तय करना है। ये टिप्पणियाँ बजट 2009 के लिए प्रासंगिक हैं। अगला बजट चाहे जो भी पेश करे, निरंतरता बनाए रखना लाजिमी है।

(11 मई, 2008)

□

38

अच्छी तरह और बुद्धिमत्तापूर्वक खर्च करना

मेरा आखिरी कॉलम टैक्स सुधारों के बारे में था। यह कॉलम व्यय सुधारों के बारे में है। यह एक ऐसा विषय है, जिस पर बातें तो बहुत की गई हैं, लेकिन कार्रवाई बहुत कम की गई है। टैक्स दरों में कमी, सूचना प्रणाली में सुधार और टैक्स अदायगी को बेहतर व कम जटिल करके अहम टैक्स सुधार किए गए।

व्यय में सुधार अंदरूनी रूप में ज्यादा मुश्किल काम है। इसमें कई दावेदार शामिल होते हैं। यह केंद्र-राज्य संबंधों को प्रभावित करता है और सार्वजनिक आवंटनों के मूल्यांकन को मात्रात्मक रूप देने की कम संभावना होती है। इसके अलावा, टैक्स दरों को पुनर्गठित करना आसान है, बनिस्पत खर्च को रोकना। योजनाओं और परियोजनाओं पर सार्वजनिक आवंटनों का अनिश्चितकालीन दुराग्रह होता है और निहित स्वार्थवाली लॉबियाँ यह लगभग असंभव बना देती हैं कि किसी मौजूदा कार्यक्रम को वापस लिया जाए। नतीजा यह होता है कि क्रमागत बजट और वित्त मंत्री चालू परियोजनाओं के लिए आवंटन बढ़ाते जाते हैं, जबकि कुछ पसंदीदा नई परियोजनाएँ भी जोड़ देते हैं।

हमारे चुनाव-चक्र को देखते हुए किसी गंभीर व्यय सुधार का समय अहम है, क्योंकि गठबंधन राजनीति के युग में सुहागरात की अवधि काफी कम होती है। दरअसल, किसी निर्वाचित सरकार की ऊर्जा काफी हद तक चुनावी वादों को पूरा करने में क्षीण हो जाती है। इन वादों में कुछ सब्सिडी, सार्वजनिक कार्य एवं सामाजिक क्षेत्र की योजनाएँ शामिल होती हैं और इन सब पर संचित कोष से रकम खर्च होती है।

कोई भी गंभीर व्यय सुधार पर्याप्त तैयारी के बगैर शुरू नहीं किया जा सकता। तो हमें व्यय सुधारों की तैयारी किस तरह करनी चाहिए? हालाँकि अगला बजट

सत्ता सँभालनेवाली नई सरकार पेश करेगी, यही वक्त है कि तैयारी का काम शुरू कर दिया जाए। इसके अलावा, आर्थिक मंदी के दौर में यदि राजस्व उछाल लड़खड़ाता है तो वित्तीय घाटा और बढ़ जाएगा। अतीत में व्यय सुधारों तथा कई आयोगों व समितियों ने विभिन्न सब्सिडी को तर्कसंगत बनाने, सार्वजनिक उपक्रमों को पुनर्गठित करने और सरकार का आकार कम करने पर जोर दिया था।

इसमें से किसी सिफारिश पर कुछ खास काम नहीं हुआ। सब्सिडी सुधार का काम पटरी से उतर गया है। एक ऐसे वक्त में, जब खाद्य सुरक्षा और मुद्रास्फीति को लेकर काफी चिंताएँ व्यक्त की जा रही हैं, सब्सिडी का मामला दरअसल बदतर हो गया है, विनिवेश कार्यक्रम रोक दिए गए हैं और सार्वजनिक उपक्रमों को पुनर्जीवित करने के लिए उम्दा तरीके खोजना चलन में है। सरकार का आकार कम करने की भूख भी कम है, क्योंकि यह काम वस्तुतः सरकार की भूमिका और कार्यों को पुनःपरिभाषित करने से जटिल रूप से जुड़ा है। आक्रामक बाजार उदारीकरण की बात सम्मिलित विकास करने के प्राथमिक मॉडल से मेल नहीं खाती। उपर्युक्त में से कोई भी मसला राजनीतिक भूख के बगैर बहुत आगे नहीं बढ़ सकता और कोई अहम सुझाव देने का यह संभवतः उपयुक्त समय नहीं है। हाँ, यहाँ कुछ विचार पेश किए जा रहे हैं, जिन पर बतौर तैयारी काफी काम किया जा सकता है—

- पहला, सरकार के खातों के फिर से वर्गीकरण के लिए नियंत्रक एवं महालेखा परीक्षक के साथ एक उच्च-स्तरीय ग्रुप का गठन किया जाना चाहिए। यह ग्रुप नियोजित और गैर-नियोजित खर्च के फर्क की पड़ताल करे। अभी पूँजीपात व राजस्व खर्च का वर्गीकरण किया जाता है और इन दोनों का मूल्यांकन जिन आधारों पर किया जाता है, उस पर सवाल खड़े किए जा सकते हैं। उदाहरणार्थ, राज्यों को स्वास्थ्य और शिक्षा मदों में आवंटित राशि को राजस्व खर्च में दिखाया जाता है और इसे हतोत्साहित किया जाता है। आकस्मिक दायित्वों के मायने में ज्यादा पारदर्शिता बरतने जैसे कई अन्य जटिल मसले हैं।
- दूसरा, सार्वजनिक कार्यों के लिए आवंटित राशि को खर्च करने के लिए वैकल्पिक और नए तरीके अपनाने पर गंभीर विचार किया जाना चाहिए।
- तीसरा, भागीदारीवाली सार्वजनिक व्यय प्रबंधन प्रणाली के सफल मॉडल का पैमाना तैयार करना चाहिए, ताकि जाने-पहचाने गड्ढों से बचा जा सके। इस पर विचार किया जाना चाहिए।
- चौथा, भले ही फिलहाल इधर-उधर करने की गुंजाइश हो, लेकिन मौजूदा

सार्वजनिक खर्च पोर्टफोलियो के ज्यादा ईमानदार आकलन के लिए इसका स्वतंत्र मूल्यांकन कराया जाना चाहिए। यह सबको पता है कि राज्य एवं केंद्र सरकार और अन्य अनेक एजेंसियों के निहित स्वार्थी तत्त्व कई मौजूदा योजनाओं को जारी रखने की जुगत में रहते हैं। मौजूदा खर्च पोर्टफोलियो के मूल्यांकन के लिए एक स्वतंत्र या यहाँ तक कि द्विपक्षीय संसदीय ग्रुप की स्थापना किए जाने से ज्यादा अच्छी तरह पता चल पाएगा कि कौन सा खर्च जरूरी है और कौन गैर-जरूरी।

- पाँचवाँ, सब्सिडी प्रशासन के सर्वाधिक रूप पर एक खुली बहस कराई जानी चाहिए। सब्सिडी का लाभ पानेवालों की पहचान के बारे में क्या स्पष्टता है? लक्षित लाभ प्राप्तकर्ताओं के लिए प्रतियोगी स्रोतों से लाभ उठाने का विकल्प बढ़ाया जाना चाहिए, जैसे कि वैकल्पिक राशन की दुकानों, पब्लिक या प्राइवेट स्कूलों से लाभ लेने के लिए फूड स्टांप या शिक्षा स्टांप दिए जा सकते हैं। इस तरह, उपलब्ध धन का बड़ा हिस्सा हासिल करने के लिए इनमें प्रतियोगिता को बढ़ावा दिए जाने की जरूरत है।
- अंततः चार महत्त्वपूर्ण क्षेत्रों—नियम, विश्लेषण, पहचान करने और कार्य-मूल्यांकन के आधार पर सार्वजनिक व्यय प्रणाली का संपूर्ण नजरिया अपनाया जाना चाहिए। नियंत्रक एवं महालेखा परीक्षक (सी.ए.जी.) द्वारा काम पूरा हो जाने के बाद विश्लेषण के चलन का पुनर्गठन किया जाना चाहिए और ऐसी अंतर्निहित प्रणाली तैयार करनी चाहिए कि वास्तविक समय के तहत ही गलतियों और कमियों को ठीक किया जा सके।

अगर व्यय सुधार 2009 में किया जाना है तो उसकी शुरुआत अभी से होनी चाहिए। चिदंबरम को खुद की खातिर या अपने उत्तराधिकारी की खातिर इसकी तैयारी प्रक्रिया की शुरुआत कर देनी चाहिए।

(25 मई, 2008)

□

39

विकास को बरकरार रखना : स्टैनफोर्ड निष्कर्ष

बस, पखवाड़े भर पहले स्टैनफोर्ड सेंटर फॉर इंटरनेशनल डेवलपमेंट का भारतीय आर्थिक नीति सुधार पर अपना नौवाँ वार्षिक सम्मेलन संपन्न हुआ। पहले की तरह, इसमें शिक्षा-शास्त्री, नीति-निर्माता और कॉरपोरेट लीडर की खासी तादाद शरीक हुई। इस साल के सम्मेलन की एक खास बात यह थी कि एक टेलीविजन कार्यक्रम भी रखा गया था, जिसका संचालन एन.डी.टी.वी. की बरखा दत्त ने किया। इसके तहत विभिन्न देशों के विद्यार्थियों ने स्टैनफोर्ड सम्मेलन के वक्ताओं के एक पैनल से वार्त्तालाप किया। विषय था—भारत-अमेरिका संबंध के व्यापक मसले, दोनों देशों के बीच समानताएँ और अमेरिका में भारत के बारे में नजरिया। खुद सम्मेलन में हमारी मौजूदा आर्थिक रणनीति के कई प्रासंगिक मसलों पर चर्चा की गई। ये मसले रहे राजकोषीय नीति और विकास, श्रम बाजार सुधार, बैंकिंग व वित्तीय क्षेत्र में बदलाव, विकास को और ज्यादा सम्मिलित करनेवाला बनाना, व्यापारिक चलनों को सुधारना; और क्या चीज भारत को आगे बढ़ने से रोक रही है। आठ सत्रों में इन विषयों पर परिचर्चा हुई। इनमें से हरेक सत्र अलग से विचार किए जाने लायक है।

एक सत्र राजकोषीय नीतियाँ और विकास पर था। मुझे इस पर टिप्पणी करने दें। इस सत्र में मिशेल बोस्किन ने अपनी ओर से प्रमुख पैमाने और सबक पेश किए, जिन्हें हमें ध्यान में रखने की जरूरत है। खैर, यह मौसम साँचा पेश करने का है। स्पेंस आयोग ने विकास पर जो सुझाव पेश किए थे, हम अभी उनसे उबरे भी नहीं हैं। सौभाग्य से स्पेंस आयोग ने मोटे तौर पर स्वीकार्य 'करने या न करने' की सूची पेश की थी और कोई अनूठा सुझाव नहीं दिया था। आयोग ने डैनी रॉड्रिक के शब्दों में, बाजार कट्टरपंथ बनाम संस्थागत कट्टरपंथ के बीच संतुलन स्थापित करने की कोशिश की थी। इस अर्थ में बोस्किन के कुछ सुझाव हमारे लिए प्रासंगिक हैं। उनके

नौ सबक इस प्रकार हैं—

- सापेक्षिक कीमतें इस तरह तय की जाएँ कि वे वास्तविक अभाव के मूल्य को यथासंभव अधिक-से-अधिक प्रतिबिंबित करें।
- सब्सिडी सिर्फ निम्नतम आयवाले लोगों को दी जाए, न कि विशेष वर्ग के लोगों को।
- लोगों को अपनी कमाई अपने हुनर और भविष्य की आमदनी में निवेश करने में मदद की जाए।
- अर्थव्यवस्था में सरकार की भूमिका कम-से-कम रखी जाए।
- टैक्स दर को कम रखा जाए और उसे व्यापक आधार दिया जाए।
- जिम्मेदारियाँ कम करके सार्वजनिक ऋण और सकल घरेलू उत्पादन के अनुपात को नियंत्रण में रखा जाए।
- तमाम खर्च और नियमन फैसलों पर सामाजिक लागत लाभ पैमाना लागू किया जाए।
- सरकार के स्तरों, जैसे राज्यों की जिम्मेदारियों, को संसाधनों से जोड़ा जाए।
- अंततः तीव्र आर्थिक विकास के दौर में एक हद तक असमानता को बरदाश्त किया जाए।

इनमें से हरेक साँचे का हमारी रणनीति से संबंध है। जो सबसे ज्यादा अहम है, वे हैं ऊर्जा की कीमत सक्षम ढंग से रखी जाए, सब्सिडी सबको नहीं बल्कि सबसे निम्न आय वर्ग को दी जाए और नया खर्च कार्यक्रम शुरू करने के पहले कठिन जाँच कर परखा जाए। पहले के संदर्भ में, बोस्किन ने तर्क दिया कि विशिष्ट टैक्स या सब्सिडी से गंभीर विकृतियाँ पैदा होती हैं, शक्तिशाली क्षेत्र अंततः स्थापित हो जाते हैं, जो उन्हें बनाए रखना चाहते हैं और अंततः इस पर ज्यादा खर्च होता है। उदाहरण के लिए, भारत में सब्सिडी के साथ ऊर्जा के खुदरा मूल्य का हाल यह है कि सरकारी तेल कंपनियों को मौजूदा तेल कीमतों के आधार पर जी.डी.पी. का 4 फीसदी तक खर्च करना पड़ सकता है। दरअसल, विपक्षी दलों ने तर्क दिया है कि किसी सदमे को दूर करने के लिए अगर सब्सिडी को क्रमशः कम किया जाता तो इससे आर्थिक व सामाजिक उथल-पुथल कम कष्टकर होती। इसके अलावा हरेक को सब्सिडी देना, भले ही उसे जरूरत न हो, विकृति पैदा करता है। यह हमेशा ज्यादा सक्षम होता है कि लक्ष्यबद्ध प्रोग्राम अपनाया जाए, जिसमें संसाधनों को सीधे संबंधित लोगों तक हस्तांतरित कर दिया जाए या उन्हें बहुत कम मूल्य के अंतर तक

सीमित कर दिया जाए यानी सब्सिडी सिर्फ शुरुआती उपभोग सेट के लिए ही दी जाए। बहरहाल, हम जानते हैं कि संबंधित लाभान्वितों का पता लगाना और उनका आधार तय करना बहस का मुद्दा रहा है। सब्सिडी के मामले में, विशाल हस्तांतरण कार्यक्रम से बचने का सुझाव सबसे उपयुक्त है, अन्यथा स्थायी सरकारी निर्भरता का खतरा पैदा हो जाता है और वे परस्पर माँग-आपूर्ति का जरिया बन जाते हैं। नीति-निर्माताओं के लिए यह अहम चुनौती है कि वे अपेक्षाओं को एक सीमा में रखें और जरूरत से ज्यादा वादे न कर बैठें। उन्हें यह भी समझना चाहिए कि सरकारी सेवा प्रदान करनेवाली प्रणालियों की अपनी सीमाएँ हैं। अंततः एक विशाल सार्वजनिक खर्च कार्यक्रम को शुरू करने के पूर्व उनकी कड़ी पड़ताल होनी चाहिए। इस विषय पर मैंने कई बार लिखा है। सुझाव दिया गया कि सरकार को वह सब जरूर करना चाहिए, जो उसे सार्वजनिक इन्फ्रास्ट्रक्चर (आधारभूत ढाँचा), शिक्षा और सार्वजनिक स्वास्थ्य जैसे किसी मामले में करना चाहिए। लेकिन उसे कोई कभी न खत्म होने वाला कार्यक्रम शुरू नहीं करना चाहिए। सार्वजनिक व्यय नीतियों के सुधार के प्रयास का यह सबसे केंद्रीय मसला है। भारत में केंद्र और राज्यों के बीच राजस्व-भागीदारी की व्यवस्था स्वीकार्य है, ताकि एक अवधि में समानता और सक्षमता बनी रहे लेकिन इसका कोई निश्चित पैमाना नहीं होना चाहिए, अन्यथा राज्यों का इस्तेमाल बतौर प्रयोगशाला नहीं किया जा सकेगा, जिसमें सार्वजनिक व्यय कार्यक्रम की डिजाइन और कार्यान्वयन की अवधारणा बनाने के लिए स्थानीय स्तर पर आवश्यक लचीलेपन की जरूरत होती है।

आखिरी मसला यह है कि तीव्र विकास के दौर में कुछ असमानता को बरदाश्त किया जाए, मगर बोस्किन के इस सुझाव को भारत में स्वीकार करनेवाले बहुत लोग शायद ही मिलें। भारत समानता के साथ विकास के लिए प्रतिबद्ध है। उसका संकल्प अब बतौर फैशन कही जानेवाली 'सम्मिलित विकास रणनीति' को लेकर है। ग्रामीण अर्थव्यवस्था को मुख्यधारा में लाने के लिए विशेष गरीबी-उन्मूलन प्रोग्राम, शिक्षा और स्वास्थ्य सेवा का व्यापक प्रसार, ताकि अति गरीबों की अक्षमता दूर हो—ये ऐसी बातें हैं, जो हमारी विकास रणनीति के लिए नई नहीं हैं। टी.एन. श्रीनिवासन ने टिप्पणी की है कि नारे नए हो सकते हैं, लेकिन ये नीतिगत दिशा-निर्देश तो हमारे यहाँ पहली पंचवर्षीय योजना से ही शामिल किए गए हैं।

कुल मिलाकर, एक ओर जहाँ हमारे तीव्र आर्थिक विकास के बारे में प्रशंसा और जागृति दोनों ही थीं, वहीं दूसरी ओर हमारी वित्तीय स्थिरता, विशाल आकस्मिक

जिम्मेदारी, तेजी से बढ़ते सार्वजनिक व्यय कार्यक्रम बगैर यह जाने कि वे कितने सक्षम हैं और लोक-लुभावन नजरिए का वास्तविक प्रदर्शन पर भारी पड़ना जैसी बातों के बारे में काफी चिंताएँ भी जाहिर की गईं। उभरते ऊर्जा एवं खाद्य माहौल नीतिगत विकल्पों को और जटिल बनाते हैं। विकास और मुद्रास्फीति को संतुलित करना कभी भी आसान नहीं होता है। हमारे जैसे मुश्किल दौर में यह और भी कठिन होता है। स्टैनफोर्ड के सुझाव मान्य हो सकते हैं, लेकिन आदर्श नहीं भी हो सकते हैं।

(22 जून, 2008)

□

पटना में सर्वसम्मति को समझना

गरीबी-उन्मूलन का लक्ष्य आर्थिक उछाल के उत्साह में दबता जा रहा है। भारत तेजी से विकास कर रहा है, लेकिन यह विकास खास सेक्टरों, वर्गों और क्षेत्रों तक केंद्रित है। शेयर बाजार का सूचकांक 18,000 अंकों की ओर लपक रहा है, लेकिन इसका यह मतलब नहीं कि भारत एक देश के रूप में मध्यम वर्ग की आरामदायक स्थिति की ओर बढ़ रहा है।

प्रति व्यक्ति आय औसतन कम है और बिहार व उड़ीसा जैसे राज्यों में यह और भी कम है। अंतरराष्ट्रीय तुलनाएँ स्थिति को और बदतर दिखाती हैं। विकास के अन्य सूचक भी बराबर तौर पर फजीहत करने वाले हैं, खासकर मानव विकास संकेतक जैसे कि स्वास्थ्य, साक्षरता, नवजात मृत्यु, नवजात शिशुओं और युवाओं के लिए पोषण आदि। मगर यह बात फजीहत से भी आगे बढ़कर है। हमारे नीति-निर्माताओं के लिए यह एक मुख्य चुनौती है। यह मानकर चला जा रहा था कि बस विकास पर ध्यान केंद्रित किया जाए और धीरे-धीरे इसका असर समाज के निचले तबके पर भी आ जाएगा। किंतु यह मान्यता गलत साबित हुई है।

गरीबी दूर करने के पीछे नैतिक और रणनीतिक कारण हैं—गरीबी उग्रवाद (अतिवाद) और हताशा को जन्म देती है। भारत के बड़े हिस्से में माओवादियों और नक्सली समूहों का असर बढ़ता जा रहा है। इसके पीछे चाहे जो भी वैचारिक लालसा रही हो, यह मूलत: अभाव के कारण पैदा होता है और हताशा की ओर ले जाता है।

इसलिए कम-से-कम तीन सवाल हैं—गरीबी को कैसे परिभाषित किया जाए? मौजूदा रणनीति क्या है? हमें क्या करने की जरूरत है? इन तीन संबद्ध प्रश्नों पर हाल में एक अंतरराष्ट्रीय सेमिनार में चर्चा की गई। विषय था—'गरीबी के मसले पर पुनर्विचार—मापना, पहचान करना और खत्म करना'। यह सेमिनार 20 से 22 जुलाई, 2007 तक पटना में आयोजित हुआ। अकादमिक समुदाय से इसमें पुराने

और नए दोनों तरह के विद्वानों ने भाग लिया। इसमें से कुछ प्रमुख नाम हैं – ए. वैद्यनाथन, अर्जुन सेनगुप्त, टी.एन. श्रीनिवासन, एस.आर. हाशिम, बी.एस. व्यास, जी.एस. भल्ला, जी.के. चड्ढा, कौशिक बसु, प्रणव बर्धन, वाई.के. अलघ, अभिजीत सेन, ज्याँ द्रेज और रोहिणी नय्यर। अंतरराष्ट्रीय हस्तियों में इंग्लैंड की ईस्ट एंजिला यूनिवर्सिटी के रिचर्ड पाल्मर-जोंस, विश्व बैंक के प्रमुख अर्थशास्त्री पीटर लैंजोव एवं वेगार्ड आइवर्सन, इंटरनेशनल फूड पॉलिसी एंड रिसर्च इंस्टीट्यूट के शेंगेन फान और कई अन्य ने सेमिनार में भाग लिया। अश्वनी सेठ ने न केवल सेमिनार की चर्चा में महत्त्वपूर्ण योगदान किया, बल्कि 'द पटना कॉन्सेंसस' (पटना सर्वसम्मति) नाम से एक दस्तावेज तैयार करने एवं सम्मेलन के अंत में पारित कराने में भी महती भूमिका निभाई।

'पटना कॉन्सेंसस' में उन सभी प्रमुख मसलों को उठाया गया, जिनका ऊपर जिक्र किया गया था। उदाहरणार्थ, यह कहती है—'गरीबी के आकलन का केंद्रीय योजना आयोग का 'गरीबी रेखा' वाला मौजूदा तरीका कई आधार पर दोषपूर्ण है। इससे बहुत सारी गरीबी का पता ही नहीं चलता। इससे विश्लेषण व निष्कर्ष निकालने में गंभीर विकृति आ जाती है। फिर, इन आकलनों के आधार पर जो नीति बनाई जाती है, वह भी दोषपूर्ण होती है। इस नजरिए को आवश्यक रूप से निगरानी स्तर पर इस्तेमाल करना चाहिए। देश के मौजूदा संदर्भ में इसे विश्वसनीय और प्रासंगिक बनाने के लिए इसकी संपूर्ण समीक्षा की जानी चाहिए। ऐसा करते हुए नए संदर्भों, दबावों एवं उपभोग के पैटर्न–खासकर स्वास्थ्य, शिक्षा, यात्रा, ईंधन आदि के क्षेत्र में उनकी जरूरतों—को पूरी तरह समझा जाना चाहिए। इस बात को अच्छी तरह समझना चाहिए कि सार्वजनिक सुविधा प्रदान करने के काम से राज्य को हटा लिया जाए तो इनका ऐसे घरों पर क्या असर पड़ेगा।'

अनुभवजन्य निष्कर्षों से संकेत मिलता है कि आय/व्यय प्रणाली को आधार बनाते हुए गरीबी का आकलन किया जाए तो यह आँकड़ा काफी ज्यादा होगा। स्पष्ट है कि हम कोई बढ़िया काम नहीं कर रहे हैं। सम्मेलन में इस पर स्पष्ट सहमति थी कि गरीबी रेखा के नीचे जनगणना की 13-मानक प्रक्रिया में गंभीर कमियाँ हैं, जिससे गरीब घरों की पहचान में व्यापक गलतियाँ हुई हैं और इसकी वजह से जो छूट गए हैं, वे महज आँकड़े नहीं बल्कि मनुष्य हैं। क्या करना है—

- जब तक हमारे पास गलत आकलन है, हम विकास प्रक्रिया में उन्हें सम्मिलित करने में भूल करते रहेंगे।

- उपभोग के नए पैटर्न को समझें और इन्हें क्या 'पर्याप्त' है, की परिभाषा में शामिल करें।
- गरीबों एवं गरीबों के साथ काम करनेवाले स्वयंसेवी संगठनों और शोध करने वालों की बात सुनने की बेहतर प्रणाली विकसित की जानी चाहिए।
- एक दूसरा रास्ता यह है कि माँग-जनित कार्यक्रमों की ओर बढ़ा जाए और साथ ही कुछ क्षमता-निर्माण किया जाए, ताकि यह सुनिश्चित किया जा सके कि जो लोग अपनी माँगों को उचित ढंग से सामने नहीं रख सकते हैं, वे कहीं छूट न जाएँ।
- तीसरा तरीका यह है कि सामाजिक और भौतिक इन्फ्रास्ट्रक्चर प्रदान करते हुए गरीबी के संदर्भ में भरोसेमंद ढंग से निपटा जाए, ताकि गरीब लोग खुद को गरीबी के दलदल से निकाल सकें। उदाहरण के लिए, प्राथमिक शिक्षा पर लगातार व विश्वसनीय जोर दिया जाए तो जो लोग गरीबी से बाहर निकलने में मौजूद बाधाओं के बारे में जानते हैं, वे उन चुनौतियों से निपट सकेंगे।

सम्मेलन सफल रहा। इससे गरीबी की जटिलताओं को समझने में मदद मिली। इस जरूरत को समझा गया कि हमें भूख में बाहर निकलकर देखना चाहिए कि सम्मानजनक जीवन के लिए क्या-क्या चाहिए। विकास रणनीति बनानेवाले मूल नीतिकारों ने भी ऐसा ही सोचा था। टेक्नोलॉजी और बढ़ती अंतरराष्ट्रीय समृद्धि के मद्देनजर हमें गरीबी उन्मूलन के लिए नए सिद्धांत और नजरिया अपनाने की आवश्यकता है। वैसे, 'पटना कॉन्सेंसस' जरूरी नहीं कि एक सुसंबद्ध और बेहतर रास्ता सुझाती हो।

फिलहाल, यह स्वीकार करना महत्वपूर्ण है कि गरीबी अभी भी मायने रखती है। समृद्धि उतनी संक्रामक नहीं होती जितना कि हम मानते हैं। गरीबी हमारे नैतिक तंतु को दुर्बल और भयावह बनाती है।

(29 जुलाई, 2007)

□

41

गरीबी को काबू में रखने के लिए रोजाना 1 डॉलर

मैं ने पिछले सप्ताह अपने कॉलम में गरीबी की पहचान के मसलों पर चर्चा की थी। इस सप्ताह मैं गरीबी दूर करने की रणनीति पर फोकस करना चाहता हूँ। इसका यह मतलब नहीं कि गरीबी की पहचान या गरीबी में क्या बातें शामिल हैं, के मसले सुलझ गए। मूल्य सूचकांक के साथ उपभोक्ता या आय-संचालित नजरिए को अपनाने की जरूरत है और इससे एक बड़ा मसला खड़ा होता है कि गरीबी रेखा को फिर से खींचा जाए। संतोषजनक या समुचित जीवन के क्या तत्त्व हैं, यह समझना होगा। केवल शारीरिक रूप से जीवित रहने की बात नहीं है। यह देखना होगा कि स्वास्थ्य, शिक्षा और अचानक आई मुसीबत के खिलाफ बीमा तक उसकी पहुँच है या नहीं। इनसे सवाल खड़ा होता है, कि किन बातों से मिलकर गरीबी बनती है।

इसी से जुड़ी चिंता समानता को लेकर भी है। आबादी का एक छोटा सा वर्ग तेजी से समृद्ध होता जा रहा है, जो कि विकास का सहगामी है; लेकिन गरीबी के मामले में हम 'पुराना नजरिया' अपनाए हुए हैं और इसे बस संकुचित रूप से परिभाषित आय-सह-उपभोग नजरिए से देखते हैं।

इन पर व्यापक राष्ट्रीय बहस होनी चाहिए और सहमति बनाई जानी चाहिए। जैसा भी हो, गरीबी दूर करने की रणनीति में भी फोकस का अभाव है। इसी सप्ताह मेरी पुस्तक 'द पॉलिटिक्स ऑफ चेंज : ए रिंगसाइड व्यू' के विमोचन के सिलसिले में 'इंडियन एक्सप्रेस' ने एक समारोह का आयोजन किया था, जिसमें एक दिलचस्प प्रश्नोत्तर सत्र भी हुआ। लॉर्ड मेघनाद देसाई ने सुझाव दिया कि गरीबी से निपटने की सबसे बढ़िया रणनीति यह होगी कि जिन्हें हम गरीब समझते हैं, उनके घर हम रोजाना 1 डॉलर भेज दें। के.वी. कामथ और मुकेश अंबानी दोनों ने सहमति व्यक्त करते हुए कहा कि ऐसी टेक्नोलॉजी उपलब्ध है कि इस काम को संभव किया जा

सके और इस बाबत आसानी से स्मार्ट कार्ड बनाया जा सकता है। जबकि तकनीकी समाधान में कोई संशय नहीं है, इस सुझाव से यह चिंता पैदा होती है कि पहले तो गरीब किनको करार दिया जाए और उन ढेरों प्रत्यक्ष-अप्रत्यक्ष योजनाओं का क्या किया जाए, जो अभी गरीबी-उन्मूलन के काम से जुड़ी हैं।

मुख्य योजना है राष्ट्रीय ग्रामीण रोजगार गारंटी योजना, जो सीधे नकद सब्सिडी देने के सबसे करीब है। यदि इस योजना को समुचित तरीके से लागू किया जाए तो गरीबी के स्तर में गहरी सेंध लग सकती है। कई अन्य योजनाएँ भी हैं, जैसे सार्वजनिक वितरण प्रणाली के जरिए सब्सिडी-युक्त अनाज प्रदान करना, कैरोसिन सब्सिडी, रियायती बिजली, कम पानी शुल्क, खाद सब्सिडी और गरीबों की मदद करने के लिए दूसरी सब्सिडीवाली योजनाएँ। ये सभी योजनाएँ खुले सिरे वाली हैं, जिनके समाप्त होने का कोई प्रावधान नहीं है और जो एक-दूसरे पर दोहराव भी करती हैं और इससे बेखबर रहती हैं कि उनकी समसामयिक प्रासंगिकता खत्म हो चुकी है।

इस देश में सार्वजनिक सेवा प्रदान करनेवाली प्रणाली की क्षमता का बेहद ह्रास हुआ है। फील्ड अफसरों के पास इतने साधन ही नहीं हैं कि वे इतनी सारी योजनाओं को चला सकें। नतीजा यह होता है कि जिन्हें लाभ मिलना चाहिए, उन्हें तो मिल नहीं पाता और दूसरे लोग इसका अनुचित लाभ उठा ले जाते हैं। एक सुझाव है कि गरीबी-उन्मूलन से जुड़ी तमाम योजनाओं को एक साथ कर दिया जाए और इनका संचालन बायोमीट्रिक स्मार्ट कार्ड के जरिए किया जाए, जिसके लिए कि तकनीकी हल मौजूद है। इसे प्रयोग के तौर पर आजमाने पर विचार करना चाहिए।

मगर समस्या यह है कि जो प्रशासकीय विभाग इन योजनाओं को चलाने के लिए उत्तरदायी रहे हैं, वे इनसे चिपक जाते हैं, बगैर यह साबित किए कि वे वांछित लक्ष्य पाने में कितने कारगर रहे हैं। इसके साथ यह बात भी जोड़ दें कि योजनाओं के संचालन की गुणवत्ता में राज्यों में काफी फर्क देखा गया है, तब समस्या और जटिल हो जाती है।

सवाल है कि क्या हमारे पास गरीबी को लेकर कोई रणनीति है भी? क्या हमारे पास अतीत की एक ऐसी प्रैक्टिस का बस एक खयाल है, जो एक खास संदर्भ के लिए बनाई गई थी और कार्यान्वयन की एक वास्तविक योजना थी? स्ट्रैटेजी, आखिरकार यूनानी शब्द 'स्ट्रैटॉस' (जिसका अर्थ है - फौज) और 'एगो' (जिसका अर्थ है - नेतृत्व करना) बनी है। यानी स्ट्रैटेजी का आशय ऐसी योजना से है, जो

लोगों के एक बड़े समूह को समन्वित करते हुए एक समान लक्ष्य की ओर नेतृत्व करना है। भारतीय चुनौती का यह एकदम विलोम है, क्योंकि हमारे यहाँ प्रशासन की बहुलता होती है, योजनाओं में अकसर फेर-बदल कर दिया जाता है (केवल नाम ही नहीं बदला जाता), विभिन्न गरीबी-उन्मूलन के डिजाइन और कार्यान्वयन में सामुदायिक समूह और अन्य हित जुड़े होते हैं। इसलिए, गरीबी दूर करने की रणनीति के प्रमुख तत्त्व क्या होने चाहिए?

पहला, जमीनी हकीकत के बारे में जानकारी होनी चाहिए। जितनी जानकारी गरीबी के संदर्भ के बारे में होनी चाहिए, उतनी ही जानकारी गरीबी के विस्तार या गरीबी की पहचान के बारे में होनी चाहिए। उदाहरण के लिए, इन्फ्रास्ट्रक्चर की मात्रा और गुणवत्ता क्या है? या ऋण की उपलब्धता क्या है? या जमीन तक पहुँच का पैटर्न क्या है? या कोई छुपी हुई काश्तकारी व्यवस्था है? और कई साल पहले का नहीं, बल्कि आज का परिदृश्य क्या है? गरीबी-उन्मूलन की रणनीति बनाने के लिए सबसे पहले जरूरी है कि ताजा आँकड़ा (डाटाबेस) जुटाया जाए, आर्थिक परिदृश्य के विभिन्न भागों की सूचनाओं को भौगोलिक परिदृश्य के आँकड़ों के साथ जोड़ा जाए और फिर इनके पूरे संदर्भ को भी समझा जाए।

दूसरा, प्राथमिकताएँ तय की जाएँ और इन प्राथमिकताओं को परिभाषित करने का साहस जुटाया जाए और फिर देखा जाए कि हमारी क्या क्षमता है? हर चीज करने की कोशिश करने का मतलब होगा कि कोई भी चीज ढंग से नहीं करना। हरेक को हर चीज का वादा कर देने का मतलब होगा कि किसी को भी वस्तुतः कुछ हासिल नहीं होगा।

उदाहरण के लिए, हम जानते हैं कि ग्रामीण सड़कों का निर्माण एक प्राथमिकता है, लेकिन कौन सी ग्रामीण सड़कें सबसे ज्यादा फायदेमंद होंगी? प्राथमिकता तय करने के लिए हमें कच्चे माल और इस आँकड़े को प्रोसेस करने के लिए विश्लेषणात्मक क्षमता देने की जरूरत है।

तीसरा, एक अवधि में प्राथमिकता के आयाम तय करना। किस तरह का सार्वजनिक लाभ या सुविधा हमें पहले चाहिए?

प्राथमिकता तय करते वक्त यह भी देखना होगा कि यह वैध या युक्तियुक्त भी हो। इसका मतलब है कि इसे तकरीबन सर्वसम्मति पर आधारित होना चाहिए। योजनाओं को इस तरह से बनाने की जरूरत है कि वे स्थानीय जरूरतों के अनुकूल हों। गरीबी-रोधी रणनीति में पंचायतों का बेहतर योगदान प्राप्त करना चाहिए,

क्योंकि जमीनी हकीकतों और अपने क्षेत्र की खास जरूरतों व पसंदों के बारे में सबसे अच्छी तरह उन्हें ही पता होता है। हो सकता है कि वे हमेशा अपनी इस जानकारी का इस्तेमाल अपने फायदे के लिए न करते हों; लेकिन इसका यह मतलब नहीं कि उनकी सूचनाओं को खारिज कर दिया जाए। उनकी जानकारी का दोहन किया जाना चाहिए। इसके लिए आवश्यक है कि उत्तरदायित्व प्रणाली पर ज्यादा ध्यान दिया जाए।

गरीबी-उन्मूलन रणनीति के लिए जरूरी है कि हम अतीत के प्रतिमानों से दूर हटें और उस पर ज्यादा ध्यान दें तथा समन्वय करें। इस दिशा में नए तरीके आजमाए जाने चाहिए, जिसमें टेक्नोलॉजी का भी सहारा लिया जाना चाहिए।

(5 अगस्त, 2007)

□

42

वादे निभाने की याद दिलाना

यह कोई भोला-भाला ही विश्वास करेगा कि बीमा, पेंशन और बैंकिंग के क्षेत्र में कुछ रुके हुए विधेयक ही भारत की विकास-रणनीति की कुंजी हैं।

प्रधानमंत्री ने अपने स्वतंत्रता दिवस संबोधन में यह कहकर वास्तविकता ही सामने रखी कि उन्हें कोई नए वादे नहीं करने हैं, बल्कि सिर्फ पहले किए वादे पूरे करने हैं। इसी तरह संसद् में अविश्वास प्रस्ताव पर अपने जवाब में उन्होंने अपनी सरकार की प्राथमिकताओं की रूपरेखा रखी। दरअसल, ये प्राथमिकताएँ न्यूनतम साझा कार्यक्रम (सी.एम.पी.) में दर्ज हैं, जिसे पूर्व सहयोगी वामपंथी पार्टियों के साथ मिलकर तय किया गया था। गिने-चुने लोग ही इन प्राथमिकताओं के औचित्य और तर्कसंगति पर सवाल खड़े करेंगे। ये प्राथमिकताएँ भविष्य को क्रमबद्ध करने के अनूठे मानवीय तरीके हैं, जो इसे व्यावहारिक और विश्वसनीय बनाते हैं, बिलकुल राजनीतिक दार्शनिक हन्नाह अरेंट के विचारों की तरह। बहरहाल, इन प्राथमिकताओं को लागू करने में सरकार कितनी कारगर रही है? क्या वादे पूरे हुए हैं? वरिष्ठ नीति-निर्माताओं ने अपनी विविध विफलताओं के लिए बार-बार वामपंथियों पर दोष मढ़ा है। यह कोई अनाड़ी ही यकीन करेगा कि बीमा, पेंशन और बैंकिंग के क्षेत्र में अटके पड़े कुछ विधेयक ही भारत की विकास-रणनीति के प्रमुख तत्त्व हैं। ऐसे कई क्षेत्र हैं, जिन्हें कानूनी समर्थन के बावजूद उन्हें लागू नहीं किया गया है। उदाहरण के लिए, शिक्षा को ही लें। इससे संबंधित कानून को पक्ष-विपक्ष का जबरदस्त समर्थन हासिल है; लेकिन यह दिन की रोशनी देखने में विफल रहा है। ऐसी चिंताओं पर हम विचार करें।

पहला, इस दावे पर विचार किया जाए कि अर्थव्यवस्था का बृहत् प्रबंधन बड़ा ठोस है। अब यह स्पष्ट माना जाता है कि हमारे नीति-निर्माता आसन्न मुद्रास्फीति के संकेतों को पढ़ने में नाकाम रहे। खाद्य सामग्री के बारे में खुफिया जानकारी कमजोर

थी। इसका नतीजा यह हुआ कि हमें तब अनाज का आयात करना पड़ा, जब अंतरराष्ट्रीय कीमतें काफी चढ़ चुकी थीं। अनाज का कम विश्व-भंडार, ऑस्ट्रेलिया में क्रमिक सूखा, कृषि भूमि का जैव-ईंधन के लिए इस्तेमाल और घरेलू अन्न भंडार का भी काफी कम होना पर्याप्त कारण थे, जिनके आधार पर अग्रिम कार्रवाई की जा सकती थी। यह स्वीकार करना भी मुश्किल है कि वैश्विक कारण ही हमारी मुद्रास्फीति संबंधी मुसीबतों के लिए पूरी तरह जिम्मेदार हैं। समय पर आयात, बाजार में नकदी की अधिकता को रोकने के लिए शुरू में ही कार्रवाई, अल्पकालिक आपूर्ति में सुधार जैसे कदम उठाए गए होते तो माँग-आपूर्ति प्रबंधन में काफी सुधार हुआ होता।

मुद्रास्फीति से परे, विशाल आकस्मिक जिम्मेदारियों के साथ उच्च राजकोषीय घाटा, उच्च चालू खाता घाटा के साथ विकास की गति का लड़खड़ाना ऐसे कारण हैं, जिनमें बेचैनी होती है। हमारी विकास की कहानी के प्रति बाह्य नजरिया महज पाँच महीनों में ही अचानक सतर्क हो गया है। इसी का अपरिहार्य नतीजा है कि नामी बाह्य रेटिंग एजेंसियों ने हमारी रेटिंग गिरा दी है। विशाल सार्वजनिक आवंटनों के तहत प्रोजेक्ट आकलनों में काफी फेर-बदल की जरूरत पड़ सकती है, यह देखते हुए कि इन प्रोजेक्टों में लगनेवाली प्रमुख सामग्रियों की कीमतों में तीव्र वृद्धि हुई है। सब्सिडी की विकृतियों के असर को दूर करने के लिए किसी सुसंबद्ध रणनीति का अभाव, जिसका प्रधानमंत्री ने बार-बार जिक्र किया है, खर्च के ट्रेंड का बढ़ते जाना, मुद्रास्फीति को थामने में अनिश्चितताएँ और उच्च ऋण लागत के कारण निवेश फैसलों का स्थगित होना—ये सब ऐसी बातें हैं, जो राजकोषीय औचित्य की वापसी के लिहाज से अच्छी कतई नहीं हैं।

दूसरा, कृषि क्षेत्र की तरक्की के लिए जो रणनीति अपनाई गई थी, उसका नतीजा अभी सामने नहीं आया है। इस साल रिकॉर्ड खाद्य उत्पादन हुआ है; लेकिन इसे प्रधानमंत्री की आर्थिक सलाहकार परिषद् के 2 फीसदी विकास के कमतर लक्ष्य से भी संतुलित किए जाने की आवश्यकता है। कृषि-उत्पादकता में काफी बढ़ोतरी की जरूरत है। खाद्य एवं कृषि संगठन (एफ.ए.ओ.) के अनुसार, वर्ष 2003 से 2005 के बीच भारत का औसत चावल उत्पादन महज 3,034 किलोग्राम प्रति हेक्टेयर था, जबकि चीन का औसत 6,233 किलोग्राम प्रति हेक्टेयर था। इसी तरह, भारत में गेहूँ का औसत उत्पादन 2,688 किलोग्राम प्रति हेक्टेयर था, जबकि चीन का 4,155 किलोग्राम प्रति हेक्टेयर था। भारत में रेपसीड और सरसों का औसत उत्पादन

909 किलोग्राम प्रति हेक्टेयर था, जबकि चीन में यह 1,778 किलोग्राम प्रति हेक्टेयर था। फलोत्पादन के क्षेत्र में भी भारत और चीन का अंतर हाल में बढ़ा ही है। चीन सालाना 45 करोड़ टन फलों का उत्पादन करता है, जबकि भारत महज 13.5 करोड़ टन फलों का उत्पादन कर पाता है। प्रधानमंत्री की आर्थिक सलाहकार परिषद् की रिपोर्ट का भी मानना है कि 'कृषि के खराब प्रदर्शन के लिए पुराने थके हुए बहाने अब नहीं स्वीकार किए जा सकते हैं, क्योंकि चीन की तुलना में भारतीय कृषि का ढाँचा बेहतर स्थिति में है। भारत की कुल कृषि भूमि 16.1 करोड़ हेक्टेयर है, जबकि चीन की 13 करोड़ हेक्टेयर, भारत में सिंचित जमीन 5 करोड़ 58 लाख हेक्टेयर है, जबकि चीन में 5 करोड़ 45 लाख हेक्टेयर, और भारत की औसत कृषि-भूमि का आकार 1.4 हेक्टेयर है, जबकि चीन का 0.4 हेक्टेयर।'

कृषि उत्पादकता बढ़ाने के लिए विविध कदम उठाए जाने की जरूरत है जैसे, बेहतर टेक्नोलॉजी के इस्तेमाल में व्यापक परिवर्तन के साथ पानी के कम प्रयोग वाली फसल पद्धति को अपनाना, सूखा-रोधी बीजों का अनुसंधान करना, कृषि बाजार के ठिकानों को सुधारना, शीत गृहों की शृंखला के अभाव में होनेवाले नुकसान को कम करना, किसानों को ज्यादा-से-ज्यादा औपचारिक ऋण मुहैया कराना और केंद्र व राज्यों के बीच बेहतर तालमेल करना, खासकर विभिन्न क्षेत्रीय एवं जलवायु क्षेत्रों की तुलनात्मक मजबूती का लाभ उठाने में। कृषि शोध का कायाकल्प करने के लिए स्वामीनाथन समिति ने जो सिफारिशें की थीं, उन पर कोई कार्रवाई नहीं की गई। ग्रामीण सड़क योजना अपने लक्ष्य से पीछे चल रही है। कोल्ड स्टोर और कोल्ड चेंस को प्राथमिकता के आधार पर अभी भी ऋण नहीं मिलता। हमारा नजरिया अभी भी इन्फ्रास्ट्रक्चर को मजबूत करने की बजाय-विविध सब्सिडी पर अत्यधिक आश्रित है।

तीसरा, राष्ट्रीय ग्रामीण रोजगार गारंटी योजना के जरिए गरीबों को मदद पहुँचाने का मुख्य कार्यक्रम और सर्वशिक्षा अभियान सुस्त कार्यान्वयन के शिकार हैं। उदाहरण के लिए 1 करोड़ हेक्टेयर जमीन में अतिरिक्त सिंचाई सुविधा प्रदान करने का लक्ष्य रखा गया था, लेकिन पिछले दो वर्षों में महज 22 लाख हेक्टेयर में सिंचाई सुविधा दी जा सकी।

भारत निर्माण योजना के तहत ग्रामीण गरीबों के लिए अतिरिक्त घर चार वर्षों में बनाने का वादा किया गया था; लेकिन यह योजना ही थोड़ी मिथ्या नामवाली है, क्योंकि इंदिरा आवास योजना के तहत 1.5 लाख घर बनाने का लक्ष्य पहले ही पूरा

किया जा रहा था। तब तक इस सरकार ने कार्यभार भी नहीं सँभाला था। बहरहाल, 60 लाख घर बनाने का लक्ष्य बहुत दूर है, क्योंकि अभी तक सिर्फ 28.6 लाख घर बनाए जा चुके हैं।

चौथा, सरकार का उच्च शिक्षा के विस्तार पर काफी जोर रहा है। यह ठीक भी है। महत्त्वाकांक्षी कार्यक्रम बनाया गया है कि ग्यारहवीं पंचवर्षीय योजना की समाप्ति तक उच्च शिक्षा में कुल पंजीकरण अनुपात बढ़ाकर 15 फीसदी और बारहवीं योजना की समाप्ति तक 21 फीसदी किया जाए। इसके लिए जरूरी है कि उच्च शिक्षा के लिए काफी ज्यादा संसाधन आवंटित किए जाएँ और सरकारी-निजी भागीदारी (पी.पी.पी.) के बेहतर मॉडल को अमल में लाया जाए। दुर्भाग्य से राष्ट्रीय ज्ञान आयोग की अनुशंसाएँ मानव संसाधन मंत्रालय की नौकरशाही की राजनीति में उलझ कर रह गई हैं। मान्यता प्रणाली के लिए एक स्वतंत्र नियामक, विश्वविद्यालय अनुदान आयोग और अखिल भारतीय तकनीकी शिक्षा परिषद् (ए.आई.सी.टी.ई.) में बदलाव व सुधार तथा नियामक ढाँचे को तर्कसंगत बनाने का काम लटका पड़ा है। बार-बार प्रयास किए जाने के बावजूद शिक्षा का अधिकार विधेयक के बारे में भी अनिश्चितता बनी हुई है। इस स्थिति का फायदा सिंगापुर जैसे देश उठा रहे हैं, जो मान्य श्रेष्ठ केंद्रों के जरिए आक्रामक रूप से अपने को निखार रहे हैं। उच्च शिक्षा प्रणाली में सुधार का प्रयास भी नजर नहीं आ रहा है। इन सुधारों के तहत फैकल्टी की बेहतर ट्रेनिंग की व्यवस्था होनी चाहिए, इंडियन इंस्टीट्यूट ऑफ मैनेजमेंट (आई.आई.एम.) और इंडियन इंस्टीट्यूट ऑफ टेक्नोलॉजी (आई.आई.टी.) को पारिश्रमिक तय करने में स्वायत्तता प्रदान की जानी चाहिए।

पाँचवाँ, इन्फ्रास्ट्रक्चर (आधारभूत ढाँचा) की लागत और गुणवत्ता सुधारने में राष्ट्रीय राजमार्ग विकास कार्यक्रम समय और लागत दोनों मामलों में बुरी तरह सीमा लाँघ चुका है। ठेके देने में बार-बार देरी की गई और राजमार्ग प्राधिकरण व सड़क विभाग के अधिकारियों का बेवजह थोड़े-थोड़े अंतराल पर तबादला किया जाता रहा। बिजली सुधार के तहत संचारण और वितरण में बिजली की हानि को रोकने में निर्णायक प्रगति नहीं हुई है, बिजली बोर्डों का पुनर्गठन नहीं हुआ है, राजीव गांधी विद्युतीकरण कार्यक्रम के तहत वास्तविक बिजली देने का काम लटका हुआ है और सार्वजनिक सुविधाओं की वित्तीय सेहत में स्थायी सुधार कर निजी निवेश का कुल माहौल बेहतर नहीं किया गया है।

उपलब्धियाँ : यह सब कहने का आशय यह नहीं है कि यूपीए सरकार के

मौजूदा कार्यकाल के दौरान कुछ भी हासिल नहीं किया गया है। पिछली सरकारों द्वारा शुरू की गई नीतियों का ही असर है कि पिछले कुछ वर्षों में सकल घरेलू उत्पाद विकास दर अभूतपूर्व ढंग से 9 फीसदी के करीब रही और प्रति व्यक्ति आय में भी खासा इजाफा हुआ। इन्फ्रास्ट्रक्चर और सामाजिक क्षेत्र के लिए बजट आवंटन में भी तीव्र बढ़ोतरी की गई है। सम्मिलित विकास महज एक नारा नहीं रह गया है, बल्कि यह ग्रामीण भारत में वंचित लोगों के कष्ट दूर करने के लिए प्रवेश कर चुका है और वहाँ ठोस कदम उठाए जा रहे हैं। ग्रामीण क्षेत्रों में दूरसंचार और नागरिक उड्डयन में प्रगति स्पष्ट दिख रही है, जबकि अन्य मामलों में हिचक भरा कार्यान्वयन हो रहा है। हमें यह बात अभी भी सीखनी है कि महज संसाधन आवंटित कर देने से वांछित परिणाम नहीं मिल जाते हैं। मौजूदा सरकारी प्रणाली पर अति बोझ डालते जाने से सार्वजनिक सेवा प्रदान करनेवाली प्रणालियों की अक्षमता और बढ़ जाती है। केंद्र और राज्यों में इस पर अपर्याप्त तालमेल रहता है कि स्थानीय जरूरतों के हिसाब से लचीला कार्यक्रम तैयार किया जाए। इस बारे में प्राथमिकता के आधार पर काम करने की जरूरत है। गठबंधन के विविध घटक दलों को अनुशासित करने की अयोग्यता विफल प्रशासन के साँचे को ही उजागर करती है।

यूनानी नाटककार एस्चीलस ने ठीक ही कहा है, 'यह शपथ नहीं है, जिसकी वजह से हम आदमी पर यकीन करते हैं, बल्कि यह आदमी है जिसकी वजह से हम शपथ पर विश्वास करते हैं।' तो हमें प्रधानमंत्री के संकल्प पर भरोसा करना चाहिए।

(21 अगस्त, 2008)

□

खंड—V

इन्फ्रास्ट्रक्चर (आधारभूत ढाँचा)

इन्फ्रास्ट्रक्चर किसी नीति या भारत की प्राथमिकताओं की राजनीतिक अर्थव्यवस्था संबंधी परिचर्चा का चिरस्थायी विषय है। यह अब एकदम साफ हो चला है कि भारत के आधारभूत ढाँचे के विकास में संस्थाएँ और नीतियाँ ही बाधा बनकर खड़ी हैं। इस खंड में रखे गए लेख चालू विकास उपलब्धियों के लिए नींव बनाने हेतु किए जा रहे विभिन्न प्रयासों की कुछ चुनौतियों पर नजर डालते हैं।

43

दालियान होते हुए दावोस

मैं पिछले सप्ताह फाउंडेशन बोर्ड ऑफ दि यंग ग्लोबल लीडर्स (वाई.जी.एल.) की एक बैठक में भाग लेने के लिए चीन के दालियान में था। इससे मुझे वाई.जी.एल. की वार्षिक शिखर बैठक तथा विश्व आर्थिक मंच (डब्ल्यू.ई.एफ.) द्वारा शुरू किए गए एक नए संगठन 'न्यू चैंपियंस' के उद्घाटन सम्मेलन में भाग लेने का भी अवसर मिला। वाई.जी.एल. के तीसरे शिखर सम्मेलन में अपेक्षाकृत ज्यादा विस्तृत क्षेत्रों से सदस्य दिखे। इस बैठक में गरीबी, वैश्विक तापमान में वृद्धि और पानी जैसी वैश्विक समस्याओं से जूझने के लिए बनाए गए टास्क फोर्स की रिपोर्ट पर भी जोरदार चर्चा हुई। उन टास्क फोर्स ने अपने समाजों में अपना नेटवर्क बनाया है। उन्होंने निर्णयकर्ताओं से संपर्क साधे हैं और कुछ उल्लेखनीय मानवीय प्रोजेक्टों को अपने हाथों में लिया है और वे इस तरह अपनी जानकारी बढ़ाते जा रहे हैं। वे अभी भी पुनर्गठन की कमी से जूझ रहे हैं। वैसे, उम्मीद है कि मीडिया इवेंट जैसे कार्यक्रम शुरू करने और आगामी क्षेत्रीय बैठकों से उन्हें अपनी यह कमी दूर करने का मौका मिलेगा और उनके प्रयासों के बारे में लोगों में ज्यादा जागरूकता आएगी।

'न्यू चैंपियंस' सालाना दावोस बैठक से भिन्न है। यह न तो विशाल कॉरपोरेट और न ही स्थापित विशिष्ट जन को लक्ष्य कर बनाया गया है, 'बल्कि इसमें दुनिया भर की नई पीढ़ी के नेताओं और अनुसंधानकर्ताओं को पहली बार मिलने का मंच दिया गया है, ताकि वे आपस में नेटवर्क स्थापित करें, परस्पर सहयोग करें और विचारों का आदान-प्रदान करें।' सफलता की इन मँझोली कहानियों को एक पृथक् मंच की आवश्यकता थी और क्लॉस श्वाब ने इस अंतर को पाटते हुए एकदम नए तरीके से 'न्यू चैंपियंस प्रोग्राम' की अवधारणा तैयार की। न्यू चैंपियंस नई पीढ़ी के मँझोले कॉरपोरेट नेताओं का प्रतिनिधित्व करता है और वाई.जी.एल. ऐसे युवा और सफल लोगों का मंच है, जिनकी कैरियर प्रगति को और बढ़ावा व समर्थन देने की

जरूरत है। नवगठित इलेक्ट्रॉनिक फोरम 'वेलकम' (WELCOME) और प्रस्तावित जी.आई.एन. (ग्लोबल इंटेलिजेंस नेटवर्क), ऐसे मंच बनेंगे जिनके जरिए 10 हजार प्रमुख निर्णयकर्ता और विभिन्न क्षेत्रों के 500 प्रमुख विशेषज्ञ आपस में विचार-विमर्श करेंगे।

अब कुछ दालियान के बारे में। मेरा मानना है कि दालियान एक रूसी शब्द है, जिसका मतलब है – 'बहुत दूर'। दालियान वर्ष 1949 में चीन का हिस्सा बना। दरअसल, पहले यह साठ वर्षों तक रूसी साम्राज्य का और फिर चालीस से ज्यादा वर्षों तक जापान का हिस्सा था। दालियान एक गहरे समुद्रवाला हार्बर है, जिसे उन्नीसवीं और बीसवीं सदी के शुरू में पोर्ट आर्थर के नाम से जाना जाता था। दालियान चीन के दक्षिणवर्ती सिरे लियाओडोंग प्रायद्वीप पर स्थित है। इसके पूर्व में पीला सागर और पश्चिम में बोहाई सागर है।

यहाँ की आबादी करीब 60 लाख है। इसका तटवर्ती भाग 1,900 किलोमीटर लंबा है और एक नगरपालिका करीब 12,570 वर्ग किलोमीटर क्षेत्र का ध्यान रखती है। दालियान अब एक आई.टी. केंद्र बन चुका है। यह एक आकर्षक पर्यटन केंद्र भी है। संयुक्त राष्ट्र संघ ने इसे विश्व स्तर पर पर्यावरणीय उपलब्धियों के लिए '500 रोल ऑफ ऑनर' में शुमार किया है। जब कोई पहली बार दालियान जाता है तो इसकी सुंदरता से उसकी साँसें थम जाती हैं, आँखें फटी-की-फटी रह जाती हैं। इसके छह रास्तोंवाले राजमार्ग बहुमंजिली इमारतें और बढ़िया लैंडस्कैप वाले भवन, सड़कों के इर्द-गिर्द सजे हुए पेड़ लोगों को बरबस मोह लेते हैं। यहाँ एक कन्वेंशन सेंटर है, जिसमें 3,000 से भी ज्यादा लोग शामिल हो सकते हैं। इसमें संचार की आधुनिक सुविधाएँ लगी हुई हैं। दालियान के पास बाकी दुनिया के लिए एक-दो से ज्यादा सबक हैं।

पहला, इसका पैमाना, डिजाइन और इसकी अवधारणा। नए इन्फ्रास्ट्रक्चर बनाने की बात हो तो दालियान एक उदाहरण है, जहाँ न केवल आज या कल के लिए बल्कि भविष्य के लिए योजना बनाई गई है। यह जानते हुए कि दुनिया परस्पर दिलचस्प ढंग से जुड़ती जा रही है, साहसिक नजरिया अपनाने की आवश्यकता है। बस पर्याप्त के लिए योजना बनाना कभी भी पर्याप्त नहीं होता। अत्यधिक इन्फ्रास्ट्रक्चर बनाने से परंपरागत समस्याएँ खड़ी हो सकती हैं, जैसे कि संसाधनों का गलत आवंटन, वित्तीय अपव्यय को बढ़ावा, गरीबी-उन्मूलन के लक्ष्य से भटकाव या ऋण देनेवाली संस्थाओं के लिए गैर-प्राथमिकतावाला क्षेत्र आदि। बहरहाल, एक अलग

नजरिए से इन्फ्रास्ट्रक्चर अपनी गति पैदा करता है, कई गुना लाभ देता है और विभिन्न आर्थिक गतिविधियों को बढ़ावा देता है, जो कि परंपरागत अर्थशास्त्र के गणित में मुश्किल होता है। दालियान फिजूलखर्ची का एक ऐसा नमूना है, जिसे एक अवसर में बदल दिया गया है।

दूसरा, चीनी मानसिकता भी थी कि दावोस को दालियान लाया जाए। किसी ने भी सम्मेलन स्थल और कांग्रेस सेंटर के बारे में नहीं समझा था। हर कोई बैठक स्थल के तौर पर दावोस या 'समर दावोस' के बारे में ही जानता था। चीनी लोग दावोस को समृद्धि और सत्ता के प्रतीक के रूप में देखते हैं। दावोस के आने की घोषणा कर चीनी लोग एक तरह से समृद्धि के आने की भी घोषणा कर रहे थे। हम अभी भी दावोस को फजीहतवाली नजर से देखते हैं, क्योंकि माना जाता है कि यह बेहद विशिष्ट है और यह रईसों व बेईमान कॉरपोरेट का जमावड़ा है। हमारे कई प्रधानमंत्री दावोस जाने तक में टाल-मटोल करते रहे हैं। एक प्रधानमंत्री ने दावोस ज़ानेवाली सारी व्यवस्था करने के बावजूद अपने ज्यादा अनुदारवादी सहयोगियों की सलाह पर एकदम आखिरी क्षण में दौरे को रद्द कर दिया। भारत दोहरी मानसिकता का शिकार है। यह समझ नहीं पा रहा है कि वह बढ़ती वैश्विक समृद्धि के उच्च टेबल पर अपना वैध स्थान ग्रहण करते हुए अपनी भूमिका निभाए या फिर गरीबी और इससे जुड़े मानव विकास के निम्न मानकों के कारण अपने को अपमानित महसूस करता रहे। चीनी लोग भी अपने गरीबों की विशाल संख्या, बढ़ते प्रदूषण और संबद्ध स्वास्थ्य मसलों को लेकर उतने ही चिंतित हैं। दरअसल, प्रधानमंत्री विन जियाबाओ ने जोर देकर कहा कि चीन अभी भी एक विकासशील देश है।

दालियान सम्मेलन हमें इन्फ्रास्ट्रक्चर और बड़े वैश्विक आयोजनों को आकर्षित करने की रणनीति के मामले में कुछ महत्त्वपूर्ण सबक सिखाता है। इससे उनका ज्यादा सामंजस्य और आत्मविश्वास परिलक्षित होता है कि वे समृद्धि और गरीबी दोनों से ही निपट सकते हैं। चीन ने दालियान के रास्ते दावोस को हासिल कर लिया है। हमें अपने रास्ते के बारे में सोचने की जरूरत है।

(16 सितंबर, 2007)

□

44

बिजली के साथ राजनीति न करें

बिजली व कृषि दो ऐसे क्षेत्र हैं, जो इस सरकार और इसके कई पूर्ववर्ती सरकारों के लिए निराशाजनक रहे हैं। प्रधानमंत्री ने बिजली के मुद्दे पर मुख्यमंत्रियों के सम्मेलन का आह्वान किया और इसके बाद कृषि को लेकर राष्ट्रीय विकास परिषद् की एक विशेष बैठक होने वाली है। इन कदमों से इन मुद्दों को कम-से-कम मान्यता तो मिली कि इन पर तुरंत कार्रवाई किए जाने की आवश्यकता है। मुझे पहले सम्मेलन पर संक्षिप्त टिप्पणी करने दें।

बिजली क्षेत्र में सुधार ने क्रमिक सरकारों को चकमा दिया है। त्वरित विद्युत् विकास और लुधार कार्यक्रम (ए.पी.डी.आर.पी.) जैसे प्रोत्साहन प्रोग्राम के जरिए संचारण एवं वितरण में बिजली के नुकसान को कम करने के प्रयासों को सफलता नहीं मिली है। बिजली सब्सिडी को क्रमशः समाप्त करने, खुली पहुँच को लागू करने और नियामक व्यवस्था को सुधारने जैसे प्रयासों को भी नाकामी हाथ लगी है। बिजली क्षेत्र पर मुख्यमंत्रियों की तीन पूर्व बैठकों ने कुछ समय तक सुधार-प्रक्रिया में तेजी लाई थी, लेकिन फिर वही ढाक के तीन पात। तो क्या यह चौथा प्रयास अलग साबित होगा?

सर्वप्रथम, वर्ष 2012 तक सबको बिजली मुहैया कराने का लक्ष्य रखा गया है, लेकिन यह इस पर निर्भर करता है कि बिजली-उत्पादन क्षमता में कितनी बढ़ोतरी हो पाती है। एक नए राष्ट्रीय बिजली परियोजना प्रबंधन बोर्ड के गठन का प्रस्ताव रखा गया है। यह बोर्ड बिजली परियोजना के समय पर पूरा होने की निगरानी करेगा। इससे कार्यान्वयन संबंधी देरी कम होगी। आशा है, राज्य भी अपने यहाँ इसी तरह का बोर्ड बनाने के सुझाव पर अमल करेंगे। बिजली क्षेत्र की कई समस्याएँ हैं - परियोजनाएँ निर्धारित समय-सीमा के अंदर पूरी नहीं हो पाती हैं और उनके पूरे होने में काफी ज्यादा वक्त लगता है तथा ज्यादा लागत खर्च होती है, डिजाइन में कमियाँ होती हैं, दोषपूर्ण ईंधन लिंकेज होते हैं, भूमि अधिग्रहण में कोताही बरती जाती है

और संभावित बिजली शुल्क तय करने में विफलता रहती है। इन तमाम मसलों को संपूर्णता में हल किए जाने की जरूरत है।

यहाँ तक कि केंद्र के अधीन चल रही बिजली परियोजनाओं में भी राज्य सरकारों को महत्त्वपूर्ण भूमिका अदा करनी है। यह देखनेवाली बात होगी कि प्रस्तावित बिजली परियोजना प्रबंधन बोर्ड में कैसे लोग नियुक्त किए जाते हैं, इसके समन्वय की कैसी गुणवत्ता रहती है और सबसे बड़ी बात कि यह समस्याओं को समय पर हल करने में कैसी योग्यता दिखाता है। महज निगरानी करने से ज्ञान और अनुभव बढ़ सकता है, लेकिन विवादों को हल करना, समस्याओं को सुलझाना प्रोजेक्ट प्रबंधन के लिए महत्त्वपूर्ण है। उम्मीद है कि यह बोर्ड महज एक निगरानी निकाय नहीं, वरन् एक शक्ति-संपन्न समूह के बतौर काम करेगा। ऊर्जा मंत्रालय को चाहिए कि वह इस बोर्ड को स्वायत्त निकाय के रूप में काम करने देने के लिए समुचित अधिकार और जगह दे।

दूसरा, संचारण और वितरण में खुली पहुँच का मसला इस पर आश्रित है कि नियामक क्रॉस सब्सिडी सरचार्ज, व्हीलिंग चार्जेज को पुनर्गठित करे और बिजली दर तय करने में लचीलापन हो, ताकि नियमित उपभोक्ता समूहों के साथ करार किया जा सके।

मुझे डर है कि यह नियामक के दायरे के बाहर की बात है; लेकिन इसे राजनीतिक इच्छा-शक्ति की जरूरत है, क्योंकि राज्य बिजली बोर्ड अपने एकाधिकार में सेंध नहीं लगने देना चाहते। राज्य बिजली बोर्ड किसी प्रतियोगिता में टिकने के अयोग्य हैं। इसलिए वे खुली पहुँच के खिलाफ लॉबी बनाकर विरोध करते हैं। चूँकि लाभ पानेवाले उपभोक्ता बिखरे पड़े हैं, इसलिए वे राज्य बिजली बोर्ड की एकाधिकारवादी ताकत का मुकाबला नहीं कर पाते हैं। केंद्र को चाहिए कि वह इस मामले को राज्य नियामकों के भरोसे छोड़ने की बजाय ज्यादा प्रोत्साहन और दंडात्मक कार्रवाई से इस मामले से दृढ़ता से निपटे।

तीसरा, ए.टी. एंड सी. हानि का मौजूदा स्तर 47 हजार करोड़ रुपए प्रति वर्ष है। बिजली व्यवस्था में यह सबसे कमजोर कड़ी मानी गई है। इसे ए.पी.डी.आर.पी. प्रोजेक्टों के तहत 15 फीसदी तक कम करने का संकल्प लिया गया है। इसके लिए सुसंगठित कार्रवाई की आवश्यकता है। वैसे, ऊर्जा ऑडिट में सुधार के लिए सूचना टेक्नोलॉजी का इस्तेमाल करना और बिजली वितरण फ्रेंचाइजी के सुपुर्द करना सही कदम होगा।

बहरहाल, पहले ऐसी प्रोत्साहनवाली योजनाएँ कारगर नहीं रही हैं। इसमें कोई शक नहीं कि राजकोषीय उत्तरदायित्व अधिनियम का अनुपालन सभी राज्यों द्वारा किया जाता है, ताकि वे अपने ऋणों के भुगतान की अवधि का पुनर्निर्धारण करवा सकें। इससे राज्यों को अपना वित्तीय कामकाज अनुशासित करना पड़ता है और इस क्रम में वे अपने बिजली बोर्डों को सब्सिडी कम करने के लिए मजबूर होते हैं, लेकिन बिजली दर तर्कसंगत बनाने—कई मायनों में दर वृद्धि—का मसला प्रतियोगी लोक-लुभावन घोषणाओं और बार-बार के चुनावी चक्रों में उलझ जाता है। नतीजा होता है कि गुणात्मक फर्क लाने के लिए लंबे समय तक कोई योजनाबद्ध और निरंतर प्रयास हो ही नहीं पाता।

बिजली शुल्क का गैर-राजनीतीकरण करने के लिए द्विपक्षीय समर्थन की जरूरत है। जब तक मुख्यधारा के राजनीतिक खिलाड़ी सामूहिक रूप से कार्रवाई करने के लिए तैयार नहीं होते, किसी महत्त्वपूर्ण सकारात्मक नतीजे की आशा करना बेकार है। इस समस्या के प्रबंधन में, हम मानते हैं कि बिजली क्षेत्र में सुधार करना निहायत जरूरी है और निजी निवेश आकर्षित करने के लिहाज से भी यह आवश्यक है।

निजी निवेश के लिए जरूरी है कि उन्हें लेटर ऑफ क्रेडिट या किसी किस्म की गारंटी दी जाए, भले ही इसका नाम कुछ भी हो, ताकि निजी निवेशक वित्तीय बंदी सुनिश्चित कर सकें। बहरहाल, बिजली सुधार के अंतर्निहित मसलों को सुलझाने की बजाय कुछ बिजली परियोजनाओं (मेगा या अल्ट्रा) का बचाव करने से सिर्फ अल्पकालिक लाभ मिल सकते हैं।

चौथा, ऊर्जा बचत उपायों, जिन्हें 'माँग पक्ष प्रबंधन' कहा जाता है, पर विशेष ध्यान और प्रोत्साहन दिए जाने की जरूरत है। उच्च आर्थिक विकास के दौर में बिजली की उपलब्धता और पर्यावरण चिंता का प्रबंधन दोनों ही नजरिए से बिजली की बचत जरूरी है। प्रधानमंत्री ने हालाँकि जी-8 शिखर सम्मेलन में बस भाग लिया, यह दयनीय है कि बिजली पर सम्मेलन में पुनर्नवीकरणीय ऊर्जा पर चर्चा तक नहीं की गई, जबकि जलवायु नियंत्रण जी-8 की एक प्रमुख चिंता है।

पुनर्नवीकरणीय ऊर्जा और जलवायु परिवर्तन के मसले इतने अहम हैं कि नीति-निर्माताओं को अलग से एक बैठक करनी चाहिए। कई और जटिल मुद्दे हैं; जैसे कि ईंधन की कीमतें और उपलब्धता आधारित बिजली शुल्क तय करने के जरिए बेहतर माँग प्रबंधन। इन पर और आगे विचार किया जाना चाहिए।

अंततः केंद्रीय ऊर्जा मंत्री की अध्यक्षता में राज्यों के ऊर्जा मंत्रियों के एक स्थायी समूह की हर तिमाही बैठक होगी। बिजली परियोजनाओं के कार्यान्वयन की निगरानी और अन्य नियामक मसलों में ऐसी बैठक उपयोगी होगी। बहरहाल, बिजली क्षेत्र में वास्तविक प्रगति के लिए आवश्यक है कि इसे द्विपक्षीय समर्थन मिले। बिजली पर एक राष्ट्रीय समूह का गठन हो, जिसमें व्यापक राजनीतिक परिदृश्य का प्रतिनिधित्व हो। यह समूह सहमति के आधार पर इन विकट चुनौतियों का सामना करे। व्यापक राजनीतिक भागीदारी, जो सरकार के परिवर्तन और चुनावी चक्रों की अनिश्चितताओं में भी अडिग रहे, के बगैर बिजली के ये मसले बुरी तरह लटके ही रहेंगे। बिजली-सुधार में किसी देरी की गुंजाइश नहीं है और हम उम्मीद करते हैं कि सुरंग के आखिरी छोर पर हमें रोशनी दिखेगी।

(जेसिका वलाक के साथ)

(10 जून, 2007)

□

45

एक जटिल सवाल है भूमि अधिग्रहण

दो शब्द – भूमि अधिग्रहण—विवादों की झड़ी लगा देते हैं। वे अटकी हुई इन्फ्रास्ट्रक्चर योजनाओं, सेज (SEZ) के ऊपर राजनीतिक रस्साकशी, नंदीग्राम की तरह संघर्ष स्थल, अंतहीन सार्वजनिक परिचर्चा, विधायी कार्रवाई और अदालती कार्रवाई की छवि पेश करते हैं। इन विवादों का शायद ही ऐसा हल निकलता हो, जिससे हर कोई खुश हो।

निजी संपत्ति के अधिकार और सार्वजनिक उद्देश्य के बीच तनावों से गुजरने वाला भारत अकेला देश नहीं है। दुनिया भर में निम्न सवालों पर बहस चल रही है और जिन पर भूमि अधिग्रहण कानून अकसर अस्पष्ट है—

- सार्वजनिक उद्देश्य क्या हैं? क्या आम सार्वजनिक लाभ, जिसमें उच्च टैक्स राजस्व शामिल हो सकता है, या क्षेत्र का 'विकास' पर्याप्त है? या नए उद्देश्य के लिए बनाए गए क्षेत्र पर जनता का स्वामित्व, नियंत्रण और खुली पहुँच होनी चाहिए?
- कब सार्वजनिक उद्देश्य को निजी संपत्ति अधिकार पर भारी पड़ना चाहिए? लोकतंत्र में यह एक पेचीदा सवाल है।
- किसी के लिए 'समुचित' मुआवजा क्या हो सकता है, जो खासकर अपनी जमीन का सौदा किसी और चीज से नहीं करना चाहता?

भूमि अधिग्रहण अधिनियम, 1894 को फिर से लिखने के मौजूदा प्रयास से संघर्षों का समाधान नहीं होगा; लेकिन देश के पास एक अवसर है कि वह कम-से-कम टकराव को कम करे। हमारे पास दो मुख्य सुझाव हैं।

पहला, नए अधिनियम के पास निजी संपत्ति अधिकार पर सार्वजनिक उद्देश्य की स्वीकृति देने के लिए एक परिकलन पैमाना होना चाहिए, जिसमें भू-स्वामियों की आवाजों को ज्यादा तवज्जो दी जानी चाहिए, क्योंकि 'सार्वजनिक उद्देश्य' कम प्रत्यक्ष होता है। मौजूदा कानून सार्वजनिक इन्फ्रास्ट्रक्चर, सरकारी निगमों का विस्तार,

शरणार्थियों को बसाना और शहरी या ग्रामीण योजना एवं ग्राम-स्थल के नियोजित विकास के सबकुछ समाहित करनेवाले प्रावधान में यह सब शामिल है। हाल तक ऐसा लगता था कि सेज (SEZ—या विशेष आर्थिक क्षेत्र) को भी इसमें शामिल कर लिया जाएगा।

दूसरा, ऐसे प्रोजेक्ट के लिए भू-संपत्ति अधिकार सबसे मजबूत होंगे, जिसमें जनता की खुली पहुँच होगी और जिनसे उन्हें सीधे लाभ मिलेगा। निर्वाचित प्रतिनिधि या शहर के योजनाकार भूमि अधिग्रहण की मंजूरी मौजूदा प्रक्रिया की तरह से दे सकते हैं। भूमि अधिग्रहण के लिए मुआवजा देने में यदि निम्न सुझावों का पालन किया जाए तो यह कम विवादास्पद होगा—

- जिन परियोजनाओं में भू-स्वामियों की सीमित पहुँच होगी या प्रत्यक्ष सार्वजनिक लाभ कम होगा, उनको भू-स्वामियों और आस-पास के क्षेत्रों के बाशिंदों के भारी बहुमत से स्वीकृति मिलनी चाहिए। इससे जनहित का मामला वजनदार हो जाता है। उदाहरण के लिए, उटाह में हाल में एक विधेयक लाया गया। इसके अनुसार, शहर पुनर्विकास प्राधिकरण बोर्ड के दो-तिहाई सदस्य और उस प्रस्तावित पुनर्विकास परियोजना के दायरे में रहनेवाले 80 फीसदी लोग दस्तखत कर एक याचिका दें कि वे अपने स्वामित्ववाली भूमि का अधिग्रहण चाहते हैं।
- प्रभावित भू-स्वामियों को ज्यादा शक्ति देने का दूसरा वजनदार विकल्प यह हो सकता है– प्रभावित भू-स्वामियों को भूमि अधिग्रहण और मुआवजा सौदे पर वोट डालने दें और अगर यह अति बहुमत से पास हो जाए तो ही भूमि-अधिग्रहण के काम को आगे बढ़ाया जाए।
- मुआवजे की गणना अधिग्रहण के समय की जानी चाहिए और यह प्रोजेक्ट में होनेवाले लाभ से जुड़ा होना चाहिए। बाजार दर पर मुआवजा अधिग्रहण के वक्त के मूल्य पर आधारित होना चाहिए, न कि अधिसूचना के वक्त के मूल्य पर आधारित, जैसा कि अभी किया जाता है।
- मुआवजे में भविष्य में बढ़नेवाले भूमि-मूल्य का भी ध्यान रखा जाना चाहिए। अकसर होता यह है कि जिस सार्वजनिक परियोजना के लिए भूमि का अधिग्रहण किया जाता है, उसके आस-पास की भूमि का मूल्य बढ़ जाता है। जिस व्यक्ति की जमीन अधिगृहीत की जाती है, उसे तो पुरानी दर पर मुआवजे का भुगतान किया जाता है, जबकि आस-पास के

भू-स्वामी इंतजार कर सकते हैं और परियोजना के विकास के कारण बढ़े हुए मूल्य पर अपनी जमीन बेच सकते हैं।

सामाजिक सुसंबद्धता को बनाए रखने और भूमि अधिग्रहण करने में एक सतर्क संतुलन की जरूरत है। दोनों का बराबर महत्त्व है। सुसंगत भूमि अधिग्रहण एक नाजुक चुनौती बना रहेगा।

–*(जेसिका वलाक के साथ)*

(22 अप्रैल, 2007)

□

खंड—VI

शिक्षा

भारत के 'जनसंख्या लाभांश' की बड़ी शेखी बघारी जाती है। कहा जाता है कि इसकी जनसंख्या में युवाओं की संख्या काफी है, जबकि अधिकतर अन्य देशों की आबादी बूढ़ी हो रही है। लेकिन लाभ की यह स्थिति तभी हासिल की जा सकती है जब रोजगार की उम्रवाले लोग वाकई रोजगार के लायक बन जाएँ। भारत ज्यादा समतावादी विकास के रास्ते पर आगे बढ़ना चाहता है। यह भी इस बात पर निर्भर करता है कि उच्च-स्तरीय शिक्षा तक पहुँच का विस्तार किया जाए। इसके लिए हमें अपनी शिक्षा-प्रणाली की, नीचे से ऊपर तक, प्राथमिक से लेकर तृतीयक स्तर तक, स्थानीय से लेकर केंद्रीय संस्थानों और नीतियों तक की पूरी समीक्षा कर कायाकल्प करना होगा। यह हासिल किया जा सकता है। इस खंड के लेखों में इस दिशा में विभिन्न विकल्पों और पहलुओं पर चर्चा की गई है।

46

भारत को शिक्षित करने की समस्या

मैं स्वतंत्रता दिवस के अवसर पर प्रधानमंत्री के दिए गए भाषण पर टिप्पणी करना चाहता हूँ। मैं उन विश्लेषकों द्वारा व्यक्त विचारों से सहमत नहीं हूँ कि उनके भाषण में दृष्टि का अभाव था। अतीत में ऐसी घोषणाएँ की जाती थीं, जो व्यावहारिक रूप से अमल करने लायक नहीं होती थीं। इस तरह वे भाषण अर्थहीन हो जाते थे। लेकिन शिक्षा के मुख्य मद्दे पर ध्यान केंद्रित करना एकदम समझदारी भरा है।

प्रधानमंत्री का शिक्षा पर जोर देना ग्यारहवीं पंचवर्षीय योजना के अनुरूप है। हम उम्मीद करते हैं कि योजना आयोग इस साल के अंत तक योजना को अंतिम रूप दे देगा।

सारांश में, प्रधानमंत्री ने शिक्षा के क्षेत्र में निम्न संकल्प व्यक्त किए—हरेक प्रखंड में एक उच्च स्तरीय स्कूल, इस तरह के 6,000 नए स्कूल खोले जाएँगे। कम पंजीयनवाले जिलों में 370 नए कॉलेज खोले जाएँगे। फिर 30 नए केंद्रीय विश्वविद्यालय, 5 नए इंडियन इंस्टिट्यूट्स ऑफ साइंस एजुकेशन एंड रिसर्च, 8 नए इंडियन इंस्टिट्यूट्स ऑफ टेक्नोलॉजी (आई.आई.टी.), 7 नए इंडियन इंस्टिट्यूट्स ऑफ मैनेजमेंट और 20 नए इंस्टिट्यूट्स ऑफ इन्फॉर्मेशन टेक्नोलॉजी खोले जाएँगे। इनके अलावा 10 हजार नए वोकेशनल स्कूल और 50 हजार नए कला विकास केंद्र खोले जाएँगे।

इनमें से कई घोषणाएँ राष्ट्रीय ज्ञान आयोग की उपयोगी अनुशंसाओं के भी अनुरूप हैं। बहरहाल, इन घोषणाओं पर अमल करना एक बड़ी भारी चुनौती है।

शिक्षा मंत्रालय की पुरातनपंथी और नियंत्रणकारी सोच पर काफी बहस की जा चुकी है। किसी तरह यह स्वदेशी बनाव विदेशी, व्यावसायिक शुल्क बनाम बाजार से जुड़े भुगतान, विदेशी प्रभाव से अपनी पहचान की रक्षा करना बनाम अपने शिक्षा स्तर को वैश्विक स्तर तक लाना—के दलदल में फँसी हुई है।

कुछ मसलों के तुरंत हल की जरूरत है—

- प्राथमिक शिक्षा को सार्वभौमिक बनाना, स्कूल छोड़ने की दर को न्यूनतम करना और शिक्षकों के प्रशिक्षण में सुधार करना—को उच्च प्राथमिकता दिए जाने की जरूरत है। स्कूलों का जबकि विस्तार हो रहा है, लेकिन शिक्षक की गुणवत्ता में काफी गिरावट आ रही है। इसके अलावा, सर्व शिक्षा अभियान पर प्रस्तावित आधे-आधे खर्च का फॉर्मूला गरीब राज्यों पर भारी बोझ बन सकता है।
- क्षेत्रीय अंतर इतना ज्यादा है कि इसे नजरअंदाज नहीं किया जा सकता। उदाहरण के लिए, मानव संसाधन विकास मंत्रालय बिहार, राजस्थान और उड़ीसा में प्रति व्यक्ति के हिसाब से क्रमश: 1.87 रुपए, 2.59 रुपए और 4.07 रुपए खर्च करता है। इसकी तुलना में वह दिल्ली में 177 रुपए, उत्तराखंड में 105 रुपए, हिमाचल प्रदेश में 33 रुपए और पश्चिम बंगाल में 28.10 रुपए खर्च करता है।
- शैक्षणिक संस्थानों के लिए समुचित फीस ढाँचा निर्धारित करना, यहाँ तक कि उच्च शिक्षा की फीस का मामला भी विविध विवादों में घिरा हुआ है। अभी विश्वविद्यालय पर जितना कुल खर्च होता है, उसका 10 फीसदी से भी कम फीस से हासिल होता है। राष्ट्रीय ज्ञान आयोग की सिफारिश है कि फीस कुल खर्च का कम-से-कम 20 फीसदी होनी चाहिए। यह समझदारीवाली बात है 'क्योंकि कम फीस से अवांछित लोगों को अवांछित लाभ होता है।' दान, अतिरिक्त भूमि के उपयोग, कंसल्टेंसी व रिसर्च जैसे अन्य स्रोतों से संस्थानों की आमदनी बढ़ाने की जरूरत है। मगर, पुराने नियम-कायदे लोकोपकारी दान हासिल करने से रोकते हैं। ऐसे स्रोतों से धन जुटानेवाले विश्वविद्यालयों को दंडित किया जाता है। विश्वविद्यालय अनुदान आयोग (यू.जी.सी.) ऐसे विश्वविद्यालय को दी जानेवाली अनुदान-राशि में से उतनी रकम काट लेता है जितनी उसने बतौर दान हासिल की है।
- निजी पूँजी का दोहन करने के लिए बाजार द्वारा निर्धारित फीस और सामाजिक समता के बीच एक समुचित संतुलन बनाने की जरूरत है, ताकि यह सुनिश्चित किया जा सके कि प्रतिभा-संपन्न कम आयवाले विद्यार्थियों की आसान पहुँच एक अति व्यापक स्कॉलरशिप प्रणाली तक हो।
- शैक्षणिक ढाँचे के प्रस्तावित बड़े विस्तार कार्यक्रम पर होनेवाले खर्च का अधिकांश निस्संदेह राज्य द्वारा वहन किया जाएगा। बहरहाल, दैनिक खर्च से

सब्सिडी बिल बढ़ता चला जाएगा। हमें क्रमशः स्ववित्तपोषित मॉडल की ओर बढ़ना चाहिए।

- सरकारी-निजी भागीदारी के जरिए पूँजी आकर्षित करना आवश्यक है, लेकिन यह आसान नहीं है। जबकि शिक्षा के व्यवसायीकरण से बचा जाना चाहिए, नई वित्त प्रणाली पर विचार करना जरूरी है।
- उच्च शिक्षा में विदेशी निवेश पर मौजूदा रोक दरअसल आर्थिक रूप से कमजोर तबकों के खिलाफ जाती है, क्योंकि यह तबका विदेश जाने में और विदेशी डिग्री हासिल करने में असमर्थ है। निजी विश्वविद्यालयों के आलोचकों को इस बात पर विचार करना चाहिए कि किनके हित में इस बिल को रोका जा रहा है; जबकि मौजूदा रूप में भी यह बहुत ज्यादा बंदिशों से अस्त-व्यस्त है। हालाँकि विदेशी विश्वविद्यालयों को शिक्षा का शोषण और व्यवसायीकरण नहीं करना चाहिए, मौजूदा नियामक व्यवस्था को नए सिरे से विचार करना चाहिए कि कम-से-कम शैक्षणिक श्रेष्ठता के नामी केंद्रों को अपने यहाँ आकर्षित किया जाए।
- कोठारी आयोग ने 1968 में ही सिफारिश की थी कि शिक्षा पर सकल घरेलू उत्पाद का 6 फीसदी खर्च किया जाए लेकिन शिक्षा के मद में सरकारी खर्च कभी भी 4.3 फीसदी से ऊपर नहीं गया। फिर, उच्च शिक्षा को सकल घरेलू उत्पाद का 2 फीसदी दिए जाने की बात कही गई थी, लेकिन भारत में महज 0.7 फीसदी खर्च किया जाता है। सबके लिए प्राथमिक शिक्षा के लक्ष्य को पाने के लिए उच्च शिक्षा का विकास बाधित नहीं किया जा सकता।

शैक्षणिक इन्फ्रास्ट्रक्चर का विस्तार करना, शैक्षणिक श्रेष्ठता के ज्यादा केंद्र स्थापित करना और भारत की ग्रामीण अर्थव्यवस्था का समुचित उपयोग करना स्पष्टतः अग्रगामी रास्ता है। लेकिन भारत में जटिलताएँ संसाधनों की पर्याप्तता के परे भी हैं। सामाजिक और समतावादी धारणाओं को इस तरह से सुलझाने की आवश्यकता है कि सामाजिक रूप से सम्मिलित किए जाने के दबावों को श्रेष्ठता के साथ समरस और समंजित किया जा सके।

प्रधानमंत्री की घोषणा के लिए एक कार्यान्वयन रणनीति की जरूरत है।

(19 अगस्त, 2007)

□

47

भारत के खोए मध्य लिंक को बहाल करना

प्रधानमंत्री ने हाल ही में टिप्पणी की थी कि परमाणु करार के अलावा भी कई ऐसे मसले हैं, जिन पर प्राथमिकता के आधार पर ध्यान दिए जाने की जरूरत है। इन्फ्रास्ट्रक्चर से जुड़े मसलों पर इस सप्ताह गहराई से विचार किया गया। शिक्षा और जलवायु परिवर्तन जैसे अन्य कई मुद्दे हैं, जिन पर बराबर ध्यान दिए जाने की आवश्यकता है।

खासकर शिक्षा के मामले में राजनीतिक पटल पर यह मान्यता है कि मूलभूत सुधार किए जाने की जरूरत है। विश्व बैंक ने हाल ही में 'टु मेक इंडिया एन इनोवेशन-ड्राइवेन सोसाइटी' (भारत को एक अनुसंधान संचालित समाज बनाना) शीर्षक से एक रिपोर्ट जारी की है। इसमें उन उपायों का उल्लेख किया गया है, जिनके आधार पर 'जनसंख्या-लाभांश' के फायदे उठाए जा सकते हैं।

आश्चर्य नहीं कि ये उपाय निम्न बातों से जुड़े हैं—बदलती माँग के अनुरूप बेहतर हुनर प्रदान करना, सरकारी-निजी भागीदारी में बढ़ोतरी करना, विश्वविद्यालयों और कॉलेजों को अधिक वित्तीय व प्रबंधकीय स्वायत्तता देना, गुणवत्ता को बरकरार रखने के लिए क्वालिटी और टेस्टिंग स्टैंडर्ड को लागू करना तथा उद्योग के साथ मिलकर संयुक्त प्रशिक्षण कार्यक्रम चलाना। शिक्षा पर त्वरित कार्रवाई की जरूरत को मानव संसाधन विकास मंत्री ने भी माना। उपकुलपतियों के हाल के एक सम्मेलन में उन्होंने कहा भी कि भारत में उच्च शिक्षा एक बीमार बच्चे की तरह है। मुकुल ढोलकिया ने भी प्रतिष्ठित आई.आई.एम., अहमदाबाद के निदेशक पद से रिटायर होने के तुरंत बाद कहा कि अत्यधिक सरकारी नियंत्रण व हस्तक्षेप, मैनेजमेंट बोर्ड के कामकाज में स्वायत्तता और लचीलेपन के अभाव के कारण श्रेष्ठता के केंद्र भी पंगु हो जाते हैं। साफ है कि मौलिक परिवर्तनों की आवश्यकता है। केंद्र और राज्य दोनों ही स्तरों पर विविध कार्रवाई करने की जरूरत है। कुछ बातें स्पष्ट है—

पहला, शिक्षा के क्षेत्र में कैसे ज्यादा निजी निवेश हो ? राज्य की परोपकारिता और सामाजिक दायित्व के विपरीत लाभ कमाने की मंशा इसमें महत्त्वपूर्ण है, क्योंकि लाभ कमाने के मौके पूरी तरह खत्म कर दिए जाएँ तो ताजा निजी निवेश को प्रोत्साहन नहीं मिल सकता है। उच्च व तकनीकी शिक्षा और श्रेष्ठता के केंद्र बनाने के मामलों में यह बात खासतौर पर सच है।

मान्यता प्रदान करने की कठिन प्रक्रिया के जरिए निर्धारित अकादमिक पैमानों को बनाए रखने की हालाँकि आवश्यकता है, मगर कुछ हद तक बाजार की ताकतें भी निष्पक्ष निर्णायक की भूमिका अदा करती हैं। वैध समतावादी अवधारणाओं को लागू करने का मतलब यह नहीं है कि शिक्षा के क्षेत्र में निजी निवेश का अर्थशास्त्र नैतिक रूप से घृणित हो जाता है। कम स्वीकृत शिक्षा संस्थानों के विद्यार्थियों को कमतर नौकरियाँ और तनख्वाह मिलने की संभावना रहेगी और इस कारण उन पर अपना शैक्षणिक स्तर सुधारने का पर्याप्त दबाव बनेगा। राष्ट्रीय ज्ञान आयोग की अनुशंसा है कि उच्च शिक्षा के क्षेत्र में एक स्वतंत्र नियामक निकाय बनाया जाए, जो शिक्षा मंत्रालय के बाजू में रहकर काम करे। इस सिफारिश पर शीघ्र विचार किया जाना चाहिए।

दूसरा, नियुक्ति के मामलों, मैनेजमेंट बोर्ड की निर्णय प्रक्रिया, उत्तरदायित्व पद्धति को फिर से परिभाषित करने, शुल्क निर्धारण और राजस्व जुटाने के अनुपूरक स्रोत तलाशना ऐसे क्षेत्र में, जिनमें शिक्षा संस्थानों को ज्यादा स्वायत्तता की जरूरत है। इस पर मौलिक रूप से पुनर्विचार किया जाना चाहिए।

विविध कानूनों से उत्पन्न सामाजिक दायित्वों और अन्य दिशा-निर्देशों को लागू किया जाना जरूरी है; लेकिन छोटे-छोटे प्रबंधकीय फैसलों में दखल देने से ताजा और व्यावहारिक सोच का दम घुट जाता है। इसलिए ऐसे दखल से बचना चाहिए।

तीसरा, उच्च शिक्षा संस्थानों में प्रतियोगिता बढ़ती जा रही है। इस मसले को अब दरी के अंदर और सरकाया नहीं जा सकता। अमेरिका और यूरोप के शिक्षा संस्थानों में बहुत बड़ी संख्या में भारतीय विद्यार्थी दाखिला लेते हैं। उनकी पढ़ाई को जारी रखने के लिए विशाल राशि भेजनी पड़ती है। आई.एन.एस.ई.ए.डी. और व्हार्टन जैसे कई उच्च शिक्षा संस्थानों ने सिंगापुर में अपने पाँव जमा लिये हैं और कई अन्य इस प्रक्रिया में लगे हुए हैं। यह चिंताजनक है कि विदेशी विश्वविद्यालयों के प्रवेश व संचालन (गुणवत्ता बनाए रखने एवं व्यापारीकरण रोकने) संबंधी विधेयक -2007 कमजोर रूप में होने के बावजूद संसदीय स्वीकृति के बगैर क्षीण

हो रहा है। सिर्फ समृद्ध लोग ही हार्वर्ड, स्टैनफोर्ड या यहाँ तक कि सिंगापुर जा सकते हैं। विचित्र है कि अतिरंजित भय, आधारहीन राष्ट्रवाद और गुणवत्ता बनाए रखने की आड़ में अत्यधिक संरक्षणवादी रवैया अपनाया गया है।

चौथा, गुणवत्ता को समता के साथ संतुलित करने की जरूरत के कारण कई मसले अनसुलझे पड़े हैं। उदाहरणार्थ, कोटा बनाम योग्यता आधारित प्रणाली या बाजार द्वारा निर्धारित फीस बनाम रियायती व्यवस्थाओं से गरीबों की रक्षा करने जैसे मसलों को न्यायपूर्ण ढंग से हल किए जाने की आवश्यकता है।

शिक्षकों के प्रशिक्षण, उनकी नियुक्ति और फैकल्टी को बनाए रखना बड़ी चुनौतियाँ हैं। उच्च-स्तरीय फैकल्टी बाजार द्वारा निर्धारित तनख्वाह की ज्यादा माँग करेगी और इसका विद्यार्थियों की फीस व दूसरी देनदारियों पर असर पड़ेगा ही। यह बात प्रथम दृष्टया समता के सिद्धांत के खिलाफ प्रतीत होगी। रियायती आधार पर योग्यता-स्कॉलरशिप और बैंकिंग संस्थानों से सब्सिडी-युक्त वित्त व्यवस्था जैसे उपायों की आक्रामक मार्केटिंग की जानी चाहिए। इसका व्यापक प्रचार किया जाना चाहिए, ताकि आम जनता को इसकी पूरी जानकारी हो और वह इसका लाभ उठा सके। कॉरपोरेट सामाजिक जिम्मेदारी के तौर पर ज्यादा उदार निजी दान और फाउंडेशन बनाने से प्रतिभा-संपन्न किंतु गरीब विद्यार्थियों को पर्याप्त मदद मिलेगी और इससे कुछ हद तक दुविधा खत्म होगी।

भारत के पास अपनी विकास रणनीति में मध्यवर्ती लिंक का अभाव है। उसके पास या तो श्रमसाध्य रोजगार पैदा करनेवाली गतिविधि है या पर्याप्त संख्या में उच्च गुणवत्तावाले तकनीकी कार्मिक हैं। यह हमारे श्रम आपूर्ति पक्ष में लचीलेपन के अभाव का नतीजा है। मानव संसाधन विकास मंत्रालय की यह नीतिगत विफलता है कि वह अपनी अतिरिक्त मानव श्रम-शक्ति का स्तर ऊपर नहीं उठा सका।

मानव संसाधन के मामले में हम तुलनात्मक रूप से लाभ की स्थिति में हैं हम इसे जाया नहीं कर सकते।

(4 नवंबर, 2007)

□

48

शिक्षा का सूक्ष्म प्रबंधन न करें

गांधी परिवार के प्रति अर्जुन सिंह की घोषित निष्ठा मोटे तौर पर उनका निजी मामला है। बहरहाल, उच्च शिक्षा की चुनौतियों से निपटना उनका निजी मामला नहीं है। उच्च शिक्षा से जुड़ी कड़वी सच्चाइयों का उल्लेख राष्ट्रीय ज्ञान आयोग ने अपनी विस्तृत अनुशंसाओं में किया है और उसका सारांश एक पत्र में लिखकर प्रधानमंत्री को भी 29 नवंबर, 2006 को भेज दिया है। हमारी जरूरतों के हिसाब से विश्वविद्यालयों में उच्च शिक्षा के लिए पर्याप्त सीटें ही उपलब्ध नहीं हैं। बराबर की चिंता यह भी है कि हमारे कई विश्वविद्यालयों में उच्च शिक्षा का स्तर कतई स्वीकार्य नहीं है। कुछ नाजुक मसलों तक मुझे अपनी टिप्पणी सीमित रखने दें—

पहला, विस्तार। राष्ट्रीय ज्ञान आयोग की सिफारिश है कि उच्च शिक्षा का बड़े पैमाने पर विस्तार किया जाए। देश में 1,500 नए विश्वविद्यालय खोले जाएँ, ताकि वर्ष 2015 तक उच्च शिक्षा में कुल पंजीयन अनुपात कम-से-कम 1.5 फीसदी तक हो जाए। इसके लिए सरकार को सकल घरेलू उत्पाद का 1.5 फीसदी उच्च शिक्षा के मद में खर्च करना पड़ेगा, वैसे शिक्षा के लिए सकल घरेलू उत्पाद का 6 फीसदी हिस्सा प्रस्तावित है। यह भी कहा गया है कि फीस ढाँचे को क्रमशः बढ़ाया जाना चाहिए, ताकि वह मौजूदा 2 फीसदी से बढ़कर विश्वविद्यालय के कुल खर्च का 20 फीसदी वहन करे। विश्वविद्यालय अनुदान अयोग को भी अपने अनुदान देने के तरीके में बदलाव करना चाहिए और इस प्रक्रिया को आगे बढ़ाना चाहिए।

जहाँ तक उच्च शिक्षा के विस्तार का मामला है, इसके लिए बजटीय समर्थन अपर्याप्त है और वित्तीय स्रोतों के विविधीकरण के लिए भी सुसंबद्ध प्रयास नहीं किया गया है, ताकि वह सार्वजनिक खर्च में बढ़ोतरी का अनुपूरक बने।

अर्नस्ट एंड यंग—ई.डी.जी.ई. 2008 रिपोर्ट, जो 'भारत में उच्च शिक्षा के वैश्वीकरण' के मसले पर है, के अनुसार उच्च शिक्षा पर कुल मिलाकर आवंटन

सकल घरेलू उत्पाद का महज 0.37 फीसदी है। उच्च शिक्षा में कुल पंजीयन अनुपात (जी.ई.आर.) को बढ़ाकर 15 फीसदी करने के लिए ग्यारहवीं योजना के पहले साल में बजट आवंटन को बढ़ाकर सकल घरेलू उत्पाद का 0.65 फीसदी करना होगा और योजना अवधि समाप्त होने तक आवंटन बढ़ाकर 1.06 फीसदी करना होगा। विश्वविद्यालय अनुदान अयोग ने खर्च का आकलन दो वैकल्पिक आधारों पर किया है और इसके अनुसार 47 हजार करोड़ से 74 हजार करोड़ रुपए की जरूरत पड़ेगी।

दूसरा, उच्च शिक्षा के लिए एक स्वतंत्र नियामक प्राधिकरण (आई.आर.ए.एच.ई.) की स्थापना कर मौजूदा विश्वविद्यालयों में सुधार किया जाना चाहिए। इस स्वतंत्र निकाय में एक अध्यक्ष और अपने-अपने क्षेत्र के विशेषज्ञ सदस्य हों। यह अथॉरिटी प्रस्तावित विस्तार के लिए मान्यता देनेवाली एजेंसी की निगरानी करे, एक ज्यादा समसामयिक पाठ्यक्रम सुझाए और उच्च गुणवत्तावाली फैकल्टी (शिक्षकों) को आकर्षित करने व बनाए रखने के लिए नीतियाँ भी बनाए। एक स्वतंत्र निकाय द्वारा सुझाए गए समुचित फीस ढाँचे की विश्वसनीयता होगी। अफसोस की बात है कि यह अहम सिफारिश अधर में लटकी पड़ी है। मानव संसाधन विकास मंत्रालय शिक्षा क्षेत्र के सूक्ष्म प्रबंधन की अपनी पुरानी सोच को छोड़ने के लिए तैयार नहीं है। इस सिफारिश की समीक्षा के लिए बस एक और समिति बना देना अहम फैसलों को स्थगित करना है। राष्ट्रीय ज्ञान आयोग ने मौजूदा एन.सी.ई.आर.टी. और विश्वविद्यालय अनुदान आयोग की भूमिका को पुनःपरिभाषित करने का भी सुझाव दिया है। साफ है कि अभी तक प्रचलित सोच की निहित स्वार्थवाली लॉबियाँ और यथास्थिति बनाए रखनेवाले लोग हलके-फुलके लक्ष्यों को प्राप्त करने के लिए न्यूनतम बदलावों को भी रोक देते हैं।

तीसरा मसला स्वायत्तता से जुड़ा है। आई.आई.टी. और आई.आई.एम. जैसे श्रेष्ठता के मौजूदा संस्थानों का वित्त-पोषण सरकार द्वारा किया जाता है। उन्हें अपने दैनिक कामकाज में भी काफी हस्तक्षेप का सामना करना पड़ता है। पारिश्रमिक ढाँचा, फीस का निर्धारण, विदेशी विश्वविद्यालयों से भागीदारी जैसे नीतिगत मामलों में भी उन्हें सरकारी दखल झेलना पड़ता है। ज्ञान सीखने और अभिनव परिवर्तन का माहौल बनाने के लिए हमें लचीलेपन और स्वतंत्रता की आवश्यकता है।

चौथा, हमारे सामाजिक ताने-बाने के मद्देनजर इसमें कोई संदेह नहीं कि समता को क्षमता के साथ संतुलित करना अहम बात है। राष्ट्रीय छात्रवृत्ति योजनाएँ

आरक्षण जैसी सामाजिक आवश्यकताओं को योग्यता-प्रणाली के साथ समन्वित करने का तरीका है। प्रथम दृष्टया ये विरोधाभासी लक्ष्य लगते हैं। हमारी उच्च शिक्षा के सुधार की दिशा में उच्चतम न्यायालय के फैसले के आधार पर कोटा प्रणाली को लागू करना कई अंतर्निहित और गंभीर मसलों का सिर्फ एक पहलू है।

पाँचवाँ, अंतरराष्ट्रीय विश्वविद्यालय स्थापित करने के लिए लाए गए विधेयक पर हमारे यहाँ सहमति नहीं बन पाई है; लेकिन इस बीच अन्य देश और प्रतियोगी स्थान आगे निकल गए हैं। भारत के प्रतिभावान् विद्यार्थियों के लिए अमेरिका के श्रेष्ठ शिक्षा केंद्रों में पढ़ना काफी महँगा पड़ता है। ऐसे कई विश्वविद्यालयों ने अन्य उभरते बाजारों में अपने पाँव पसार लिये हैं। उदाहरण के लिए, आई.एन.एस.ई.ए.डी. और व्हार्टन के विश्वविद्यालय सिंगापुर में भली-भाँति चल रहे हैं। जो प्रतिभावान् भारतीय विद्यार्थी हार्वर्ड या स्टैनफोर्ड में पढ़ाई का खर्च नहीं उठा सकते हैं, वे सिंगापुर को अपने दायरे में पाते हैं। अपने यहाँ मौका न देकर हम विदेशी विश्वविद्यालयों को कहीं और अपनी सेवा प्रदान करने का अवसर दे रहे हैं। यह बात हमारे कम समृद्ध भारतीय विद्यार्थियों के खिलाफ जाती है।

हम अंतरराष्ट्रीय विश्वविद्यालय विधेयक की पड़ताल जरूर कर रहे हैं, लेकिन हमें अपनी पहचान नहीं खोनी चाहिए। आबादी के फर्क का जो फायदा हमें है, उसका दोहन खुले दिमाग से किया जा सकता है। उच्च शिक्षा-प्रणाली में सुधार का मसला अब और देरी बरदाश्त नहीं कर सकता।

(6 जुलाई, 2008)

□

49

नकली के लिए शिक्षा

अमेरिकी वित्तीय व्यवस्था में मंदी के भारत पर पड़नेवाले असर के बारे में हम चिंता करते हैं या चिंताओं की व्याख्या कर उससे पल्ला झाड़ लेते हैं; लेकिन एक और समस्या है जिसे गंभीरता व शीघ्रता से हल किए जाने की जरूरत है—और वह है प्राथमिक शिक्षा।

भारत की प्राथमिक शिक्षा दो मोरचों पर समस्याग्रस्त है—एक, सौ फीसदी पंजीयन और दूसरा, स्कूल छोड़ने की समस्या से निपटना, लिंग अंतर को समाप्त करना और शिक्षा की गुणवत्ता में सुधार करना। शिक्षक प्रशिक्षण में कल्पनाशील नजरिए की जरूरत है। इसी तरह उभरती माँगों के मद्देनजर हुनर प्रदान करने के लिए वोकेशनल शिक्षा में सुधार जरूरी है। छात्रों को सिर्फ शिक्षित ही नहीं, उन्हें रोजगार लायक बनाने की भी आवश्यकता है।

उच्च शिक्षा की अलग तरह की समस्याएँ हैं। पहला कुल पंजीकरण अनुपात, जो फिलहाल 8 फीसदी से भी कम है, को 15 फीसदी तक ले जाने की जरूरत है। योजना आयोग का आकलन है कि इस लक्ष्य को पूरा करने के लिए 1,500 नए विश्वविद्यालयों के अलावा अनेक नए आई.आई.टी., आई.आई.एम. और दूसरे विशेष कोर्स खोलने पड़ेंगे।

इसमें कोई संदेह नहीं कि राष्ट्रीय ज्ञान आयोग (एन.के.सी.) की सिफारिशों ने ग्यारहवीं पंचवर्षीय योजना में संसाधन का बड़ा आवंटन हासिल करने में मदद दी। पहले की अवधियों के आवंटन की तुलना में यह काफी ज्यादा है। दुर्भाग्य से अन्य मोरचों पर बात बहुत कम आगे बढ़ी क्योंकि राष्ट्रीय ज्ञान आयोग की कई विश्वसनीय सिफारिशें मानव संसाधन विकास मंत्रालय में धूल चाट रही हैं।

दरअसल, इससे बेचैनी और निराशा पैदा हुई है। जो बात भारत के लिए लाभदायक हो सकती थी, वह मानव संसाधन विकास मंत्रालय की नौकरशाही की राजनीति में फँसी पड़ी है। मंत्रालय अभी भी हमारी शिक्षा-प्रणाली पर अत्यधिक नियंत्रण रखना चाहता है और सूक्ष्म प्रबंधन करना चाहता है।

तीन प्रमुख क्षेत्रों में प्राथमिकता के आधार पर ध्यान दिए जाने की जरूरत है। एक, राष्ट्रीय ज्ञान आयोग की 2007 की रिपोर्ट में अनुशंसा की गई है कि अखिल भारतीय तकनीकी शिक्षा परिषद् (ए.आई.सी.टी.ई.) और विश्वविद्यालय अनुदान आयोग (यू.जी.सी.) की मौजूदा प्रक्रियाओं एवं तौर-तरीकों की जगह एक नया नियामक ढाँचा खड़ा किया जाए।

इसका प्रस्ताव है कि उच्च शिक्षा के लिए एक स्वतंत्र नियामक प्राधिकरण स्थापित किया जाए और इसके तहत प्रबंधन शिक्षा के लिए एक स्वतंत्र स्थायी समिति बनाई जाए। इस समिति का मुख्य काम होगा कि वह लाइसेंस प्रदान करने और स्वीकृति, नियमन व मान्यता प्रक्रियाओं को पृथक् करने में समुचित लगन व परिश्रम दिखाए। यह काम उच्च शिक्षा के लिए एक नए स्वतंत्र नियामक प्राधिकरण (आई.आर.ए.एच.ई) के जरिए किया जाएगा। यह प्राधिकरण सरकार के बाजू में रहकर काम करेगा। मानव संसाधन विकास मंत्रालय ने 'इस सवाल की पड़ताल' करने के लिए एक और समिति का गठन कर दिया है। दूसरे शब्दों में, ज्ञान आयोग की सिफारिशों को ठंडे बस्ते में डाल दिया गया है।

तीसरा, फैकल्टी को आकर्षित करने, बनाए रखने और गुणवत्ता सुधारने के मसले को प्रतियोगी बाजार के अर्थशास्त्र से अलग नहीं रखा जा सकता है। इसके लिए फैकल्टी के भरपाई पैकेज की समीक्षा की जानी चाहिए, जो कि समुचित फीस ढाँचे की भी अपेक्षा रखती है। मगर इस मामले में भी कोई प्रगति नहीं हुई है।

शिक्षण समस्याओं को स्वायत्तता देने के मसले पर भी बेहद कम ध्यान दिया गया है। आई.आई.एम. और आई.आई.टी. जैसे संस्थानों, जिन्हें सरकार से अनुदान मिलता है, का सरकारी सूक्ष्म प्रबंधन जारी है। दो प्रमुख विधेयक—शिक्षा का अधिकार विधयेक और विदेशी विश्वविद्यालय विधेयक—अभी भी संसद् में पेश नहीं किए गए हैं।

शिक्षा-क्षेत्र के लिए आवंटन उल्लेखनीय रूप से बढ़ाने में कोई भी प्रधानमंत्री की गंभीरता और ईमानदारी पर संदेह नहीं करता। बहरहाल, इन्हें लागू करने के लिए जो नियामक ढाँचा और माहौल है, वह वांछित परिणाम पाने को बाधित करना जारी रखेगा। केवल ज्यादा समितियाँ और आयोग गठित करना सिफारिशों को स्थगित करने और वक्त गुजारने का शास्त्रीय तरीका है; लेकिन वक्त हाथ से निकलता जा रहा है और भारत को आबादी के अंतर से पूरा लाभ उठाने की वाकई जरूरत है।

(25 सितंबर, 2008)

□

50

खुले समाज को पुनर्जीवित करना

नांलंदा परामर्शदाता समूह की पहली बैठक में भाग लेने के लिए मैं इस सप्ताह के प्रारंभ में सिंगापुर में था। बिहार सरकार के अनुरोध पर विदेश मंत्रालय ने इस समूह का गठन किया है। नालंदा को बौद्धिक श्रेष्ठता के केंद्र के रूप में पुनर्जीवित करने के क्रम में जटिल मसलों को हल करने के लिए इस समूह का गठन किया गया है। इस समूह के अध्यक्ष हैं अमर्त्य सेन। इस समूह में निम्न गण्यमान्य लोग शामिल हैं—सिंगापुर के विदेश मंत्री जॉर्ज येओ, प्रो. सुजाता बोस, लॉर्ड मेघनाद देसाई, प्रो. तानसेन सेन, इकुओ हिरायामा (उनके विकल्प के रूप में प्रो. सुसुमु नाकानिशि), प्रो. वांग बांगवेई और मैं खुद। विदेश मंत्रालय में सचिव एन. रवि इस समूह के सदस्य सचिव हैं, जबकि वाई.एस. राजन विशेष आमंत्रित। सिंगापुर सरकार आमतौर पर और जॉर्ज येओ खासतौर पर इस प्रक्रिया को आगे बढ़ाने में प्रमुख उत्प्रेरक रहे हैं। इसलिए यह उचित ही था कि चार नियोजित बैठकों में से पहली बैठक का आयोजन सिंगापुर ने ही किया। समूह ने अच्छी प्रगति की। इसने माना कि 'नालंदा को पुनर्जीवित करना एक विचार है, जिसका वक्त आ गया है' और एक ऐसी अवधि में 'जब एशिया फिर से एक आर्थिक शक्ति के रूप में उभर रहा है, नालंदा में यह क्षमता है कि वह वैश्विक समझदारी और विश्व-शांति का एक प्रकाश-स्तंभ बन जाए।'

समूह ने विद्वानों की एक सलाहकार परिषद् नियुक्त करने का भी फैसला किया। नालंदा विश्वविद्यालय के पाठ्यक्रम और अकादमी ढाँचे से जुड़े मामलों में इस परिषद् से मशविरा किया जाएगा।

नालंदा विश्वविद्यालय एक श्रेष्ठता केंद्र बनने के लिए काम करेगा। यहाँ मुख्यत: स्नातकोत्तर अध्ययनों और शोध कार्यों पर जोर रहेगा। यहाँ जिन विषयों के अध्ययन का विचार है, उनमें शामिल है—दर्शन और बौद्ध अध्ययन, क्षेत्रीय इतिहास, बिजनेस मैनेजमेंट स्टडीज, अंतरराष्ट्रीय संबंध और शांति अध्ययन तथा एशियाई

भाषाओं समेत विभिन्न भाषाएँ, जिनमें शास्त्रीय व आधुनिक दोनों भाषाएँ शामिल हों तथा भाषा विज्ञान बाद में। इसके पाठ्यक्रमों का विस्तार किया जाएगा और न्यूरो-साइंसेज जैसे अग्रणी वैज्ञानिक शोधवाले विषयों को शामिल किया जाएगा।

नालंदा विश्वविद्यालय की अवधारणा को साकार करने में जो विविध चुनौतियाँ हैं, उनमें निम्न शामिल हैं—एक, इसके अंतरराष्ट्रीय चरित्र को स्थानीय जनता के लाभों के साथ समन्वित करने की जरूरत है। बोध गया, गया, नालंदा और राजगीर के पूरे क्षेत्र के लिए एक एकीकृत विकास योजना बनाने और कार्यान्वित करने की आवश्यकता है, ताकि यह क्षेत्र एक आध्यात्मिक, शैक्षणिक, सांस्कृतिक और पर्यटन केंद्र के रूप में उभरकर सामने आए।

आस-पास के गाँवों को पिरोते हुए एक ऐसी रणनीति बनाई जाए कि वे नालंदा यूनिवर्सिटी से लाभ उठा सकें। इसके लिए स्थानीय जरूरतों के मद्देनजर यूनिवर्सिटी में विशेष पढ़ाई और शोध मॉड्यूल तैयार किया जाए। इसमें संदेह नहीं कि भारतीय स्कॉलर और अन्य क्षेत्रों के विद्यार्थी इस अंतरराष्ट्रीय विश्वविद्यालय से लाभान्वित हों।

दो, नालंदा के लिए मौजूदा पहल केंद्र-राज्य सहयोग का एक आदर्श रूप है। पूर्व राष्ट्रपति डॉ. अब्दुल कलाम ने बिहार विधानसभा को संबोधित करते हुए नालंदा विश्वविद्यालय की अवधारणा सामने रखी थी और अमर्त्य सेन जैसे बुद्धिजीवियों ने इसे आगे बढ़ाया। इस पर बिहार सरकार ने पहल की और उसके अनुरोध पर केंद्र सरकार ने इस प्रोजेक्ट को ठोस रूप प्रदान करने के लिए एक अंतरराष्ट्रीय समूह का गठन किया।

सिंगापुर ने इस प्रोजेक्ट में काफी रुचि दिखाई। चीन के राष्ट्रपति के भारत दौरे, फिर भारतीय प्रधानमंत्री के जापान दौरे और सेबु में पूर्वी एशियाई शिखर सम्मेलन के दौरान इस दिशा में अंतरराष्ट्रीय भागीदारी का अनूठा संगम है। इसके विविध दावेदारों के बीच तालमेल बनाए रखने की आवश्यकता है।

तीसरा, अगर इस विश्वविद्यालय को अंतरराष्ट्रीय भागीदारी और कई देशों के स्वामित्व के आधार पर वाकई एक क्षेत्रीय प्रयास के तौर पर आकार लेना है तो इसे एक पृथक् कानून, एक संधि या एक विशेष कानून के तहत लाना होगा। इस तरह के सहयोग के बहुत उदाहरण नहीं हैं। प्रस्तावित नालंदा विश्वविद्यालय को हमारी मौजूदा शिक्षा नीतियों के प्रतिबंधात्मक पहलुओं से छूट देनी पड़ेगी। ये पाबंदियाँ राष्ट्रीय संदर्भ में भले ही प्रासंगिक हों, लेकिन ये अंतरराष्ट्रीय सहयोग के लिए

आधार नहीं बन सकती हैं। एक ऐसा नया नियामक ढाँचा बनाया जाना चाहिए, जो बिहार, केंद्र सरकार और अंतरराष्ट्रीय सहयोगियों के हितों को मिलाकर काम करे। यह एक संवेदनशील मसला है, लेकिन एक अपरिहार्य चुनौती है।

चौथा, प्रस्तावित संगठनात्मक ढाँचे के अनुरूप वित्तीय व्यवस्था की जानी चाहिए। विश्वविद्यालय की स्थापना के लिए विशाल राशि की जरूरत पड़ेगी। इसके अलावा आवर्ती खर्च भी होंगे। वे अवश्य ही अंतरराष्ट्रीय पैमानों के अनुरूप होने चाहिए, चाहे मामला अवधि, शर्तों या पारिश्रमिक पैकेज का हो। ये ऐसे हों कि अंतरराष्ट्रीय प्रतिभाओं को आकर्षित किया जा सके और उन्हें बनाए रखा जा सके। एशियाई देशों से उदार समर्थन अच्छा संकेत है। हमें रकम और भागीदारी के बीच संतोषजनक तालमेल की जरूरत है। विश्वविद्यालय का वित्त-पोषण इस तरह से हो कि स्वामित्व की विविधता और संगठनात्मक स्वायत्तता बनी रहे।

नालंदा विश्वविद्यालय के स्वर्णकाल में लगभग 10 हजार विद्यार्थी और कई विदेशी विद्वान् यहाँ अध्ययनरत थे। अमर्त्य सेन ने परामर्शदायी बैठक में बड़े प्रभावी ढंग से बताया कि जब नालंदा को नष्ट किया जा रहा था, लगभग उसी समय ऑक्सफोर्ड की स्थापना की जा रही थी। भारत तब आज की तुलना में निश्चित रूप से खुला समाज था। हमारे मौजूदा नीति-निर्माताओं के लिए यह एक बड़ी चुनौती है कि वे शिक्षा नीतियों में ऐसा सुधार और नियमन करें कि एक ऐसी प्रणाली खड़ी हो, जो दुनिया एवं उसके विचारों के प्रति खुला नजरिया अपनाए और जो अतीत के नालंदा को कुछ हद तक प्रतिबिंबित करे। यह आश्चर्यजनक है कि ऐसा खुला समाज कैसे वक्त गुजरने के साथ इतना संकीर्ण हो गया। संभव है, नालंदा उन परिवर्तनों के लिए प्रकाश-स्तंभ का काम करे, जिन्हें हम बेसब्री से चाहते हैं।

(22 जुलाई, 2007)

□

51

नालंदा : एशियाई पुनर्जागरण का प्रतीक

एक ज्ञान-केंद्र के रूप में नालंदा विश्वविद्यालय को पुनर्जीवित करने के प्रयास ने अब गति पकड़ ली है। नया विश्वविद्यालय पुराने विश्वविद्यालय स्थल के पास ही बनेगा, जिसका महज 20 फीसदी हिस्सा खोदा गया है। खिलजियों ने इस विश्वविद्यालय को नष्ट कर दिया था। इसके पूर्व चौथी से तेरहवीं सदी तक नालंदा महाविहार दुनिया की सबसे पुरानी शैक्षणिक एवं सांस्कृतिक श्रेष्ठता पीठों में से एक के रूप में स्थापित रहा था।

अपने गौरव के दिनों में यहाँ एशिया भर के विद्यार्थी और विद्वान् रहते थे तथा अध्ययन करते थे। इस महान् विश्वविद्यालय को पुनर्जीवित करने के प्रयास पहले भी किए गए, लेकिन कुछ खास परिणाम नहीं निकला।

बहरहाल, पूर्व राष्ट्रपति डॉ. ए.पी.जे. अब्दुल कलाम ने नालंदा विश्वविद्यालय की अवधारणा को नए सिरे से सामने रखा और सिंगापुरवालों, खासकर वहाँ के विदेश मंत्री जॉर्ज येओ ने इसमें उत्प्रेरक की भूमिका अदा की और गंभीरता से इसकी कार्यान्वयन रणनीति बनाई। प्रधानमंत्री मनमोहन सिंह ने इस विश्वविद्यालय को पुनर्जीवित करने के प्रयास को बढ़ावा दिया। बिहार के मुख्यमंत्री नीतीश कुमार ने इसकी शुरुआती प्रगति की खुद निगरानी की। बिहार सरकार ने 500 एकड़ जमीन का अधिग्रहण किया और बेहतर सड़कें, बिजली और पास के गया हवाई अड्डे के आधुनिकीकरण के जरिए इन्फ्रास्ट्रक्चर को सुधारने के लिए तीव्र कदम उठाए।

विदेश मंत्रालय ने प्रो. अमर्त्य सेन की अध्यक्षता में एक नालंदा परामर्शदाता समूह का गठन किया। यह समूह अकादमिक विषयों, प्रशासकीय ढाँचे और वित्तीय विकल्पों के बारे में सलाह देगा। इस परामर्शदाता समूह की हाल ही में गया व नालंदा में एक महत्त्वपूर्ण बैठक हुई। इसके बाद समूह ने बिहार के मुख्यमंत्री नीतीश कुमार के साथ बैठक की। इस समूह में निम्न लोग शामिल हैं—जॉर्ज येओ, इकुओ हिरायामा, सुजाता बोस, वांग बांगवेई, एन.के. सिंह, मेघनाद देसाई, तानसेन

सेन, एन. रवि, वांग गुंगवु, सुसुमु नाकानिशि और वाई.एस. राजन। समूह ने अपनी सिफारिशों को अंतिम रूप दे दिया है। इस प्रोजेक्ट की मॉनिटरिंग और उसके कार्यान्वयन के चरण में भी इस समूह से मशविरा किया जाएगा। समूह ने मोटे तौर पर जो महत्त्वपूर्ण फैसले लिये हैं, उनमें निम्न शामिल हैं—

- सर्वप्रथम, नालंदा शोध और पढ़ाई का एक श्रेष्ठ केंद्र बनेगा। यहाँ स्नातकोत्तर अध्ययन पर जोर रहेगा। यहाँ शोध और पढ़ाई के बीच संतुलन स्थापित किया जाएगा। यह विभिन्न क्षेत्रों, खासकर एशिया से शिक्षकों (फैकल्टी) की नियुक्ति करेगा और विद्यार्थियों को दाखिला देगा। इसका वाकई अंतरराष्ट्रीय चरित्र होगा।
- उन्होंने सात स्कूलों और विभागों की स्थापना के बारे में फैसला लिया है। इनमें शामिल हैं—स्कूल ऑफ बिजनेस मैनेजमेंट एंड डेवलपमेंट स्टडीज, स्कूल ऑफ लैंग्वेजेज एंड लिटरेचर्स, स्कूल ऑफ इंटरनेशनल रिलेशंस एंड पीस स्टडीज, स्कूल ऑफ बुद्धिस्ट स्टडीज, फिलॉसफी एंड कंपेरेटिव रिलीजन, स्कूल ऑफ हिस्टोरिकल स्टडीज, स्कूल ऑफ इकोलॉजी एंड एनवायरनमेंटल स्टडीज एवं स्कूल ऑफ इन्फॉर्मेशन साइंसेज एंड टेक्नोलॉजी।
- विश्वविद्यालय का प्रमुख एक रेक्टर होगा, जिनकी सहायता के लिए वरिष्ठ प्रोफेसरों की एक कार्यकारिणी परिषद् होगी। दैनिक प्रशासन का जिम्मा रजिस्ट्रार का होगा। विश्वविद्यालय का एक विजिटर भी होगा। बिहार सरकार ने पहले विजिटर के रूप में पूर्व राष्ट्रपति डॉ. ए.पी.जे. अब्दुल कलाम की नियुक्ति की है, जिसकी परामर्शदाता समूह ने पुष्टि भी कर दी है।

इस तरह, इस प्रतिष्ठित विश्वविद्यालय की स्थापना की दिशा में काफी प्रगति हुई है। इस दिशा में अगले कदम निम्न क्रम में उठाए जाएँगे।

सर्वप्रथम, बैंकॉक में अप्रैल 2009 के मध्य में पूर्वी एशिया शिखर सम्मेलन होगा। इसमें पूर्वी एशियाई देशों के प्रधानमंत्री भाग लेंगे। इस सम्मेलन में नालंदा विश्वविद्यालय के बारे में भी चर्चा की जाएगी और उम्मीद है कि पूर्वी एशिया शिखर सम्मेलन के सदस्यों द्वारा एक अंतरराष्ट्रीय समझौता भी पारित किया जाएगा। इस विश्वविद्यालय के गठन में अंतरराष्ट्रीय भागीदारी के लिए यह शिखर सम्मेलन आधारशिला का काम करेगा। दूसरा, पूर्वी एशिया शिखर सम्मेलन में एक अंतरराष्ट्रीय समझौता पारित हो जाने के बाद भारत सरकार नालंदा विश्वविद्यालय विधेयक संसद् में प्रस्तुत करेगी और इसे पारित कराएगी। यह कानून प्रस्तावित नालंदा विश्वविद्यालय की अंतरराष्ट्रीय स्थिति को मान्यता प्रदान करेगा।

तीसरा, 'नालंदा विश्वविद्यालय कानून' बनने के बाद भारत सरकार, बिहार सरकार और नालंदा विश्वविद्यालय के बीच एक समझौते पर दस्तखत किए जाएँगे। इस समझौते के जरिए नालंदा विश्वविद्यालय के प्रशासन में उनकी भूमिकाओं और क्षेत्राधिकार को स्पष्ट किया जाएगा। इसके उपरांत विश्वविद्यालय के निर्माण का कार्य जल्द-से-जल्द शुरू किया जाएगा। चूँकि मौजूदा जमीन और नया स्थल तथा 500 एकड़ और जमीन के अधिग्रहण का काम तेजी से चल रहा है, इसलिए बिजली, संचार और अन्य नागरिक सुविधाओं जैसे इन्फ्रास्ट्रक्चर विकास के काम भी उसी तेजी से किए जाने की जरूरत है। पूर्वी एशिया शिखर सम्मेलन द्वारा अंतरराष्ट्रीय समझौते को पारित करने और संसद् द्वारा नालंदा विश्वविद्यालय विधेयक पारित करने के बाद विश्वविद्यालय के निर्माण कार्य को तीव्र गति मिलेगी।

यह विश्वविद्यालय अपने आप में अनूठा होगा। यह भारत के बिहार में स्थित होगा; लेकिन यह कई अन्य देशों, खासकर एशियाई देशों के सक्रिय सहयोग से बनाया जाएगा। यह सचमुच अंतरराष्ट्रीय भागीदारीवाली यूनिवर्सिटी होगी।

नालंदा बरबस ही अतीत की सुनहरी यादें ताजा कर देता है। अमर्त्य सेन ने परामर्शदाता समूह की बैठक में जिक्र किया कि पुराने नालंदा को नष्ट किए जाने का समय वही है, जब ऑक्सफोर्ड का उद्घाटन किया जा रहा था। क्या यह बौद्धिक नेतृत्व के एशिया से यूरोप हस्तांतरण का प्रतीक था? नालंदा विश्वविद्यालय को पुनर्जीवित करने का मौजूदा प्रयास नए एशियाई पुनर्जागरण का एक हिस्सा है। यह एशियाई देशों का पुनरुत्थान है और कई सदियों से गुम अपनी प्राचीन सुदृढ़ सांस्कृतिक व जातीय जड़ों को फिर से खोजने की मुहिम है। परामर्शदाता समूह के एक सदस्य ने टिप्पणी की कि नालंदा को पुनर्जीवित करने का विचार उन मनुष्यों की ओर से आया है, जो प्रकृति के साथ शांति और सामंजस्य बनाते हुए एक साथ रहते हैं। नालंदा को पुनर्जीवित करना एशिया के फिर से एक वैश्विक ज्ञान-केंद्र के रूप में प्रतिष्ठित होने का सूचक होगा। यह प्रतीकात्मक मूल्य महज एक नया विश्वविद्यालय बनाने के परे की बात है। नालंदा शब्दों और मूल्यों का जो जादू बिखेरता है, वह हमारी यादों और मन की गहराई में बैठा हुआ है। यही कारण है कि अपने विनाश के 800 वर्ष बीत जाने के बाद भी नालंदा की यादें जीवित हैं। नालंदा एक से ज्यादा अर्थों में नए एशियाई पुनर्जागरण का प्रतीक है।

(13 मार्च, 2009)

□

52

इससे ग्रेड नहीं बनता

हाल में संसदीय सत्र के संपन्न होने के अवसर पर राज्यसभा के सभापति ने अपने समापन भाषण में अफसोस व्यक्त किया कि कई महत्त्वपूर्ण विधेयक हड़बड़ी में पारित किए गए । इससे विधेयक की बातों पर चर्चा नहीं हो सकी और 'कार्यकारिणी को भी जिम्मेदार नहीं ठहराया जा सका।' जिन विधेयकों के लिए बिजनेस एडवाइजरी ग्रुप ने समय आवंटित किया था, लेकिन जो चर्चा के लिए सामने नहीं आ सके, उनमें से एक था—'केंद्रीय विश्वविद्यालय विधेयक 2008'। सौभाग्य से, इस बिल को जल्दबाजी में आगे नहीं बढ़ाया गया। विधेयक को राज्यसभा में पेश किया गया और फिर उसे मानव संसाधन विकास पर बनी स्थायी समिति को भेज दिया गया। इस विधेयक का मकसद 4 राज्य विश्वविद्यालयों को केंद्रीय विश्वविद्यालय में तब्दील करना और बिहार, गुजरात, हरियाणा, हिमाचल प्रदेश, जम्मू एवं कश्मीर, झारखंड, कर्नाटक, केरल, उड़ीसा, पंजाब, राजस्थान और तमिलनाडु में 11 नए केंद्रीय विश्वविद्यालय खोलना है।

भारत में उच्च शिक्षा में आम पंजीयन अनुपात (जी.ई.आर.) करीब 11 प्रतिशत है, जबकि विकसित देशों में 56 प्रतिशत है। इस तरह, संक्रमण में फँसे देशों में यह 36 प्रतिशत और चीन में करीब 22 प्रतिशत है। ग्यारहवीं योजना का प्रस्ताव भारत के जी.ई.आर. को 15 प्रतिशत और बारहवीं योजना के अंत तक 21 प्रतिशत करने का है। इन बड़े लक्ष्यों को हासिल करने के लिए जरूरी है कि सरकार नाटकीय रूप से नए संस्थानों की संख्या का विस्तार करे और मौजूदा संस्थानों की क्षमता बढ़ाए।

अतीत से सबक लेते हुए यह अपेक्षा थी कि नया विधेयक नए विश्वविद्यालयों के प्रशासन और उसकी निर्णय-प्रक्रिया को पुनर्गठित करेगा, ताकि शिक्षा की गुणवत्ता में सुधार हो तथा पहुँच के महत्त्वपूर्ण विस्तार और गुणवत्ता बेहतर करने के जुड़वाँ लक्ष्यों में सामंजस्य बने। राष्ट्रीय ज्ञान आयोग ने भी विस्तार, श्रेष्ठता और लोगों के सम्मिलित किए जाने के बारे में महत्त्वपूर्ण अनुशंसाएँ की हैं। दुर्भाग्य से, यह विधेयक बेहद निराशाजनक है।

इस विधेयक के निम्न प्रावधानों पर गौर करें—

विधेयक में कहा गया है कि संक्रमण के दौरान पहला कोर्ट, पहली कार्यकारिणी परिषद् और पहली अकादमिक परिषद् का नामांकन केंद्रीय सरकार (यानी मानव संसाधन विकास मंत्री) द्वारा किया जाएगा। लेकिन न तो अधिनियम और न ही संविधि में इस बात का खुलासा किया गया है कि योग्यता एवं डिग्री क्या होगी। चयन समिति द्वारा विभागाध्यक्षों की नियुक्ति के लिए भी यह बात सही है।

विधेयक विजिटर को यह एकमुश्त अधिकार देता है कि वह उपकुलपति को उनके किसी कदाचरण या नियम उल्लंघन के कारण पद से बरखास्त कर दें। बहरहाल, इसमें यह नहीं कहा गया है कि इन शक्तियों का इस्तेमाल अपवादजनक मामलों में ही किया जाना चाहिए और साथ में स्पष्ट किया जाना चाहिए कि ऐसा किन कारणों से किया गया।

विधेयक केंद्र सरकार को भी व्यापक अधिकार प्रदान करता है। इसके अनुसार केंद्र नीतिगत मामलों में विश्वविद्यालयों को बाध्यकारी निर्देश दे सकता है। इसके अलावा, क्या नीतिगत मामला है, इसकी व्याख्या करने का काम भी केंद्र के ही हाथों में है। यह विश्वविद्यालय की स्वायत्तता की अवधारणा को नकारता है, जबकि श्रेष्ठता के केंद्र बनाने के लिए स्वायत्तता की जरूरत पड़ती है।

केंद्र सरकार की भूमिका कार्यकारिणी एवं अकादमिक परिषदों में अपने प्रतिनिधियों का नामांकन करने तक सीमित होना चाहिए। दिलचस्प है कि मौजूदा केंद्रीय विश्वविद्यालयों को संचालित करनेवाले विश्वविद्यालय अधिनियम में भी ऐसे व्यापक अधिकारों का वजूद नहीं है।

विधेयक केंद्र सरकार (यानी मानव संसाधन विकास मंत्री) को अधिकार देता है कि वह पहले कुलाधिपति, पहले कुलपति, पहले रजिस्ट्रार और पहले वित्त अधिकारी की नियुक्ति करे। इसमें न तो सर्च कमेटी का कोई संदर्भ रखा गया है और न ही उनकी योग्यताओं व डिग्रियों का। विजिटर के हाथों से ऐसी शक्तियाँ वापस लेने और मानव संसाधन विकास मंत्रालय के हवाले प्रथम नियुक्तियाँ करने से इस आशंका को बल मिलता है कि इन विश्वविद्यालयों के विकास काल में भी ऐसी नियुक्तियों का राजनीतीकरण कर दिया जाएगा।

फिर, बाद में उपकुलपतियों की नियुक्तियों के लिए सर्च कमेटी के गठन में विजिटर के नामित व्यक्ति का प्रभुत्व रहेगा, न कि कार्यकारिणी परिषद् के नामित लोगों का। विधेयक में चार राज्य विश्वविद्यालयों को केंद्रीय विश्वविद्यालयों में

परिवर्तित करने की बात कही गई है, लेकिन किन आधारों पर इन विश्वविद्यालयों का चयन किया गया, उसे स्पष्ट नहीं किया गया है। किसी व्यापक चयन आधार के अभाव में विश्वविद्यालयों के चयन में पारदर्शिता नहीं है और यहाँ तक कि भेदभाव की बू आती है।

केंद्रीय विश्वविद्यालय बिल 2008 अपने मौजूदा रूप में एक प्रतिगामी कदम है। यह नागरिकों की इन अपेक्षाओं को नकारता है कि समसामयिक विधेयक को अवश्य ही आधुनिक प्रबंधन और प्रशासकीय चलनों- जो प्रदत्त व्यवस्था पर आधारित हों, न कि पुराने ढर्रे के नियमन पर – को प्रतिबिंबित करना चाहिए। यह हमारी उच्च शिक्षा-प्रणाली में किसी सुधार का संकेत नहीं देता है। इससे भी महत्त्वपूर्ण कि यह विश्वविद्यालयों को अकादमिक स्वतंत्रता और स्वायत्तता नहीं प्रदान करता और ऐसे में शोध को बढ़ावा, अभिनव परिवर्तन को प्रोत्साहन एवं श्रेष्ठता के लिए जज्बा पैदा करना कैसे संभव है ? हमें इस विधेयक को रद्दी में डाल देना चाहिए। हमें एक नया व आधुनिक कानून बनाना चाहिए, जिससे निम्न कार्य संभव हो सकें—

विश्वविद्यालय के प्रशासन और शासन को विकेंद्रीकृत किया जाए, ताकि कुल नीतिगत ढाँचे के तहत हर स्कूल और विभाग अपने अकादमिक, प्रशासकीय एवं वित्तीय फैसले खुद ले सके। दरअसल, प्रत्येक स्कूल को विश्वविद्यालय के अंदर एक विश्वविद्यालय के रूप में देखे जाने की जरूरत है।

यह सुनिश्चित किया जाए कि विजिटर के ऑफिस के जरिए केंद्र सरकार दैनिक काम-काज में न्यूनतम दखल दे। साथ ही, औपचारिकता वाले अनेक कार्यालयों की भूमिका, कार्य और परंपरा में परिवर्तन किया जा सके।

विधेयक विश्वविद्यालय के ढाँचे के अंतर्गत अधिकृत प्रशासन का एक ऐसा मॉडल पेश करे कि शीर्ष विश्वविद्यालय प्रबंधन रोजमर्रा की निर्णय-प्रक्रिया एवं प्रशासकीय कार्यों से मुक्त रहे और व्यापक दृष्टि व नीतिगत मामलों की रणनीति बनाने में मशगूल रहे।

विधेयक के प्रावधान ऐसे हों कि उच्च शिक्षा में सृजनात्मकता, अभिनव परिवर्तन और श्रेष्ठता का माहौल पैदा हो।

यह कहा जाता है कि मानव इतिहास शिक्षा और महाविपत्ति के बीच ज्यादा-से-ज्यादा एक रेस बन जाता है। हम अपने को शिक्षित करें। शून्य से शुरुआत करने के लिए कभी बहुत विलंब नहीं होता।

(4 नवंबर, 2006)

□

खंड—VII

संस्थान

संस्थान फैसला करने के एजेंडे और उस तरीके को आकार देते हैं, जिनके जरिए भारत की सफलता के विविध दावेदार आपस में बात करते हैं। वे उन राजनेताओं और नौकरशाहों के प्रोत्साहनों को आकार देते हैं, जो देश पर शासन करते हैं। वे यह भी देखते हैं कि प्रशासन में नागरिकों की भूमिका की क्या संभावनाएँ हैं। खेल के ये नियम मायने रखते हैं। इस खंड के लेख उन बड़ी संस्थागत चुनौतियों पर नजर डालते हैं, जिनका भारत अपनी सामूहिक निर्णय-प्रक्रिया में सामना करता है। संसद् में परिचर्चा और बहस से लेकर लोक सेवा प्रशासन के नियमों और अंतर-सरकारी सौदेबाजी के लिए बेहतर आधार तक।

53

केंद्र को राज्यों से क्यों अवश्य बात करनी चाहिए?

गयारहवीं पंचवर्षीय योजना (2007-12) को मंजूर करने के लिए तीन सप्ताह पहले राष्ट्रीय विकास परिषद् (एन.डी.सी.) की दिल्ली में बैठक हुई। एन.डी.सी. का गठन वर्ष 1952 में प्रधानमंत्री की अध्यक्षता में किया गया था। राज्यों के मुख्यमंत्री और प्रमुख केंद्रीय मंत्री इसकी बैठकों में शरीक होते हैं। इसका मकसद है कि विकास के मामले में केंद्र और राज्यों के बीच समुचित समन्वय रहे। हाल में, मध्यवर्ती समीक्षा, पंचवर्षीय योजना के मसौदे या मसौदे के अंतिम रूप को स्वीकृति देने के लिए राष्ट्रीय विकास परिषद् की बैठक हुई।

राष्ट्रीय विकास परिषद् की बैठकों में मुख्यमंत्री और राष्ट्रपति शासन के अधीन राज्यों या संघीय प्रदेशों के प्रतिनिधि पहले से तैयार भाषण के उद्धरण पढ़ते हैं, जो बोर करने वाले होते हैं। बीच-बीच में वित्त मंत्री, योजना आयोग के उपाध्यक्ष कुछ टोकते, बोलते या पूछते हैं और फिर आखिर में प्रधानमंत्री का समापन भाषण होता है। परिचर्चा की समाप्ति के बाद विचाराधीन दस्तावेज अमूमन पारित कर दिया जाता है। राष्ट्रीय विकास परिषद् का गठन इस उद्देश्य से किया गया था कि केंद्र और राज्यों के बीच सक्रिय वार्त्ता होगी, खासकर ऐसे वक्त में जब केंद्र और राज्यों में अलग-अलग दलों की सरकारें हों और उनके नजरिए में भिन्नता हो। क्या यह ज्यादा सार्थक नहीं होगा कि यह मान लिया जाए कि बाँटे गए दस्तावेज पढ़ लिये गए हैं और प्रधानमंत्री कुछ प्रमुख चिंताओं पर उद्देश्यपूर्ण वार्त्ता की शुरुआत करे?

अगर इस दरम्यान विरोधी विचार सामने आते हैं तो चालू समीक्षा प्रक्रिया के एक हिस्से के रूप में उन्हें लिया जाए, खासकर मध्यवर्ती समीक्षा के लिए। इससे सार्वजनिक क्षेत्र की कुछ समसामयिक समस्याओं पर वार्त्तालाप को बढ़ावा मिल सकता है।

ऐसे कौन से मसले हो सकते हैं ? तो कुछ मुद्दे प्रस्तुत हैं—

- पहला, गरीबी का मसला। यह सही है कि एक विशेषज्ञ निकाय इस मामले पर विचार कर रहा है। इसकी अनुशंसाओं पर विचार करने और उस पर फैसला लेने में वक्त लगेगा; लेकिन इस अंतरिम अवधि में क्या किया जाए ? गरीबों के बारे में सी.एस.एस.ओ. के आँकड़े से काफी ज्यादा संख्या में गरीबों की पहचान की जाती है। राज्यों से इस दायित्व को पूरा करने की कैसी अपेक्षा की जाती है ? कई मामलों में संक्रमणकालीन भारत कोई छोटा नहीं भी हो सकता है। इसके अतिरिक्त गरीबी जैसे प्रमुख मसले पर मुख्यमंत्रियों के विचार जानना ज्यादा सार्थक होगा, बनिस्पत इस काम को विशेषज्ञ समिति के भरोसे छोड़ देने के।
- दूसरा, एक ओर सार्वजनिक आवंटन के बढ़ते जाने और दूसरी ओर सार्वजनिक खर्च की गुणवत्ता के घटते जाने का मसला। राज्यों की शिकायत है कि सकल बजट समर्थन में राज्यों का हिस्सा काफी घट गया है; लेकिन सार्वजनिक खर्च की गुणवत्ता का मसला उससे परे है। यह सच है कि केंद्र द्वारा प्रायोजित योजनाएँ भी मुख्य रूप से राज्यों को ही लाभ पहुँचाती हैं और बढ़े हुए आवंटन को सोख लेती हैं। बहरहाल, केंद्र द्वारा प्रायोजित सौ से भी ज्यादा योजनाओं (यह हालत कथित रूप से तर्कसंगत बनाए जाने के बाद है) के जारी रहने की बात साफ नहीं है। एक बार कोई योजना शुरू की जाती है तो केंद्रीय मंत्रालय और राज्य स्तरीय संगठन के बीच एक मजबूत गठजोड़ बन जाता है और वे योजना को अनिश्चित काल तक जारी रखने के लिए जुट जाते हैं। यह शर्तिया संभव है कि ऐसे निहित स्वार्थों के परे जाकर स्वतंत्र जाँच करवाई जाए। पिछले दो वर्षों के दौरान राष्ट्रीय ग्रामीण रोजगार गारंटी योजना (एन.आर.ई.जी.एस.) भारत निर्माण, असंगठित क्षेत्र के कामगारों के लिए बीमा लाभ और ग्रामीण अर्थव्यवस्था को लक्ष्य कर कई प्रमुख योजनाएँ शुरू की गई हैं। इन कार्यक्रमों के लिए विशाल राशि आवंटित की गई है। क्या यह उपयुक्त समय नहीं है कि केंद्र द्वारा प्रायोजित इन सौ से ज्यादा योजनाओं की पड़ताल की जाए और इनके उद्देश्य व खर्च की गुणवत्ता की फिर से जाँच की जाए ?
- तीसरा, क्षेत्रीय समानताओं को दूर करने का मसला। प्रधानमंत्री ने कई बार उल्लेख किया है कि क्षेत्रीय असमानता में वृद्धि और आय में बढ़ता अंतर सामाजिक सुसंबद्धता को पंगु कर देते हैं। क्या मौजूदा रणनीति, केंद्र द्वारा प्रायोजित योजनाएँ, पिछड़ा जिला कार्यक्रम और चालू इन्फ्रास्ट्रक्चर गतिविधियाँ

इन चिंताओं को दूर करने के लिए पर्याप्त और अनुकूल हैं ? वैसे, सुधरे प्रशासन के कई गुना लाभ पाने के लिए पूर्व निर्धारित साँचे या लक्ष्य को प्राप्त करना काफी दबाव पैदा करते हैं, लेकिन क्या ये पर्याप्त हैं ? उदाहरण के लिए, चुनावी चक्र के मद्देनजर प्रतियोगी लोक-लुभावन घोषणाओं के दुष्चक्र से कैसे बाहर निकला जाए ?

- चौथा, सब्सिडी को तर्कसंगत बनाना। लंबे अरसे से वांछित लोगों तक सब्सिडी का लाभ बेहतर ढंग से पहुँचाने, सब्सिडी का दुरुपयोग कम-से-कम करने और सब्सिडी के ढाँचे को दुरुस्त करने पर चर्चा चल रही है। मगर यह एक ऐसा क्षेत्र है, जिसमें प्रगति बाधित रही है, बल्कि मामला पीछे ही खिसक जाता है। हर कोई सहमत है कि बात चाहे अनाज या कैरोसिन की सार्वजनिक वितरण प्रणाली की हो या बिजली में सर्वसुलभ सब्सिडी की, बदलाव की जरूरत है। अग्रगामी रणनीति के लिए महत्त्वपूर्ण बात यह है कि राज्यों के साथ सर्वसम्मति बनाई जाए और कई मामलों में कार्रवाई करना उन्हीं के हाथों में होता है। इससे उन राज्यों के कामों को भी लगाम लगेगी, जो दूसरों द्वारा हासिल सीमित सफलता का भी बंटाधार कर सकते हैं।
- अंततः केंद्र-राज्य संबंधों का पूरा मसला। केंद्र और राज्यों के बीच संपर्क के कई मौजूदा ढाँचे उस वक्त बनाए गए थे, जब केंद्र और राज्यों में एक ही पार्टी या समूह की सरकारें होंगी, यह मानकर चला जाता था; लेकिन स्थिति बदली और केंद्र व राज्यों में अलग-अलग दलों की सरकारें आने लगीं। ऐसे में भेदभाव का संदेह पनपने लगा है और अपनी समर्थक सरकारों को लाभ पहुँचाने का खेल होने लगा; जबकि वक्त का तकाजा है कि वित्तीय विकेंद्रीकरण किसी फॉर्मूले के आधार पर हो। राज्य महसूस करते हैं कि जिन प्रस्तावों का उन पर गंभीर प्रभाव पड़ने वाला होता है, उन पर भी उनसे सलाह किए बगैर फैसला ले लिया जाता है।

राजनीतिक सत्ता समीकरण में बदलाव के कारण यह आवश्यक है कि केंद्र-राज्य वार्त्ता में नया नजरिया अपनाया जाए। राष्ट्रीय विकास परिषद् को भी अपना नया रूप खोजना पड़ेगा। औपचारिक बैठकें ज्यादा सार्थक वार्त्ता का विकल्प नहीं हो सकतीं।

(6 जनवरी, 2008)

□

54

क्या प्रशासन बदल सकता है?

'इकोनॉमिस्ट' पत्रिका में हाल में कवर स्टोरी में इस पर विचार किया गया कि अपनी विकास क्षमता पूरी तरह हासिल करने से क्या चीज भारत को रोक रही है। इसने निष्कर्ष निकाला कि नौकरशाही की काहिली सबसे बड़ी बाधा है। इसने सुझाव दिया कि नौकरशाही के पंख कतरे जाएँ और सार्थक प्रशासकीय सुधार किए जाएँ।

लेख में उत्तर प्रदेश और केरल के दो जिला मजिस्ट्रेट के जीवन के एक दिन की दिनचर्या का बड़े ही रोचक ढंग से चित्रण किया गया है। दोनों पीड़ित शख्स हैं और जटिल समस्याओं के बोझ तले दबे हुए हैं। विशालकाय नौकरशाही को प्रगति की राह में रोड़े के रूप में देखा जाता है। बहरहाल, फील्ड अफसर बेशुमार स्थानीय समस्याओं से बुरी तरह जूझ रहे होते हैं। वे ढेरों जन-शिकायतों को निपटा रहे होते हैं और सार्वजनिक खर्चों की सार्थक निगरानी कर रहे होते हैं।

प्रशासकीय सुधार का मसला कतई नया नहीं है। अनेक आयोगों और समितियों ने इस बाबत अनगिनत समझदारीवाली सिफारिशें की हैं। कुछेक सिफारिशों पर अमल करने से कुछ फर्क नहीं पड़ा है, लेकिन कुल मिलाकर कार्रवाई काफी अपर्याप्त है।

पंचायती राज संस्थाओं के प्रशासकीय और वित्तीय अधिकारों का विकेंद्रीकरण, स्थानीय स्वशासन में सुधार, अफसरों की तैनाती, प्रोन्नति व कार्यावधि जारी रखने के मामलों के गैर-राजनीतीकरण का काम तदर्थ और निरुत्साहपूर्वक किया गया है। बहरहाल, निम्न पर विचार करें—

- पहला, लोकतांत्रिक ताने-बाने में हम प्रशासन का कैसे वास्तविक रूप में गैर-राजनीतीकरण कर सकते हैं? जितने भी महत्त्वपूर्ण प्रशासकीय फैसले लिये जाते हैं, उनमें राजनीतिक ध्वनि निकलती है। प्रशासन के ऊँचे स्तरों पर राजनीति और प्रशासन का अंतर धूमिल पड़ता जाता है। विभिन्न स्तरों पर

निर्वाचित राजनीतिक प्रतिनिधि, खासकर विधायक और सांसद अपने मतदाताओं के हित साधना चाहते हैं। यह बात तटस्थ नौकरशाही की बाध्यताओं से अलग भी हो सकती है। अत्यधिक राजनीतिक हस्तक्षेप के कारण जनहित कार्यों से ध्यान हटता है। स्थायी नौकरशाह, जो पूरी तरह तटस्थ रहे और राजनीतिक फैसलों के ताने-बाने से अलग रहे, यह एक मिथक ही है। राजनीतिक जरूरतों को अच्छे प्रशासन से जोड़ने और नौकरशाही के प्रबंधन में सर्वोत्तम तरीकों को अपनाने से कठिन विकल्प सामने आते हैं। प्रशासकीय गुणवत्ता और आर्थिक विकास के स्तरों पर भारी अंतर को देखते हुए एक अलग नजरिया अपनाने की जरूरत है। बहुत कुछ इस पर निर्भर करता है कि माहौल कैसा है, गठबंधन की प्रकृति क्या है और इस खतरे से बचा जाए कि जो सर्वोत्तम है, वह अच्छाई का दुश्मन बन जाए।

अमेरिका जैसी राष्ट्रपति प्रणाली में प्रमुख अधिकारी राष्ट्रपति के साथ आते-जाते हैं। मोटे तौर पर लूट-प्रणाली पर आधारित व्यवस्था अस्थिरता पैदा कर सकती है, खासकर जटिल संघीय ढाँचों और गठबंधन राजनीति के युग में। फिर भी, केंद्र और राज्यों में बाहर से योग्य लोगों को नियुक्त किया जाना चाहिए। खासकर मध्यम और उच्च जिम्मेदारियोंवाले स्तरों पर। इससे नौकरशाही में निरंतरता के साथ नई ऊर्जा पैदा होगी। बहरहाल, ठेके पर की जानेवाली नियुक्तियों में अवश्य ही विश्वसनीयता और पारदर्शिता होनी चाहिए।

- दूसरा, विषय के जानकार प्रतिभावान् लोगों को आकर्षित करने की जरूरत के कारण पारिश्रमिक और भरपाई पैकेज के मसले खड़े होते हैं। बाजार आधारित पैकेज देना तो मुश्किल है, लेकिन बीच का रास्ता निकालना जरूरी है। यह इतना पर्याप्त होना चाहिए कि प्रतिभाओं को आकर्षित किया जा सके; लेकिन इसे बाकी व्यवस्था (प्रणाली) को अस्त-व्यस्त नहीं करना चाहिए। इसके अलावा, सरकारी और निजी रोजगार के बीच दोहरे रिश्ते की इजाजत देने से सरकारी-निजी भागीदारी पनपेगी, आपसी भरोसा पैदा होगा और जिम्मेदारियाँ बाँटने की प्रवृत्ति पैदा होगी।
- तीसरा, साफ है कि हम जिला मैजिस्ट्रेटों और फील्ड अधिकारियों से कुछ ज्यादा ही अपेक्षा कर रहे हैं। वस्तुतः उनका सृजन ब्रिटिश प्रशासन के तहत जीवन एवं संपत्ति की रक्षा करने, कानून को लागू करने और राजस्व एकत्रित करने के लिए किया गया था। उनसे यह उम्मीद करना कि वे गरीबी दूर

करनेवाली योजनाओं पर खर्च की जानेवाली विशाल राशियों की निगरानी करें, उनकी क्षमता और समझ के बाहर की बात है। एक और जिला विकास अधिकारी की तैनाती कर देने से बात नहीं बनेगी, क्योंकि आखिरी जिम्मेदारी प्रमुख जिला अधिकारियों की ही होगी। हमें विशाल और बढ़ते सरकारी आवंटनों को लागू करने और निगरानी करने के लिए वैकल्पिक एजेंसियों एवं मॉडलों को तलाश करने की आवश्यकता है। कुछ लीक से हटकर सोचने की जरूरत है। स्वयंसेवी संगठनों और नागरिक समाज की भी अपनी सीमाएँ हैं। सार्वजनिक खर्च बढ़ते ही जा रहे हैं। इन्हें सँभालने में वे असमर्थ साबित होंगे।

- चौथा, कई अर्ध-स्वतंत्र नियामक संस्थान बनाए जा रहे हैं। मगर कार्मिकों का चयन और प्रतिभा की खोज विषम ही है। मंत्रालय अपनी शक्तियों को छोड़ने से घृणा करते हैं, सबसे प्रतिभावान् का स्वतंत्र चयन होने देना नहीं चाहते हैं और उनकी सिफारिशों को लागू करने में खबरदार रहते हैं। पर्याप्त भरपाई पैकेज एक और मसला है। सोच की समस्या भी महत्त्वपूर्ण है– नियामकों को चाहिए कि वे विवादों को हल करें और न्यायिक निकायों की तरह कार्य न करें। एक नई नियामक संस्कृति को अभी जड़ पकड़नी है।
- अंततः प्रशासकीय सुधार का लोक-सेवा सुधार से परे व्यापक आशय है। यह एक ओर सरकारी ढाँचे तो दूसरी ओर लोगों से संबंधित है। न्यायिक, राजस्व और नीति सुधार इसके अभिन्न हिस्से हैं; लेकिन इसी तरह वित्तीय, आर्थिक और राजकोषीय मामले भी हैं। उभरते केंद्र-राज्य संबंधों की नई गतिशीलता की कल्पनाशील व्यवस्था किए जाने की आवश्यकता है।

प्रशासकीय सुधार बमुश्किल शुरू हुआ है। अगर भारत को अपनी विकास क्षमता का पूरा लाभ लेना है तो प्राथमिकता के आधार पर प्रशासकीय सुधार किया जाना चाहिए और इसे पूरे 'राजनीतिक इंद्रधनुष' (सभी दलों) का समर्थन मिलना चाहिए ।

(23 मार्च, 2008)

□

55

वेतन-वृद्धि और गंभीर परिवर्तन

न्यायमूर्ति श्रीकृष्ण ने छठे वेतन आयोग की रिपोर्ट वित्त मंत्री को सौंपते हुए टिप्पणी की कि उनकी सिफारिशें हर किसी को बराबर रूप में नाखुश करेंगी। यह लगभग हेनरी किसिंजर के बयान की तरह है, जब उन्होंने कहा था कि एक सफल अंतरराष्ट्रीय वार्त्ता का आधार यह है कि इसके परिणाम से वार्त्ता में भाग लेनेवाले सभी पक्ष बराबर रूप से नाखुश हों।

छठे वेतन आयोग से कहा गया था कि वित्तीय मामलों से परे वह ऐसी सिफारिशें दें, 'जिनके आधार पर केंद्र सरकार के संगठन को आधुनिक पेशेवर और जनप्रिय निकाय के रूप में तब्दील किया जा सके और जो लोगों की सेवा के लिए समर्पित हो।'

जैसे कि आशा थी, आयोग की सिफारिशों पर विरोधाभासी प्रतिक्रियाएँ सामने आई हैं—क्या ये सरकारी नौकरियों को ज्यादा आकर्षक बनाएँगी, बेहतर प्रतिभाओं को अपनी ओर खींचेंगी, भ्रष्टाचार घटाएँगी, उत्पादकता में सुधार के लिए प्रोत्साहित करेंगी, विभिन्न श्रेणी के कर्मचारियों के बीच नाजुक संतुलन को बनाए रखेंगी, जैसे कि पुलिस और सशस्त्र बलों के बीच। मुझे चार मसलों पर टिप्पणी करने दें—

- पहला, प्रतिभाओं को आकर्षित करने के लिए एक प्रतियोगी माहौल बनाना। क्या यह एक हारा हुआ खेल है ? क्या यह 'वंडरलैंड में एलिस' की तरह है, जो तेज से तेज दौड़ लगाता है, लेकिन उसी जगह आ जाता है ? आयोग की सिफारिशों ने नियामकों को काफी ऊँचा पारिश्रमिक दिया है, ठेके पर नियुक्तियों को बढ़ावा दिया है और विषय के जानकार पेशेवरों को निर्धारित वेतनमान से अलग किया है। इन कदमों के काफी फायदे होंगे। इसमें कोई शक नहीं कि पारदर्शिता और निर्धारित नियुक्ति प्रक्रिया का अनुपालन करने से ऐसी नियुक्तियों के मौजूदा प्रतिमान बदलेंगे, लेकिन बहुत कुछ इस पर निर्भर करता है कि कितनी ईमानदारी से उन्हें लागू किया जाता है। मौजूदा ट्रेंड के आधार पर भारतीय अर्थव्यवस्था मध्यमकालिक स्तर पर 8 फीसदी की दर से विकास

करेगी। इस दौरान निजी क्षेत्र में वेतनमान हमेशा सरकारी क्षेत्र की तुलना में काफी बेहतर होगा। बहरहाल, दुनिया भर में सरकारी और निजी क्षेत्र के पारिश्रमिक में काफी अंतर होता है। लेकिन इसकी भरपाई इस रूप में होती है कि सरकारी कर्मचारी लोक सेवा में लगे होते हैं और वे उस निर्णय-प्रक्रिया का हिस्सा होते हैं, जो लोगों के जीवन को प्रभावित करती है। इसलिए यह कोई हारा हुआ खेल नहीं भी हो सकता है।

- दूसरा, राज्य सरकारों से मशविरा करना अनिवार्य होना चाहिए था। यह सोचना ठीक नहीं है कि चूँकि ये सिफारिशें सिर्फ केंद्र सरकार पर लागू होती हैं, इसलिए राज्यों से सलाह करना जरूरी नहीं है। पहले के अनुभवों के आधार पर कहा जा सकता है कि छठे वेतन आयोग की सिफारिशों ने सभी राज्य सरकारों पर पर्याप्त दबाव बनाया कि वे भी उसी प्रकार वेतनमानों में संशोधन करें। अफसोस की बात है कि पाँचवें और छठे वेतन आयोग की सिफारिशें उस वक्त आईं, जब आम चुनाव होने वाले थे। इसलिए इन सिफारिशों से राज्यों में और दबाव बनेंगे। राजनीतिक इच्छा शक्ति को हमेशा आम चुनाव के वक्त झुकाया जा सकता है। प्रशासकीय सुधार के सबसे विवादास्पद मुद्दों में से कुछ को अनिवार्यत: राज्यों के सहयोग से ही हल किया जा सकता है, जैसे कि सेवा के प्रावधानों (स्वास्थ्य, शिक्षा, ग्रामीण इन्फ्रास्ट्रक्चर) को आसान करना।
- तीसरा, एक अहम सिफारिश 'कार्य-प्रदर्शन से संबद्ध प्रोत्साहन योजना' लागू करने से जुड़ी है। इसके तहत कर्मचारियों को बढ़ावा दिया जाए कि वे मौजूदा तदर्थ बोनस की जगह 'कार्य-प्रदर्शन से संबद्ध प्रोत्साहन योजना' को स्वेच्छा से स्वीकार करें, ताकि वे अपने वेतन से ज्यादा आर्थिक पारिश्रमिक पाने के योग्य हो सकें। इस योजना से कर्मचारियों की कार्य-क्षमता में जो बढ़ोतरी होगी, वह वित्तीय भार को निष्प्रभावी बना देगी।

आई.आई.एम., अहमदाबाद ने इसे पारदर्शिता से लागू करने के लिए एक मॉडल सुझाया है। बहरहाल, यह मॉडल काफी सैद्धांतिक है और स्थानीय परिस्थितियों के अनुकूल बनाने के लिए इसमें बारीकी से फेर-बदल करने होंगे। अगर इसका कार्यान्वयन दोषपूर्ण और विवादग्रस्त रहा तो प्रशासकीय ढाँचा और भी जटिल हो जा सकता है। कार्य-प्रदर्शन का आधार ऐसा हो, जो कर्मचारियों की समझ में आसानी से आए। इसके लिए जरूरी है कि इन

कार्यक्रमों को लागू करनेवाली विविध एजेंसियों और संगठनों से अच्छी तरह विचार-विमर्श कर लिया जाए और तभी समुचित मॉडल बनाकर उसे लागू किया जाए। बहरहाल, इसमें लंबा वक्त लगेगा।

- चौथा, पैंतीस वेतनमानों को कम कर बीस कर दिया गया है। साथ ही कई अन्य सुझाव भी दिए गए हैं। इनका मकसद यह है कि ज्यादा अधिकार प्रदान करने को बढ़ावा मिले और निर्णय लेना आसान हो। इससे ठोस परिणाम मिलेंगे।

वित्तीय और प्रशासकीय अधिकारों को प्रदत्त करना अच्छी बात है; लेकिन यह एक भारी मुश्किल लक्ष्य है। अफसोस की बात है कि कई राज्यों ने अभी भी, यहाँ तक कि संविधान के निर्देशानुसार, स्थानीय निकायों और पंचायती राज संस्थाओं को वित्तीय व प्रशासकीय अधिकार प्रदान नहीं किए हैं।

जन सेवा प्रदान करने वाली प्रणाली की क्षमता में गिरावट चिंता की बात है, वह भी ऐसे वक्त में जबकि सार्वजनिक आवंटनों में भारी बढ़ोतरी की जा रही है। परियोजनाओं के समय पर पूरा नहीं होने से उनकी लागत काफी बढ़ जाती है। इसके लिए जिम्मेदारी तय करने की बात अभी भी समस्याग्रस्त है। ढेरों संस्थानों और संगठनों की आड़ में जिम्मेदारी तय करने की बात हमेशा खो जाती है।

अतीत में वेतन आयोगों ने बेहतर पारिश्रमिक की सिफारिश करने के साथ प्रशासकीय सुधार की सिफारिशें भी की हैं। पाँचवें वेतन आयोग ने बेहतर वेतनमान के साथ सरकारी कर्मचारियों की संख्या में काफी कटौती करने का सुझाव दिया था। वेतन चेक तो खुशी-खुशी थमा दिए गए, लेकिन कर्मचारियों की संख्या में कटौती करने की बात हर कोई भूल गया है। यह वेतन आयोग भी अपने पूर्ववर्तियों की तरह चाहता है कि 'उसकी सिफारिशों को समग्र रूप से लागू किया जाए, क्योंकि आंशिक कार्यान्वयन से कई तरह की अनियमितताएँ और विसंगतियाँ पैदा हो सकती हैं।'

बड़े चेक प्रदान करने की राजनीतिक इच्छा-शक्ति हो सकती है। क्या गैर-वित्तीय सिफारिशों को लागू करने की राजनीतिक दूरदर्शिता भी होगी, जिनका कि वाकई ज्यादा प्रभाव होगा?

(6 अप्रैल, 2008)

□

56

बजट एक आश्चर्य नहीं होना चाहिए

मैं ने अपने पिछले दो लेखों में वर्ष 2009 के लिए टैक्स और खर्च सुधार का एक एजेंडा सुझाया था। इससे संबद्ध आखिरी लेख बजट पारदर्शिता और संसदीय निगरानी को सुधारने के बारे में है। वार्षिक बजट, जिसमें सरकार के प्रस्तावित राजस्व और खर्च के बारे में तथा महत्त्वपूर्ण नीतिगत प्रयासों का व्यापक बयान होता है, को फरवरी के आखिरी कामकाजी दिन संसद् में पटल पर प्रस्तुत किया जाता है। बजट पर आम चर्चा होती है और फिर इसे विस्तृत विचार के लिए स्थायी समिति के पास भेज दिया जाता है। फिर स्थायी समिति की रिपोर्ट पर लोकसभा में विचार किया जाता है। इसके बाद वित्त विधेयक और विनियोग विधेयक दोनों पर चर्चा होती है। फिर इन पर राज्यसभा में चर्चा होती है।

बजट का निर्माण अभी भी अनुचित गोपनीयता के साथ किया जाता है। आखिरकार, एक्साइज और कस्टम्स में बदलाव को छोड़कर बाकी बजट तो सिर्फ भविष्य में लागू किया जाने वाला होता है, ताकि एक विस्तृत सहमति उभरकर सामने आए, जिसकी मौजूदा घटनाक्रम में कम संभावना होती है। संसदीय संलिप्तता और निगरानी भी सीमित होती है, क्योंकि यह अधिकांशतः बजट प्रस्ताव पेश किए जाने के बाद की जाती है। अधिकतर देशों में विधायिका द्वारा विचार किए जाने के पूर्व बजट–विनियोगों पर महीनों बहस की जाती है।

ओ.ई.सी.डी. के सदस्य देशों की एक अंतरराष्ट्रीय विचार गोष्ठी में निष्कर्ष निकाला गया कि कार्यपालिका के खर्च पर विधायिका के नियंत्रण को ज्यादा प्रभावी बनाने की आवश्यकता है– पहला, राजकोषीय योगों को नियंत्रित करके और दूसरा, राजस्व पर विधायी नियंत्रण बढ़ा करके। उनकी राय में, अच्छे शासन का आशय यह है कि बजट के लिए सक्रिय भागीदारी हो, क्योंकि सरकारी नीति और लोकतांत्रिक नियंत्रण का यही प्रमुख साधन है। प्रभावी होने के लिए संसदों को संसाधनों और कार्य–प्रदर्शन पर कार्यपालिका से समय पर सुसंगठित व विश्वसनीय सूचना दिए

जाने की जरूरत है।

ओ.ई.सी.डी. के सदस्य देशों की कई संसदें बजट प्रक्रिया पर चर्चा के लिए बने आंतरिक संगठनों और प्रक्रियाओं की फिर से जाँच कर रही हैं। ओ.ई.सी.डी. का मानना है कि 'संसदीय बजट प्रक्रियाएँ और नीतियाँ जब वित्तीय जिम्मेदारी, पारदर्शिता, भविष्य का नजरिया और वित्तीय संकल्पों, जो बजट में शामिल नहीं होते हैं, को प्रोत्साहित करती हैं तथा जब वे सरकारी नीतियों की प्रकृति, लागत और प्रभाव के बारे में विश्वसनीय सूचना माँगती हैं तो वे कुशल प्रशासन का समर्थन कर रही होती हैं।'

- पहला, प्रकट करने के स्तर को सुधारें, जैसे कि सरकार के प्रमुख नीतिगत दस्तावेजों के साथ रिपोर्ट भी पेश की जानी चाहिए। उनमें न केवल सरकार के राजस्व और खर्च का विस्तृत विश्लेषण होना चाहिए, बल्कि सरकार ने किन नीति- विकल्पों पर विचार किया, इसका भी तुलनात्मक ब्यौरा होना चाहिए। इसमें गैर-वित्तीय कार्य-प्रदर्शन से संबंधित आँकड़े होने चाहिए और सबसे महत्त्वपूर्ण बात कि मध्यकालिक दृष्टि-प्रपत्र भी होना चाहिए कि राजस्व और खर्च का क्या ट्रेंड रहने की संभावना है।

  बजट प्रस्तावों का मूल्यांकन करने के लिए संसद् के समक्ष दो-तीन वर्षों के लिए घूमती हुई बजट योजना का खाका पेश किया जाना चाहिए। ये खुलासे एकदम पक्के और सच होने चाहिए। इनमें आकस्मिक और अन्य देनदारियों का खुलासा किया जाना चाहिए। ये तकनीकी तौर पर बजट का हिस्सा नहीं होती हैं, लेकिन आखिरकार सरकार का वित्तीय बोझ बढ़ा सकती हैं।

- दूसरा, बजट को एक आश्चर्य नहीं होना चाहिए। संसद् के समक्ष एक त्रैमासिक समीक्षा रिपोर्ट पेश की जानी चाहिए। इसमें बजट कार्यान्वयन की प्रगति दिखाई जानी चाहिए, अंतर्निहित आर्थिक मान्यताओं के व्यवहार के बारे में बताया जाना चाहिए और ऐसी किसी महत्त्वपूर्ण घटना का भी जिक्र किया जाना चाहिए, जो बजट प्रस्तावों को प्रभावित करती हो। इसके अलावा एक बजट-पूर्व रिपोर्ट भी संसद् पटल पर रखी जानी चाहिए। इससे बजटीय आँकड़ों को बेहतर ढंग से समझने को बढ़ावा मिलेगा। यह संसद् के शीतकालीन सत्र के दौरान पेश की जानी चाहिए। बजट-पूर्व रिपोर्ट खुद बजट के लिए समुचित अपेक्षाएँ जाग्रत करेगी। इस रिपोर्ट में प्रमुख परिवर्तनशील आर्थिक तत्त्वों के आचरण का विश्लेषण पेश किया जाना चाहिए, ताकि यह बजट की पृष्ठभूमि के रूप में काम करे। उदाहरण के लिए, हम सब जानते हैं कि अगले वित्तीय

वर्ष के लिए विनियोग बजट दूसरे अनुपूरक के वक्त से आकार लेने लगता है। इसमें कोई शक नहीं है कि सकल बजटीय समर्थन पर काफी लंबे समय तक बहस की जाती है; लेकिन एक दायरे में, संसद् के शीतकालीन सत्र तक बहुत कुछ पता चल जाता है। इस तरह, बजट-पूर्व रिपोर्ट यह सुनिश्चित करेगी कि संसद् बजट पेश किए जाने के काफी पहले से ही उस पर विचार करना शुरू कर देगी।

- तीसरा, संसदीय निगरानी प्रक्रियाओं, लिये गए समय और निगरानी की गुणवत्ता से संबंधित होती है। संसद् की स्थायी समितियों की भी वही प्रशासकीय मंत्रालय सहायता करते हैं, जिन्होंने बजट प्रस्तावों को तैयार किया था। सांसदों को बजट-प्रस्तावों के किसी स्वतंत्र विश्लेषण की सुविधा नहीं मिल पाती है और उनकी संस्थागत क्षमता ऐसा करने में कमजोर होती है। इन तथ्यों पर गौर करें- अमेरिका की कांग्रेस (संसद्) के बजट ऑफिस के पास 245 कर्मियों का उच्च प्रशिक्षित स्टाफ है, फिलिपींस की संसद् के पास 50 कर्मियों का स्टाफ है और यहाँ तक कि कई अफ्रीकी देशों की संसद् के पास भी काफी बड़ा स्टाफ है। दुनिया भर के पेशेवर विशेषज्ञ विधि-निर्माताओं को स्वतंत्र विश्लेषण मुहैया कराते हैं, ताकि वे प्रस्तावित बजट विनियोगों का तथ्यात्मक मूल्यांकन कर सकें।

हमें बजट पारदर्शिता को लेकर सर्वोत्तम अंतरराष्ट्रीय चलन से सीखना चाहिए और अपनी प्रक्रियाओं को नए उभरते चलनों के हिसाब से तय करना चाहिए। हमारी बजट प्रक्रियाएँ और कार्रवाइयाँ काफी हद तक वक्त में जमी हुई हैं। बाकी दुनिया में समसामयिक जरूरतों के हिसाब से अपनी बजट प्रक्रिया को अद्यतन कर लिया है। संसदीय निगरानी को लिये गए समय, जाँच चरणों और विश्लेषण की गुणवत्ता के संदर्भ में गुणात्मक सुधार की जरूरत है। वास्तव में, सांसदों का अपने मतदाताओं के प्रति यह कर्तव्य बनता है कि वे इस महत्त्वपूर्ण न्यासकारी दायित्व को पूरी जिम्मेदारी से निभाएँ।

(8 जून, 2008)

□

57

संसद् के साथ समस्या

सरकार की यह स्पष्ट जिम्मेदारी है कि वह महत्त्वपूर्ण विधेयकों के बढ़ते ढेर पर कार्रवाई करे। लेकिन खुद संसद् के बारे में क्या? आखिरकार सिर्फ सरकार नहीं, बल्कि सभी सांसद उत्तरदायित्व की लोकतांत्रिक शृंखला की अहम बड़ी माने जाते हैं। नागरिक वोट देकर अपने प्रतिनिधि चुनते हैं और उन्हें अपनी जिम्मेदारी सौंप देते हैं। सांसद अपने उत्तरदायित्व के कार्यान्वयन की जिम्मेदारी सत्तारूढ़ सरकार को सौंप देते हैं, जो नागरिकों की सेवा करती है। नागरिक बदले में सांसदों को वोट देकर या न देकर प्राप्त सेवा की गुणवत्ता पर अपनी प्रतिक्रिया जाहिर करते हैं। इस तरह, सिद्धांत में जिम्मेदारी सौंपने की एक लंबी शृंखला है। भारत की संसदीय प्रणाली की कई विशेषताएँ इस शृंखला में मध्यवर्ती संपर्क को कमजोर करती हैं।

एक, अगर सरकार संसद् पटल पर कुछ नहीं रखती है तो उस पर कभी भी बहस न होने की आशंका रहती है—इससे फर्क नहीं पड़ता कि संसद् में कितने सदस्य या जनता, जिनके वे प्रतिनिधि हैं, एक विधेयक को प्रस्तुत किए जाने के पक्ष में हैं। निजी विधेयकों और प्रस्तावों पर चर्चा करने के लिए प्रति सप्ताह बस ढाई घंटे रखे गए हैं। अंतरराष्ट्रीय संदर्भ में खासकर यह बंधन अनोखा नहीं है : यूनान की संसद् में निजी विधेयकों पर महीने में सिर्फ एक बार बहस की जाती है, और ब्रिटेन में निजी विधेयकों के लिए सत्र का सिर्फ 5 फीसदी समय रखा गया है और विशाल संसदों में इस नियम की प्रासंगिकता भी है, क्योंकि विधेयकों की तीखी ध्वनि सभी नीति-निर्माण को रोक दे सकती है। लेकिन इसका मतलब है कि यदि सरकार काम नहीं कर रही है तो कोई वैकल्पिक योजना (बैकअप प्लान) नहीं है।

दूसरा, संसदीय प्रक्रिया संशोधनों में और मतदान किए जाने के पूर्व विधेयकों की समीक्षा में गैर-सरकारी भागीदारी को सीमित करती है। संसद् की कई समितियाँ हैं, जो सरकारी नीतियों, कार्रवाइयों एवं खर्चों की बात में समीक्षा करती हैं, लेकिन विधेयक पारित किए जाने के पूर्व उनकी समीक्षा करने और उन्हें संशोधित किए जाने

की संभावना सीमित है। दूसरे देशों में समितियों के पास प्रभावशाली आलोचनाओं के लिए न सिर्फ संसाधन होते हैं, बल्कि वे राजनीतिक पूँजी और विशेषज्ञता के आधार पर मंत्रालयों के साथ किसी एक मुद्दे पर सौदेबाजी भी कर सकती हैं। ऑस्ट्रिया, आइसलैंड, स्वीडन और स्विट्ज़रलैंड में समितियाँ स्वतंत्र रूप से—यहाँ तक कि विधेयक भी—प्रस्तावित कर सकती हैं। मामला यहीं नहीं थमता। अगर समितियाँ किसी विधेयक में कुछ संशोधन सुझाती हैं तो मंत्रिमंडल को उन्हें स्वीकार करना पड़ता है। यूनान एकमात्र संसदीय लोकतंत्र है, जहाँ इस तरह के प्रावधान हैं।

तीसरा, सांसदों—यहाँ तक कि सत्तारूढ़ गठबंधन के सदस्यों को भी—संरचनात्मक रूप से आलोचना करने के बहुत कम अवसर हैं—विकल्प है कि एक अबाध्यकारी या क्षमता-विहीन बयान जारी कर दिया जाए या फिर सरकार को गिरा देने का 'एटमी विकल्प' अपनाया जाए। दोनों ही विकल्प सरकार के लिए कोई खतरा नहीं पैदा करते : पहला इसलिए कि वह अपने आप में कोई खतरा ही नहीं है और दूसरा इसलिए कि अपनी ही सत्ता की स्थिति को नष्ट करने की धमकी आमतौर पर भरोसेमंद खतरा नहीं पैदा करती और बजट, जो सबसे महत्त्वपूर्ण विधेयक है, को रोके रखने का विकल्प खासतौर पर सीमित है; क्योंकि एक बजट-प्रस्ताव का विफल होना अपने आप अविश्वास मत बन जाता है और सरकार गिर जाती है। विरोधाभासी रूप से, सरकार को लगातार अपना बहुमत दिखाने की जरूरत पड़ती है तो इसका आशय यह है कि जिन नीतियों को बहुमत का समर्थन है, वे गिर सकती हैं। उन नीतियों को एक खास बहुमत का यानी सरकार का समर्थन हासिल करना पड़ता है, न कि संसद् में किसी भी बहुमत का। और इसका यह भी आशय है कि जिन नीतियों को अल्पसंख्यक समर्थन है, वे पारित हो सकती हैं—गठबंधन सरकार में एक तीक्ष्ण अल्पसंख्यक घटक अपनी पसंद पूरा करने की माँग कर सकता है, बशर्ते वह सरकार को गिरा देने की क्षमता रखता हो और वह दूसरों को भी विश्वास दिला दे कि वह वाकई ऐसा करेगा।

कुल सामूहिक प्रभाव, जब सरकार काम नहीं करती है या नहीं कर सकती है, तब कोई वैकल्पिक योजना (बैकअप प्लान) नहीं है। विपक्ष गैर-जिम्मेदारीवाला आचरण कर सकता है, अगर व्यवस्था उन्हें संरचनात्मक रूप से काम नहीं करने देती है तो निष्क्रियता के लिए कौन उन्हें दोषी ठहरा सकता है ? और नागरिक चुनाव चक्र होने तक किसी भी उस वैकल्पिक उपाय का सहारा लेते हैं, जिनके कारगर होने की संभावना रहती है। चाहे यह अनिर्वाचित सुप्रीम कोर्ट के सहायक हस्तक्षेप

के रूप में हो, चाहे यह काम उसके संवैधानिक दायरे के बाहर हो या अनिर्वाचित नौकरशाहों के आगे सीधे गुहार करने के रूप में हो अथवा फिर वह स्थानीय सरकारी इंजीनियर के दफ्तर में जाकर उस पर चिल्लाने के रूप में हो। मौजूदा सरकार के पास जितना वक्त बचा है, उसमें भी सुसंगठित कार्रवाई किए जाने की आवश्यकता है—

- संसदीय सत्र में ज्यादा सुझावों के लिए समय आवंटित किया जाए। उदाहरण के लिए, स्वीडन अपने सभी सदस्यों को इजाजत देता है कि वे जनवरी में बजट बिल के समय के आस-पास पंद्रह दिनों में अपना विधेयक पेश करें या सरकार द्वारा प्रस्तावित विधेयक से संबद्ध किसी विषय पर अपना विधेयक लाएँ। इस तरह का बदलाव हो, जो 'असहमति' और 'अविश्वास' के बीच एक अलग रास्ते के अनुरूप हो। इसका नतीजा यह होगा कि जिस विधेयक के बहुमत का समर्थन पाने की संभावना होगी, वह वास्तव में संसद् में प्रस्तुत किया जाएगा। अच्छा हो या बुरा, अगर सरकार एक लोकप्रिय नीति के खिलाफ वोट देकर उसे गिरा देती है तो उसे जन-दबाव का सामना करना पड़ेगा। ऐसे में वह उसे प्रस्तावित ही न कर अपने छुपे हुए वीटो का इस्तेमाल नहीं कर पाएगी।
- एक नीति पर असहमति को तमाम नीतियों पर असहमतियों से अलग किया जाना चाहिए। ज्यादातर संसदीय लोकतंत्रों में आलोचना और अविश्वास के बीच कुछ अंतर किया जाता है। उदाहरणार्थ जर्मनी, स्पेन और (1995 से) बेल्जियम में स्पष्ट रूप से संरचनात्मक अविश्वास मत की व्यवस्था है, जिसमें संसद् जब एक पुरानी सरकार को बरखास्त करती है तो उसी समय वह एक नई सरकार को चुन रही होती है।
- सबसे महत्त्वपूर्ण सांसदों को अपने लिए कुछ शोध-समर्थन के लिए वोट देना चाहिए। पश्चिमी यूरोप की ज्यादातर संसदीय समितियों को कुछ पेशेवर स्टाफ की सेवा हासिल है और वे विभिन्न स्रोतों से सूचना प्राप्त कर सकती हैं। इससे उस नौकरशाही पर उनकी निर्भरता भी कम होगी, जिसे वे उत्तरदायी ठहराना चाहते हैं। इसका अर्थ है कि संसदीय समितियों को मंत्रालयों के अलावा बाहरी विशेषज्ञों, हित-समूहों और अन्य स्रोतों से सूचनाएँ एवं विश्लेषण प्राप्त होने चाहिए। इस गुम संपर्क को भरने से शासन में सुधार होगा और आम नागरिकों के लिए शासन के मूल्यों व विषय-वस्तुओं में भी बेहतरी होगी।

(जेसिका वलाक के साथ)

(15 जुलाई, 2007)

□

खंड—VIII

राजनीतिक गतिशीलता

भारत की राजनीति और राजनीतिक लड़ाई का पेंडुलम लगता है, हमेशा एक सिरे से दूसरे सिरे तक झूलता ही रहता है। मतदाता सत्तासीनों को उठाकर फेंक देते हैं। केंद्र और राज्यों में गठबंधन बनते-बिगड़ते रहते हैं। एक पार्टी ने जिन नीतियों का प्रस्ताव रखा होता है, वही पार्टी यदि विपक्ष में आ जाती है तो वे ही नीतियाँ उसके लिए जहर बन जाती हैं। कांग्रेस के नेतृत्ववाले गठबंधन का हाल में फिर से चुना जाना स्थिरता का एक आश्चर्यजनक क्षण था। यह विपक्ष की विफलता का नतीजा हो सकता है या फिर खुद उसकी अपनी सफलता का। मगर इस खंड के लेख एक अलग तरह की राजनीतिक गतिशीलता की माँग करते हैं—ऐसी, जो सहमति और सम्मिलन पर ज्यादा जोर देती हो।

58

शहरी मतदाता इतना क्रुद्ध क्यों है?

पंजाब और उत्तराखंड के हाल के चुनावों से जो बुलबुले उठे थे, वे अब शांत होने लगे हैं और अब ध्यान दिल्ली नगर निगम के चुनावों एवं उत्तर प्रदेश चुनावों के परिणाम पर चला गया है।

चुनाव परिणाम विरले ही निर्णायक निष्कर्ष दे रहे हैं। माना जा रहा है कि सत्ता-विरोध मतदाताओं का पसंदीदा विकल्प बन गया है; लेकिन इसके विपरीत भी कई उदाहरण हैं, जब सत्ताधारी पार्टी या गठबंधन ने सत्ता-विरोधी भावना से पार पा लिया है। ये सुझाव कि मुद्रास्फीति (महँगाई), बिजली, पानी आदि की समस्याएँ वोटरों के विकल्पों के लिए निर्णायक तत्त्व हैं, अति सरलीकरण से पीड़ित हैं।

इन अस्पष्टताओं के बावजूद चुनाव परिणाम दरशाते हैं कि सत्तारूढ़ सरकार के प्रति शहरी मतदाताओं का नजरिया अगर दुश्मनी का नहीं तो स्पष्ट उदासीनता का जरूर है। वर्ष 2004 के आंध्र प्रदेश चुनावों में कांग्रेस ने सत्तारूढ़ तेलुगूदेशम पार्टी (टी.डी.पी.) को परास्त किया। इन चुनावों में कांग्रेस का औसत वोट प्रतिशत 78.23 था, लेकिन शहरी निर्वाचन क्षेत्रों में यह 85.71 फीसदी था। इसके विपरीत, शहरों में टी.डी.पी. का वोट प्रतिशत महज 14.2 फीसदी था, जो उसके आम औसत से कम था। इसी तरह, राजस्थान में वर्ष 2003 के चुनावों में भारतीय जनता पार्टी भाजपा विजयी हुई और उसे औसतन 60 फीसदी वोट मिले; लेकिन शहरी क्षेत्रों में उसे 86.67 फीसदी वोट मिले। कांग्रेस ने शहरों में महज 13.33 फीसदी वोट हासिल किए, जबकि उसका आम औसत 28 फीसदी था।

पंजाब में भाजपा-अकाली दल गठबंधन की जीत हुई। उन्हें शहरों में 80 फीसदी वोट मिले, जबकि उनका आम औसत 67.76 फीसदी था। दूसरी ओर, कांग्रेस ने शहरों में महज 20 फीसदी वोट प्राप्त किए, जबकि उसका आम औसत 37.93 फीसदी था। इसी तरह उत्तराखंड में बीजेपी ने शहरी निर्वाचन क्षेत्रों में 90 फीसदी वोट प्राप्त किए, जबकि उसका आम औसत सिर्फ 49 फीसदी था। और

कांग्रेस को यहाँ शहरों में केवल 10 फीसदी वोट मिले, जबकि उसका आम औसत 30.43 फीसदी था। विचित्र है कि इन तमाम उदाहरणों में सत्ताच्युत होनेवाले मुख्यमंत्रियों का मानना है कि उन्होंने शहरी वर्ग के लोगों की स्थिति में सुधार के लिए काफी कुछ किया था। उदाहरणार्थ, चंद्रबाबू नायडू गर्व से कहते हैं कि उन्होंने हैदराबाद को एक नया चेहरा दिया।

तो शहरी मतदाता सत्ताधारी पार्टी के प्रति ज्यादा असहिष्णु क्यों है? क्या यह इस कारण है कि ग्रामीण समाजों का असलियत को पचाने का अपना तरीका होता है वे परिवर्तनों को उदासीन भाव से देखते हैं और बदलाव की गति को लेकर कम व्यग्र होते हैं? या यह इस वजह से है कि चुनाव शहरी क्षेत्रों में ज्यादा उत्तेजना पैदा करते हैं और वोटरों की अपेक्षाएँ ज्यादा होती हैं तथा कोई भी निराशा उन्हें जल्द ही तीव्र गुस्से से भर देती है? शहरी क्षेत्र, दरअसल, मतदाताओं की पसंदों की छोटी दुनिया का प्रतिनिधित्व करते हैं और वे अपनी पसंद का प्रदर्शन ज्यादा मुखर तरीके से करना चाहते हैं। पाँच साल का वक्त बहुत लंबा समझा जाता है और शहरी मतदाता शासकीय प्रक्रिया से जुड़े चेहरों एवं सरकार में परिवर्तन चाहते हैं। ग्रामीण उदासीनता और शहरी गुस्से में विषमता, ग्रामीण समाजों से शहरी समूहों की ओर पलायन पद्धति इस तथ्य को उजागर करती है कि शहरी जीवन की गुणवत्ता को सुधारने में हमारी योजना और उसका कार्यान्वयन अपर्याप्त रहा है।

यह सर्वविदित है कि भारत में तीव्र शहरीकरण की शुरुआत अभी तक नहीं हुई है। मैन्यूफैक्चरिंग सेक्टर (विनिर्माण क्षेत्र) की गति और उसके योगदान में सुधार लाने के लिए वर्तमान में कृषि संबंधी गतिविधियों में लगे कामगारों को उससे अलग कर विनिर्माण कार्य में लगाना होगा। इसका अनिवार्य परिणाम यह होगा कि शहरीकरण की गति तेज होगी। शहरी योजना विविध चुनौतियाँ पेश करती है। जवाहरलाल नेहरू अर्बन रिन्युअल मिशन (जवाहरलाल नेहरू शहरी पुनर्नवीकरण योजना) एक सकारात्मक कदम है; लेकिन भारत की शहरी चुनौतियों को हल करने के लिहाज से एक छोटी शुरुआत है।

गाँवों से शहरों की ओर आबादी के पलायन से निपटने का समझदारी भरा तरीका यह है कि गाँवों के करीब के नए शहरी समूहों में रोजगार के पर्याप्त अवसर पैदा किए जाएँ। दरअसल, शहरीकरण के व्यापक मुद्दे के प्रति हमें एक समग्र नजरिया अपनाने की आवश्यकता है।

शहरी मतदाताओं की असहिष्णुता को दूर किया जाना चाहिए। हम लोगों की बढ़ती संख्या को क्रुद्ध नागरिक के रूप में बदलने का जोखिम नहीं ले सकते। सत्ता-विरोध लोकतंत्र की सेहत के लिए अच्छा नहीं हो सकता है; लेकिन शहरी गुस्से को हवा देना खतरनाक हो सकता है। हाल के अनेक चुनावों की वोटिंग पद्धति में स्पष्ट रुझान से हमें उपर्युक्त निष्कर्ष निकाल लेने चाहिए।

(1 अप्रैल, 2007)

□

59

वाकई एक बेहद सुस्त सदन

नए राष्ट्रपति को प्रतिष्ठापित करने के बाद नीति-निर्माताओं का ध्यान अब सरकार के लंबित कार्यों की ओर जाएगा। रुके पड़े विधेयकों को फिर से सक्रिय करना ऐसा ही एक क्षेत्र है। चूँकि मानसून सत्र करीब है, लंबित विधेयकों की मोटी तसवीर चिंताजनक लगती है। पिछले बजट सत्र के पहले लंबित विधेयकों की संख्या 65 थी और बजट सत्र के दौरान 26 नए विधेयक पेश किए गए, जिससे कुल विधेयकों की संख्या 91 हो गई।

पिछले सत्र में इनमें से केवल 20 विधेयक पारित किए जा सके। इस तरह 71 विधेयक अभी भी लंबित हैं। यानी लंबित विधेयकों का ढेर बढ़ता ही जा रहा है। कहने की जरूरत नहीं कि ये लंबित विधेयक महत्त्वपूर्ण नीतिगत क्षेत्रों से जुड़े हैं। इनमें निम्न विधेयक शामिल हैं—पेंशन कोष नियामक एवं विकास प्राधिकरण विधेयक, लघु एवं मध्यम उद्यम विकास विधेयक, भारतीय चिकित्सा परिषद् संशोधन विधेयक, श्रम कानून (कुछ प्रतिष्ठानों द्वारा रिटर्न भरने एवं रजिस्टर रखने से छूट), अग्रिम ठेका नियमन विधेयक, भुगतान एवं समझौता प्रणाली विधेयक। राज्यसभा में भी कुछ विधेयक लंबित हैं, जो कि 14वीं लोकसभा के गठन के पूर्व प्रस्तुत किए गए थे। वैसे, इनमें वे अन्य विधेयक शामिल नहीं हैं, जिन्हें सरकार ने बीमा जैसे क्षेत्र में प्रस्तुत करने का वादा किया था। ये विधेयक अभी भी प्रस्तुत किए जाने हैं।

इस पर साहित्य की कमी नहीं है कि किन कारणों से संसद् में कामकाज नहीं हो पाता है और सरकार के साँचे पर इसका कितना गंभीर प्रभाव पड़ता है। हाल में अरुण माइरा की एक पुस्तक आई है—'डिस्कॉर्डेंट डेमोक्रेट्स—फाइव स्टेटस टू कॉन्सेंसस'। इसमें विधेयक पेश किए जाने के एक कदम पीछे का उल्लेख है, जैसे-किस तरह जनता के साथ संवाद के प्रचुर मात्रा में चैनल स्थापित किए जाएँ। इसे उन्होंने 'वेज इन मास डायलॉग' (जनता से संवाद के तरीके) कहा है। उन्होंने जो तरीका सुझाया है, उसके अनुसार पहला सिद्धांत तो यह है कि जनता की आकांक्षा

और नजरिए का पता किया जाए। इसके लिए लोगों से पूछा जाए कि उन्हें सबसे ज्यादा किस बात की फिक्र है और वे क्यों ऐसा करते हैं? उनकी बातें सुनने के बाद जो विविध तरह के विचार सामने आएँ, उनके आधार पर लोगों को मुद्दे बनाने के काम में शामिल किया जाए। इसके लिए स्थापित संस्थानों से परे भी गहरे संवाद-संपर्क बनाए जाएँ। ये संवाद नागरिक निकायों, सहकारिता संघों, बिल्डिंग सोसायटी या यहाँ तक कि आवासीय कल्याण संगठनों से भी किए जा सकते हैं। मकसद एक ऐसे कार्यक्रम के लिए काम करना है, जिसमें निगमों, स्वयंसेवी संगठनों और सरकारों से तीन सवाल पूछे जाएँ—अगर यह नहीं तो क्या? अगर अब नहीं तो कब? अगर आप नहीं तो कौन?

कार्रवाई करने के पूर्व सहमति बनाने का यह तरीका हमें एक दूसरी पुस्तक 'इंडियाज पॉलिटिक्स– ए व्यू फ्रॉम द बैकबेंच' (भारत की राजनीति—पिछली सीट से एक नजारा) की ओर ले जाता है, जिसे जाने-माने अर्थशास्त्री व सांसद विमल जालान ने लिखा है।

जालान संस्थानों के पतन का रोना रोते हैं। ये संस्थान ही तो सामूहिक रूप से सरकार का ताना-बाना पेश करते हैं। पुस्तक में एक खंड है 'द रिफॉर्म ऑफ पॉलिटिक्स इन ए रिसर्जेंट इंडिया' (एक उदीयमान भारत में राजनीति का सुधार)। इसमें उन्होंने कई महत्त्वपूर्ण सुझाव रखे हैं, जैसे कि चुनावों का खर्च सरकार द्वारा वहन करना, सरकार में छोटी पार्टियों की भूमिका को परिभाषित करना, जिसमें गठबंधन राजनीति में सहयोगी घटक होने के नाते छोटी पार्टियों को गैर-आनुपातिक ढंग से प्रभावित करने से रोका जाए तथा संसद् के कामकाज में सुधार करना।

संसदीय कामकाज सुधारने के संदर्भ में उनके कई सुझाव सांसदों को अपने मुख्य कार्य यानी कि विधि-निर्माता के रूप में विधेयक बनाने और उन्हें पारित करने के काम पर ध्यान केंद्रित करने में मदद दे सकते हैं। ये सुझाव हालाँकि मदद करेंगे, लेकिन कई ज्यादा मूल सवाल अभी भी अनुत्तरित रह जाते हैं। उदाहरण के लिए, ऐसा क्यों है कि इलेक्ट्रॉनिक मीडिया के युग में सांसदों को संसद् में व्यवस्था बनाने में नहीं, बल्कि उसे तोड़ने में ज्यादा गौरव महसूस होता है? यदि कोई जन-प्रतिनिधि महत्त्वपूर्ण विधेयक को बनाने या आकार देने में महत्त्वपूर्ण योगदान करने की बजाय किसी असंबद्ध मसले को लेकर संसदीय कार्रवाई को रोक देता है तो क्या मतदाता उसकी भूमिका को ज्यादा सराहते हैं? ऐसा कैसे है कि हम जबकि अपने को एक परिपक्व लोकतंत्र कहते हैं तो चुनाव अभियानों में विरले ही किसी सांसद के

संसदीय कार्यों यानी कि किसी महत्त्वपूर्ण विधेयक के विश्लेषण करने और अपने कौशल से उस पर बहस करने के योगदान को चुनाव अभियानों में जोर-शोर से प्रचारित नहीं किया जाता? अगर कानून बनाना इतना ही नीरस और उबाऊ कार्य है, जिसमें कोई चुनावी रुचि नहीं है, तो हमारी संसदीय प्रणाली का एक महत्त्वपूर्ण कार्य खतरे में है।

सदन के अंदर कामकाज को सुधारने के लिए संसदीय कार्य-प्रदर्शन और चुनाव अभियानों के बीच के फासले को पाटने की जरूरत है। जब सांसदों को महसूस होगा कि संसद् में उनका आचरण चुनावी अंतर ला रहा है और मतदाताओं के विकल्पों को प्रभावित कर रहा है, सिर्फ तभी वे संसद् में अपना काम उचित तरीके से करने के लिए प्रेरित होंगे। मतदाताओं को सांसदों के आचरण के बारे में प्रशिक्षित करने के प्रति बहुत कम ध्यान दिया गया है। हालाँकि इलेक्ट्रॉनिक मीडिया आक्रामक है, लेकिन प्रिंट मीडिया—खासकर भाषाई और क्षेत्रीय अखबारों में—इसे काफी नजरअंदाज किया गया है। इससे हमारी मुश्किलें और जटिल हो गई हैं।

आखिरी विश्लेषण में, सत्तारूढ़ सरकार का यह एक प्रमुख दायित्व है कि वह विधेयकों पर बहस कराए और उन्हें पारित करवाकर कानून बनाए। गठबंधन सरकार में भी बातचीत और तालमेल की जटिलता उनकी विफलता के दोष को कम कर सकती है; लेकिन पूरी तरह मुक्त नहीं कर सकती है कि वह प्रमुख विधेयकों, खासकर जो आर्थिक विकास के लिए और सुरक्षा-चिंताओं के लिए महत्त्वपूर्ण माने जाते हों, को पारित नहीं करा सकी। इस विफलता को दूर करने से शासन में सुधार होगा।

(8 जुलाई, 2007)

□

60

कांग्रेस और भाजपा के बीच साझा न्यूनतम कार्यक्रम

हाल तक प्रधानमंत्री की सराहना की जाती थी कि वे भारत के आर्थिक सुधारों के जनक और भारत को लाइसेंस राज से मुक्ति दिलानेवाले शख्स हैं। मगर हाल में मीडिया में उनका विरोध होने लगा है और उनकी आलोचना की जाने लगी है कि वे दमदार नेतृत्व देने में विफल रहे हैं। मैं इन बातों से उदास हूँ।

यह भारी बदलाव हमारी राजनीतिक व्यवस्था की गहरी दुर्भावना का नमूना है। राजनीतिक प्रतिमान बदल गया है और वह भी कोई बेहतरी के लिए नहीं। प्रधानमंत्री, जो दिन के नियम के हिसाब से खेलते थे, को चालबाजी से मात दे दी गई है, क्योंकि दिन बदल गया है।

यह तथ्य है कि सरकार का अस्तित्व इन विषम हितोंवाले घटकों के एक साथ आने पर टिका हुआ है। इसका आशय यह है कि नीति-निर्माण एक संकट से दूसरे संकट तक टकराव भरा है। अगर सहयोगी दल लगातार सरकार गिराने की धमकी देते रहें तो कोई भी गठबंधन कारगर नहीं हो सकता है। मंत्रिमंडल की सामूहिक जिम्मेदारी की याद दिलाते रहना जायज है; लेकिन एक कमजोर, खंडित और निष्क्रिय गठबंधन में यह असर नहीं डालता। दुर्भाग्य से, संस्थात्मक गत्यात्मकता स्वचालित होती है। छोटी पार्टियाँ उन राष्ट्रीय एजेंडे को, जो उनके निर्वाचन क्षेत्रों को काफी दूर से भी प्रभावित करते हैं, उड़ा ले जाती हैं। इससे और छोटी पार्टियों के उभरने को बढ़ावा मिलता है।

हम एक सर्पीले राजनीतिक रास्ते के नाजुक मोड़ पर हैं। यू.एन.पी.ए. (यूनाइटेड नेशनल प्रोग्रेसिव अलायंस) यानी तथाकथित 'तीसरे मोर्चे' में पिछले एक सप्ताह में फिर से एक नई सक्रियता दिखी है। यह उनकी अपेक्षाओं का एक संकेत है। अगर यह एक चुनावी गठबंधन बनता है तो इसका मतलब है कि उसके घटक दल यह

मानकर चल रहे हैं कि दोनों मुख्य दल मिलाकर लोकसभा की 50 फीसदी से कम सीटें ही हासिल कर पाएँगे। यही एक रास्ता है, जिसका गणित तीसरे मोर्चे के गठन के औचित्य को सही ठहराएगा। बिखराव को तेज करने का यह सबसे महत्त्वपूर्ण प्रदर्शन होगा। बड़ा सवाल है—छोटी पार्टियों द्वारा राष्ट्रीय एजेंडे को अगवा कर लेने की प्रवृत्ति को कैसे रोका जाए?

राष्ट्रहित सिर्फ तभी साधे जा सकते हैं यदि मुख्यधारा की दोनों पार्टियाँ राष्ट्रीय चिंतावाले मसलों को समझें और कॉमन ग्राउंड (समान आधार) को सुदृढ़ करें। सत्तारूढ़ सरकार विपक्ष को कोसती है कि वह पर्याप्त रूप से सहयोग नहीं करती है, तब भी नहीं जब सहयोग करना आवश्यक होता है। एन.डी.ए. जब सत्तारूढ़ था तो उसकी विपक्ष कांग्रेस के बारे में शिकायत थी कि वह सहयोग नहीं कर रहा है, यह और बात है कि बिजली, बीमा और वित्तीय क्षेत्र को मजबूत करनेवाले कई विधेयकों को पारित कराने में उसने कांग्रेस का सहयोग हासिल किया। खेल के पुराने नियमों के तहत ध्यान भटकाने का यह उपयोगी उपाय माना जाता था और आंतरिक मजबूती बताने के लिए एक विपक्ष—एक शत्रु को खड़ा कर दिया जाता था।

लेकिन यह परंपरागत राजनीतिक कारोबार अब फलदायी नहीं रहा, खासकर ऐसे युग में जब वे पार्टियाँ पूरी तरह सहयोग नहीं कर रही हैं, जो विपक्ष में नहीं हैं। यह पहेली काफी दूर तक जा सकती है। इस सरकार के शुरुआती दौर में भाजपा ने पेंशन, बीमा और कई सुधारों के लिए पेश किए गए विधेयकों पर सहयोग का प्रस्ताव रखा, लेकिन कांग्रेस ने इसे ठुकरा दिया, क्योंकि उसे यह भ्रम था कि वामपंथी दल ऐसे सहयोग को स्वीकार नहीं करेंगे और घटक दलों के साथ रिश्ते में भी संदेह के बीज पड़ जाएँगे। मगर इसके बावजूद वामपंथियों ने सरकार का साथ इन मसलों पर नहीं दिया।

तो मुख्यधारा की इन दोनों पार्टियों कांग्रेस और भाजपा के बीच आपसी विश्वास बहाल करने की क्या रूपरेखा होनी चाहिए?

पहला, बातचीत शुरू करने के लिए भरोसेमंद नेतृत्व आगे आए। प्रधानमंत्री एक प्रमुख खिलाड़ी हैं, जिन्हें इस लायक होना चाहिए और इस लायक दिखना भी चाहिए कि वे अपने लिए बोल रहे हैं। प्रधानमंत्री पर मीडिया का हल्ला बोलना अर्थहीन नहीं है। मीडिया इस जरूरत को साफ दरशा रहा है कि एक सत्तासीन प्रधानमंत्री की वैधता के कई स्रोत होने चाहिए—अनुभव, मतदाताओं के बीच एक मजबूत चुनावी आधार और / या विभिन्न दलों के साथ एक मजबूत कामकाजी

संबंध और यह इस संभावना को भी उजागर कर रहा है कि हमारी लोकतांत्रिक प्रणाली में व्यावहारिक रूप से अथॉरिटी विभाजित हो सकती है। यह जरूरी नहीं कि प्रधानमंत्री हमेशा सत्तारूढ़ पार्टी का अध्यक्ष हो; लेकिन हमें यह सुनिश्चित करना चाहिए कि पार्टी अध्यक्ष प्रधानमंत्री से बढ़कर न हो जाए।

खास व्यक्तित्वों द्वारा संस्था की गरिमा से समझौता किए जाने को रोकने के लिए औपचारिक नियम बनाना तो कठिन होगा, लेकिन हमें कम-से-कम यह सुनिश्चित करना चाहिए कि हमारे पास इस प्रकार का राजनीतिक समीकरण न दोहराने की सामूहिक सामान्य समझ हो।

दूसरा, अतीत को जल्द-से-जल्द साफ किया जाए, ताकि यह ज्यादा अहम वर्तमान और भविष्य में सहयोग के कारणों पर न छा जाए। भाजपा के सहयोग के प्रस्तावों को ठुकराने की कीमत कांग्रेस को चुकानी पड़ सकती है; लेकिन भाजपा को परिपक्वता दिखानी चाहिए और अपने चिड़चिड़ेपन में मौजूदा कारोबार को लंबा नहीं खिंचने देना चाहिए।

और तीसरा, इस ड्रामेबाजी की बजाय मौलिक बातों पर ध्यान केंद्रित किया जाए। ऐसे कई महत्त्वपूर्ण मसले हैं, जिनको लेकर पार्टियों की एक समान सोच है। कांग्रेस और भाजपा के बीच यदि एक साझा न्यूनतम कार्यक्रम (सी.एम.पी.) बनाया जाए तो किसी भी अन्य दस्तावेज की तुलना में इसकी क्रियात्मक प्रासंगिकता ज्यादा होगी। इसके दायरे में सुरक्षा, आतंकवाद, विदेश नीति तथा कुछ अहम सुधार जैसे कि बिजली और केंद्र-राज्य संबंध, जिस पर कि द्विपक्षीय सहयोग आवश्यक है, लाए जा सकते हैं।

दाँव ऊँचे हैं। अभी जो एक व्यक्ति की प्रतिष्ठा की कहानी है, वह अन्यथा देश की प्रतिष्ठा बन जा सकती है।

(28 अक्तूबर, 2007)

□

61

वामपंथियों को दोष दें?

विश्वास मत, न कि शायद कोई दाग, सरकार के पीछे मजबूती से खड़ा है। इसलिए यह बात समझी जा सकती है कि सरकार अपने बचे हुए कार्यकाल में उन बड़ी आर्थिक चुनौतियों और सुधार रणनीति पर ध्यान केंद्रित कर रही है, जिन्हें वह पूरा कर सकती है। राहुल गांधी ने लोकसभा में दिए अपने भाषण में बार-बार एक विस्तृत राष्ट्रीय सहमति बनाने की अपील की। उन्होंने कहा कि गरीबी दूर करने, ऊर्जा की कमी को पूरा करने और भारत को एक सही वैश्विक नेता बनाने के लिए जरूरी कदमों पर आपस में समझौता और सहयोग करना चाहिए। मेरा विश्वास है कि ऐसी सहमति के बगैर बड़े महत्त्वपूर्ण विधायी परिवर्तन करना विविध विवादों में उलझा रहेगा।

इसमें संशय नहीं कि खुद प्रशासकीय क्षेत्र में बहुत कुछ किया जा सकता है और जिसका हमारे जीवन पर ज्यादा तात्कालिक असर पड़ेगा। प्रशासकीय सुधारों को लागू करने, लोक सेवाओं की गुणवत्ता सुधारने, प्रोजेक्ट कार्यान्वयन को तेज करने, जल्दी से न्याय पाने के तरीके खोजने और करारों को लागू करने के लिए विधायी परिवर्तनों की आवश्यकता नहीं है। 'ग्लोबल कंपिटीटिवनेस इंडेक्स' (वैश्विक प्रतिस्पर्धी सूचकांक) या 'ईज ऑफ डुइंग बिजनेस' (आसानी से कारोबार करना) में अपनी रेटिंग बढ़ाने के लिए ढेरों प्रक्रियात्मक और प्रशासकीय परिवर्तनों की जरूरत है, जो कि फिलहाल नजरअंदाज कर दिए गए हैं। इनमें से कई राज्य के अधिकार-क्षेत्र में आते हैं। एक संघ-व्यवस्था में शासन की गुणवत्ता में सुधार करना केंद्र सरकार के हाथों में नहीं भी हो सकता है; लेकिन केंद्र-राज्य संबंधों के साँचे में ज्यादा विश्वास जताने के लिए उसे केंद्र-राज्य संबंधों पर बने आयोग की सिफारिशों को इंतजार करने की जरूरत नहीं है। बैंकिंग और वित्तीय क्षेत्र में सुधार करना महत्त्वपूर्ण है, लेकिन आर्थिक सुधारों को महज उन सुधारों के समकक्ष नहीं ठहराया जा सकता, जो मुख्यत: इन्हीं दोनों क्षेत्रों को प्रभावित करते हों। विकास की लड़खड़ाती गति को थामने और उसे फिर से रफ्तार देने के लिए सिर्फ इन दोनों क्षेत्रों

में सुधार करना नाकाफी होगा। इन्फ्रास्ट्रक्चर के मामले में हम इसलिए नहीं पिछड़ गए हैं कि समुचित कानून नहीं है, बल्कि इसलिए पिछड़े हैं कि प्रोजेक्टों का बेहद ढीला कार्यान्वयन हो रहा है। प्रोजेक्टों की लागत, विश्वसनीयता और क्षमता में सुधार कर हम इन्फ्रास्ट्रक्चर को दुरुस्त कर सकते हैं।

यह कहना भी कुछ हद तक अतिशयोक्तिपूर्ण होगा कि आर्थिक सुधार प्रयासों को विभिन्न कारणों से रोकने के लिए वामपंथी ही पूरी तरह दोषी हैं। पहला, क्या आर्थिक एजेंडे को लेकर कांग्रेस के अंदर ही सहमति है ? हममें से कई यह नहीं भूले हैं कि जिन सुधारों को अब यू.पी.ए. सरकार लाना चाहती है, उनको कांग्रेस ने तब रोक दिया था जब एन.डी.ए. की सरकार थी। एन.डी.ए. सरकार ने राष्ट्रीयकृत बैंकों में सरकार की भागीदारी को कम कर 33 फीसदी तक लाने के लिए विधेयक पेश किया था; लेकिन चूँकि कांग्रेस में इस मुद्दे पर सहमति नहीं थी, इसलिए इस विधेयक को शांति से दफन कर देना पड़ा।

इसी तरह, कांग्रेस के जोर देने के कारण ही बीमा क्षेत्र में विदेशी भागीदारी को एक निश्चित संख्या, उदाहरणार्थ 26 फीसदी, तक सीमित करना पड़ा। श्रम सुधारों का कांग्रेस के नेतृत्ववाले श्रमिक संघों ने भी उतना ही विरोध किया जितना अन्य राजनीतिक दलों के नेतृत्ववाले संगठित श्रमिक संघों ने।

कांग्रेस की मानसिक बुनावट में एक समाजवादी धारी मौजूद है, क्योंकि उसके संस्थापकों में फैबियन समाजवादी परंपरा कोई कम नहीं थी। आर्थिक ठहराव की लंबी अवधि, समय-समय पर विदेशी मुद्रा का संकट और वर्ष 1991 में अभूतपूर्व भुगतान-संतुलन के संकट के कारण कांग्रेस को अपना रवैया बड़े पैमाने पर सुधारने के लिए मजबूर होना पड़ा; लेकिन उसने कभी अपने मनो-मस्तिष्क में गहरे समाए समाजवादी और आदर्शवादी नजरिए को नहीं बदला।

दूसरा, सामाजिक क्षेत्र या इन्फ्रास्ट्रक्चर जैसे कई क्षेत्रों में जरूरी अहम बदलावों के लिए वाम दलों के समर्थन की आवश्यकता नहीं थी। उदाहरण के लिए, राष्ट्रीय ज्ञान आयोग की जो सिफारिशें रोकी गईं। बेहतर प्राथमिक शिक्षा प्रणाली को लागू करना, अधिक प्रतियोगिता को बढ़ावा देना या उच्च शिक्षा की मान्यता-प्रणाली की निगरानी के लिए एक स्वतंत्र नियामक की नियुक्ति करना—ये सारे कदम मानव संसाधन विकास मंत्रालय की नौकरशाही की राजनीति में उलझे पड़े हैं। इसी तरह, स्वास्थ्य मंत्री अखिल भारतीय आयुर्विज्ञान संस्थान (एम्स) के निदेशक को हटाने में अनावश्यक रूप से लगे रहे या सिगरेट व शराब के विज्ञापनों को प्रतिबंधित करने

में मशगूल रहे। उन्होंने स्वास्थ्य क्षेत्र से ज्यादा अंदरूनी मसलों, जैसे कि संक्रामक रोगों के फैलाव को न्यूनतम करना, निजी भागीदारी को जोर-शोर से सुनिश्चित करना और प्राथमिक स्वास्थ्य सेवा में सुधार करना आदि पर ध्यान नहीं दिया। और इसमें वाम दलों का कोई दोष नहीं है। महत्त्वपूर्ण परियोजनाओं, खासकर विशाल सरकारी आवंटनवाले प्रोजेक्टों का सुस्त कार्यान्वयन, घटक दलों की अत्यधिक किराया-वसूली के कारण राष्ट्रीय राजमार्ग परियोजनाओं की चिंताजनक प्रगति भी इसी कोटि की है। बड़े सरकारी और निजी निवेश के लिए पर्यावरण मंत्रालय में भारी विलंब भी इसी का नमूना है। निजी टेलीकॉम ऑपरेटरों के बीच स्पेक्ट्रम आवंटन के विवाद के कारण ग्रामीण टेलीफोन सेवा के तीव्र प्रसार से ध्यान हटा है। इससे यह भी सुनिश्चित नहीं किया जा सका कि 'यूनिवर्सल सर्विस ऑब्लिगेशन फंड' के संसाधनों का पूरा इस्तेमाल ग्रामीण नेटवर्क को बढ़ाने और ब्रॉडबैंड संपर्क में सुधार करने में किया जाए। खर्च के बेहतर प्रबंधन, सार्वजनिक आवंटनोंवाले प्रोजेक्टों के समय और लागत की दृष्टि से सीमा लाँघ जाने को रोकने के लिए कार्यान्वयन के अभिनव तरीके अपनाने, निगरानी और जिम्मेदारी तय करने की जरूरत होती है; लेकिन इस मोरचे पर हमारी क्रमिक सरकारें विफल रही हैं। प्रशासन के कई क्षेत्रों में विफलता के लिए सिर्फ वाम दलों को बहाना नहीं बनाया जा सकता।

तीसरा, दुर्भाग्यवश किसी भी बड़े सुधार के महत्त्व को कभी भी चुनावी तौर पर मान्यता नहीं मिलती है। चुनावी भाषण छूट देने, माफ करने या लोक-लुभावन वादों तक सीमित रहते हैं। भाषणों में उन फैसलों का उल्लेख नहीं किया जाता है, जो क्षमता में सुधार करेंगे, जो प्रतिस्पर्धा के जरिए उत्पादकता बढ़ाएँगे और जो परिवर्तन देश को एक उच्च विकास पथ पर ले जाएँगे। राजनीतिक दल जब सत्ता में आते हैं, तो उन्हें लोक-लुभावन छूटों और माफीनामे को लागू करने के लिए उत्तरदायी ठहराया जाता है; लेकिन शायद ही उन्हें सुधार के वादों के सुस्त कार्यान्वयन के लिए जिम्मेदार कहा जाता है। चुनाव घोषणा-पत्र अपने न्यूनतम साझा कार्यक्रम या शासकीय एजेंडा के जरिए कभी भी कठिन आर्थिक विकल्पों का स्पष्ट खुलासा नहीं करते हैं, क्योंकि मतदाता नाराज हो सकते हैं। चुनाव अब कुछ ही महीने दूर हैं और ज्यादातर पार्टियाँ जल्द ही अपना घोषणा-पत्र तैयार करने में जुट जाएँगी। हमें अतीत से सीखना चाहिए और यह ज्यादा साफगोई से बताना चाहिए कि देश को 10 फीसदी से ज्यादा विकास दर हासिल करने, गरीबी को समाप्त करने और

सामाजिक व भौतिक इन्फ्रास्ट्रक्चर में कमी को दूर करने के लिए क्या-क्या करने की आवश्यकता है।

अंततः चुनाव संपन्न हो जाने के बाद की अवधि में और नए सत्ता-समीकरण के आधार पर ही गंभीर विधायी कार्य फिर से शुरू हो सकते हैं। बहरहाल, हमें उन संकल्पों व कार्यक्रमों के बारे में सोचने और योजना बनाने की जरूरत है, जो राजनीतिक दलों को वांछित रास्ते पर चलने के लिए बाध्य करेंगे। गोपनीयता, क्षणिक चालबाजी या इतिहास के किसी हादसे से किए गए सुधार आमतौर पर वक्त की कसौटी पर खरे नहीं उतरते हैं। अचानक किसी बाह्य संकट के कारण की गई कार्रवाई को सामान्य समय में दुहराया नहीं जा सकता है।

एक जटिल संघीय ढाँचे में किसी आर्थिक रणनीति की अवधारणा, डिजाइन और कार्यान्वयन के लिए जरूरी है कि मुख्यधारा की राजनीतिक पार्टियों के बीच एक समझदारी बने। विश्वास मत हासिल करने से काफी बड़ा काम है राजनीतिक दलों के बीच विश्वास बहाल करना।

(25 जुलाई, 2008)

□

खंड—IX

चुनाव 2009

चुनाव 2009 अब पीछे के दृश्य दिखानेवाले दर्पण में हैं और पश्च दृष्टि के लाभ के आधार पर कांग्रेस के पुनरोदय, भाजपा की विफलता और क्षेत्रीय पार्टियों के प्रदर्शन की व्याख्या की जा रही है। बहरहाल, पीछे देखने के क्रम में इस तथ्य को ओझल नहीं होने देना चाहिए कि यह परिणाम पूर्व-निर्धारित नहीं था। चुनाव में अनेक महत्त्वपूर्ण क्षेत्रीय ट्रेंड और नीतिगत मुद्दों पर बहस चल रही थी, जो भारत को एक अलग ही रास्ते पर ला सकते थे। इस खंड के लेख चुनाव के दृश्यों को कैद किए हुए हैं और जिनमें संभावनाओं की अनुभूति सुरक्षित है।

62

विकास और रोजगार नई सरकार के मंत्र

चुनावी बुखार तेज हो गया है, इसलिए चुनावी भाषणों में बड़बोलापन भी आ गया है। तीखी टिप्पणियाँ उनके मुँह से भी निकल रही हैं, जो आमतौर पर सौम्य भाषा बोलने के लिए जाने जाते हैं। चुनाव घोषणा-पत्र लोक-लुभावन संकल्प जताने में एक-दूसरे से होड़ कर रहे हैं। ऑक्सफोर्ड डिक्शनरी के अनुसार 'एक घोषणा-पत्र लोगों के एक समूह, खासकर राजनीतिक दलों द्वारा प्रकाशित एक लिखित बयान है, जिसमें वे अपने उद्देश्यों और नीतियों के बारे में बताते हैं।' जब राजनीतिक दल अपने कार्यक्रमों के आधार पर मतदाताओं को प्रभावित करने के लिए एक घोषणा-पत्र को अपनाते हैं तो दुर्भाग्यपूर्ण रूप से इस बात के लिए बाद में उत्तरदायी नहीं होते हैं कि उन्होंने उन वायदों को किस हद तक पूरा किया। सत्तारूढ़ सरकार नियमित रूप से अपने घोषणा-पत्र से भटकती रहती है और यह यदा-कदा ही होता है जब पार्टी तंत्र उन्हें अपने घोषणा-पत्र की याद दिलाता है। वैसे भी, ये वादे सामान्य लहजे में होते हैं और इनकी कोई मात्रात्मक या संख्यात्मक निगरानी मुश्किल है, जो मतदाता राजनीतिक दलों को उनके वादे के लिए उत्तरदायी मानते हैं, उन्हें अगले चुनाव-चक्र तक इंतजार करना होता है। तब तक मुद्दे और संदर्भ दोनों बदल चुके होते हैं और पूरी कवायद नए सिरे से शुरू होती है। फिर भी, घोषणाओं की कुछ अहमियत है। इसके आधार पर मतदाता विभिन्न राजनीतिक दलों की सोच की मोटी रूपरेखा को समझ जाते हैं। घोषणा-पत्र महत्त्वपूर्ण मुद्दों से जुड़े होते हैं, जैसे सुरक्षा (कानूनी व प्रशासकीय परिवर्तनों की जरूरत है), विदेश नीति (रणनीतिक भागीदारी की प्रकृति), आर्थिक रणनीति (रोजगार सृजन, नियामक स्तर में सुधार करना और किस हद तक एवं नियंत्रण-मुक्त किया जा सकता है)। इस अर्थ में घोषणा-पत्र अभी भी अहम हैं, लेकिन इनके इर्द-गिर्द बहस की विषय-वस्तु निम्न स्तरीय है। तमाम राजनीतिक दलों में एक ज्यादा सूचनात्मक घोषणा-पत्र तैयार करने की गंभीर कमी है। इसलिए

यदि ज्यादा सूचनात्मक घोषणा–पत्र तैयार किया जाए तो इससे लोकतांत्रिक भागीदारी और बेहतर होगी।

घोषणा–पत्र की बात फिलहाल छोड़ें, लोगों के दिमाग में अब यह बात छाने लगी है कि नई सरकार का रूप–रंग कैसा होगा, कैसा सत्ता–समीकरण उभरेगा? यह अब ज्यादा स्पष्ट होता जा रहा है कि राष्ट्रीय दल अपने बूते बहुमत के आस–पास भी नहीं पहुँच पाएँगे। नतीजा होगा कि और ज्यादा खंडित गठबंधन सरकार के सत्ता सँभालने के आसार बन रहे हैं। राष्ट्रीय पार्टियों की भूमिका सिकुड़ रही है और वे छोटी क्षेत्रीय पार्टियों पर बुरी तरह निर्भर होती जा रही हैं। इससे शासन करना और कठिन हो जाएगा। गठबंधन ढाँचे के अंतर्गत सहमति हासिल करना हमेशा विवादास्पद होता है और एक छोटी पार्टी को गठबंधन के दायरे में बनाए रखने के लिए अकसर महत्त्वपूर्ण सुधारों को छोड़ देना पड़ता है। यह सही है कि संसदीय लोकतंत्र का मतलब सत्तारूढ़ सरकार द्वारा सफल सौदेबाजी करना है; लेकिन लेन-देन और अंतर्निहित समझौतों के कारण अधिकतम नीतिगत विकल्प नहीं चुना जाता। मैं यह कहता हूँ, क्योंकि मई में जब नई सरकार आएगी तो उसे कई कठिन आर्थिक फैसले लेने होंगे। आर्थिक मंदी और बेरोजगारी के मोरचे पर चिंता बढ़ती ही जा रही है। ग्रामीण उपभोग में बढ़ोतरी दरशाते हुए जो आँकड़े हाल में आए हैं, उससे हमें किसी छद्म आशावादिता में नहीं पड़ जाना चाहिए। ये आँकड़े ज्यादा सब्सिडी, समर्थन मूल्य में वृद्धि और राष्ट्रीय ग्रामीण रोजगार गारंटी कार्यक्रम के प्रसार का नतीजा हो सकते हैं। ग्रामीण आय अब उत्तरोत्तर गैर–कृषि कार्यों पर निर्भर होती जा रही है। मगर काम का नुकसान बढ़ रहा है और उधर शहरी क्षेत्र से कम पैसा आ रहा है। इससे ग्रामीण आय घटेगी। भारत की विकास प्रक्रिया को फिर से पटरी पर लाने के लिए हमें अपनी दो तुलनात्मक लाभवाली स्थितियों का प्रभावी ढंग से इस्तेमाल करना होगा। पहली स्थिति है—ग्रामीण और शहरी दोनों क्षेत्रों में इन्फ्रास्ट्रक्चर, सामाजिक सेवाओं एवं उपभोक्ता सामग्रियों की विशाल घरेलू माँग और दूसरी स्थिति है—हमारी युवा आबादी जिसका काफी बड़ा हिस्सा रोजगार वाले आयु–वर्ग में है और उम्र आश्रित अनुपात में तेज गिरावट आई है। दुर्भाग्य से, बढ़ता राजकोषीय घाटा, राजस्व का कम होते जाना, खुले सिरोंवाले खर्च–संकल्प और रुपए का सुसंगत प्रबंधन—जटिल चुनौतियाँ हैं तो आगे क्या रास्ता है?

सर्वप्रथम, जो योजनाएँ व कार्यक्रम पहले ही शुरू किए जा चुके हैं और जिनके लिए धन उपलब्ध है, उन्हें तेज गति से पूरा किया जाए। ये परियोजनाएँ सड़कों,

बिजली, स्कूलों, अस्पतालों, हवाई अड्डों आदि से जुड़ी हैं। वास्तव में, इनमें से अधिकतर परियोजनाओं के लिए वित्तीय संसाधनों की कमी नहीं है। दरअसल, गंभीर समस्या कार्यान्वयन की है, जिनकी वजह से बड़े सार्वजनिक आवंटनों का हमें लाभ नहीं मिल पा रहा है। सरकारी प्रोजेक्टों के प्रभावी कार्यान्वयन में तेजी कैसे लाई जाए? स्वीकृतियों और प्रक्रियाओं को कैसे न्यूनतम किया जाए, ताकि परियोजनाएँ समय से पूरी की जा सकें। इसमें कोई शक नहीं कि इस तरह की राहत देने से अनियमितताओं और भ्रष्टाचार की शिकायतें मिल सकती हैं। फिर भी, प्रक्रियाओं का एक नया सेट तैयार किया जाए, जिससे कि इन्फ्रास्ट्रक्चर और सामाजिक क्षेत्र की सरकारी परियोजनाओं को तेजी से पूरा किया जा सके।

दूसरा, हमें अवश्य ही रोजगार-सृजन की नई रणनीति बनानी होगी। पुरानी रणनीतियाँ विफल हो गई हैं। हमें विशेष मौद्रिक और वित्तीय पैकेज के साथ श्रम-साध्य टेक्नोलॉजी को ज्यादा प्रोत्साहन देने की जरूरत है। अतीत में, पूँजी-प्रधान टेक्नोलॉजी से भले ही उत्पादकता बढ़ी हो और लागत कम हुई हो, लेकिन इन निवेशों से बहुत ज्यादा रोजगार नहीं मिले। अब हमारी योजना-रणनीति 'रोजगार पैदा करने' पर केंद्रित की जानी चाहिए। हमें रोजगार पैदा करनेवाली टेक्नोलॉजी को बढ़ावा देना चाहिए, लेकिन गुणवत्ता पर कोई समझौता भी नहीं करना चाहिए। हमें उन कार्यों व गतिविधियों को प्रोत्साहित करना चाहिए, जहाँ ज्यादा रोजगार की संभावना है। कंस्ट्रक्शन, पर्यटन, होटल, स्कूल व अस्पताल जैसे क्षेत्रों में रोजगार की गुंजाइश ज्यादा होती है। हमें विशाल पिंडीभूत निवेशों के फेर में नहीं पड़ना चाहिए। नई सरकार को रोजगार-सृजन करने की अवश्य ही एक नई रणनीति बनानी चाहिए। मौजूदा बेरोजगारी को खत्म करना ही विकास का नया मंत्र होना चाहिए।

तीसरा, नई सरकार को मध्यकालिक स्तर पर अर्थव्यवस्था के बड़े मुद्दों के फिर से ठोस प्रबंधन में जुट जाना चाहिए। इसका आशय यह है कि राजस्व-प्राप्ति को बढ़ाया जाए, राजकोषीय घाटे को कम किया जाए, क्योंकि सिस्टम में काफी ज्यादा नकदी डाल दी गई है। बहरहाल, यह सब काम अवश्य ही मध्यकालिक स्तर पर किया जाना चाहिए। अल्पकालिक स्तर पर दो मौलिक काम किए जाने चाहिए विकास को बहाल करना और रोजगार सृजन करना। कोई भी घोषण-पत्र तभी मायने रखता है, जब वह अगले कुछ वर्षों के लिए विकास और रोजगार को मुख्य चालक शक्ति बनाने का वादा करे। वैसे, इसके लिए हमें अपनी शिक्षा- प्रणाली में

भी दूरगामी सुधार करने होंगे। पढ़ाई की गुणवत्ता सुधारनी होगी, सार्थक व्यावसायिक शिक्षा देनी होगी, शिक्षा व्यवस्था पर सरकारी नियंत्रण कम करना होगा, शिक्षा परिणामों में इस तरह सुधार करना होगा कि रोजगारपरक गढ़ों का निर्माण हो।

दूसरे शब्दों में, अगले कुछ वर्षों में रोजगार को मुख्य लक्ष्य बनाते हुए ही मौलिक ढाँचागत सुधार किया जाना चाहिए। घोषणा-पत्र अकसर जल्द ही भूल जाने के लिए लिखे जाते हैं। रोजगार पैदा करना हमारे लिए लंबे समय तक एक समस्या बना रहेगा। सामाजिक एकता और सुसंबद्धता को बनाए रखने के लिए भी यह जरूरी है और इसी पर हमारा संसदीय लोकतंत्र भी टिका हुआ है।

(27 मार्च, 2009)

□

63

वर्ष 2009 के परे की चुनावी चुनौतियाँ

आम चुनाव के पहले दो चरण के मतदान बस संपन्न ही हुए हैं। अब दस दिन का चुनाव अभियान और बचा है। प्रतिष्ठित पत्रिकाओं में से एक 'इकोनॉमिस्ट' ने अपने ताजा अंक में इस चुनाव को 'जंबो चुनाव' बताया है और मुख्य पृष्ठ पर हाथी की एक फोटो छापी है। पहली नजर में ऐसा लगेगा कि चूँकि यह बी.एस.पी. पार्टी (बहुजन समाज पार्टी) का चुनाव-चिह्न है, इसलिए मौजूदा चुनाव को बी.एस.पी. के एक राजनीतिक इकाई के रूप में उभरने से जोड़कर देखा गया है। बहरहाल, पत्रिका के विश्लेषण को सावधानीपूर्वक पढ़ने से पता चलता है कि 'जंबो' का प्रयोग दो अर्थों में किया गया है। पहला, खुद चुनाव के आकार को लेकर, जैसे कि योग्य वोटरों की संख्या, उम्मीदवारों की कुल संख्या, चुनाव कार्मिकों की कुल तैनाती, सुरक्षा बलों का बड़े पैमाने पर संचालन, इलेक्ट्रॉनिक वोटिंग मशीनों (ई.वी.एम.) की संख्या और मतदान केंद्रों की संख्या। ये सब वाकई जंबो के आकार के हैं।

दूसरा, गठबंधन राजनीति के दबावों के कारण सरकार का आकार भी जंबो की तरह ही होगा, जो जान-बूझकर धीमा चलेगा। मगर उनका निष्कर्ष है कि अन्य प्रकार के शासन की तुलना में यह जंबो चाल भी बेहतर है। वैसे, इस देश में हम जानते हैं कि गठबंधन के सहयोगियों के बीच जटिल सौदेबाजी के कारण कठिन आर्थिक फैसले रोक देने पड़े हैं। जाहिर है, इससे त्वरित परिवर्तन नहीं हो पाएगा।

चुनाव सुधारों में एक मुद्दा यह भी है कि राष्ट्रीय चुनावों में भाग लेने के लिए पार्टियों के योग्यता आधार तय कर दिए जाएँ—यह प्रस्ताव रखा जाना चाहिए कि जो दल न्यूनतम सीटों की संख्या और न्यूनतम वोटों की संख्या हासिल कर पाएँगे, सिर्फ वे ही राष्ट्रीय चुनावों में भाग ले सकेंगे। इससे पार्टियों के टूटने का सिलसिला थमेगा और मुख्य धारा की पार्टियाँ मजबूत होंगी। ऐसे किसी फैसले के लिए संविधान में बड़ा परिवर्तन करना होगा, जो राजनीति के मौजूदा स्वरूप को देखते हुए असंभव

और अव्यावहारिक लगता है। इसके अलावा क्षेत्रीय पार्टियों का उदय ही इस बात का प्रतीक है कि राष्ट्रीय दल क्षेत्रीय आकांक्षाओं को पूरा करने में विफल रहे हैं। हमारे जैसे विशाल देश में भू-राजनीति की जटिलता के मद्देनजर स्थानीय समाधान, स्थानीय आकांक्षाएँ और स्थानीय चिंताएँ लोगों की चाहतों में गहरे समाई हुई होती हैं। ऐसे नजरिए को मजबूत लोकप्रिय क्षेत्रीय समर्थन मिलता है। इसमें कोई शक नहीं कि राष्ट्रीय दल बनाम क्षेत्रीय दल पर और व्यापक बहस की जरूरत है। इसी तरह इस पर भी विचार करने की आवश्यकता है कि स्थानीय स्तर पर काम करते हुए भी राष्ट्रीय चिंताओं पर ध्यान कैसे केंद्रित किया जाए।

अब जबकि आम चुनाव 2009 संपन्न होने को हैं, इस पर विचार करना आवश्यक है कि चुनाव के दौरान कौन से मुद्दे छाए रहे? राजनीतिक परिदृश्य पर नेताओं ने जो हजारों चुनाव-सभाएँ कीं, क्या उनमें राष्ट्रीय या अंतरराष्ट्रीय मसलों को उठाया गया था, उन पर बहस की गई? यह सर्वविदित है कि अंतरराष्ट्रीय चिंताओं की तो छोड़िए, इस चुनाव में तो अंतरराष्ट्रीय मुद्दे तक नहीं उठाए गए। वैश्विक आर्थिक मंदी, आतंकवाद के खिलाफ युद्ध, बाजार आधारित अर्थव्यवस्था की विफलता, पश्चिमी देशों में संरक्षणवाद का उभार जैसे अंतरराष्ट्रीय मुद्दे अब तक किसी भी महत्त्वपूर्ण चुनावी भाषण में नहीं गूँजे। पूर्व के चुनावों के विपरीत, इन चुनावों में आर्थिक विकास की गति, बढ़ती बेरोजगारी, ग्रामीण गरीबी या अपर्याप्त आधारभूत ढाँचा (इन्फ्रास्ट्रक्चर) जैसे राष्ट्रीय मुद्दों पर भी खास ध्यान नहीं दिया गया। संभवतः अमेरिकी शैली की राजनीति से प्रभावित होकर यहाँ भी मौजूदा और दावेदार प्रधानमंत्री के बीच वाक्-युद्ध चल रहा है। राष्ट्रपतीय प्रणाली में चुनाव व्यक्तित्व-आधारित होते हैं। लेकिन हमारी तरह के वेस्टमिंस्टर मॉडल के लोकतंत्र में चुनाव अत्यधिक व्यक्तित्व-आधारित नहीं हो सकते हैं। इसमें कोई शक नहीं कि राजनीतिक दल अपने नेता को केंद्र में रखकर चुनावी संघर्ष लड़ते हैं। राष्ट्रीय और क्षेत्रीय दलों के नेतृत्व की गुणवत्ता मुख्य बात होती है, जिसके इर्द-गिर्द चुनावी जंग लड़ी जाती है। फिर भी, सिर्फ नेतृत्व की योग्यता पर ध्यान देने से अन्य मसले पीछे छूट जाते हैं। हमने अभी तक जिस तरह की राजनीति की है, उसमें यह फिट नहीं बैठता। मेरी अपेक्षा थी कि राजनीतिक दल मौजूदा महत्त्वपूर्ण सामाजिक व आर्थिक चिंताओं को चुनावों के दौरान उठाएँगे। ये मसले उदाहरण के लिए निम्न से जुड़े हैं—विकास को ज्यादा सम्मिलित करनेवाला बनाना, सामाजिक न्याय के साथ विकास करना, समाज के हाशिए पर चले गए वर्गों को मुख्यधारा में लाना, खासकर

वंचित वर्ग और उसके अंदर भी सबसे ज्यादा वंचितों को। हमारा विकास काफी धीमा पड़ चुका है, बेरोजगारी बढ़ी है और सरकार द्वारा उठाए गए कदम अपर्याप्त साबित हुए हैं। मगर इन मसलों पर चुनावी गहमागहमी में शायद ही टिप्पणी की गई।

संदेह नहीं कि राजनीतिक दलों में घोषणा-पत्रों में इन मसलों पर टिप्पणी की गई। बहरहाल, घोषणा-पत्रों में व्यक्त की गई चिंताओं को चुनावी भाषणों में तब्दील नहीं किया गया। चुनावी भाषण तो प्रधानमंत्री पद के दावेदारों के गुण-दोष बताने में ही लगे रहे। फिर, वैचारिक रंगवाले मसले खासकर धर्मनिरपेक्ष राजनीति और अकसर भावनात्मक बड़बोलेपन को बहुत ज्यादा तवज्जो दी गई। यह भी नहीं ध्यान दिया गया कि सामाजिक समरसता पर इसका क्या असर पड़ेगा। इसलिए ये चुनाव मुख्य तौर पर वैचारिक रूप से संवेदनशील मुद्दों या फिर स्थानीय चिंताओं में ही उलझे रहे। वैचारिक मुद्दे हमें विकास-केंद्रित राजनीति करने से दूर ले जाते हैं। भारत के आर्थिक विकास का भविष्य, भारत को एक आर्थिक महाशक्ति बनाने के लिए आवश्यक रणनीति या काफी आगे निकल चुके चीन की बराबरी करने के लिए उठाए जानेवाले कदमों पर न तो इलेक्ट्रॉनिक मीडिया और न ही प्रिंट मीडिया की बहस में कोई ध्यान दिया गया।

चुनावी चिंताओं को विकास-केंद्रित बनाने से तेज परिवर्तन होगा। अगर बिहार जैसे कुछ राज्यों में सिर्फ जाति नहीं बल्कि विकास एक बड़ा चुनावी मुद्दा बनकर उभरा है तो यह स्वागत योग्य बदलाव है। सामाजिक व्यवस्था के स्तरों को तोड़ने में वक्त लगता है और सिर्फ विकास ही परिवर्तन की गति को तेज कर सकता है। चुनाव अभियानों को ज्यादा विकास-केंद्रित बनाने से लोकतंत्र अधिक स्वस्थ होगा और विकास ज्यादा सम्मिलित करनेवाला होगा। उम्मीद है कि वर्ष 2009 के बाद के चुनाव इक्कीसवीं सदी के भारत की बाध्यताओं को प्रतिबिंबित करेंगे।

(24 अप्रैल, 2009)

□

64

नीतिगत समानताएँ ढूँढ़ना

हम लोग बदलाव के सिरे पर हैं। सप्ताह भर में चुनाव परिणामों की घोषणा की जाएगी और सरकार बनाने का काम शुरू हो जाएगा। फिलहाल, संभावित परिणाम के बारे में कोई स्पष्ट संकेत नहीं हैं। इसमें शक नहीं, जैसा कि चुनाव परिणाम की घोषणाओं की पूर्व संध्या पर आमतौर पर होता है, बदलाव से संबंधित फुसफुसाहट जोर पकड़ लेती है। चुनाव परिणाम जिस ओर भी जाए, सत्ता के गठजोड़ और सत्ता- विन्यास में भारी परिवर्तन होगा। ज्यादातर राजनीतिक दलों, राष्ट्रीय व क्षेत्रीय ने अपने घोषणा-पत्रों में कई सामाजिक व आर्थिक मसलों पर अपनी स्थिति का खुलासा कर दिया है। इसलिए सभी राजनीतिक सहयोगियों को स्वीकार्य एक साझा करार या साझा एजेंडा तैयार करने की आवश्यकता है। यूपीए सरकार आने की सूरत में यह एक नया कॉमन मिनिमम प्रोग्राम (साझा न्यूनतम कार्यक्रम) हो सकता है या भाजपा के नेतृत्ववाली एनडीए सरकार आने की सूरत में यह शासन का एक नया राष्ट्रीय एजेंडा हो सकता है अथवा तीसरे मोर्चे, जिसकी संभावना नहीं है, एक तीसरा मोर्चा कार्यक्रम हो सकता है। इससे आर्थिक योजनाकारों, निजी उद्यमियों और विदेशी निवेशकों के दिमाग में अनिश्चितताएँ पैदा होती हैं। इसलिए यह महत्त्वपूर्ण है कि प्रमुख आर्थिक एवं सामाजिक चिंताओं को लेकर कुछ समान नजरिए की पहचान कर ली जाए। मैं निम्न तत्त्वों की पहचान कर सकता हूँ—

पहला, आर्थिक विकास की गति को बहाल करना। कांग्रेस एक नए और अतिरिक्त उत्प्रेरक पैकेज के प्रति संकल्पबद्ध है, क्योंकि उसका मानना है कि पहले तीन उत्प्रेरक पैकेज ने आर्थिक गिरावट को थाम लिया है। वैसे, यह अभी देखना बाकी है कि हाल में आर्थिक बहाली के जो संकेत दिखे हैं, वे अस्थायी हैं या ज्यादा स्थायी—खासकर यह देखते हुए कि गंभीर रूप से वैश्विक आर्थिक बहाली के प्रति थोड़ा अलग नजरिया है और वह विकास दर को बहाल करने के लिए मौद्रिक व

राजकोषीय नीति के अलावा कुछ नए कदमों पर भी जोर दे सकती है। निर्यात बहाली और नए पूँजी प्रवाह को बढ़ावा देने की रणनीति का सभी दल अनुसरण करेंगे। नौकरियों के नुकसान को रोकने और रोजगार के नए अवसरों का सृजन करने में सभी राजनीतिक दलों की दिलचस्पी होगी। छिटपुट रिपोर्ट है कि छँटनी कुछ हद तक कम हुई है, लेकिन नए रोजगार पैदा होने के सबूत कमजोर बने हुए हैं। निर्यात पर दबाव जारी है और निर्यात बाजार की जल्द बहाली के भी कोई संकेत नहीं हैं। भारत में निर्यात उद्योग काफी श्रम-साध्य है। इसलिए जब तक निर्यात की बहाली नहीं होती है, पिछले साल भर में की गई छँटनी की भरपाई के लिए नई भरती की आशा करना बेमानी होगा। इसलिए सभी राजनीतिक दलों की यह साझा रणनीति होगी कि रोजगार-सृजन के साथ निर्यात को बहाल किया जाए।

नकदी उपलब्ध होने का मसला, खासतौर पर ऋण का खर्च बहस का मुद्दा बना हुआ है। ब्याज दर घटाने को लेकर भाजपा संभवत: ज्यादा आक्रामक नीति अपनाएगी, जबकि कांग्रेस उत्तरोत्तर नजरिए को ज्यादा पसंद करेगी।

सभी पार्टियाँ आक्रामक आर्थिक सुधारों को कम-से-कम साल भर तक ठंडे बस्ते में डाल देंगी। जब तक यह पक्का नहीं हो जाता कि आर्थिक बहाली हो गई है, तब तक वे आर्थिक सुधार कार्यक्रम की ओर मुड़कर नहीं देखेंगी। जब तक विकास और रोजगार काफी हद तक पटरी पर वापस नहीं आते, तब तक कोई भी राजनीतिक दल बाजार को नियंत्रण-मुक्त करने का कोई बड़ा कदम नहीं उठाएगा। बाजार की ज्यादतियों को रोकने के लिए सभी दल निगरानी और नियामक स्टैंडर्ड को मजबूत करना चाहेंगे। ज्यादातर राजनीतिक पार्टियाँ इस बात पर जोर देंगी कि बाजार की विफलताओं से एक औसत उपभोक्ता को बचाने के लिए आवश्यक कदम उठाए जाएँ।

दूसरा, सभी पार्टियों की इसमें साझा दिलचस्पी होगी कि केंद्र और राज्यों की वित्तीय सेहत को बहाल किया जाए। हम जानते हैं कि अर्थव्यवस्था के बड़े आधारभूत तत्त्व दबाव में हैं। राजकोषीय घाटा एवं चालू खाता घाटा बढ़ रहा है और भविष्य में मुद्रास्फीति बढ़ने की आशंकाएँ हैं। अंतरराष्ट्रीय समुदाय, खासकर अंतरराष्ट्रीय मुद्रा कोष (आई.एम.एफ.) चाहेगा कि सकल घरेलू उत्पाद का 2 फीसदी वित्तीय उत्प्रेरक के तौर पर खर्च किया जाए। मगर यह बात भारत को छोड़कर दूसरे देशों के लिए ज्यादा सही होगी। भारत में राजकोषीय छेड़छाड़ के लिए जगह बहुत सीमित है, लिहाजा अंतरराष्ट्रीय मुद्रा कोष का सुझाव यहाँ नहीं चलेगा। बहरहाल,

सार्वजनिक आवंटनों और सरकारी खर्च में बढ़ोतरी का सभी राजनीतिक दल पक्ष लेंगे। इसलिए अगले साल भर विशाल सार्वजनिक खर्च की आशा करनी चाहिए, भले ही इसका दीर्घकालीन परिणाम कुछ भी निकले। इसलिए सरकार के वित्त भंडार को बहाल करने को कमतर प्राथमिकता मिलेगी। उच्च प्राथमिकता इस बात को मिलेगी कि विकास की बहाली हो, रोजगार अवसरों की वापसी हो और ऐसा माहौल बने कि निजी निवेश फिर से शुरू हो। वैसे, इस तरह की रणनीति सिर्फ अल्पकाल के लिए मान्य हो सकती है। मध्यकालिक स्तर पर सभी राजनीतिक दल ऐसी रणनीति पर चलना चाहेंगे, जिससे कि राजकोषीय सेहत सुधरे।

तीसरा, विदेश नीति के मसलों पर कांग्रेस पार्टी अमेरिका और अन्य जी-7 देशों के साथ रणनीतिक भागीदारी के रास्ते पर चलना जारी रखेगी। भारत-अमेरिकी परमाणु समझौते में कोई तब्दीली नहीं की जाएगी और इसे जल्द-से-जल्द लागू किया जाएगा। भाजपा सरकार भी इस समझौते के मौलिक तत्त्वों को फिर से खोलना नहीं चाहेगी, लेकिन कार्यान्वयन के चरण में वह अपनी इज्जत रखने की खातिर कुछ बदलाव कर सकती है। मुख्यधारा की दोनों पार्टियाँ अमेरिका को प्रोत्साहित करती रहेंगी कि वह आतंकवादी संगठनों के खिलाफ कड़ी कार्रवाई के लिए पाकिस्तान पर दबाव डाले तथा पाकिस्तान को और ज्यादा तालिबानी गढ़ बनने से रोके।

चौथा, आंतरिक सुरक्षा के मुद्दे पर कांग्रेस पार्टी संसद् द्वारा पिछले सत्र में पारित किए गए कानून को मजबूती से लागू करने पर जोर डालेगी, जबकि भाजपा पोटा की तरह के नए प्रावधान लाने पर काम करेगी। आंतरिक बगावत से संबद्ध कानूनों को लागू करना, खासकर नक्सलवाद के प्रसार को सीमित करने के लिए पुलिस प्रशासन को मजबूत करने और अन्य अभिनव तरीके आजमाने पर सभी दलों का जोर रहेगा।

पाँचवाँ, सम्मिलित विकास के मसले पर राष्ट्रीय ग्रामीण रोजगार गारंटी योजना, भारत निर्माण, प्रधानमंत्री ग्राम सड़क योजना जैसे कार्यक्रमों को सभी पार्टियाँ जोर-शोर से लागू करना चाहेंगी, लेकिन इन्फ्रास्ट्रक्चर के विकास पर भाजपा सरकार का ज्यादा ध्यान रहेगा। एक महत्त्वाकांक्षी इन्फ्रास्ट्रक्चर प्रोग्राम बनाना और उसके कार्यान्वयन की सावधानीपूर्वक निगरानी करना भाजपा सरकार की उच्च प्राथमिकता होगी। इसी तरह, सूचना टेक्नोलॉजी और ब्रॉडबैंड संपर्क को ग्रामीण क्षेत्रों तक पहुँचाने पर भी भाजपा जोर देगी।

चुनाव-प्रक्रिया की समाप्ति होते ही सहयोगी पार्टियाँ कॉमन ग्राउंड (साझा कार्यक्रम) बनाने में मशगूल हो जाएँगी। यह काम हमेशा आसान नहीं भी हो सकता है। वैचारिक रंगोंवाले विवादास्पद मुद्दों को संवेदनशीलता के साथ निपटाने की जरूरत पड़ेगी। बहरहाल, कुछ राष्ट्रीय चिंताओं को यदि सभी राजनीतिक दल अपनी प्राथमिकतावाली कार्रवाइयों में शामिल करेंगे तो यह देश के लिए अच्छा होगा। तमाम प्रमुख मुद्दों पर हमें एक साझा एजेंडे की जरूरत है।

(8 मई, 2009)

□

65

चुनाव 2009 के सबक

चुनाव परिणाम अब रास्ते से हट गए हैं। एक स्थिर सरकार ने कामकाज सँभाल लिया है। कांग्रेस फिर से एक निर्णायक और शक्तिशाली राजनीतिक इकाई के रूप में उभरी है। लगभग तमाम चुनावी भविष्यवाणियाँ और सर्वेक्षण गलत साबित हुए हैं। कोई भी एग्जिट पोल दूर-दूर तक सही होने का दावा नहीं कर सकता। भारतीय मतदाताओं ने फिर एक बार दिखा दिया है कि उनके बारे में अनुमान नहीं लगाया जा सकता। उन्होंने एक ज्यादा निर्णायक और अनुमान योग्य प्रशासन तथा सरकार के विकल्प को चुना। उन्होंने माना कि झगड़ते रहनेवाले गठबंधन से देश का नुकसान होता है, उसकी छवि बिगड़ती है और दीर्घकालीन आर्थिक एवं सामाजिक हितों वाले फैसले लेने में काफी दिक्कतें आती हैं। तो इस चुनाव ने कौन से निष्कर्ष और परिणाम सामने रखे हैं?

पहला, क्षेत्रीय पार्टियाँ बनाम राष्ट्रीय पार्टियाँ। इस मसले पर निष्कर्ष मिश्रित है। कांग्रेस पार्टी शर्तिया मजबूत होकर उभरी है, लेकिन उसी समय भाजपा मुख्य विपक्षी दल के तौर पर काफी कमजोर हुई है। बहरहाल, कांग्रेस ज्यादातर क्षेत्रीय दलों की कीमत पर ताकतवर हुई है, न कि भाजपा की कीमत पर। यह संभवत: छोटी क्षेत्रीय पार्टियों के खिलाफ राष्ट्रीय मुख्यधारा की पार्टियों के सुदृढ़ होने के ट्रेंड को दरशाता है। दीर्घकाल में यदि तीन बड़े राजनीतिक विन्यास उभरकर सामने आएँ तो यह हमारे लोकतंत्र के लिए ज्यादा सेहतमंद बात होगी। एक केंद्र के बाएँ, दूसरा केंद्र के दाएँ और तीसरा एक केंद्रवर्ती दल।

वैसे, यह रातोरात नहीं होगा। बहरहाल, वर्षों तक समरस सरकारों के दौर के बाद हमने बिखरी हुई छोटी क्षेत्रीय पार्टियों का उदय देखा था। एक बार फिर से इस ट्रेंड ने पलटा खाया है। इससे ज्यादा परिपक्व लोकतांत्रिक ढाँचे के खड़े होने में मदद मिल सकती है। दरअसल, राष्ट्रीय पार्टियों को फिर से सीखना पड़ेगा कि क्षेत्रीय

पार्टियाँ अस्तित्व में इसलिए आईं कि राष्ट्रीय पार्टियाँ क्षेत्रीय आकांक्षाओं को पूरा करने में विफल रहीं। अब अगर मुख्यधारा की पार्टियाँ मजबूत हो रही हैं तो उन्हें क्षेत्रीय आकांक्षाओं को पूरा करने के प्रति सजग और सतर्क रहना पड़ेगा। इसलिए पहला सबक ज्यादा दृढ़ीकरण और कम विखंडन की ओर बढ़ने का है।

दूसरा, वैसे तो अभी भी कई उम्मीदवार विवादास्पद पृष्ठभूमि और आपराधिक रिकॉर्डवाले हैं, लेकिन खासकर बिहार और उत्तर प्रदेश में मतदाताओं ने ऐसे प्रत्याशियों को तरजीह दी, जिनका अपराधियों से कोई संपर्क-संबंध नहीं है या विवादास्पद अतीत नहीं है। यहाँ तक कि वोटरों ने अपराधियों के नजदीकी रिश्तेदारों को भी नापसंद किया।

तीसरा, अच्छे शासन जैसे कि विकास-केंद्रित नजरिए के साथ सबको शामिल करने के प्रस्ताव को पुरस्कृत किया गया है। बिहार में नीतीश कुमार ने बेहतरीन परिणाम हासिल किया है; क्योंकि माना जाता है कि वे धर्मनिरपेक्ष, सबको शामिल करनेवाली और विकास-केंद्रित राजनीति कर रहे हैं। शिवराज सिंह चौहान के नेतृत्व में मध्य प्रदेश ने भी कांग्रेस उभार को थामा है। उड़ीसा में यही काम नवीन पटनायक ने किया है। उत्तर प्रदेश में कांग्रेस के अच्छे प्रदर्शन को मुलायम और मायावती सरकार के खराब कामकाज के रिकॉर्ड का नतीजा माना जाता है। और वामपंथी दलों का केरल व पश्चिम बंगाल में बुरा हाल हुआ, क्योंकि पार्टी के अंदर ही खींचतान मची हुई थी और उनका आर्थिक नजरिया भी पीछे की ओर ले जाने वाला है।

चौथा, मतदाताओं ने उन राजनीतिक दलों को चुना है, जो मुख्य रूप से जाति या धर्म की राजनीति नहीं करते हैं। वे उन पार्टियों और नीतियों को पुरस्कृत करना चाहते हैं, जो आर्थिक व सामाजिक तरक्की का प्रतिनिधित्व करती हों। अमेरिका के परमाणु समझौते ने अल्पसंख्यकों के वोटों में सेंध नहीं लगाई। वाजपेयी के नेतृत्व में भाजपा के पास एक सकारात्मक और अग्रगामी दृष्टिवाला आर्थिक व सामाजिक एजेंडा था; जैसे दूरसंचार, सड़कें, बिजली, जिन्हें मध्य वर्ग अपनी समृद्धि के साथ जोड़कर देखता है। यहाँ तक कि अमेरिका के साथ रणनीतिक भागीदारी के बारे में धारणा है कि यह दोस्ती एक समृद्ध देश के साथ है और अमेरिकी समृद्धि उनके जीवन में भी आ सकती है। ऐसा खासकर इसलिए है कि भारत में काफी युवा आबादी है और युवा वोटरों का प्रतिशत बढ़ता ही जा रहा है। कोई और कारण नहीं है कि क्यों, उदाहरणार्थ, भाजपा का तमाम शहरी क्षेत्रों में खराब प्रदर्शन रहा।

आखिरकार, ऐतिहासिक रूप से भाजपा व्यवसायियों और कारोबारियों के साथ जुड़ी हुई थी और उसे बाजार-समर्थक नजरिएवाला माना जाता था, जबकि कांग्रेस को समाजवादी नीतियों पर चलनेवाला माना जाता था। कैसे और क्यों भाजपा का शहरी वोट आधार क्षीण हो गया? इसकी एक स्पष्ट व्याख्या है कि शहरी मध्यम वर्ग उन पार्टियों का समर्थन करेगा, जो सामाजिक समरसता को बाधित किए बगैर ज्यादा आर्थिक समृद्धि लाए। भाजपा में नेतृत्व को लेकर भ्रम और पहचान के संकट ने भी क्षरण की इस प्रक्रिया को तेज किया। पहले आडवाणी को प्रधानमंत्री पद के उम्मीदवार के रूप में सामने लाया गया और फिर चुनाव अभियान के बीच रास्ते में नरेंद्र मोदी जैसों का नाम भी उछाला गया। इससे भ्रम फैला और पार्टी विभाजित दिखी। पार्टी के शुरू के तनावों की पृष्ठभूमि में ही यह घटना देखी गई। राजनाथ सिंह और अरुण जेटली के बीच विवाद तथा राजनाथ सिंह और आडवाणी के बीच अनसुलझा समीकरण और उस पर आर.एस.एस. की अपनी पसंद। ये बातें भाजपा को बँटी हुई पार्टी के रूप में पेश कर रही थीं। संक्षेप में, शहरी आबादी, खासकर मध्य वर्ग इस तरह की विभाजित पहचानवाली पार्टी के जरिए अपने जीवन-स्तर को सुधारना चाहते हैं। वे अपने बच्चों के लिए रोजगार की बेहतर संभावनाएँ सुनिश्चित करना चाहते हैं और ऐसा माहौल चाहते हैं, जो आर्थिक विकास के अनुकूल हो। बहुत लोगों का तर्क है कि वरुण गांधी ने अल्पसंख्यकों के खिलाफ जो बयान दिया, उसका भाजपा ने निर्णायक रूप से विरोध नहीं किया, जिसका नतीजा हुआ कि मुसलिम वोट भाजपा के खिलाफ लामबंद हो गए। भारत संभवत: अब एक ऐसे चरण में आ गया है, जो इक्कीसवीं सदी में सुरक्षा, सामाजिक स्थिरता और आर्थिक प्रगति प्रदान करानेवाली पार्टी को चुनेगा।

तो इस चुनाव का हम सबके लिए क्या स्पष्ट संदेश है?

सर्वप्रथम, मतदाताओं में एक नई जागृति और परिपक्वता का आना। दूसरा, जाति या धर्म-केंद्रित नीतियों से दूर हटना। तीसरा, सामाजिक शांति और सम्मिलित करनेवाले विकास के साथ आर्थिक तरक्की के विश्वसनीय प्रयासों को पुरस्कृत करना।

और अंतत: सरकार की स्थिरता और नीतियों की निरंतरता के विकल्प को चुनना। चुनाव महँगे हैं और इसमें काफी वक्त लगता है। बार-बार के चुनावों से समाज पर काफी बोझ पड़ता है। सिर्फ उन्हीं पार्टियों को, जो दीर्घकालीन स्थिरता की गारंटी दे सकती हैं, मतदाताओं का व्यापक समर्थन मिलेगा और वे सत्ता में

आएँगी। क्या इसका यह मतलब है कि छोटे संगठन और क्षेत्रीय पार्टियाँ सिमट जाएँगी और वे मुख्यधारा की पार्टियों के साथ विलय कर लेंगी? राष्ट्रीय पार्टियों के दृढ़ीकरण की प्रक्रिया की शुरुआत हो गई है। क्षेत्रवाद को तभी जगह मिलेगी, जब वह राष्ट्रीय पार्टियों की तुलना में स्थिरता और प्रगति का बेहतर आश्वासन देगा। क्षेत्रीय दलों के लिए यह एक नई चुनौती है। संभवत: नीतीश कुमार के पास इस सवाल के कई जवाब हैं। अन्य क्षेत्रीय पार्टियाँ, जो अभी भी भारत की राजनीति में अपनी जगह सलामत रखना चाहती हैं, उन्हें एक-दो सबक सीखने की जरूरत है।

(22 मई, 2009)

□

66

2009 के चुनाव के बाद बजट संबंधी बाध्यताएँ

नई संसद् ने अपना काम शुरू कर दिया है। राष्ट्रपति ने संसद् के दोनों सदनों को संबोधित करते हुए नई सरकार के कार्यक्रमों एवं नीतियों को सिलसिलेवार ढंग से प्रस्तुत किया। इनमें से कई दीर्घकालीन प्रकृति के हैं। निकट भविष्य में पूरा ध्यान बजट-निर्माण और बजट सत्र के लिए विधायी एजेंडा तय करने पर लगा हुआ है। इस बार बजट-निर्माण आसान नहीं होगा। कई विरोधाभासी चीजों में तालमेल बिठाना पड़ेगा। प्रमुख चिंताओंवाले कुछ क्षेत्र निम्नलिखित हैं—

पहला, विकास की गति को बहाल करना। हाल में इस बात पर खुशी जाहिर की जा रही थी कि हम जितना डरे हुए थे, उसकी तुलना में पिछले साल की जी.डी.पी. संख्या ज्यादा रह सकती है। अगर यह सच होता तो इसका मतलब था कि 1 मई से शुरू मौजूदा वित्तीय वर्ष में अर्थव्यवस्था बेहतर प्रदर्शन करती। बहरहाल, आँकड़ों का सावधानीपूर्वक विश्लेषण करने से पता चलता है कि खासकर विनिर्माण और औद्योगिक क्षेत्र अभी भी बहुत कमजोर हैं। सरकारी कर्मचारियों को ज्यादा तनख्वाह मिलने से विकास गति में थोड़ा सुधार हुआ। वेतन आयोग की सिफारिशों के बाद उपभोग में खासा इजाफा हुआ है। निर्यात बुरी तरह मुश्किल में पड़ा हुआ है। नए रोजगार पैदा नहीं हो रहे हैं। इसलिए पहली चुनौती है कि खासकर विनिर्माण और औद्योगिक क्षेत्र में विकास की गति कैसे बहाल की जाए। बजट में इनकी बहाली की रणनीति बनानी होगी।

दूसरा, विकास की बहाली को वित्तीय उत्प्रेरक पर कम निर्भर बनाने की जरूरत है। राजकोषीय घाटा पहले ही 12 फीसदी को पार कर चुका है। खर्च के दबावों को और बढ़ाने की गुंजाइश कतई नहीं है। इसके अतिरिक्त पिछले छह महीनों में टैक्स दर को अचानक कम किया गया है और इस कारण राजस्व वसूली

भी कमजोर बनी हुई है। उच्च राजकोषीय घाटे का जारी रहना, खर्च बढ़ते जाना, राजस्व गिरते जाना, निर्यात का सुस्त पड़ना और उच्च चालू खाता घाटा दीर्घकाल में अर्थव्यवस्था की सेहत के लिए अच्छा नहीं है। इसलिए पहला विरोधाभास यह है कि अर्थव्यवस्था के प्रमुख कारकों में और गिरावट के बिना और दीर्घ काल में अर्थव्यवस्था के स्वास्थ्य को नुकसान पहुँचाए बिना कैसे उसे विकास की पटरी पर लाया जाए। इस विरोधाभास को हल करने की आवश्यकता है।

तीसरा, सार्वजनिक खर्च नीति में सुधार करना लंबे समय से प्रतीक्षित है। सिस्टम में बहुत सारी रकम फँसी पड़ी है। सरकारी परियोजनाओं का कार्यान्वयन समय से काफी पीछे चल रहा है। इससे उनकी लागत और पूरा करने की अवधि में भारी बढ़ोतरी करनी पड़ी है। इन परियोजनाओं की प्रक्रियाएँ जटिल हैं और इनमें लीकेज होता है। नतीजा होता है कि विशाल सरकारी निवेश का लाभ आम लोगों को नहीं मिल पाता है। सार्वजनिक आवंटनों की राशि महज बढ़ाते जाने से समस्या का हल नहीं निकलेगा। प्रोजेक्ट कार्यान्वयन रणनीति की समीक्षा को उच्च प्राथमिकता दी जानी चाहिए। इसका आशय यह है कि जटिल नियमों, प्रक्रियाओं और नियमनों पर पुनर्विचार किया जाना चाहिए, ताकि खर्च-अदायगी में सुधार हो और रकम का वास्तविक प्रवाह हो। परियोजनाएँ कम विलंब और भ्रष्टाचार के बिना कैसे सक्षम ढंग से लागू हो जाएँ, यह एक प्रमुख चुनौती है।

चौथा, हर कोई सहमत है कि इन्फ्रास्ट्रक्चर को प्राथमिकता दी जानी चाहिए। सबसे बड़ी कमजोरी ऊर्जा क्षेत्र है। पिछले पाँच वर्षों से ऊर्जा क्षेत्र में सुधार लटका पड़ा है। कई राज्य के बोर्डों ने विद्युत् अधिनियम 2003 के अनुसार काम नहीं किया है और उन्होंने उत्पादन, संचारण एवं वितरण के काम को अलग-अलग कंपनियों के हवाले नहीं किया है। संचारण और वितरण में ऊर्जा-हानि की मात्रा अस्वीकार्य बनी हुई है। कोयला लिंक सबसे कमजोर कड़ी है। जब तक ऊर्जा क्षेत्र के साथ कोयला क्षेत्र में सुधार नहीं किया जाता है, तब तक हम ऊर्जा की कमी से जूझते रहेंगे। ऊर्जा क्षेत्र में कई अलोकप्रिय किंतु ठोस फैसले लिये जाने की जरूरत है। हम बिजली के उत्पादन, संचारण और वितरण के मामलों में ग्यारहवीं पंचवर्षीय योजना के लक्ष्यों से पीछे चल रहे हैं। ऊर्जा की उपलब्धता न सिर्फ अर्थव्यवस्था को पुनर्जीवित करने के लिए है बल्कि कृषि-आधारित गतिविधियों को बड़े पैमाने पर बढ़ावा देकर कृषि आय बढ़ाने के लिए भी अनिवार्य है। इसी तरह सड़क क्षेत्र में परियोजनाओं को लागू करने के लिए संसाधन तो हैं, लेकिन उनका कार्यान्वयन ही

नहीं हो पा रहा है। निविदा की प्रक्रियाएँ, निविदा की जाँच, ठेके देने, कार्यान्वयन के दौरान विवाद समाधान आदि के तरीके काफी बोझिल हैं। सरकारी-निजी भागीदारी हकीकत की बजाय बस एक नारा बनकर रह गई है। सबसे पहले हमें यह स्वीकार करना चाहिए कि इन्फ्रास्ट्रक्चर के मामले में राज्य को प्रमुख भूमिका अख्तियार करनी ही चाहिए। निजी भागीदारी राज्य के दायित्व का विकल्प कतई नहीं है। सरकारी-निजी भागीदारी को फिर से गठित करने की जरूरत है। इस व्यवस्था पर अत्यधिक निर्भरता की सीमित उपयोगिता है।

इसलिए इन्फ्रास्ट्रक्चर के मामले में हमें ऊर्जा क्षेत्र में सुधार, सड़कों की निर्माण-क्षमता में सुधार और निजी निवेश सुनिश्चित करने के लिए ज्यादा व्यावहारिक माहौल पैदा करने की आवश्यकता है।

पाँचवाँ, विकास के साथ रोजगार पैदा करना एक बड़ी चुनौती है। देश में बाहर से पूँजी प्रवाह कम होने और निर्यात में गिरावट आने से रोजगार पर कड़ी मार पड़ी है। छँटनी को लेकर आँकड़े अलग-अलग हैं। अखबारों में बार-बार जिक्र किया गया है कि करीब 1 करोड़ लोगों की नौकरियाँ छिनी हैं। संभवत: रोजगार का वास्तविक नुकसान इससे काफी ज्यादा है। इसलिए आवश्यक है कि न सिर्फ पहले 1 करोड़ नौकरियों की हानि की भरपाई की जाए, बल्कि बेरोजगारी के पिछले और नए आँकड़ों के मद्देनजर कई गुना और रोजगार के अवसर पैदा किए जाएँ। बजट में विकास नीति के साथ एक रोजगार नीति को प्राथमिकता के साथ पेश किया जाना चाहिए।

छठा, सामाजिक क्षेत्र, खासकर शिक्षा और स्वास्थ्य के क्षेत्र, में बड़े पुनर्गठन की जरूरत है। कपिल सिब्बल के मानव संसाधन विकास मंत्री बनने से अवसर की एक खिड़की खुली है। बड़ी चुनौती है कि विविध स्तरों पर हुनर प्रदान किया जाए। प्राथमिक शिक्षा के क्षेत्र में अनिवार्य शिक्षा प्रदान करना, ड्रॉप-आउट अनुपात (स्कूल छोड़ने की दर) को समाप्त करना, लिंग असमानता को खत्म करना और पढ़ाई के स्तर को सुधारना जरूरी है। शिक्षा तक लोगों की पहुँच बढ़ाना और गुणवत्ता को सुनिश्चित करना एक मुश्किल संतुलन का काम है। स्कूलों के विस्तार की तुलना में शिक्षकों के प्रशिक्षण का काम पीछे रह गया है। उच्च शिक्षा में हमारा कुल पंजीयन अनुपात अभी भी 10 फीसदी से कम है। दूसरे शब्दों में, सेकंडरी शिक्षा पूरी करने के बाद 10 फीसदी से भी कम विद्यार्थी उच्च शिक्षा के लिए दाखिला लेते हैं। चीन में यह अनुपात 25 फीसदी और वैश्विक अनुपात 38 फीसदी है। स्पष्ट है कि हम काफी पीछे हैं। यहाँ तक कि 15 फीसदी के कुल दाखिला

अनुपात के कमतर लक्ष्य को पाने के लिए भी हमें 1500 नए संस्थान खोलने की आवश्यकता है। इन संस्थानों की स्थापना करने, उन्हें आवश्यक शिक्षक और स्टाफ मुहैया कराने तथा शैक्षणिक स्तर सुधारने हेतु प्रतियोगी माहौल पैदा करने के लिए हमें कई कठिन फैसले लेने पड़ेंगे। इन फैसलों को लेने के लिए पहले मानव संसाधन विकास मंत्रालय की मौजूदा निहित स्वार्थवाली नौकरशाही को बदलने की आवश्यकता है। ए.आई.सी.टी.ई., यू.जी.सी. और मान्यता प्रदान करनेवाले अन्य निकायों में सुधार करना बड़ा मुश्किल साबित हुआ है। राष्ट्रीय ज्ञान आयोग की कई अहम सिफारिशें धूल फाँक रही हैं। सोच के आधार पर हमें संभवत: पता है कि हमें क्या करना है। समस्या है उन कामों को करने की और इस सरकार के पास यह करने का अवसर है। प्राथमिक स्वास्थ्य केंद्रों की गुणवत्ता सुधारने, डॉक्टरों की मौजूदगी सुनिश्चित करने, न्यूनतम चिकित्सा उपकरण मौजूद रखने, निगरानी सुनिश्चित करने और शिक्षा-प्रणाली को ज्यादा उत्तरदायी बनाने में भी इसी तरह की समस्याएँ पेश आती हैं।

अंतत: बजट-निर्माण तकनीकी रूप से राजस्व और खर्च का हिसाब लगाना भर है; लेकिन वास्तविक मायनों में यह संख्याओं के हिसाब-किताब से परे भी जाता है। यह आर्थिक नीतियों, जीवन-स्तर सुधारने और गरीबी कम करने से भी संबंधित है। इसमें यह भी ध्यान रखना पड़ता है कि विकास के दायरे में ज्यादा-से-ज्यादा लोगों को शामिल करने के लिए कदम उठाए जाएँ, हाशिए पर स्थित लोगों को मुख्यधारा में लाया जाए, अल्पसंख्यकों को नजरअंदाज न किया जाए और उनकी समस्याओं का हल निकाला जाए तथा पिछड़े समुदायों में से भी सबसे पिछड़ों का विशेष खयाल रखा जाए। बजट-निर्माण भारत के लिए वाकई सम्मिलित विकास का एक मॉडल पेश करना है। वित्त मंत्री के पास सीमित विकल्पों के साथ विविध चुनौतियाँ हैं। इसलिए बजट-निर्माण एक जटिल काम होगा। अगले छह सप्ताहों में पता चल जाएगा कि हमारी अर्थव्यवस्था के एक नाजुक समय में वे एक जटिल काम को करने में कितने सफल होते हैं। जटिल इसलिए भी है कि आंतरिक समस्याओं के अलावा अंतरराष्ट्रीय आर्थिक स्थिति अभी भी निराशाजनक बनी हुई है। हम नहीं जानते कि यह अंतरराष्ट्रीय मंदी कब तक बनी रहेगी, लेकिन विकसित देशों के विपरीत हमारे पास वक्त नहीं है। हमें तुरंत कदम उठाने ही होंगे।

(5 जून, 2009)

□

67

बहुत से वादे पूरे करने हैं-I

राष्ट्रपति ने संसद् के दोनों सदनों के संयुक्त अधिवेशन में जो अभिभाषण दिया, उसके आधार पर दो भागों में यह लेख लिखा गया है। पहला भाग इस पखवाड़े आ रहा है, जिसमें 'इनोवेशन डिकेड' (अभिनव दशक) और गरीबी के कुछ पहलुओं की चर्चा की गई है। दूसरा भाग अगले सप्ताह आएगा, जिसमें कुछ अन्य मसलों पर विचार किया जाएगा।

पिछले सप्ताह संसद् के उद्घाटन सत्र का समापन हो गया। संसद् ने दोनों सदनों के संयुक्त अधिवेशन में राष्ट्रपति द्वारा दिए गए औपचारिक अभिभाषण पर धन्यवाद प्रस्ताव पारित किया। नई सरकार के सत्ता सँभालने पर राष्ट्रपति यह अभिभाषण देते हैं और इसमें सरकार की नीतियों व कार्यक्रमों का खुलासा किया जाता है। मौजूदा मामले में पाँच साल के कार्यक्रमों के बारे में सिलसिलेवार तो बताया ही गया, एक अतिरिक्त हिस्सा भी जोड़ा गया। यह हिस्सा उन योजनाओं और कार्यक्रमों के बारे में है, जो सरकार अपने पहले 100 दिनों में शुरू करने वाली है। पहले 100 दिनों वाले मॉडल की उत्पत्ति अमेरिका में हुई है। वहाँ नया राष्ट्रपति पद सँभालने के बाद तीन महीने के अंदर ढेरों कार्रवाइयाँ करता है। भारत में इस मॉडल को दुहराने के लाभ और हानि दोनों हैं। लाभ यह है कि इससे सरकार खुद अपने द्वारा लगाए गए अनुशासन के तहत आ जाती है और हनीमून की अवधि को यों ही जाया नहीं कर पाती है। शक नहीं कि हनीमून की अवधि 100 दिनों से ज्यादा होती है। लेकिन यदि सरकार को शुरुआत अच्छी मिल जाती है तो इस गति के बने रहने की संभावना रहती है।

दूसरी ओर, यदि सरकार द्वारा व्यक्त किए गए संकल्पों पर कार्रवाई नहीं हो पाती है तो शुरुआती दिनों में ही विश्वसनीयता की समस्या खड़ी हो जाती है और विपक्ष के हाथ में एक डंडा आ जाता है। राष्ट्रपति के अभिभाषण में किए गए कुछ संकल्प दूरगामी प्रकृति के हैं। इनमें निम्न शामिल हैं—महिला आरक्षण विधेयक

को पारित करना, ताकि महिलाओं को संसद् और राज्य विधायिकाओं में 33 फीसदी तथा पंचायतों और स्थानीय निकायों में 50 फीसदी प्रतिनिधित्व मिलने की गारंटी हो जाए।

पिछड़ा क्षेत्र अनुदान कोष का पुनर्गठन करना, रोजगार गारंटी योजना जैसे अनेक कार्यक्रमों का अधिक सामाजिक अंकेक्षण, लोक सेवा नियमों का एक मॉडल बनाना, राष्ट्रीय ज्ञान आयोग की सिफारिशों के आधार पर उच्च शिक्षा के लिए एक राष्ट्रीय परिषद् बनाना, न्यायिक सुधारों के लिए एक योजना बनाना और पहचान कार्ड बनाना, जो अशुभ गरीबी रेखा के नीचे (बी.पी.एल.) की सूची का स्थान लेगा और जो खाद्य सुरक्षा कानून को लागू करने का दृढ़ आधार बनेगा।

इसमें से हरेक संकल्प के लिए ढेरों तरह की कार्रवाई की जरूरत है। राष्ट्रपति ने अभिभाषण का समापन यह कहकर किया कि अगले दस वर्ष 'अभिनव दशक' के नाम समर्पित रहेंगे।

इनमें से हरेक महत्त्वपूर्ण विषय है, जिस पर पूरा विचार किए जाने की जरूरत है। मैं इनमें से सिर्फ कुछेक पर संक्षेप में टिप्पणी करूँगा, जो तात्कालिक चिंता के विषय हैं।

सर्वप्रथम, राष्ट्रपति का 'अभिनव दशक' लक्ष्य का अनुसरण करना। इस नजरिए को हासिल करने के लिए हमें क्या करना होगा? स्पष्ट है कि हमें अपनी नैसर्गिक रचनात्मकता की बंदिशों को हटाना होगा। हम अपने कार्य-स्थलों, स्कूलों, विश्वविद्यालयों में जिस तरह सोचते और काम करते हैं, उसमें अपने विचारों व प्रयासों को शामिल करना होगा और हमें खतरे उठाने को समर्थन एवं बढ़ावा देना होगा तथा विफलताओं से यदि कुछ सीखा जा सके तो उसे भी स्वीकार करना होगा। जॉन मैनार्ड कीन्स ने कहा था, 'दिक्कत नए विचारों में नहीं है, लेकिन पुराने विचारों से पीछा छुड़ाने में है, जो हमारे दिमाग के हर कोने में घूमते रहते हैं।' इसलिए 'अभिनव दशक' को साकार करना जितना नीति का सवाल है उतना ही सामाजिक भी।

सामाजिक पक्ष में

- इसकी शुरुआत माँ-बाप से होगी। बच्चों को सुरक्षित पेशों में न ढकेलें।
- बच्चे यदि मानते हैं कि वे किसी खास क्षेत्र में अच्छे हैं तो उन्हें उसमें आगे बढ़ने दें, खोज करने दें। उनके इन प्रयासों के लिए उन्हें दंडित न करें।

स्कूल के पक्ष में

- रटने और याद करने की प्रवृत्ति से बच्चों को दूर करें, क्योंकि ये उनकी अभिनव सोच को कुंठित करते हैं।
- उच्च शिक्षा के स्कूलों को अपने हिसाब से प्रवेश परीक्षा लेने दें, ताकि वे विद्यार्थियों के विभिन्न गुणों की जाँच कर सकें और हुनरमंदों को पुरस्कृत भी कर सकें।
- बौद्धिक संपदा (आई.पी.) की रक्षा करें। इसके लिए काफी विवादास्पद प्राइवेट आई.पी. की बस नकल न करें, बल्कि आई.पी. की ओर लंबी छलाँग लगाते हुए साझा रचनात्मकता, खुला स्रोत विकास जैसी अवधारणाओं का जोरदार समर्थन करें।
- बौद्धिक संपदा में योगदान करनेवालों को पुरस्कृत करें। यह सदमेवाली बात है कि आई.आई.टी. जैसे स्थानों में भी शोधकर्ताओं को उनके आविष्कार के लिए व्यक्तिगत रूप से पुरस्कृत नहीं किया जा सकता।

नीति के पक्ष में

- बौद्धिक संपदा की रक्षा करें, ताकि अभिनव कंपनियाँ, जो अभिनव प्रयोगों को प्रोत्साहित करती हैं, यहाँ आएँ और नया अनुसंधान करें। यह 'संगठित प्रौद्योगिकी हस्तांतरण' का एक रूप है, जो कि काफी मूल्यवान् हो सकता है।

सरकार के लिए यह जरूरी है कि वह एक 'दृष्टि पत्र' सामने लाए, जिसके जरिए वह बताए कि अगले दशक को वह कैसे 'अभिनव दशक' बनाना चाहती है।

मेरा दूसरा मुद्दा गरीबी से जुड़ा है। गरीबी संख्या नाटकीय रूप में बदलती रही है। सरकारी आँकड़ों के अनुसार, हमारे देश में महज 26 करोड़ लोग गरीबी रेखा के नीचे हैं। इसका आशय यह है कि देश में 26 करोड़ लोग ऐसे हैं, जिनकी मासिक आय गाँवों में 356.30 रुपए से कम और शहरों में 538.60 रुपए से कम है। पिछले छह दशकों में हमने जितना विकास किया है, उससे रिसकर इतने गरीबों तक इतना ही पहुँच पाया है। बहरहाल, हाल में विश्व बैंक और एशियाई विकास बैंक ने गरीबी आकलन पर दो नई रिपोर्ट जारी की हैं। विश्व बैंक ने अत्यधिक गरीबी के लिए 1 डॉलर के निर्धारित पैमाने में 25 सेंट की बढ़ोतरी कर उसे प्रति व्यक्ति 1.25 डॉलर कर दिया है। इसी तरह एशियाई विकास बैंक ने और भी ऊँचा पैमाना तय किया है, जो कि प्रति व्यक्ति 1.35 डॉलर है। विश्व बैंक ने जो संशोधित पैमाना

बताया है, वह दुनिया के सबसे गरीब 15 देशों में राष्ट्रीय गरीबी रेखाओं का औसत है और एशियाई विकास बैंक का पैमाना एशिया-प्रशांत क्षेत्र के 16 एशियाई देशों के सर्वे पर आधारित है। जब इन संशोधित पैमानों को भारत में गरीबी स्तर के आकलन में आजमाते हैं तो स्थिति काफी चिंताजनक और बेचैनी पैदा करनेवाली नजर आती है। विश्व बैंक की गरीबी रेखा के पैमाने को लागू करें तो भारत में 2004-05 में गरीबों की संख्या 45.6 करोड़ थी, यानी कुल आबादी का 41.6 फीसदी। और, एशियाई विकास बैंक की गरीबी रेखा के पैमाने को लागू करें, तो भारत में गरीबों की संख्या 62.2 करोड़ थी यानी कुल आबादी का 54.8 फीसदी। साफ है कि ये आकलन योजना आयोग के सरकारी आकलन से काफी ज्यादा हैं।

विश्व बैंक ने चेतावनी दी है कि खाद्य पदार्थों की बढ़ती कीमतों के कारण वैश्विक गरीबी स्तर में भारी बढ़ोतरी हो सकती है। गरीबी से पार पाने में हाल के वर्षों में जो सीमित सफलता मिली थी, खाद्य पदार्थों की बढ़ती कीमत उसे लील जा सकती है। खाद्य पदार्थों और ईंधन की कीमतों में पिछले दो वर्षों में जो तीव्र वृद्धि हुई, उससे पहले ही करीब 10 करोड़ लोग फिर से गरीबी की चपेट में आ गए हैं।

खाद्य एवं कृषि संगठन (एफ.ए.ओ.) ने वैश्विक भूख सूचकांक के बारे में हाल में जो रिपोर्ट जारी की है, उसके अनुसार भारत 88 देशों की सूची में 66वें नंबर पर है। इस सूचकांक के अनुसार भारत के सभी राज्य 'भूख के गंभीर स्तर' पर खड़े हैं और 12 राज्य तो 'खतरनाक श्रेणी' में आते हैं।

परस्पर विरोधी परिभाषाओं, संख्याओं, आकलनों, सिद्धांतों के मद्देनजर सरकार को 'गरीबी उन्नयन एवं आकलन आयोग' की स्थापना करनी चाहिए, जो इन तमाम पहलुओं की पड़ताल करे और छह महीने के अंदर अपनी रिपोर्ट पेश करे। हम सब जानते हैं कि गरीबी के प्रति हमें आर्थिक व राजनीतिक दोनों स्तर पर पहल करनी होगी। राजनीतिक पक्षपात को देखते हुए हमें इस आयोग को द्विपक्षीय बनाना चाहिए, जिसमें विभिन्न विचारधाराओं के प्रतिनिधि शामिल हों, क्योंकि हमारी विकास रणनीति का प्रमुख मकसद शर्तिया गरीबी-उन्मूलन बने रहना चाहिए।

तीसरा, गरीबी-रोधी उपायों में ढेर सारी योजनाएँ और परियोजनाएँ हैं, जो दुहरावों में भरी पड़ी हैं। इस बारे में मैं दो प्रस्ताव पेश करना चाहता हूँ।

पहला, राष्ट्रपति ने अपने अभिभाषण में पहचान कार्डों और सब्सिडी को तर्कसंगत बनाने के बारे में विभिन्न पैराग्राफ में जिक्र किया है। इसके मद्देनजर गरीबी-उन्मूलन योजनाओं और सब्सिडी पर किए जा रहे कुल खर्च का आकलन

किया जाए। फिर इसके लाभार्थियों की सही पहचान की जाए और उसके आधार पर बैंक में उनके नाम एक खाता खोल दिया जाए। इसके बाद हरेक बी.पी.एल. परिवार के हिस्से की पूरी रकम उसके खाते में ट्रांसफर कर दी जाए। सीधे रकम हस्तांतरित करने की योजना दूसरी जगह आजमाई गई है। 'बोल्सा फैमिलिया' (परिवार कोष) को ब्राजील में लागू किया गया और इसे सबसे बड़ी गरीबी-रोधी योजना करार दिया गया। यह योजना अभी भी सफलतापूर्वक चल रही है। हम भारत में भी नकद हस्तांतरण योजना को लागू करके देखें।

मेरी दूसरी सलाह है कि खाद्य सुरक्षा अधिनियम की जगह राष्ट्रीय आजीविका अधिनियम लागू किया जाए, जिसमें खाद्य गारंटरों के अलावा स्कूली शिक्षा, स्वास्थ्य और कुछ अन्य जरूरी बातें भी शामिल की जाएँ, ताकि गरीबों का जीवन भी सम्मानजनक हो।

(19 जून, 2009)

□

68

बहुत से वादे पूरे करने हैं–II

राष्ट्रपति द्वारा संसद् के दोनों सदनों के संयुक्त अधिवेशन में दिए गए अभिभाषण से संबंधित लेख का यह दूसरा भाग है, जिसमें कृषि, केंद्र-राज्य संबंधों और कुछ अन्य संबद्ध विषयों पर चर्चा की गई है। लेख के पहले भाग में 'अभिनव दशक' और गरीबी के बारे में विचार किया गया था।

चौथा, यह आश्चर्यजनक है कि राष्ट्रपति के अभिभाषण में कृषि की बहुत कम चर्चा है। हमें कृषि उत्पादकता में सुधार के लिए दृढ़ संकल्प लेना चाहिए, राष्ट्रीय विकास परिषद् की विशेष बैठक में ''ारित विशिष्ट कृषि कार्य योजना को लागू करना चाहिए और ऋण माफ करने की बजाय हमें कृषि ऋण के लिए पहुँच बढ़ानी चाहिए। पूर्वी उत्तर प्रदेश और बिहार के बड़े हिस्सों में औपचारिक कृषि ऋण नगण्य है।

सरकार को 'एग्रीकल्चरल क्रेडिट एक्सेस एंड डिस्बर्समेंट एक्ट' (कृषि ऋण पहुँच एवं वितरण अधिनियम) नामक एक नया कानून बनाने पर विचार करना चाहिए। इसके जरिए कुल लक्ष्य के तहत 2 हेक्टेयर से कम जमीन रखनेवाले सीमांत और छोटे किसानों के लिए न्यूनतम 20-40 फीसदी ऋण वितरण सुनिश्चित कर दिया जाए। इसमें यह प्रावधान भी किया जा सकता है कि सीमांत और छोटे किसानों को पट्टा और स्वामित्व-पत्र से जुड़ी प्रक्रियाओं के कारण ऋण देने से इनकार कर दिया जाए। हम जानते हैं कि खेत जोतनेवाला वास्तविक किसान खेत का मालिक नहीं है और उसके नाम से खेत का औपचारिक पत्र भी नहीं है। इसके अलावा 'एग्रीकल्चरल क्रेडिट सब्सिडी फंड' नामक एक कोष बनाया जा सकता है, जिसके जरिए किसानों को 4 फीसदी ब्याज दर पर ऋण दिया जाए। समय-समय पर ऋण माफ करने से कृषि ऋण पर सब्सिडी प्रदान करना ज्यादा प्रभावी हो सकता है।

पाँचवाँ, केंद्र-राज्य संबंधों के पूरी तरह पुनर्गठित करने की जरूरत है। जिन प्रस्तावों के कारण राज्यों के वित्त पर प्रभाव पड़ता, उन मामलों में उनसे पूर्व विचार-विमर्श की अनिवार्यता होनी चाहिए। नए खर्च के दूरगामी प्रस्ताव और संकल्प, जिनका राज्यों की वित्त व्यवस्था पर असर पड़ने वाला हो, राज्यों से बिना कोई मशविरा किए केंद्र द्वारा स्वीकार कर लिये जाते हैं। राज्यों में अन्य दलों की सरकारें होने के कारण ऐसी स्थिति में वित्तीय संघवाद कारगर नहीं हो सकता है। इसके अलावा हम सब जानते हैं कि क्या हम योजना आयोग को पुनर्गठित कर सकते हैं और एक योजना एवं अर्थव्यवस्था मंत्रालय बना सकते हैं? इसी तर्ज पर राष्ट्रीय विकास परिषद् को क्या एक कानूनी निकाय बनाया जा सकता है?

छठा, राष्ट्रपति के अभिभाषण के सातवें पैराग्राफ में पिछड़ा क्षेत्र अनुदान के पुनर्गठन की बात कही गई है। इसके पहले राष्ट्रपति ने सामाजिक और क्षेत्रीय समानताओं को पाटने का भी जिक्र किया है। क्या सरकार क्षेत्रीय असमानताओं पर एक श्वेत-पत्र ला सकती है, जिसमें इस बात का भी ब्यौरा हो कि वह इसे दूर करने के लिए कौन से कदम उठाना चाहती है। बिहार ने केंद्र के पास एक प्रस्ताव रखा है कि उसे एक विशेष दर्जा दिया जाए, यह देखते हुए कि उसका टैक्स आधार कम है, प्रति व्यक्ति आय कम है, ऊर्जा उपयोग कम है और बिहार का बँटवारा कर झारखंड राज्य बनाए जाने से उसकी संपदा कम हुई है। केंद्र सरकार को बिहार के इस प्रस्ताव पर भी विचार करना चाहिए। बिहार को विशेष दर्जा देना नैतिक और आर्थिक परिस्थितियों दोनों ही आधार पर उचित होगा। इससे राज्य का संसाधन-आधार बढ़ेगा। साथ ही, इससे जो टैक्स रियायत मिलेगी, उसके आधार पर राज्य में निवेश में बढ़ोतरी होगी। इसमें कोई शक नहीं कि कुछ अन्य राज्यों की भी इसी तरह की माँगें हैं।

सातवाँ, विनिवेश के मामले में हमें इसके विविध विरोधाभासों का हल निकालना चाहिए। क्या यह राजस्व बढ़ाने का एक तरीका है? इसलिए एक बार विनिवेश किया जा रहा है। या क्या यह उद्यम का पुनर्गठन कर उत्पादकता बढ़ाने का एक उपाय है अथवा क्या यह बीमार सार्वजनिक उपक्रमों और वर्षों से घाटे में चल रहे सरकारी उद्योगों के नुकसान की भरपाई करने का तरीका है? सरकार को विनिवेश पर भी एक श्वेत-पत्र लाना चाहिए। इससे विनिवेश को लेकर एक समुचित कार्यक्रम सामने आएगा। मैं जबकि विनिवेश के खिलाफ नहीं हूँ, लेकिन हमें इस बात के बारे में पता होना चाहिए कि निजी कंपनियाँ जरूरी नहीं कि सार्वजनिक

उपक्रमों से बेहतर ढंग से चलाई जाती हैं। दुनिया भर में वित्तीय क्षेत्र में कई कंपनियों का राष्ट्रीयकरण किया जा रहा है। कई मामलों में तो दोबारा राष्ट्रीयकरण किया जा रहा है, क्योंकि सीनियर मैनेजमेंट के लालच के कारण ये कंपनियाँ बरबाद हो रही हैं। लेकिन सबसे अहम बात यह है कि विनिवेश ज्यादा पारदर्शी तरीके से किया जाए और व्यापक जन-सहमति के आधार पर खास तरीके से किया जाए।

आठवाँ, ऊर्जा सुधारों के मामलों में ऊर्जा को तर्कसंगत बनाया जाए। तेल की कीमतें इस वक्त अपेक्षाकृत कम हैं। इसे देखते हुए तेल की प्रशासकीय मूल्य प्रणाली को समाप्त करने का यह सही वक्त हो सकता है। इससे भी अहम बात यह है कि कोई भी समझदार पर्यावरण नीति तब तक लागू नहीं की जा सकती जब तक कि एक समझदार और एकीकृत ऊर्जा नीति न हो। एकीकृत ऊर्जा नीति के व्यापक तत्त्वों का सबको पता है और यह स्वीकार्य है। मगर जो पता नहीं है, वह यह है कि इसे कौन लागू कर रहा है, किसके पास इसका स्वामित्व या जिम्मेदारी है और कौन मंत्रालयों के बीच समन्वय का दायित्व निभा रहा है। इन्हें साफ तौर पर परिभाषित किए जाने की जरूरत है। एकीकृत ऊर्जा नीति को लागू करने की जिम्मेदारी अवश्य ही प्रधानमंत्री की अध्यक्षता में बनाए गए राष्ट्रीय ऊर्जा बोर्ड के पास होनी चाहिए। इसमें राज्यों को भी अवश्य ही भूमिका दी जानी चाहिए।

नौवाँ, इन्फ्रास्ट्रक्चर के मामले में भी हरेक को पता है कि क्या किए जाने की आवश्यकता है। सवाल है इसे वाकई लागू करने का। इसके लिए जरूरी है कि राज्यों, और खासकर कार्यान्वयन संगठनों, को फैसला लेने का अधिकार दिया जाए तथा निर्णय प्रक्रिया का गैर-राजनीतीकरण किया जाए। सरकारी-निजी भागीदारी कोई रामबाण नहीं भी हो सकती है; लेकिन संसाधनों की कमी को देखते हुए यह भी एक अहम साधन हो सकता है। हमें यह पड़ताल करनी चाहिए कि यह व्यवस्था सक्षमता से काम क्यों नहीं कर रही है? क्या यह खतरा न उठाने के कारण है या दोषपूर्ण ग्राही समझौते के कारण है या यह विवाद समाधान से जुड़ा है?

अंततः हमें प्रधानमंत्री के इस आह्वान पर ध्यान देना चाहिए कि हम एक नई शुरुआत करें। शुरुआत यह है कि संसद् की भागीदारी बढ़ाई जाए। परमाणु समझौते के इतिहास से सीख लेते हुए हमें संसद् को राम भरोसे नहीं छोड़ देना चाहिए। आने वाले महीनों में संसद् की ज्यादा भागीदारी दिखनी चाहिए, जैसे कि विश्व व्यापार संगठन की वार्त्ताओं और पर्यावरण पर वार्त्ताओं के मामलों में संसद् की भागीदारी मील का पत्थर साबित हो सकती है। इन दोनों मसलों पर संसद् की भागीदारी

संरचनात्मक होगी। इस वर्ष के बजट के लिए जबकि यह काफी देर की बात होगी, लेकिन अगले साल से वित्त मंत्री बजट-निर्माण में ओ.ई.सी.डी. के दिशा-निर्देशों का पालन करने और ज्यादा संसदीय निगरानी की कई स्वस्थ परंपराएँ अपनाने पर विचार कर सकते हैं। संरचनात्मक भागीदारी हमेशा दोतरफा प्रक्रिया होती है। विपक्षी दलों को भी प्रधानमंत्री के आह्वान पर समुचित रवैया अपनाना चाहिए।

राष्ट्रपति का अभिभाषण ज्यादातर यूपीए सरकार का मूल घोषणा-पत्र ही है। सिर्फ वक्त ही बताएगा कि वे इसके प्रति कितने गंभीर हैं और विविध वादों को कितनी ईमानदारी से लागू करते हैं।

(26 जून, 2009)

□□□

पंजाबी प्रवासियों की कहानियाँ